Dorothee und Ehemann – Ich-Erzähler dieses Romans – haben der Hektik der Großstadt und dem verhaßten Job in der Werbefirma den Rücken gekehrt und leben nun, Mitte der siebziger Jahre, in einem idyllischem Dorf M. am Gardasee. Nun, nachdem alle Störfaktoren beseitigt sind, könnten sie glücklich sein und als ideales Paar in Beschaulichkeit ihre Eintracht genießen.
Dorothee widmet sich der Planung des Wein- und Olivengartens, und er, ganz Individualist und mehr als zuträglich auf sich selbst bezogen, verfaßt populärwissenschaftliche Artikel und verfolgt den ehrgeizigen Plan: endlich *den* Roman über das Angestelltendasein zu schreiben. Wäre Dorothee nicht Befürworterin des Lebens in der Großfamilie, würde sie nicht bei jeder Gelegenheit das kleine Haus mit Menschen anfüllen, hätte der Sommer vielleicht friedlich verlaufen können. So aber herrscht von Mai bis September Hochbetrieb in M. Lauter verkrachte Ehepaare, lärmende Familien mit unüberschaubar vielen Kindern, und all die anderen netten Freunde, die nur mal eben vorbeischauen wollten, um sich dann monatelang einzunisten, geben einander die Türklinke in die Hand.
Herrschte zu Zeiten von Goethes ›Wahlverwandtschaften‹ (auf die Fröhlich sich bezieht) noch die hohe Kunst geistvoller Konservation, scheint es heutzutage nur noch pseudo-psychologisches Gefasel und die einsame Kunst des Monologisierens zu geben. Aus lauter Überdruß am anderen werden denn auch kräftig Intrigen gesponnen, Partner gewechselt, Beziehungen ramponiert.

Hans J. Fröhlich, geboren 1932 in Hannover, Musikstudium bei Wolfgang Fortner, Orgelbauer und zeitweilig Lektor, schrieb Romane, Erzählungen, Hörspiele und Dramen. Er starb 1986 in München.

Hans J. Fröhlich

IM GARTEN DER GEFÜHLE

Roman

Fischer Taschenbuch Verlag

Veröffentlicht im Fischer Taschenbuch Verlag GmbH,
Frankfurt am Main, August 1994

Lizenzausgabe mit freundlicher Genehmigung
des Carl Hanser Verlag München Wien

Druck und Bindung: Clausen & Bosse, Leck
Printed in Germany
ISBN 3-596-12183-3

Gedruckt auf chlor- und säurefreiem Papier

In diesem Fahrenlassen und Ergreifen,
in diesem Fliehen und Suchen glaubt man wirklich
eine höhere Bestimmung zu sehen;
man traut solchen Wesen eine Art von
Wollen und Wählen zu und hält das Kunstwort
»Wahlverwandtschaften«
für vollkommen gerechtfertigt.

[J. W. Goethe:
»Die Wahlverwandtschaften«.
Hamburger Ausgabe Bd. 6,
2. Aufl. 1955, S. 275.]

Erstes Buch

1. Ein offenes Haus

Alles hängt vom richtigen Zeitpunkt ab.

Obwohl uns die meisten vor diesem Schritt in die *Selbstverbannung* gewarnt haben, bereue ich ihn nicht. Drei Jahre sind wir jetzt hier. Vor zwei Jahren waren die Renovierungsarbeiten im Hause abgeschlossen. Im letzten Jahr hat Dorothee mit der Gartenplanung angefangen. Zwei schöne Sommer haben wir hier in Gesellschaft von Freunden und Bekannten verbracht.

In diesem Jahr, unserm dritten in M., fiel der astronomische Sommeranfang mit dem von einer Lütticher Nonne sich herleitenden HEILIGEN BLUTSTAG zusammen, der (auch FRONLEICHNAM genannt) von der obersten katholischen Kirchenleitung jeweils auf den Donnerstag nach Trinitatis festgelegt worden ist, das seinerseits auf den ersten Sonntag nach Pfingsten fällt.

Seit Mitte Mai lag über dem breiten Mittelmeergürtel ein wetterbestimmendes Hochdruckgebiet, das den Kalender aus den Fugen geraten ließ. Ganze Wochen schienen unterschlagen worden zu sein. Die Sonne glühte von Tag zu Tag heißer, als wolle sie einen Weltbrand entfachen. Jede frühlingshafte Frische war verschwunden. Die Erde bebte vor Trockenheit, die Luft brodelte, die Quellen versiegten. Die Vegetation war der Jahreszeit um eine Blütenlänge voraus. Im Laubdickicht der Bäume lärmten schon die Zikaden.

Früher, in der Großstadt, habe ich den Sommer gehaßt.

Alle Welt war verrückt nach Sonne und Strand. Keinem konnte es heiß genug hergehen. Mich dagegen hat Hitze immer deprimiert. Einerseits Kopfschmerzen und Apathie, andererseits, wenn ich an den Wochenenden im abgedunkelten Zimmer saß, grimmige Unruhe, ich könne was verpassen.

Manchmal, wenn es mir gelungen war, die Trägheit zu überwinden, bin ich in einem Anfall fiebriger Lebensgier ans nördliche Meer gefahren, stets in der Erwartung eines schicksalswendenden Abenteuers.

Ich kam jedesmal enttäuscht und noch grimmiger zurück.

Das ist nicht mehr so.

Wie rasch man sich verändert, und keineswegs nur unter Einwirkung von Katastrophen, die am schnellsten Veränderungen bewirken, wie aber auch langsame Veränderungen immer noch überraschend schnell vor sich gehen, sobald man sich ihrer bewußt wird.

Seit ich nicht mehr fest angestellt bin (dank Dorothee, die mir Mut gemacht hat, diesen lächerlichen Posten im Archiv einer Werbefirma aufzugeben, weil sie gern wollte, daß ich schreibe), vor allem aber, seit uns die Schwiegereltern dieses Anwesen gekauft haben (das Haus mit zwei Hektar Wein- und Olivengarten), habe ich meinen Haß auf den Sommer, der ähnlich der Angst vor Sonntagen war, verloren.

Hier, in ländlicher Umgebung und trotzdem nicht wie auf dem Lande, nagt die hartnäckige Unruhe nicht länger an mir, ich könne etwas versäumen.

Nachdem ich mich fast schon damit abgefunden hatte, eine gescheiterte Existenz zu sein, mir im Leben so ziemlich alles daneben gegangen war (Studium, Arbeit in verschiedenen Berufen, Liebschaften und kleinere Spekulationen), hat sich meine Situation schlagartig und gewissermaßen über Nacht geändert.

Ich habe eine schöne Frau, um die mich viele beneiden und die mir mancher auch mißgönnt, ich habe dieses Haus und ein weitläufiges Grundstück, eine gesunde hübsche Tochter von zweieinhalb Jahren, ich wohne in einer klimatisch angenehmen Gegend und bin außerdem wirtschaftlich mehr oder weniger unabhängig.

Mit Übersetzungen und dem Verfassen populär-wissenschaftlicher Artikel gelingt es mir, den Lebensunterhalt für die dreiköpfige Familie zu verdienen. Auch wenn ich bislang aus zeitlichen Gründen noch nicht dazu gekommen bin, mein ehrgeiziges Vorhaben (einen Roman über das Angestelltendasein) zu realisieren, bin ich dennoch im großen und ganzen mit meinem augenblicklichen Leben zufrieden, mit mir im Lot und daher fähig, auch an den heißesten

Sommertagen gelassen in meinem Zimmer zu bleiben und zu arbeiten.

Ich genieße es förmlich, mir vorzustellen, daß, während andere am Strand in der Sonne liegen und auf Ferienfreuden lauern, ich im Halbschatten bei eingeschaltetem Ventilator am Fenster vor meinem Schreibtisch sitze und meine tiefe innere Ruhe spüre.

Dorothees sich gelegentlich äußernder Unmut über die Art meiner schriftstellerischen Betätigung (Aufsätze über Parapsychologie und Okkultismus) kann mir ebensowenig anhaben wie ihre Spötteleien, aus meinem Roman würde nie etwas beziehungsweise (schon massiver) ihr Vorwurf, ich sei, ohne je eine nennenswerte Zeile geschrieben zu haben, von einer unerträglichen Arroganz.

Ich kann und mag darauf nichts erwidern.

Trotz Dorothees gegenteiliger Behauptung, kenne ich mich außerordentlich gut. Infolge meiner katholischen Vergangenheit und der späteren Beschäftigung mit Psychoanalyse, bin ich es gewohnt, mich gewissenhaft zu erforschen und sämtliche Regungen oder Verhaltensweisen gründlich und unnachsichtig gegen mich zu registrieren. Ich weiß also genau, daß ich nicht im mindesten arrogant bin und daß ich – schon aufgrund eines seltsamen, beinahe pathologischen Desinteresses an meiner Person – gar nicht arrogant sein kann, aber daß, sollte ich manchem so erscheinen, das lediglich eine Schutzhaltung ist, die ich mir aus Angst, ich könnte einmal wieder in meine frühere Erbärmlichkeit absinken, zeitweilig zulege.

Aber von diesen kleinen Eintrübungen im Verhältnis zwischen Dorothee und mir abgesehen, bin ich mit meinem Leben, sagen wir mal, *zufrieden.* Ich verpasse nichts, habe nichts nachzuholen und bin darüber hinaus zuversichtlich, daß die Zeit kommen wird, wo ich mich meinen eigentlichen Aufgaben zuwenden kann.

Allerdings, an diesem einundzwanzigsten Juni war ich – wie lange nicht mehr – bedrückt und irgendwie daneben. Es hing jedoch vermutlich weniger mit der Jahreszeit als mit den zu erwartenden Klotzens zusammen, auf die ich möglicherweise meine Ängste projizierte, meine früheren Unruhen, meine vergangenen Erwartungen und Enttäuschungen.

Den Wunsch, einmal bei uns Ferien machen zu dürfen, hatte Norbert Klotz, genannt Nobi, schon vor drei Jahren, als er mit seinem Kleintransporter sieben Bilder, vier Vasen und verschiedenen Hausrat hierhergeschafft hatte, ganz entschieden ausgedrückt. Von einem Sommer zum andern hatte er diesen tiefsitzenden Wunsch auf Postkarten schriftlich wiederholt, zweimal sogar seine definitive Ankunft, mit genauen Daten und vollständiger Personenzahl, fernmündlich mitgeteilt. Es war aber bis jetzt nie etwas daraus geworden.

An diesem Einundzwanzigsten jedoch wollte er, in Begleitung seiner Frau und der fünf oder sechs Kinder, unwiderruflich auf dem geradesten Weg über die Alpen nach M. kommen, um hier in unserm Garten, unter Olivenbäumen und zwischen Weinreben, für vierzehn Tage sein Urlaubszelt aufzuschlagen.

Schon sah ich (bei zunehmenden Schmerzen im Kopf) Klotz und Familie auf dem Wege hierher, wie sie auf der Autobahn sieben- oder achtfach schwitzten. Jetzt reden sie von uns, dachte ich, jetzt malen sie sich ihre Ferien aus, jetzt sind sie bereit, was zu erleben. Neue Tapeten, neue Horizonte, ein ganz anderes Land.

Als gegen fünf Uhr nachmittags Norbert Klotz' rotes Auto auf unsern Hof fuhr (*endlich* – als ob ich nur auf diesen Augenblick gewartet hätte), saß ich mitten in meinem Zimmer auf dem drehbaren Schreibtischsessel und schaute düster aus dem Fenster.

Der Garten stand in dieser Minute still. Kein grünes Blatt an den Bäumen regte sich. Der Berg auf der anderen Uferseite war in grauen Dunst gehüllt, und die Hitze schien eine Naturkatastrophe ausbrüten zu wollen.

Ich saß, auch noch, als die Klotzfamilie aus allen vier Türen dem Reisewagen entstieg, wie zu einem Paket verschnürt, auf dem Sessel, mit Flimmern vor den Augen, ins vielfach Grüne blinzelnd, aber nichts Einzelnes mehr sehend und außerstande, mich von meinem Platz zu lösen.

Erst als die Klotzens (dieser Name schon!) in unser Haus eingedrungen waren und die fünf oder sechs Klotzkinder in sämtliche Zimmer ausschwärmten, wie Knallkörper explodierten und schließlich, nach einem Vaterpfiff, als Funkenregen über dem schwarzen Klavier niedergingen, sprengte ich meine unsichtbaren Fesseln und sprang – mit plötzlich schmerzfreiem Kopf – um die Angekommenen wie alte Bekannte zu begrüßen und um größere Zerstörungen zu verhindern, die Treppe hinunter.

Herr Klotz und Frau Klotz standen in dünnen Shorts dick und ausladend vor mir: Frau Klotz in transparenter Blumenbluse, Herr Klotz in einem Netzunterhemd. Die Kinder trommelten zehn- oder zwölfhändig auf dem Klavier herum. Die Anwesenheit dieser Menschen in unseren Räumen brachte mich in eine derartige Verwirrung, daß ich plötzlich glaubte, die Klotzens seien nicht zu Gast bei uns, sondern wir Gast bei ihnen. Sofort verwandelte sich unsere Einrichtung in die Einrichtung von Klotzens. Anstelle unserer Möbel, unserer Bilder, unserer Lampen und Vasen sah ich Klotzens Möbel, Bilder, Lampen und Vasen, und wie in einem bösen Traum fürchtete ich, es würde nun auch für immer so bleiben: wir müßten zukünftig wie die Klotzens wohnen und die Klotzens wie wir. Ich war daher wirklich erleichtert, als Dorothee vorschlug, draußen auf der Veranda Platz zu nehmen.

Im Freien, unter dem sonnenabschirmenden Strohdach, fragte Dorothee Norbert, wie es ihm ginge, und ich Frau Klotz, ob sie eine gute Reise gehabt hätten. Herr Klotz sagte, es ginge ihm *primastens*, und Frau Klotz sagte, die Fahrt hierher sei überhaupt nur ein *Klacks* gewesen, sie hätte sich diese Gegend viel weiter weg vorgestellt. Dann erzeugte sie mittels einer Zeitung etwas Luft und meinte, eine solche Hitze habe sie allerdings nicht erwartet. Ihre nackten Arme waren rot geschwollen. Ihr Gesicht glänzte tiefrot. Man sah ihr an, daß sie unter zu hohem Blutdruck litt. Norbert schwitzte auch, aber unproblematischer. Die Kinder balgten sich im Garten.

Dorothee wollte für die Klotzens *unbedingt* Kaffee machen, und sie habe, sagte sie, weil hier heute Feiertag sei, zufällig auch Kuchen. Aber Frau Klotz sagte, sie vertrage keinen Kaffee und außerdem müsse ihr Mann, ehe es dunkel würde und zu regnen anfinge, schnellstens das Zelt aufschlagen. So früh, sagten wir, würde es nicht dunkel, und Regen gebe es auf gar keinen Fall, wir hätten seit Wochen keinen Regen gehabt, seit Monaten, sagte Dorothee. Ob sie lieber einen Tee möchten? Nein, Tee schon gar nicht. Nach Tee, sagte Frau Klotz, könne sie nicht schlafen. Sprudel? Das Wichtigste sei im Moment das Zelt. Aber nach einer so langen Reise, versuchte Dorothee weiter, müsse man sich doch irgendwie erfrischen. Wie's mit einer Dusche sei? Nein, auch keine Dusche. Überhaupt nichts. Und die Kinder – vielleicht ein Stück Kuchen? Die Kinder müssen auch beim Zeltbauen helfen. Aber wenigstens zur Begrüßung einen Schnaps, sagte ich. Nobi, wie steht's damit?

Nobi hätte beinahe zugestimmt. Aber seine Frau bestand darauf: Zuerst das Zelt. Dann wird man sehen. Worauf ich vorschlug, auf jeden Fall das Abendbrot gemeinsam einzunehmen.

Auf jeden Fall, sagte Nobi. Er habe zehn selbstgemachte *Säbelatswürste* im Wagen und drei Kisten Kulmbacher-Export. Das sei doch für uns mal was Besonderes.

Abgemacht. Sobald ihr mit dem Zelt so weit seid, kommt ihr rüber.

Es kam aber niemand. Er nicht, sie nicht, und die Kinder kamen auch nicht. Dafür standen am andern Morgen Herr Klotz und Frau Klotz schon um neun Uhr auf einmal bei uns in der Küche und erklärten wie aus einem Munde, daß sie sich alles anders überlegt hätten. Sie möchten nämlich lieber doch nicht in unserm Garten zelten, sondern näher am See. Auf dem Herweg hätten sie einen Campingplatz gesehen, direkt am Wasser. Dahin wollten sie. Auf den Campingplatz. Immer wieder sagten sie das Wort Campingplatz. Es hörte sich schon wie ein Name an, bald so wie *Kolpingplatz.* Dorothee gab sich alle Mühe, die Klotzens zu überzeugen, daß es bei uns doch weit angenehmer und für die Kinder geradezu ideal sei: der Schatten, die Bäume, das grüne Gras. Aber die beiden Klotzens waren nicht zu überzeugen. Sie wollten auf den Campingplatz und direkt ans Wasser. Das Zelt sei abgebrochen, das Auto gepackt, die ganze Plackerei gestern, sagte Nobi, für die Katz. Doch andererseits sei dies für ihn und seine Familie seit Jahren der erste Urlaub, Frau und Kinder seien noch nie im Ausland gewesen, und da möchte er ihnen endlich mal was bieten. Wofür er denn sonst arbeitete, Abend für Abend hinter der Theke stehe, die Frau am Herd?

Reden half nichts, Zureden auch nicht. Oder haben wir nicht genug geredet, ihnen nicht richtig genug zugeredet? Die Klotzens verabschiedeten sich, höflich. Es sei ihr Entschluß ja nicht gegen uns gerichtet, aber wir müßten verstehen. Man könne sich ja öfter mal am Strand, meinte Nobi; zehn *Säbelatswürste* habe er dabei. *Unbedingt*, sagte Dorothee. *Klar*, sagte ich.

Als die Klotzens gegangen waren, sagte Dorothee, sie habe den Eindruck, die Frau – er weniger – sei irgendwie enttäuscht oder beleidigt. Ob wir die Klotzens wirklich freundlich genug empfangen hätten? Freundlicher, sagte ich, hätten wir sie kaum empfangen können. Ich bin da nicht so sicher, sagte Dorothee. Irgendwie sind solche Leute überempfindlich. Da genügt eine kleine Unachtsamkeit und schon sind sie eingeschnappt. Wir hätten sie wahrscheinlich auch nachdrücklicher bitten müssen, hier zu bleiben. Wir hätten ihnen ja auch unser Haus zur Verfügung stellen können, sagte ich. Das meine ich nicht, sagte Dorothee, aber schließlich seien wir ihnen zu Dank verpflichtet, weil Nobi uns beim Umzug geholfen habe.

Auf diese Hilfe, sagte ich, hätte ich gern verzichtet. Schau dir doch die Möbel an! Die meisten – nur noch Trümmer.

Woran liegt das?

Woran das liegt? Wenn wir eine ordentliche Firma genommen hätten, wären die Möbel noch heil. Wer wollte denn Geld sparen, fragte Dorothee. Gib *mir* man die Schuld, sagte ich. Du weißt genau, wie Klotz sich uns geradezu aufgenötigt hat, den Umzug zu machen. Und alles ist nur daher gekommen, weil deine Schwester uns den Mann auf den Hals geschickt hat, weil sie der Ansicht ist, Nobi sei 'ne Wucht.

Trotzdem, sagte Dorothee. Irgendwie hat er uns schon sehr geholfen. Irgendwie, irgendwie ja, sagte ich. Meinetwegen. Aber daß wir die Klotzens nicht zuvorkommend genug behandelt haben, brauchen wir uns nicht vorzuwerfen. Ich hatte nebenbei schon den ganzen Tag gestern ein ungutes Gefühl. Wahnsinnige Depressionen, wie schon lange nicht mehr. Das muß eine Vorahnung gewesen sein.

Gegen Mittag bewölkte es sich plötzlich. Wir haben nicht weiter von der Klotzfamilie gesprochen. Die Sonne wurde grau. Ein starker Wind kam auf. Ich schloß die Fenster. Ein unentschiedener Luftdruck herrschte, wie vor einem Erdbeben. Es gab aber kein Erdbeben, nur ein heftiges Gewitter mit allen Beigaben. Der Sturm schleuderte das Strohdach über der Veranda in den Garten. Bäume wurden aus dem Erdreich gedreht, Äste und Zweige abgeknickt. Blitze, Donner, Wolkenbruch.

Dorothee und ich saßen schweigend in der Küche. Der Regen demmelte, klatschte, rauschte. Die Abflußrohre gurgelten. Hinter und vor unserm Haus Sturzbäche. Man konnte nur gerade noch das Dach des Nachbarn sehen.

Mitten in diesem Braus klingelte plötzlich das Telefon. Albert rief an. Albert! Er habe sich, sagte er, kurzerhand entschlossen, uns auf- oder heimzusuchen. Dorothee, neben mir am Apparat, riß mir den Hörer aus der Hand. Albert? Du willst kommen, hör' ich? Wann? Allein oder mit Anke? Hör mal zu! Ob er, fragte sie, unsere Tochter, ob er Tinka nicht mitbringen könne. Sie sei seit über drei Wochen bei der Großmutter. Ich halt' es, sagte Dorothee, ohne das Kind nicht länger aus. Geht das? Kannst du die Kleine nicht mitbringen? Dafür sei es leider, sagte Albert, schon zu spät. Wenn er das früher gewußt hätte ... er sei bereits in München und denke, abends bei uns einzutreffen, mit einem Freund. Ja, ist gut, sagte Dorothee. Es war aber nicht gut. Dorothee, enttäuscht, die Tochter weiterhin vermissen zu müssen, fing, nach Beendigung des Gesprächs, an zu weinen.

Bis jetzt hatten wir kaum von der Tochter gesprochen. Ich hatte sogar den Eindruck, Dorothee schien froh, etwas entlastet zu sein und das Kind in guten Händen zu wissen. Auf einmal diese heftige Reaktion. Ich konnte mir sie nur so erklären, daß die unerwartete Aussicht, jemand möchte ihr die Tochter zurückbringen, und die im gleichen Moment zerstörte Hoffnung Dorothee zu diesem Tränenausbruch veranlaßt hatte, es sei denn, daß sie durch den Anblick der fünf oder sechs Klotzkinder an die Tochter erinnert wurde. Auch das Letzte war nicht ganz auszuschließen. Nachdem Dorothee im Anfang unserer Ehe überhaupt keine Kinder hatte haben wollen, äußerte sie gleich nach der Geburt der Tochter wiederholt, wenn auch scheinbar im Scherz, sie möchte gern viele Kinder haben, am liebsten fünf oder sechs. Aber das wechselte, und dann war ihr schon wieder das eine zu viel. Ich weiß nicht, was wirklich mit Dorothee los war. Vielleicht lag's auch am Wetter. Wir neigen beide etwas zu Wetterfühligkeit, bei Dorothee schlägt sie sich vor allem in tagelang anhaltenden Depressionen nieder. Ich habe auch gelegentlich Depressionen, wenn auch viel seltener, auch sind es ganz andere Depressionen, sie treten auch ganz anders in Erscheinung, meist als Angst vor dem Tode.

Als ich Dorothee, weil sie sich gar nicht beruhigen wollte, schließlich nach dem Grund ihrer plötzlichen Traurigkeit fragte, gab sie zu meiner Überraschung als Erklärung dafür an, daß wir vor fünf Tagen unseren siebenjährigen Hochzeitstag gehabt hätten und daß es das erste Mal gewesen sei, daß ich darauf vergessen hätte. *Darauf* sagte sie, *darauf vergessen*, was ganz ungewöhnlich war. Genau eine Woche vorher hatte ich noch daran gedacht, dann aber, weil irgend etwas dazwischen gekommen war, eine Terminarbeit oder so was, nicht mehr. Ich hatte es buchstäblich verschwitzt. Allerdings war mir unbegreiflich, warum Dorothee nicht früher was gesagt hatte. Hatte sie auch *darauf vergessen* und erinnerte sich erst in diesem Augenblick daran, nun als Vorwurf gegen mich gewendet?

Ich hätte, versuchte ich mich zu rechtfertigen, schon dran gedacht, jedoch um einen Tag zu spät und deshalb nichts mehr sagen mögen, gewissermaßen aus Taktgefühl. Worauf Dorothee bemerkte, sie habe unlängst in einer Illustrierten oder in einem psychologischen Buch gelesen, sobald ein Mann, ein Ehemann, den Hochzeitstag vergesse, sei das äußerst bedenklich. Bestimmt hast du das nicht in einem psychologischen Buch gelesen, sagte ich. Geradezu lachhaft! Als ob eine gute Ehe davon abhinge, daß man den Hochzeitstag beständig im Kopf habe. Du weißt genau, sagte ich, daß ich mir prinzipiell nie ein Datum merke. Ich vergesse ja auch sämtliche Geburtstage, auch meinen eigenen. Zumindest habe ich immer Mühe, das richtige Geburtsjahr zu nennen.

Aber unseren Hochzeitstag, sagte Dorothee, hast du noch nie vergessen. So lange sind wir ja nun auch wieder nicht verheiratet, sagte ich. Und im übrigen war unser Hochzeitstag vor *sechs* Tagen, nicht vor fünf, wie du eben meintest.

Abends um neun Uhr, italienischer Zeit, war Albert unser Gast, außerdem sein Freund Byrd, den er in London kennengelernt hatte. Ted oder Jim Byrd, irgend so eine Kurzform. Dorothees Depressionen waren mit einem Male verschwunden, weg, aus der Welt, wie nie dagewesen.

Seit wir in M. wohnten, hatte Albert sich vorgenommen – fast so wie Nobi Klotz – uns zu besuchen, doch regelmäßig war ihm was dazwischengekommen: ein Kongreß, ein wichtiger Patient, der auf der Stelle akkupunktiert werden wollte, Schwierigkeiten mit seiner Frau, eine Angina oder das Auto war kaputt oder das Auto war zufällig mal nicht kaputt, aber ihm fehlte das Geld zum Reisen. Es waren dies alles aber, glaube ich, Ausreden. Wie ich Albert kenne, zögert er jedes Vorhaben so lange hinaus, bis sich von selbst Widerstände gegen eine Realisierung desselben einstellen. Plötzlich sieht er sich vor einer *total veränderten Situation* und muß sämtliche Pläne *frisch überprüfen.* Dabei gerät er jedesmal in die tiefste Verzweiflung und fühlt sich *hin und her gerissen,* indem er mit der Gefährdung des einen Vorhabens zugleich sechs oder sieben andere Vorhaben in Frage gestellt sieht, durch neue Forderungen, neue Anforderungen, Überforderungen, übernormale Zusatzforderungen, und am Ende gezwungen ist, einfach sämtliche Verabredungen abzusagen.

II. Die Nebensonnen

Wie Albert, in der Küche am Kamin sitzend, die heilenden Hände im Schoß, seine Reise hierher beschrieb, seinen gewissermaßen spontanen Entschluß (kaum daß er von Byrds beabsichtigtem Ausflug nach Venedig erfahren hatte), uns zu besuchen und Byrd das Angebot zu machen, ihn mitzunehmen, daß er sofort die wichtigsten Patienten von seiner Abwesenheit für die Dauer von drei Wochen unterrichtet habe und dann buchstäblich in Minuten seine Sachen zusammengerafft und in zwei Koffer gestopft, rasch auch noch Geld umgetauscht und Benzingutscheine gekauft, mit seiner Frau telefoniert, praktisch in einer knappen Stunde sämtliche Reisevorbereitungen getroffen habe, dann Hals über Kopf mit Byrd an der Seite gestartet und in Rekordzeit auf der Autobahn Richtung Süden gewesen sei, da kam es mir, dem Zuhörer, vor, als wäre dieser kurzangebundene Aufbruch hierher eine Art Flucht gewesen.

Er sei, sagte er, ohne Halt, ohne Anhalten – oder nur zweimal zum Tanken – bis München durchgefahren, von wo er uns ja angerufen habe, aber sei auch gleich danach weiter, *auf die Staatsgrenze zu,* sagte er, erwähnte noch, daß es zwischen München und Kufstein, ab Hofoldinger Forst, *unermüdlich* geregnet habe, *unermüdlich geschüttet,* sagte er, auch in Österreich, wolkenbruchartig, bis Innsbruck oder genauer bis Hall, dann wie abgeschnitten zu regnen aufgehört habe, aber auf dem Brenner dichtester Nebel, als würden da oben über den Zollhäusern die Wolken gekocht, total nebulös, dafür im ehemaligen Südtirol und überhaupt Italien auffallend dünner Verkehr, so daß er *im Schnitt* hundertzwanzig habe fahren können. Er sei diese Strecke, sagte er, ja zum ersten Mal gefahren, habe allerdings die Geographie, noch aus der Schulzeit, genau im Hinterkopf gehabt, auch die Geschichte, auch die Geologie und gleich auch Flora und Fauna und irgendwie dazu – von einem Treibstoffinserat her – den Verlauf einer Pipeline, die da quer übers Gebirge geführt werde. Trotzdem habe er sich von Ort zu Ort eingebildet (vermutlich deshalb, weil Entfernungen auf Straßenkarten immer täuschen), jeweils viel weiter zu sein, in Sterzing schon in Brixen, in Brixen schon in Klausen, und als er endlich in Bozen oder Bolzano gewesen sei, habe er geglaubt, schon in Trento zu sein.

Obwohl er keineswegs überstürzt sprach, sondern jeden Satz ruhig zu Ende formulierte, wirkte sein Bericht insgesamt, womöglich durch die Intensität und die rhythmische Gliederung, als sei er in der rücksichtslosesten Zerstückelung gegeben. Ich hatte den Eindruck, als müsse er, um seine Ruhe, sein inneres Gleichgewicht, neu zu erlangen, die ganze Strecke noch einmal (und noch einmal in der gleichen Geschwindigkeit) in Wörtern und Sätzen zurücklegen. Sobald er jedoch auf Einzelheiten kam, sein Befremden etwa über die Autobahngebühren äußerte, beziehungsweise wie nebenbei erwähnte, daß er, nachdem er unmittelbar zuvor mit Byrd über Schubert gesprochen hätte, diesen *abgrundtiefen Schmerzensmann,* sagte er, den er eigentlich erst jetzt richtig für sich entdeckt habe, im italienischen Rundfunk – so was könne doch kaum noch Zufall genannt werden – Müller-Dieskau (er sagte Müller-Dieskau) mit dem Lied DIE NEBENSONNEN gehört habe (Drei Sonnen sah ich am Himmel steh'n, hab' lang und fest sie angeseh'n) – diese so merkwürdig punktierte Melodie auf engstem Tonraum verfolge ihn geradezu –, da kam es mir vor, und dies weniger durch die Anschaulichkeit der Schilderung als vielmehr durch die aufgewendete Energie, mit der Albert die Reise in Worten wiederholte, daß ich an ihr teilgenommen hätte als sozusagen stummer und unbemerkter Fahrgast.

Sofort stellte ich mir vor, neben ihm im Wagen gesessen zu haben, wie er, früher, bei ähnlich langen Fahrten, neben mir gesessen hatte, und mir fielen dabei vor allem die Fahrten von Hamburg nach Wien und von Wien nach Raabs an der Thaya und zurück von Raabs nach Wien und von Wien nach Hamburg ein und gleich auch die dabei geführten Gespräche, meist über Personen, über uns hinreichend bekannte und teilweise befreundete Personen, über deren Verhaltensweisen, deren Schwierigkeiten, deren Krankheiten (wie Albert dabei immer zuerst von den möglichen psychischen Ursachen pathologischer Erscheinungsformen ausging), als sei es letztlich doch nicht um Personen gegangen, sondern um mehr oder weniger exemplarische Fälle; also eigentlich *unmenschliche Gespräche*, und ich erinnere mich, daß ich Albert gegenüber einmal, als es um den Verdacht eines Tumors bei einem Bekannten, einem Merkur-Typ ging, auch etwas in dieser Richtung angedeutet habe: daß wir einen wahnsinnigen Verschleiß an Personen hätten und alle natürlichen Beziehungen zu Personen durch fragwürdige oder sogar unhaltbare Analysen *zersetzten*, worauf Albert ziemlich scharf entgegnet hatte, er analysiere nicht andere Personen, sondern sich selber, wie er als Mediziner Krankheiten anderer Leute nur nach Maßgabe seiner eigenen Krankheiten beurteilen könne und er einen rundum gesunden Arzt niemals für einen guten halte. So was in dieser Art. Und wie ich an diese Gespräche dachte, die meist sprunghaft waren beziehungsweise sprunghaft anfingen, indem wir eine Zeitlang allen Assoziationen nachgaben, die sich dann aber konzentrisch um ein einziges, aus hundert Einfällen gesiebtes Thema bewegten, fielen mir sofort auch alle sonstigen Reisen ein, die wir gemeinsam unternommen hatten, alle Autofahrten, alle Bahnfahrten, alle Busfahrten, und mir ging dabei auf, daß wir die wichtigsten Gespräche tatsächlich immer auf Reisen geführt haben.

Als er erwähnte, daß er, wie er durch Bozen gefahren sei, unwillkürlich an unsere Freundin Franca habe denken müssen, hatte er dies für mich in Bozen erwähnt. Sogleich sah ich mich mit Albert durch Bozen fahren, sogleich hörte ich mich ihm sagen, Dorothee und ich hätten Franca letzten Herbst Ende Oktober besucht. Jedesmal, wenn ich bei Franca in Denno sei, dächte ich an Musils Erzählung DIE PORTUGIESIN.

Mir gegenüber hast du das noch nie erwähnt, sagte Dorothee. Aber sicher, sagte ich, ich weiß genau, daß ich dir gegenüber diese Beschreibung des Wasserfalls erwähnt habe.

Es gebe, sagte ich Albert, in der Nähe von Denno, wo Franca ihr Haus habe, nämlich einen Wasserfall, der mich an die Beschreibung eines Wasserfalls in der genannten Erzählung erinnere. Ich hätte, sagte ich, diese Textstelle ganz deutlich im Kopf: wie da irgendein verzweifelter Mensch in einem ganz bestimmten Moment ans Fenster tritt, dieses öffnet und auf das von einem Felsvorsprung herabspringende Wasser schaut. Man habe beim Lesen dieser Zeilen und anhand von Musils Worten wirklich den Eindruck, daß diese Person, ein Fürst oder ein geadelter Schloßherr, sich tatsächlich in der äußersten Verzweiflung und Hilflosigkeit aus dem Fenster hinausgebogen und in den Lärm des Wasserfalls hineingehört habe, um sich von den erniedrigenden Vorgängen im Zimmer, wo er selber sich befand, abzuwenden, daß dieses verzweifelte Sich-Abwenden und Aus-dem-Fenster-Hinausbiegen eine unvorstellbare Willenskraft erfordert haben müsse und daß dem Autor (Musil) offenbar daran gelegen sei, den Leser dahin zu bringen, diesen von dem Fürsten oder Adeligen in seiner Verzweiflung geleisteten Energieaufwand innerlich nachzuvollziehen. Von dieser Beschreibung abgesehen, sagte ich, könne ich mich an den Inhalt dieser Erzählung nur noch ungenau erinnern, aber diese Stelle, sagte ich, habe sich mir nachdrücklich eingeprägt.

Albert sagte, er kenne die Erzählung zufällig recht gut, obwohl er an sich wenig belesen sei; doch an die Beschreibung des Wasserfalls erinnere er sich bei bestem Willen nicht.

Als auch Byrd, der mal einige Semester Germanistik studiert hatte, behauptete, diese Erzählung zu kennen, aber von einem Wasserfall habe er nichts gelesen, wurde ich unsicher, ob diese mir so deutlich vor Augen stehenden Sätze nachweisbar in der Erzählung DIE PORTUGIESIN vorkommen. Ich versprach indes, morgen früh den Band herauszusuchen und die Stelle nachzuschlagen. Allerdings, fügte ich hinzu, werde mein Gedächtnis in der letzten Zeit offensichtlich immer unzuverlässiger. Vor einer Woche hätte ich sogar (was Dorothee sehr betrübt habe, weil sie darin erste Anzeichen einer Ehekrise glaube erblicken zu müssen) unsern siebenjährigen Hochzeitstag vergessen, allen Ernstes vergessen.

Wieder oder noch saß ich in Alberts Wagen, noch waren wir nicht in Trento, noch nicht in Rovereto, und als wir schließlich anhand seiner Worte die Autobahn verlassen hatten und oberhalb von Torbole den See beide wie zum ersten Mal vor uns liegen sahen, erzählte Albert, in unserer Küche sitzend, die er in der Sprache noch gar nicht erreicht hatte, daß seine Mutter vor etwa vier Wochen im Bus einer Reisegesellschaft am Ostufer des Sees entlang über Malcesine-Verona nach Venedig gefahren sei und als ihr eindrucksvollstes Erlebnis dieser ihrer ersten Italienreise den fehlenden Autoverkehr in der Lagunenstadt angeführt habe, und daß ihr wie ein Wunder vorgekommen sei, wie deutlich – trotz des Lärms auf den Plätzen und in den Gassen – man das Hallen der Schritte jedes einzelnen Menschen höre, daß sie die Geräusche des Gehens vorher nie bewußt wahrgenommen habe, dieses tausendfache Ineinander und

Gleichzeitige, und dabei doch nicht vollkommen Gleichzeitige unterschiedlichster Gehweisen, langsamer, schneller, trippelnder, schlurfender, schleifender, schurrender, stelzender, daß sie alle *überdeutlich* sowohl zu hören als auch zu unterscheiden seien und also keineswegs, wie in andern Städten, vom Verkehrslärm aufgeschluckt würden, und daß sie es bis dahin für nicht möglich gehalten habe, welche Lautstärke mit Schuhen oder schuhähnlichen Hüllen versehene Menschenfüße bei gewöhnlicher Fortbewegung auf dem venezianischen Pflaster zu erreichen imstande seien. Es müsse, sagte Albert, seine Mutter diese Beobachtung wirklich nachhaltig beeindruckt haben; denn immer wieder sei sie, sooft sie angefangen habe, von ihrer Reise zu berichten, auf dieses akustische Phänomen zurückgekommen, *wie auf ein Urerlebnis, etwas Übernatürliches.*

Erst in diesem Augenblick und mit diesen Worten schien er wirklich bei uns angekommen, wie auch ich jetzt erst in M. angekommen schien, obwohl ich in Wahrheit mich seit Monaten nicht von hier wegbegeben hatte.

III. Sie leben ja alle noch!

Quer im Bett liegend, mit dröhnendem Kopfschmerz, wachte ich am andern Morgen auf. Ich hatte, vermutlich durch die in meinen seit Tagen flachen Schlaf dringende Geräusche des arbeitenden Deckengebälks, von einer winzigen Nagetierrasse geträumt, von aberhundert körperlich deformierten Tieren, nackten, schwanzlosen und verkrüppelt-zwergwüchsigen Mäusen, die sich, den engen Bedingungen konstitutionell angepaßt, ausschließlich in den Hohlräumen und Ritzen der Bohlen und Balken aufhielten und unser Haus von innen her einer unaufhaltsamen Zerstörung entgegenführten.

Die Morgensonne schien ungebrochen ins Fenster. Während ich noch wie im Halbschlaf dahindämmerte, verblaßten allmählich die Traumbilder von den Gebälk und

Dielen zernagenden, Holzmehl fressenden und sich vermutlich hemmungslos fortpflanzenden Zwergmonstern, deren wirksame Bekämpfung mit Fallen und ausgestreutem Gift mich vor wenigen Augenblicken noch – als müsse ein letzter und entscheidender Schachzug getan werden – quälend beschäftigt hatte, verblaßten oder verloren in dem Maße an Schärfe wie der Schmerz in meinem Kopf an Genauigkeit zunahm.

Mit hängendem Kopf setzte ich mich auf. Im Dreifachspiegel an der Wand mir gegenüber sah ich das wolkenlose Blau des Himmels. Nach der großen Reinwaschung der Luft durch das gestrige Gewitter schien der junge Sommer sich um so kräftiger zu entwickeln. Ich streckte mich. Mein Rückgrat schmerzte bis ins Gesäß hinein. Torkelnd verließ ich das Bett, ging hinüber zum Schrank mit den schiefhängenden Türen und nahm eine Kompresse.

Wir frühstückten auf der Veranda. Geht's dir nicht gut, fragte Albert. Kopfschmerzen, sagte ich und erzählte dann meinen Traum, soweit ich mich daran noch erinnern konnte. Als ich das Wort *Schachzug* ausgesprochen hatte, fiel mir ein, daß ich tatsächlich am Ende des Traums vor einem Schachbrett mit nur drei Figuren gesessen hatte, allein, während Dorothee dunkel im Hintergrund der Küche den Deckel eines Kochtopfs lüftete und voll Ekel *Sie leben ja alle noch!* gerufen hatte, und daß ich dabei sofort an die Kinder von Klotz denken mußte.

Ihr habt noch gar nicht gesagt, wie es euch hier gefällt, sagte Dorothee, worauf Byrd erwiderte, er habe sich diese Gegend so schön nicht vorgestellt, zwar bergig, das schon, aber karger, kahler, irgendwie auch schroffer und keineswegs so gefällig und terrassenförmig ansteigend. Vor allem habe er nicht mit dieser üppigen Vegetation gerechnet, überhaupt nicht. Das sei hier ja richtig wie im Süden, wie er sich den Süden denke.

Ist ja auch egal, sagte Dorothee. Jedenfalls es gefällt euch?

Doch, sagte Byrd, unbedingt, er finde es einfach süß hier, *sweet*, sagte er. Vor allem unser Haus sei *sweet*, wie wir es eingerichtet hätten, aber auch architektonisch, die Aufteilung der Zimmer, in jeder Etage ein Raum, wie in einem Turm, und die Wendeltreppe, sweet, die Wendeltreppe, aber auch der Blick aus seinem Fenster auf diesen enorm hohen Berg und den See: einfach *sweet*. Und soviel er vom Garten gesehen habe, gerade auch das Unfertige, diese halbe Wildnis, auch. Er würde gar nichts daran ändern, ruhig alles wuchern lassen, nur nichts zurechtstutzen.

Ach, ihr kennt bloß mein rotes Traumhaus noch nicht, sagte Dorothee, und zu Albert: Ich wollte nämlich ein ganz anderes Haus. Dieses war mir von Anfang an viel zu klein, auch viel zu rustikal. Was wir hier reingesteckt haben, dafür könnten wir eine Villa haben.

Trotzdem, sagte Byrd. Er habe sich heute nacht gefragt, ob er immer hier leben könne oder möchte. Für eine gewisse Zeit – vielleicht. Aber nicht für die Dauer. Dazu sei er doch zu sehr Großstadtmensch. Und plötzlich sagte er uns auf den Kopf zu, wir sollten uns doch auch bloß nichts vormachen, von wegen gesundes Landleben und Seite an Seite alt werden. Das seien Illusionen.

Als Byrd abgefahren war, ging Dorothee zum Schwimmen an den See. Ich setzte mich mit Albert, der sein Badezeug noch im Koffer hatte, in ein Gartenrestaurant.

Was ist das für ein Typ, fragte ich Albert, der Byrd seit Jahren kannte.

Jedenfalls kein Sulphur, wie wir, sagte Albert. Eher ein Herztyp, wird bald seinen ersten Infarkt haben.

Und plötzlich, ohne Überleitung, rief Albert in empörter Lautstärke: Er muß seinen Job aufgeben. Er muß da raus!

Mir war es, als spräche Albert aber gar nicht von Byrd, sondern von sich selber, und als er anfing, tatsächlich von sich zu sprechen, war es mir, als habe er schon die ganze Zeit von sich gesprochen. Irgendwie, sagte er, trete er seit zwei Jahren auf der Stelle. Seit zwei Jahren immer auf der Stelle, sagte er, und es lasse sich leider nicht vermeiden, daß die Patienten das merkten. Dabei könne er eine blühende

Praxis haben. Heilpraktiker sei tatsächlich ein Beruf mit Zukunft. Aber indem er das ausspreche, komme er sich vor wie jemand, der im höchsten Sommer an den Winter denkt. Immer diese Sorge um den Sicherheitsfaktor. Jetzt hält mir Anke, sagte er, in ihrer panischen Existenzangst auch noch vor, daß ich kein geregeltes Einkommen habe, die laufenden Kosten könnten nicht einmal mehr gedeckt werden. Die laufenden Kosten, sagte Albert, werden aber nie gedeckt, selbst wenn ich sechs Tage in der Woche Sprechstunde hätte. Die laufenden Kosten werden, im Gegenteil, immer höher, weil, du kennst ja Anke, ihre Ansprüche immer höher werden. Am liebsten sähe sie, ich wäre wieder Angestellter. Aber das kommt nicht in Frage. Nie mehr! Das habe ich lange genug mitgemacht. Dieses Büroleben, diese zähe *Brühroatmosphäre*, diese *Brührogewohnheiten*, diese kretinhafte *Brührozunft*, diese aussichtslose *Brührozukunft*. Er geriet ins Haspeln. Seine Zunge schien steif vor Erregung. Nein, das nicht, sagte er. Wieder dieser Streß, wieder die Reibereien mit Gleichgestellten und Vorgesetzten, wieder das Gerangel um Posten, wieder diese Kompetenzdiffusitäten. Man zerbröckelt dabei.

Dorothee kam vom Baden zurück. Sie habe, erzählte sie, Nobi gesehen, aber nur aus der Ferne. Nobi mit seinen Kindern im Schlauchboot. Dieser dicke Mensch im Schlauchboot: zu komisch! Aber ich glaube, wir müssen uns gelegentlich mal um Klotzens kümmern, sie mal zum Essen einladen oder so.

Wir fuhren nach M. zurück. Unterwegs fragte Albert, was das für Leute seien. Ein Kapitel für sich, sagte ich. Es war dies Albert aber als Auskunft zu wenig, und Dorothee führte aus, er, der Mann, dieser Nobi, habe uns beim Umzug geholfen. Na, das war vielleicht was, sagte ich. Das muß ich dir mal in allen Einzelheiten schildern. Bloß nicht! zischte Dorothee mich an. Bloß nicht und nicht in allen Einzelheiten. Ich kann diese Geschichte nicht mehr hören. Ich kann auch manches nicht mehr hören, sagte ich. Aber das ist eine andere Geschichte.

Zu Haus fanden wir ein Päckchen im Briefkasten. Dorothee öffnete es in der Küche. Ein Päckchen von Familie Collier. Sie schickte uns aus Darmstadt, zwischen getrockneten Rosenblättern, zum Geburtstag der Tochter eine Kindertorte und kündigte in einem beigelegten Schreibebrief ihren ab zehnten Juli geplanten Besuch bei uns an.

Es war so zauberschön letztes Jahr bei Euch, daß man es gar nicht übers Herz bringt, Worte dafür zu suchen, einfach wiederkommen muß. Aber bekommt keinen Schreck! Wir fallen Euch nicht zur Last. Wir denken vielmehr daran, wie die kleinen Mäuse in Eurer Scheune (?) ein Obdach zu finden. Auch wollen wir uns wie diese Tierchen selber verköstigen. Wir sind allesamt ganz verrückt auf den begnadeten Süden und dessen wohltuende Sonne. Darmstadt im Sommer ist ein steriler Sumpf. – Pfuikuckuck! – Drei ewige Wochen müssen wir hier leider noch ausharren. Die Kinder zählen schon die Tage, wo es endlich losgeht. Grüßt mir die Schlängelein in Eurem Garten, auch die giftzähnigen. Wenn man sie nur recht lieb hat, tun sie einem nichts. Seid vielmals umarmt. Eure Colliers.

Das ist Reinhilds unverkennbare Hand, sagte ich. Pfuikuckuck, aber um diesen Besuch kommen wir nicht herum.

Das hast du dir zuzuschreiben, sagte Dorothee. Du warst letztes Jahr zu freundlich.

Einmal bin ich dir zu wenig freundlich, dann wieder zu viel. Dabei bin ich eigentlich immer freundlich, besonders gegenüber Leuten, die mich im Grunde wenig interessieren. Freundlichkeit ist ein Schutz, damit mir keiner zu nahe kommt. Nun sieht man, was das für Folgen hat. Aber vielleicht, sagte Dorothee, gefällt es ihnen, wenn sie in der Scheune wohnen müssen, genau so wenig bei uns wie den Klotzens. Colliers gefällt es, sagte ich. Denen gefällt es. Darauf kannst du Gift nehmen. Colliers sind Kulturmenschen. Die haben einen Sinn fürs Primitive und Provisorische, insbesondere Reinhild. Die findet es natürlich märchenhaft-romantisch, in einer Scheune zu kampieren, so ganz ohne Komfort.

Wenn wir das rote Haus hätten, sagte Dorothee, wäre Besuch kein Problem.

Komm, hör auf damit. Wir haben das rote Haus nicht, es gehört jetzt Fahrradhändlern, und außerdem möchte ich es auch gar nicht haben. Es sieht aus wie eine Kölner Vorstadtvilla.

Daß man nie mal mit dir darüber reden kann!

Ich habe keine Lust, über gelegte Eier zu reden. Und daß sie gelegt sind, dafür hast du selber gesorgt, indem du es diesen Holländern sogar noch vermittelt hast. Übrigens, wieso schicken Colliers uns diese Torte? Das Kind hat doch im Winter Geburtstag.

Das ist wohl wieder mal so ein Reinhild-Einfall mit tieferer Bedeutung, sagte Dorothee.

Kenne ich, fragte Albert, die Colliers, ich meine: kann ich sie früher mal bei euch gesehen haben?

Bei uns bestimmt nicht, sagte ich. Aber vielleicht bei Berneburgs in Frankfurt. Der Mann Collier ist ein Kollege oder so was von Richard, auch irgendwas mit Pharmazie. Von daher kennen wir jedenfalls die Colliers, das heißt wir haben sie zwei oder drei Mal bei Richard im Hause getroffen und waren darum nicht wenig erstaunt, als sie letztes Jahr plötzlich hier auftauchten. Nun rechnen sie uns zu ihren neuen Bekannten. Nebenbei: auch ganz schön verkorkste Ehe, was hauptsächlich an der Frau liegt mit ihrem Spleen fürs Höhere. Sie möchte ihre ganze Umgebung vergeistigen, und das hört sich bei ihr an, als ob sie sagt, sie möchte alles versilbern.

Ob wir eigentlich viel Besuch hätten, erkundigte sich Albert. Im vergangenen Jahr, sagte ich, waren über hundert Leute hier. Ich hab' es mal gezählt. Über hundert Leute, davon die meisten allerdings im Sommer. Aber viele kämen auch im Frühjahr oder Herbst. Sogar im Winter kämen welche, sagte ich. Im Mai dieses Jahres hätten dreißig Hippies in unserm Garten gewohnt, Amerikaner, Engländer, Spanier, Italiener und ein Inder. Hippies sei vielleicht nicht das richtige Wort, es seien alle möglichen Typen gewesen,

Blumenkinder, Ausgeflippte, Anarchisten. Anfangs seien es nur vier oder fünf gewesen, dann seien jeden Tag neue hinzugekommen, von überall her, wie telepathisch herbeigerufen, aber in Wahrheit vermutlich nur schlicht telefonisch. Unter den Olivenbäumen und zwischen den Rebstöcken – zum Verdruß unseres Bauern – hätten sie ihre lustigen Zelte aufgeschlagen, ihre Autos und Wohnwagen abgestellt, ihre Wäsche, Töpfe, Tiegel, Trommeln und Gitarren in die Zweige gehängt. Das sei sehr lustig gewesen, sagte ich. Ich habe Fotos davon. Muß ich dir mal zeigen. Für mehr als drei Wochen sah unser Garten wie ein kleines Woodstock aus. Und so ähnlich ging es auch zu.

Na, was! sagte Albert. Das hätt' ich gern erlebt.

Toll, sagte Dorothee. Ganz toll, wirklich. Schade, daß wir das nicht gefilmt haben. Wir waren die ganze Zeit wie euphorisiert. Wie vollkommen verwandelt. Man müßte wirklich auch in so einer Gruppe leben. Jeder ist für den anderen da, alle halten zusammen. Dagegen ist die Kleinfamilie inzestuöse Scheiße. Ich weiß genau, daß ich für so eine Gruppe wie gemacht bin. Wenn wir bloß ein größeres Haus hätten! Ich würde mich sofort nach einer Wohngemeinschaft umsehen. Was kann man gemeinsam alles tun, gerade auch bei solch einem Grundstück.

Wir saßen – während dieses Gesprächs – in der Küche. Vor uns, auf dem Tisch, noch verpackt, Reinhild Colliers Kindertorte, *immaculata*. Dorothee verlas Mangold oder irgendeinen anderen ihrer Gesundheitssalate und rupfte die in Hitze erschlafften Blätter, die auch unter dem Einfluß kundiger Finger und die Lebenskräfte stimulierender Zutaten sich nicht mehr zu voller Größe entfalten wollten, in eine Glasschüssel. Ich rollte und knickte derweil Frau Colliers poetischen Schreibebrief. *Habt keine Angst*, oder: *Bekommt keinen Schreck.*

Weil plötzlich keiner mehr sprach, die Unterhaltung wie von selbst oder unter Einwirkung der Mittagshitze erloschen oder erstorben war, erinnerte mich Albert, vermutlich um das ihn bedrückende Schweigen zu beenden oder um den toten Punkt, zu dem das Hippie-Gespräch geführt hatte, zu überspringen, daran, daß ich ihm die Beschreibung des Wasserfalls in der Erzählung DIE PORTUGIESIN noch schuldig sei. Gut, daß du mich daran erinnerst. Bei der Gelegenheit kannst du dir auch gleich mal mein Arbeitszimmer ansehen. Heute früh warst du ja mit Yoga beschäftigt.

Er wolle sich, sagte Albert, überhaupt mal das ganze Haus von mir zeigen lassen. Na ja, viel, sagte ich, gebe es da eigentlich nicht zu zeigen. Es sei man sehr klein.

Viel zu klein, rief Dorothee. Für uns beide reicht es, sagte ich, und desgleichen für das Kind. Aber, sagte Dorothee, für ein zweites schon nicht mehr. Wo es für drei Platz hat, sagte ich, hat es auch für vier. Nachdem ich Albert das kombinierte Schlafbadezimmer, das Kinderzimmer und das Zimmer von Dorothee gezeigt hatte, führte ich ihn unters Dach in meinen Arbeitsraum. Albert sah sich um wie einer, der sich genötigt sieht, ein Gutachten abzugeben, und sagte schließlich, weil es ihm an allen fachlichen Kriterien mangelte: *Sehr hübsch.* Darauf standen wir beide etwas hilflos und verlegen, aber auch überlegend, was nun, in dem mit Büchern, Bildern, Fotos vollgestopften Dachzimmer vorm Schreibtisch und schauten aus dem Fenster in die Tiefe des Gartens hinein und über den See.

An diesem Tage sah man – seit Wochen zum ersten Mal wieder – den Baldo-Berg in seiner ganzen Größe am jenseitigen Ufer mit schöner Klarheit und Ruhe.

IV. GLÜCKLICH IN DEN WOLKEN

Während des Aufstiegs mit Albert vom Parterre des Hauses in die höher gelegenen Räume, von der Küche ins Schlafbadezimmer auf dem ersten Treppenabsatz, vom Schlafbadezimmer ins Kinderzimmer auf dem zweiten Treppenabsatz, vom Kinderzimmer ins Zimmer von Dorothee auf dem dritten Treppenabsatz, vom Zimmer Dorothees in mein Arbeitszimmer unterm Dach, während des Wechsels von unten nach oben und der Besichtigung aller Räumlichkeiten und deren Inhalt, so zufällig der auch hier zusammengebracht war, so vorläufig er aufgestellt war, da sowohl Dorothee als auch ich einer endgültigen Ordnung mit der Begründung auswichen, später werde einmal angebaut und dann werde man dem Inventar seinen definitiven Platz anweisen, während unseres angemessenen Verweilens in allen vorgeführten Zimmern hatte sich der Sonnenstand deutlich geändert.

Auf einmal Nachmittag, ein ganz anderes Licht.

Mir schien es in diesem Augenblick, als sei ich plötzlich imstande, innerhalb weniger Sekunden mich von sämtlichen Ängsten und Aufregungen meines Lebens zu erholen, von allen Kränkungen und Verletzungen, von allen Schmerzen und Verzweiflungen, als könnte ich mich nicht nur von allen Leiden in der Vergangenheit, sondern vorbeugend auch gleich von den möglichen in der Zukunft lossagen, an der Seite meiner Bücher zur Besinnung kommen und gleichsam im Waffenstillstand mit den Gedanken und Erinnerungen das Leben genießen, allein und für mich. Der Anfang, dachte ich, ist schon gemacht. Nur weiß ich nicht, wie lange ich mir ausreiche, wie lange diese Ruhe dauert, wie lange dieser schmerzlose, angstlose Zustand zwischen Nachmittag und Dämmerung anhält.

Du hast es gut, sagte Albert auf einmal.

Aber wozu, fragte ich.

Du meinst: in welcher Hinsicht?

Ich meine: in welcher Absicht. Es gut zu haben, kann doch nicht genug sein.

Es ist aber schon viel, sagte Albert.

Ich beobachtete Albert, wie er jetzt scheinbar geistesabwesend, aber in Wirklichkeit in ruhiger Konzentration auf den See schaute, als könne dessen Anblick einen in ihm aufkeimenden Gedanken zur vollen Reife bringen. Es ließ seine Konzentration jedoch genau in dem Augenblick nach, als er sich beobachtet fühlte, und wenn diese stille Versenkung ihn bis dahin davor bewahrt hatte, daß man seinen im Innern bewegten Gedanken erriet, hätte ich ihm diesen nun vom Gesicht ablesen können. Doch da kam Dorothee uns nach mit einem Tablett und brachte Kaffee und, auf Tellern verteilt, Colliers Selbstgebackenes und fragte Albert, wie ihm das Haus gefiele und nahm ihm die Antwort ab oder schien sie ihm abnehmen zu wollen, indem sie noch einmal erklärte, daß es zu klein sei, viel zu *kelein*, ein Puppenheim. Worauf Albert, offenbar erleichtert, durch Dorothees Erscheinen von seinem Gedanken gerade in dem Moment abgelenkt worden zu sein, sagte: *Ach was*, und: *überhaupt nicht*, es sei wunderschön und es stimme einfach jede Proportion und wir hätten es in jeder Beziehung ganz prima eingerichtet und wenn er diese Unmenge Möbel, Bilder und Bücher sähe, frage er sich allerdings, wie wir das man alles hierhergeschafft hätten. Worauf Dorothee sagte, er solle um Himmels willen nicht davon anfangen, weil das wieder mit den Klotzens zu tun habe.

Irgendwie sind die beiden schon, sagte Dorothee, ein katastrophal komisches Paar, immerhin war er uns schon ziemlich nützlich, und daß sie nicht bei uns zelten wollen, bedrückt mich eigentlich. Wo, fragte Albert, bleibe ich denn, übrigens die ganze Zeit; denn ich möchte euch natürlich genausowenig zur Last fallen wie die Medaillons oder wie sie heißen. Wir hätten doch mal von dem Schwesterhaus gesprochen, das da irgendwo in unserer allernächsten Nähe leer stehe. Ob er dort vielleicht. Wie ist es damit, Dorilein?

Natürlich, sagte Dorothee. Daran habe sie sofort gedacht. Selbstverständlich könne er in Palada wohnen. Er sei dort vollkommen ungestört. Zwar, Komfort sei nicht, sei nicht drin, aber sonst – ideal. Allerdings, das wolle sie gleich dazusagen, der Weg dahin beschwerlich, wenigstens mit dem Auto. Aber es ginge schon.

Sehr gut, sagte Albert. Prima. Dann werde ich morgen früh gleich mal da raufziehen.

Willst du dir's nicht vorher doch lieber anschauen, fragte ich. Nein nein. Das sei schon richtig. Er brauche Ruhe, keinen Komfort.

Außerdem müsse er dringend seine Steuererklärung machen. Infolge seines gestörten Verhältnisses mit Anke sei er in der letzten Zeit zu nichts mehr gekommen.

Das mußte er wohl irgendwie auch in Dorothees Ohren ablassen, die dann auch sogleich nachfragte: Wieso gestört?

Nun stell dich man nicht so unwissend, sagte Albert.

Ich hör' immer nur so Andeutungen, sagte Dorothee, von allen möglichen Leuten . . .

Von welchen Leuten genau?

Von Berneburgs zum Beispiel. Aber bei Richard bin ich immer skeptisch, weil der ja überall nur kaputte Verhältnisse sehen will. Für mich seid ihr nach wie vor das ideale Liebespaar. Ich sage absichtlich nicht *Ehepaar.* Ich habe euch immer beneidet. Ein richtig klassisches Liebespaar seid ihr gewesen, seid es für mich immer noch. Bei allen unseren Bekannten Kräche, Scheidungen, Mord und Totschlag – ich brauch' mir ja bloß die Ehe von Berneburgs anzusehen oder von Colliers, irgendwie auch meine eigene –, und ihr schwebtet glücklich in den Wolken.

Da schweben wir schon lange nicht mehr, sagte Albert. Seit er mit Anke verheiratet sei, habe sich alles schlagartig geändert.

Ich weiß noch genau, wie Albert, lange vor seiner Scheidung von Solke, kurz nachdem er Anke kennengelernt hatte, in meiner Hamburger Wohnung saß und überglücklich von seiner neuen Liebe sprach und wie sehr sich diese erotische Beziehung auf sein ganzes Leben auswirke, und wie er mir einen Zeitungsausschnitt übergab, angeblich die Ankündigung eines Vortrags von ihm im *Biochemischen Verein*, in Wirklichkeit aber der Bericht von einem Liebespaar, das sich in den Schweizer Alpen in eine Gletscherspalte gestürzt hatte.

Ich las diesen Bericht, erschrocken und verwirrt, und reichte, ohne ein Wort, als hätte ich tatsächlich nur die Ankündigung seines Vortrags im Verein für Biochemie gelesen, stumm nickend Albert den Zeitungsausschnitt zurück, der ihn zerknirscht, wie mir schien, in die Tasche steckte, ohne daß ich bis heute erfahren habe, ob er mir diesen Zeitungsausschnitt aus Absicht oder Versehen gegeben hatte, obzwar die Tatsache, daß Albert diese Notiz ausgeschnitten hatte, dafür sprach, daß das Berichtete ihm bedeutungsvoll zu sein schien.

Am Tage darauf dann sein Vortrag. Ich erinnere mich nicht mehr, worüber er gesprochen hat, irgendwas über Homöopathie, nur das habe ich behalten, daß er mehrfach den Satz wiederholte, Heilmittel seien Gifte, nur in richtiger Dosierung, und daß seine Stimme immer leiser wurde und ich, während ich unruhig und besorgt auf das von ihm in den Händen gehaltene raschelnde oder knisternde Konzeptpapier schaute, schon befürchtete, seine Stimme könnte plötzlich ganz weg sein, irgendwie hinter einer Wand verschwinden, er mit einem Male ganz laut in den Saal rief oder beinahe schon schrie: *Wir müssen unser Leben ändern!*, als sei das der Kernsatz seines Vortrags und als habe er nur um dieses Satzes willen den Vortrag im Biochemischen Verein gehalten. Und wie er diesen Quäker-Satz ausgesprochen, herausgeschrien hatte und dann mit derselben leisen Stimme vom Anfang fortfuhr, mußte ich sofort wieder an diesen mir zugesteckten Zeitungsausschnitt denken und sah im selben Moment Albert durch kniehohen Schnee stapfen, an seiner Seite die junge Geliebte, aber nicht in Hamburgs Straßen, sondern in einem langgestreckten Alpental, weithin Weißes, und kurz darauf keine Menschen mehr, nur noch die Abdrücke von Menschenfüßen im Schnee, Spuren, die vor einem weißen Rand endeten.

Jahre ist das her. Jetzt wollte ich es wissen und fragte Albert: Erinnerst du dich noch an Deinen Vortrag im Biochemischen Verein? Wie hast du dir das mit dem Sein-Leben-Ändern vorgestellt? Meinst du, es geht, ohne Schaden zu nehmen an seiner Persönlichkeit? Möglich, daß es nicht ohne Schaden geht, sagte Albert, auf keinen Fall aber ohne totale Selbstaufgabe.

Auffallend oft gebrauchte er das Wort *total.*

Ich verstehe nicht, sagte ich, wie kann man sich aus einem Raum entfernen, in dem das Erwartete liegt?

Das Erwartete, sagte Albert, ist nicht das Ziel.

Was ist *das Ziel*?

Das Schwarze im Auge, sagte Albert.

Das Naheliegende also?

Das Nächstliegende, sagte er, das uns Vertraute und Verwandte, was uns anzieht und die Veränderung schafft.

Es ist wirklich so, sagte Dorothee, wie es in ANNA KARENINA heißt, daß alle glücklichen Liebespaare auf ihre Weise unglücklich werden.

So steht es bei Nabokov, sagte ich, bei Tolstoi heißt es: die glücklichen Ehen werden immer glücklicher, die unglücklichen Ehen immer unglücklicher.

Nein, so heißt es auch nicht, sagte Albert. Das ist Marx.

Aber jedenfalls so ähnlich, sagte ich.

V. Das Zeichen Hiën

Ein leichter Luftzug ging durchs Zimmer ohne Schatten. Im Licht des späten Nachmittags sah man mit einemmal auf der andern Uferseite nicht mehr vereinzelte Häuser, sondern Häusergruppen und ganze Ortschaften hochgestaffelt in den Bergen auftauchen. Im Inneren der Fenster spiegelte sich rötlicher Schein. Das Tal vor uns und der niedrig bewaldete Hügel mit seinen daraus aufragenden Zypressen war schon mit Dunkelheit angefüllt. Eine einzige sehr weiße Wolke schwebte, als könne ihrer sonnengespeisten Leuchtkraft die hereinbrechende Dämmerung nichts anhaben, über dem Monte Baldo.

Dorothee schien im selben Moment wie ich diese weiße Wolke über dem Berg entdeckt zu haben. Seht mal: der Berg und die Wolke! So schön hab ich das noch nie gesehen. Sie käme selten, sagte Dorothee, in mein Zimmer. Damit ich nicht gestört würde. Aber wenn sie sich einmal hier aufhalte, gerate sie bei dem Blick aus dem Fenster jedesmal in einen Zustand nachdenklicher Teilnahmslosigkeit. Sie möchte nur sitzen und schauen. Dabei sei sie sich selber entfremdet. Um ihre Passivität zu überwinden, habe sie sich deshalb schon öfter vorgenommen, von dort aus, wo sie jetzt sitze, den Berg und den Hügel mit den Zypressen davor zu malen, ganz naturalistisch, aber die Einzelheiten ganz nah heranholen, einen ganz bestimmten Ausschnitt, und diesen möchte sie nicht nur einmal malen, sondern immer wieder, in jeweils anderer Beleuchtung und mit jeweils anderen Wolkenformen über dem Berg.

Mach's! sagte Albert. Du kannst es doch. Ich sollte es wirklich mal versuchen, sagte Dorothee. Aber wann? Das Haus und der Garten. Man ist den ganzen Tag damit beschäftigt. Dann das Kind, *normalerweise.* Im Moment sei sie richtig froh, daß sie mal etwas entlastet sei, solange die Tochter bei der Großmutter wohne. Trotzdem komme sie nie zu eigenen Dingen. Immer was anderes. Dabei habe sie soviel nachzuholen. Aber abends sei sie zu erschöpft. Manchmal sei sie dieses Hausfrauendasein leid, diese ewige Kocherei, obwohl sie, wegen unserer besonderen Ernährungsweise mit rohem Getreide, Obst und Salat, für die Zubereitung einer Mahlzeit nie länger als eine Viertelstunde brauche, aber das Einkaufen, jeden Tag mit dem Wagen unterwegs, Post, Bank, alle Erledigungen mache doch sie, damit ich ungestört arbeiten könne, dann die Wühlerei im Garten, sie könne oft nicht gegen diese Natur an: Begießen, Pflanzen, Unkraut jäten, Bäume bespritzen, Gras mähen.

Du brauchst, sagte ich, nicht alles aufzuzählen. Man glaubt's auch so. Es sei keine Aufzählung, sondern eine Beschreibung, sagte Dorothee. Niemand zwingt dich, sagte ich, im Garten zu arbeiten. Wer's denn sonst tun solle? Ich machte doch keinen Handschlag. Das ist ja nun gelogen, sagte ich. Aber wieso eigentlich müssen wir den Garten pflegen? Warum lassen wir ihn nicht verwildern? Es sei der Garten nicht allein, sagte Dorothee. Was die Besorgungen angeht, sagte ich, führst du sie zwar aus, aber ich muß alles im Kopf haben. Von dir aus würdest du keine Rechnung bezahlen, den Wagen nicht rechtzeitig in die Werkstatt bringen, die Aufenthaltsgenehmigung nicht verlängern lassen, und so weiter. Weil ich an alles denken muß, ist es für mich kaum eine Entlastung, daß du die Erledigungen machst. Ich möchte dich mal erleben, sagte Dorothee, wenn ich dir die Besorgungen überließe! Ohne Aufteilung der Arbeit geht es nicht, sagte ich. Ich bewundere Frauen wie Solke oder Anke, sagte Dorothee. Alle bilden sich weiter, machen ihr Abitur nach, studieren, sind politisch tätig. Ich sitz' hier rum und versaure.

Es ist doch gar nicht so, wie du's sagst. Glorifizier das doch nicht, sagte Albert. Was steckt denn hinter Ankes scheinbaren Aktivitäten? Doch einzig ihr Wahn, alles habe sich gegen sie verschworen und sie werde langsam das Opfer eines Komplotts.

Ich muß mal unterbrechen, sagte Dorothee, entschuldige, du kannst gleich weiter reden, nur das Strohdach liegt immer noch im Garten. Muß das denn, fragte ich, ausgerechnet jetzt sein, immer, wenn man mitten in einem Gespräch ist? Ihr könnt euch ja, sagte Dorothee, ich meine: wir können uns ja bei der Arbeit weiter unterhalten. Sie fände es schon gut, wenn wir das Strohdach heute noch, noch heute über der Veranda anbrächten. Albert würde mir sicher, *uns*, sagte sie, dabei helfen – oder? Morgen sei er in Palada, dann werde nie mehr was draus, weil ich so furchtbar unpraktisch sei, aber ohne das Strohdach könne man es auf der Veranda nicht aushalten.

Es ist ja lächerlich, sagte ich. Daß dir immer so was einfällt, wenn man sich interessant unterhält.

Das Gespräch liefe doch nicht weg.

Die verdammte Strohmatte noch weniger, sagte ich. Außerdem hast du sonst für solche Sachen ja immer Gustaf bei der Hand. Gustaf ist doch immer der Retter und Heilsbringer. Gustaf ist doch glücklich, wenn er seiner Adeptin mal wieder einen Gefallen tun kann.

Stiebler ist ja seit Tagen nicht mehr dagewesen, sagte Dorothee. Ich wundere mich schon, wo er doch sonst alle paar Augenblicke auftaucht.

Er wird schon kommen. Sowie er spitz hat, daß wir Besuch haben, kommt er, um *nach dem Rechten zu sehen.* Das kenn' ich doch! Er hat doch einen sechsten Sinn.

Nun ereifere dich man nicht gleich wieder über Gustaf. Ich bin ganz froh, daß wir ihn haben. Wenn er heute gekommen wäre, hätte ich ihn schon darum gebeten, die Strohmatte über der Veranda anzubringen. Wir können morgen früh unmöglich draußen frühstücken, wenn die Strohmatte nicht angemacht ist. Es war heute schon unerträglich. Und es wird jetzt jeden Tag heißer.

Also von mir aus, sagte Albert. Ich helf' da schon gern mit. Na gut, meinetwegen, sagte ich. Befestigen wir diese Scheißstrohmatte. Aber erst rauch' ich noch eine Pfeife.

Dann wird's zu spät, sagte Dorothee. Wenn du jetzt noch eine Pfeife rauchst, wird's zu spät. Es ist ja gleich dunkel.

Alles muß immer sofort sein. Immer muß alles sofort sein. Du bist ja, sagte ich, fast schon wie Frau Klotz.

Nun hör' dir das an, sagte Dorothee. Ich und wie Frau Klotz! Ihr beschimpft euch beide ganz schön, sagte Albert. Er fügte hinzu, früher sei das allerdings noch schlimmer gewesen. Wie Dorothee mich da manchmal behandelt habe und in aller Öffentlichkeit . . .

Sie habe mich, sagte Dorothee, anfangs nicht gemocht, mich nicht ausstehen können. Ich sei, wie sie mich kennengelernt habe, mit Konfektionsanzügen und dieser Haartolle, ihr *Antityp*, sagte sie, gewesen, wie ein flotter DDR-Funktionär hätte ich ausgesehen, so eine verklemmte Nachwuchs-Charge, die auf *westlich* mache. Wenn ich ihr nicht so nachgelaufen wäre . . . trotzdem habe sie ja die Heirat lange genug hinausgezögert, bis sie mich so einigermaßen zurechtgeformt hätte, *hingebogen,* sagte sie. Du weißt ja, wendete sie sich an Albert, wie er ausgesehen hat. Das glaubt heute ja keiner mehr, wenn man alte Fotos sieht, daß das derselbe Mann ist. Und so ganz allmählich und langsam habe sich dann ihre Einstellung zu mir gewandelt. In gewisser Weise könne man daher unsere Beziehungen als eine Art Gegenbeispiel zu Alberts und Ankes Fall bezeichnen, *anführen*, sagte sie. Es sei übrigens komisch oder irgendwie merkwürdig gewesen, daß, nachdem die Hippies, vor allem das eine Hippie-Paar, jeden Tag mit Streichhölzern das Schafgarbenorakel nach dem I GING genommen hätte, sie das auch mal versucht und dabei das HIËN-Zeichen erhalten habe: oben *Dui*, das Heitere, der See, unten *Gen*, das Stillehalten, der Berg, was überraschender Weise ja tatsächlich unsere Situation spiegele. Schon das mit dem See und dem Berg treffe so frappant zu, und wie ich mich immer zu dem Berg hingezogen fühle, meine Tagebucheintragungen regelmäßig mit einer Beschreibung des Berges anfange, der wirklich sich auch jeden Tag ganz anders zeige, mal zum Greifen nah, dann wieder ganz fern, mal schroff und abweisend, dann wieder sanft und rund, so fühle sie sich zu dem See hingezogen, kein Tag vergehe im Sommer, wo sie nicht wenigstens einmal am See sei und bade, und eigentlich bis Ende Oktober, und sie habe sogar noch im Dezember geschwommen.

Ich kenne das I GING, sagte Albert. Ich habe auch schon mal damit herumgespielt.

Ich weiß, ich weiß, sagte Dorothee, die aus Alberts Worten *schon mal damit herumgespielt* eine Abwehr glaubte herausgehört zu haben. Natürlich ist das Aberglaube und ich halte von der ganzen Sache auch gar nichts. Trotzdem fand ich das Ergebnis ganz interessant, zum Beispiel, was da über die Werbung stand, daß der Mann die Initiative ergreift, wie es in unserm Falle auch gewesen ist.

Ich finde gar nicht, daß das Aberglaube ist, sagte Albert. Im Unterschied zum Kartenlegen oder zum Wahrsagen aus Kaffeesatz hat das I GING-Orakel mit Aberglauben nichts zu tun, weil mit den einzelnen Zeichen ja nicht irgendeine Zukunft prophezeit wird, sondern die Gegenwart gedeutet werden soll.

Mir scheint an dem Buch etwas ganz anderes interessant, sagte ich. Daß man über das Orakellegen oder Orakelnehmen dazu kommt, eines der ältesten Weisheitsbücher gründlich kennenzulernen; denn wirklich beteiligt liest man doch nur, was einen selber betrifft, was einen selber betroffen macht.

Wir haben uns, sagte Dorothee, auch gleich eine deutsche Ausgabe besorgt, und die Orakel, die ich bis jetzt gelegt habe, gingen mich alle an, weil immer wieder herauskam, daß meine Entscheidungen richtig waren.

Du meinst, in der Wahl des Partners, fragte Albert.

Ja, auch, antwortete Dorothee. Irgendwie schon. In sexueller Hinsicht klappt es zwar weniger gut, aber das liegt daran, daß wir zu verschiedene Auffassungen von der Liebe haben.

Ich fürchte, sagte ich, daß wir schon über die Anwendung dieses Wortes verschiedener Auffassung sind.

VI. Aphasie und Cholera

Ich weiß nicht, ob es noch am selben Tage war oder erst Tage später, wir saßen auf der Veranda beim Abendbrot, und mir kam es vor, als sei Albert schon Wochen bei uns – und er war noch immer nicht nach Palada umgezogen –, erzählte er plötzlich, nachdem Dorothee mal wieder von den *Hippies* geschwärmt hatte, wie sehr sie das stundenlange wortlose und schweigende Dasitzenkönnen beeindruckt habe, von der Aphasie seines Großvaters, von dessen erschreckendem Sprachverfall, wie es für die Angehörigen furchtbar sei, diesen praktisch von Woche zu Woche unaufhaltsam fortschreitenden Verfall zu erleben, daß sein Großvater bisweilen nicht die einfachsten Dinge mehr benennen könne, daß aber schlimmer noch als das durchlöcherte Wörtergedächtnis das synchron dazu sich auflösende Personengedächtnis sei, daß er bereits seine eigene Frau, seine Tochter und seine Schwester mit anderen Namen anspreche, daß er entsprechend auch Gegenständen des alltäglichen Lebens – einem Korkenzieher, einer Gabel, einem Messer, einer Schere – scheinbar willkürliche Namen gebe, beziehungsweise ihre Funktion (Flaschen öffnen, Nahrung zerkleinern, schneiden usw.) umständlich beschreibe.

Interessant dabei, sagte Albert, in welchem Maß, in welchem Ausmaß sich die Grammatik, die Syntax und alle scheinbar feststehenden Wortverbindungen auflösten, *zersetzten*, wie der Großvater nicht mehr die natürlichsten grammatischen Regeln einhalte, die einfachsten syntaktischen Beziehungen überblicke, wie bei ihm jeder auch nur halbwegs logische oder normale Zusammenhang zwischen einzelnen Äußerungen fehle. Zugleich und parallel dazu Bewegungsschwierigkeiten, die gesamte Motorik gestört.

Er habe, sagte Albert, einen solchen Verfall, den raschen Verlauf eines solchen Sprachverfalls noch nie in seiner Praxis erlebt, und er denke daran, aus beruflichem Interesse, einige Unterhaltungen oder Gespräche mit dem Großvater (wenn man eine derart gestörte Kommunikation noch Gespräch nennen könne), dieses stoßweise, unter traurigsten Anstrengungen hervorgebrachte Stammeln, Lallen, Stottern, dieses hilflose Wörtersuchen und ausdrucksbemühte Schnauben auf Tonband aufzunehmen, auch für Kollegen. Das Alter als Prozeß. Furchtbar. Mitte Siebzig sei der Großvater. Es gebe dieses Phänomen indes auch bereits in jüngeren Jahren. Aber jedenfalls: so was zu erleben, es mitanzusehen, das allmähliche Absterben, das tatsächlich im Kopf beginne, auch wenn man's scheinbar in den Beinen habe – schrecklich.

Mit dem Bewegungsapparat dauere es länger, sagte Albert. Aber die Sprachlosigkeit sei der Tod. Vielleicht sprächen wir darum so viel, redeten wir andauernd, um uns zu beweisen, daß wir noch lebten. Daß ihn, sagte er, der Anblick des Großvaters, das Vorhandensein dieses lebendigen Leichnams einerseits zutiefst betroffen mache, andererseits dieser vorzeitige Verfall ihn empöre. Tatsächlich empfinde er jedesmal Wut und Empörung, wenn er den Großvater besuche, als habe dieser Mensch sich gehenlassen.

Das Schweigen der Hippies, sagte Dorothee, sei aber kein Sprachverfall. Ihre Sprachlosigkeit sei – im Gegenteil – eine neue Sprache. Ich habe auch nicht unbedingt eine Analogie herstellen wollen, sagte Albert. Allerdings verstehe ich nicht, wie man das Sprechen gegen das Schweigen herabsetzt, um dann gerade aus dem Schweigen eine neue Art des Sprechens zu gewinnen.

Ich fand keine Gelegenheit mehr, darauf zu antworten, weil sich in diesem Augenblick Stiebler durch Fahrradklingelsignal bemerkbar machte. Jetzt kannst du, sagte ich zu Albert, Dorothees angebeteten und sie anbetenden Ratgeber in allen Lebenslagen kennenlernen.

Er kam die Treppe zur Veranda heraufgestampft: ohne lange Begrüßung, nur das übliche *Muß doch mal schnell nach dem Rechten sehen, aha, Besuch, seh' schon, alles in Ordnung,* neue Cholerafälle in Neapel, Rom und sogar schon Florenz meldend, als zähle er die militärischen Erfolge eines von ihm geleiteten Einsatzes auf.

Ich sah zu Albert hin. Albert sah zu Gustaf hin. Gustaf schaute Dorothee an.

Das wird ja wohl nicht auch noch hierher kommen, sagte Albert. Und ich sah ihm an, daß er jetzt dachte: Das also ist der Gustaf. Au Backe!

Na, wir haben vorgesorgt, sagte ich, um Gustafs Katastrophenbericht etwas herunterzuspielen. Unser Besuch ist nämlich Arzt.

Heilpraktiker, sagte Albert.

Also mehr als Arzt, sagte Gustaf. Sie, da müssen wir uns mal unterhalten. Ich versteh' nämlich auch einiges auf diesem Gebiet, Kräuter und so. Das ist mein Hobby. Aber diese Bezeichnung gefällt mir nicht: *Praktiker!* Das hört sich an wie Techniker. Heilen hat nicht mit Praxis, sondern mit Magie zu tun.

Zumindest ein bißchen mit Suggestion, sagte Albert. Aber nun mal im Ernst: glauben Sie, daß sich diese Epidemie weiter ausbreitet?

Mir passiert nichts, sagte Dorothee. Sie sei viel zu gesund, um krank zu werden. *Übergesund.*

Na, dann haben wir wenigstens jemand, der uns pflegt, sagte Albert.

Wenn wir wirklich, sagte Gustaf, von der Coca-Cholera gepackt werden sollten, kenne er wirksame Therapien: Sonnenkuren und Quellwasser. Aber wem sage ich das, fügte er, zu Albert gewendet, hinzu. Ist ja Ihr Fach! Donnerschlagnochmal! Und vielleicht auch einen Joint, fragte ich, weil ich wußte, daß Gustaf auch in solchen Dingen nicht unerfahren war.

Dafür ist Carlos zuständig, sagte Stiebler scharf.

Wer ist Carlos, fragte Albert.

Das kann Ihnen Dorothee erklären.

Habe ich doch erzählt, sagte Dorothee. Einer von unseren Hippies, der Freund von Elisa. Unsere Urhippies.

Namen hast du noch keine genannt, sagte Albert.

Carlos und Elisa. Das waren die ersten, die zu uns kamen. Durch die sind die anderen eigentlich erst alle angezogen worden. Werden Sie noch kennenlernen, sagte Gustaf, unsere Superstars.

Das müssen Sie zugeben, Gustaf, Carlos und Elisa sind prima. Ich mag die beiden zu gern, sagte Dorothee. Das ideale Liebespaar.

Anke und mich hast du ja auch schon so genannt, sagte Albert. Ihr seid das auch für mich, sagte Dorothee, und bleibt das auch. Aber diese beiden: wie die aufeinander eingehen, mit welcher Zärtlichkeit dieser Mann stundenlang seine Freundin anschauen kann . . . Nie ein gereiztes Wort, also ideal! So stell ich mir Liebe vor. Carlos überhaupt, rührend, wie der die Elisa behandelt. Gar nicht wie Männer sonst.

Gustaf schien allerdings, den letzten Satz ausgenommen, eher gegenteiliger Meinung zu sein, zumindest, was Carlos betraf. Auf Elisa ließ er nichts kommen. Elisa ja, *großartig, prächtiges Mädel, intelligent,* trotzdem echt weiblich und mütterlich, eine richtige Urmutter mit einer starken erotischen Ausstrahlung. Sie! Wenn die einen anblickt! Aber Carlos, der sei ja nun das Letzte. Ein schmieriger und verhaschter Kerl, ein richtiger Parasit, der die gute Elisa ausnütze, ausbeute, für sich arbeiten lasse und sie körperlich zugrunde richte. Na, ich muß schon sagen! – Doch jetzt protestierte sogar Dorothee. Was heißt schmierig und wieso ruiniert Carlos die Elisa?

O, unsere naive Dorothee, raunte Gustaf. Was ist denn aus Elisa geworden, seit sie mit dem Carlos zusammenlebt? Schau sie dir doch an, wie sie aussieht. Das war doch mal ein blühender Mensch, stramm und kerngesund. Und jetzt? Dauernd leidend, dauernd im Spital, ausgelaugt, angegraut. Mit Mitte Zwanzig ein biologisches Wrack. Finde ich nicht, sagte Dorothee. Elisa ist bildschön, wenn auch etwas schwächlich, etwas leidend. Aber was Carlos damit zu tun habe? Ich kenn sie doch länger, sagte Gustaf. Du hättest sie früher mal erleben müssen! Was für ein lebensfrohes Mädel sie gewesen ist. Aber seit sie mit diesem Kerl zusammenlebe, sei sie vollkommen auf dem Hund, vollkommen kaputt. So was geht nicht zusammen, sagte Gustaf. Mit so was darf gutes Blut sich nicht verbinden.

Ohne ein Wort der Erklärung oder Entschuldigung stand ich vom Abendbrottisch auf und ging in mein Arbeitszimmer. Ich habe nicht unbedingt was gegen diesen Mann. Er kann zuweilen ganz unterhaltend sein. Aber heute waren mir seine Gegenwart und seine haarsträubenden Ansichten, dazu Dorothees Aufgedrehtheit, unerträglich.

Ich setzte mich an den Schreibtisch, um einige Tagebuchaufzeichnungen zu machen, die tatsächlich regelmäßig mit einer Beschreibung des Berges auf der anderen Uferseite beginnen, dessen Anblick sich fast stündlich verändert.

Aber ich war zu unkonzentriert.

Ich versuchte dann, mich durch bewußtes Atmen innerlich wie äußerlich zu beruhigen. Ich rieb meine Hände gegeneinander und legte sie wie Schalen oder Kuppeln über die Augen. Sogleich schwammen die Augäpfel in einem Teich mit weichem, warmem Wasser.

Ich hätte eigentlich *unbedingt* meinen *Telepathie*-Aufsatz anfangen müssen, den ein Schweizer Magazin bestellt hatte. Material (den »Fall Raymond«, die Umfragen Flammarions sowie die Erlebnisse Strindbergs) hatte ich ausreichend zusammen. Es ging im Grunde nur noch um eine gewisse Aufbereitung. Aber ich war dazu im Moment einfach nicht imstande. Auch nicht zu einer Tagebucheintragung. Nicht eine einzelne Zeile konnte ich schreiben. Ich saß nur da, schaute auf den Berg, schaute in den Garten und in den Abend hinein, dachte an nichts und wollte auch an nichts denken.

Eine halbe Stunde etwa hatte ich tatenlos so hingesessen, als – ein Stampfen auf der Veranda, wie marschierende Stiefel – Gustaf seine Patrouille beendete. Er trat den Rückzug an, Treppe abwärts, Stufe um Stufe im Stechschritt, auf den Hof, sein Fahrrad, noch einmal *klingelingeling* und weg. Endlich.

Aber die wirkliche Befreiung war das noch nicht. Immer blieb ein Stück von ihm zurück.

Dorothee kam ins Haus. Ein heimliches Rascheln und Knistern. Dann telefoniert sie, italienisch, mit gehauchter Stimme. Dann legt sie den Hörer auf. Dann ist es eine zeitlang still. Dann klimpern Münzen. Dann geht sie aufs Klo. Dann rauscht die Spülung. Dann plätschert Wasser. Dann scheppert ihre blechgestanzte Halskette. Dann verläßt Dorothee, tap-tap, mit Stöckelschuhen das Haus. Dann klappt die Wagentür. Dann springt der Motor an.

In dem Augenblick, wo die Reifen im Schotter knirschten, kam Albert herauf und fragte, den Kopf zum Fenster geneigt, aber ohne daß er hinausschaute: Was gibt das?

Dorothee fährt aus, sagte ich.

Weißt du wohin?

Ich habe nur eine Ahnung, sagte ich.

Albert zog den Inhalator aus der Brusttasche seines Hemdes und zischte sich in den Mund.

Ob das öfter, fragte er, vorkomme.

Alle paar Tage, sagte ich. Sie nenne das ihren Anspruch auf Freiheit. Albert schob den Inhalator in die Brusttasche zurück.

Und wie stehst du dazu?

Ich hätte, sagte ich, ebenfalls einen Anspruch auf Freiheit – behaupte Dorothee. Sie ihren Anspruch, ich meinen. Der Unterschied sei nur, sie mache von ihrer Freiheit Gebrauch, ich nicht.

Wir gingen, weil es in meinem Zimmer unterm Dach unerträglich heiß war und gegen Abend hin immer heißer wurde, und weil man, der Insekten wegen, die sogleich hereingeschwärmt wären, das Fenster nicht öffnen konnte, auf die Veranda hinunter, wo wir, erst Wein trinkend, um müde zu werden, dann Kaffee, um nicht einzuschlafen, auf Dorothees Rückkehr weniger warten als sie abwarten wollten. Es war etwa gegen neun, da läutete das Telefon.

Vielleicht Dorothee, dachte ich.

Aber Albert sagte sofort: Das ist bestimmt für mich.

Ich nahm den Hörer ab, meldete mich mit *pronto.* Eine helle, freundliche Mädchenstimme fragte: Bin ich richtig verbunden?

Das kommt drauf an, sagte ich. Wen möchten Sie denn sprechen?

Albert.

Nur dieses eine Wort.

Albert.

Ich ließ ihn mit dem Telefon und der fernen, fremden Mädchenstimme allein und ging wieder hinaus auf die Veranda.

Er telefonierte lange. Schätzungsweise über zwanzig Minuten. Ein teueres Gespräch, dachte ich. Aber Anke ist es nicht. Ankes Stimme kenne ich genau.

Als Albert zurückkam, versuchte ich irgendeine Reaktion von seinem Gesicht abzulesen. Er schien indes unverändert zu sein. Trotzdem war er verändert. Ich habe es gleich gemerkt.

War das der Anruf, den du erwartet hast, fragte ich.

Mit dem ich gerechnet habe, sagte er. Mit dem ich rechnen konnte.

VII. Eine notwendige Unterbrechung

Ein Wagen fuhr vor, hielt, fuhr weiter.

Zehn Minuten später Schritte durch den Garten.

Carlos und Elisa.

Weshalb sie den längeren und unbeleuchteten Weg durch den Garten genommen hatten, statt die Veranda über den beleuchteten Hof zu erreichen, war mir unverständlich.

Hallo! Wie geht's euch?

Schlecht, sagt Elisa.

Sie muß wieder mal ins Spital, diesmal wegen einer Unterleibsgeschichte.

Albert ist Mediziner, sagte ich.

Eine Zyste, sagt Elisa.

Da muß sie schon ins Spital, sagt Albert. Aber die soll'n nicht gleich schneiden. Erstmal beobachten.

Diese Allerweltsratschläge. Wenn Albert sie erteilt, wirkt das auf mich erschreckend. Er kommt mir dann ganz fremd vor.

Carlos, eine selbstverfertigte Handtasche unterm Arm, spielte an dem mageren, ledernen Tragegurt.

Ist Dorothee nicht da? *Non c'è*, fragte Elisa.

Nein, sagte ich. Weg, *via.*

Dann war sie's doch, sagte Carlos.

Wir glaubten nämlich, uns getäuscht zu haben, sagte Elisa.

Habt ihr sie gesehen?

Elisa sah Carlos, Carlos Elisa an.

Ja.

Wo?

Sie drucksten.

Wo denn?

Im DANCING, sagte Carlos endlich.

Von mir aus, soll sie. *Fa niente,* sagte ich. Era sola?

Im DANCING allein?

Setzt euch doch! Wollt ihr 'n Wein? Ach, ich weiß ja, ihr trinkt ja keinen. Milch?

Nein, sie wollten nur mal kurz vorbeischauen. Sie kämen in den nächsten Tagen wieder, mit mehr Zeit. Heute müßten sie noch nach Reggio. Reggio Emilia.

Wann Elisa ins Spital geht?

Sobald ein Bett frei ist.

Was sagt I GING?

Es ist keine Schande, nicht zu Tür und Hof hinauszugehen. Sei verschwiegen und geh' nicht hinaus.

Und bei dir, fragte Carlos.

Das sag' ich lieber nicht, antwortete ich. Vor einer Woche hatte ich das SUN-Zeichen und die Sechs auf dem dritten Platz: *Wo drei zusammen sind* und so weiter.

Ciao!

Ciao!

VIII. WORAUS EINIGES HERVORGEHT

Das war man ja ein kurzer Besuch, sagte Albert.

Aber für mich ganz aufschlußreich, sagte ich.

Bist du jetzt beunruhigt?

Überhaupt kein bißchen. Mich läßt das ganze Ehedrama kalt.

Es ist kein Drama, sagte Albert. Kein Drama und kein *Mein-ist-die-Rache-Roman*, weil nichts passiert oder wenn was passiert, nur unter der Hand passiert.

Es passiert schon 'ne ganze Menge, sagte ich. *An sich*.

Reden passiert, sagte Albert. Die Ehe ist, wennschon, ein Rededrama.

Wäre auch noch aufregend, sagte ich, *aufreibend*, weil man gar nicht so viel reden kann, wie man reden müßte, solange das Stück läuft.

Bei mir ist es, sagte Albert, gelaufen.

Bei mir auch, sagte ich, in gewisser Weise. – Wie fandest du eigentlich die Elisa?

Sympathisch, sagte Albert. Auch ein Sulphur, vermute ich.

Sie ist, sagte ich, eine enorme Person, eine wunderbare Frau. Genau mein Typ, mit diesem schwarzen Haar, diesen dunklen Augen. Das ganze Gegenteil von Dorothee: still, fast stumm, ungeheuer sensibel, ungeheuer traurig, von einer grenzenlosen Leidensfähigkeit, aber dann wieder ungeheuer lustig, geradezu ausgelassen und voller Lebensgier. Wenn ich Elisa im richtigen Moment kennengelernt hätte, sie wäre heute meine Frau. Wie ich sie das erste Mal gesehen habe, war ich wie vom Blitz getroffen. Dabei ist sie nicht mal im üblichen Sinne schön. Aber irgend etwas geht von ihr aus, eine seltsame Intensität ... ich weiß nicht, was es genau ist. Ich habe ihr viel zu verdanken, eine Menge von ihr gelernt. Sie war es auch, die mich von meiner Eifersucht geheilt hat. Ich war tatsächlich wahnsinnig eifersüchtig und habe mir gleichzeitig vorgemacht, keinen Grund zur Eifersucht zu haben. Ich habe in Illusionen gelebt und wollte vor der Wahrheit die Augen verschließen. Und das war das Schlimme, weil ich auf diese Weise immer in der Unwahrheit gelebt habe, auch in Unsicherheit, die mich dann noch eifersüchtiger hat werden lassen und schließlich wütend, daß ich eifersüchtig war, und immer so weiter, ein Teufelskreis, als sei ich schon vollkommen neurotisch. Ein Wahnsinn! Aber das ist nun vorbei, dank Elisa. Dorothee weiß natürlich von dieser Beziehung nichts, aber ich war wirklich irre verliebt in dieses Mädchen. Ich habe, wahrscheinlich zum ersten Male in meinem Leben, erfahren, was Liebe ist, was Liebe sein kann: einfach dasein für den anderen, auf ihn eingehen, ihn verstehen, und daß jedes Wort, jeder Blick, jede Geste diese Liebe ausdrückt.

Und warum bist du nicht bei Elisa geblieben?

Wie denn, wie sollte ich denn? Da war auf der einen Seite Carlos und auf der anderen – ich meine: ich habe ja nicht vor, mich von Dorothee zu trennen. So schlecht ist unser Verhältnis denn auch wieder nicht. Und dann wäre es auch wegen des Kindes nicht gegangen. Ich habe Elisa einfach zu spät kennengelernt. Und inzwischen ist sie fest mit Carlos liiert.

Aber sie liebt dich noch. Sie liebt dich noch immer.

Weiß ich nicht. Solche Frauen können gar nicht anders als lieben. Ihr ganzes Wesen strahlt Liebe aus.

Ich meine, sie liebt dich ganz spezifisch, sagte Albert, nicht nur so allgemein. Oder weshalb glaubst du war sie heute abend hier?

Keine Ahnung. Ich will auch gar nicht darüber nachdenken.

Du machst dir was vor, sagte Albert. Du belügst dich selber.

Ich weiß es nicht, ich weiß es wirklich nicht. Aber ich glaube, ich muß mich hinlegen. Ich habe auf einmal wieder wahnsinnige Kopfschmerzen. Wir müssen uns darüber noch mal unterhalten.

Ich will ja morgen da oben in das Schwesterhaus, sagte Albert. Ich kann schließlich nicht die ganze Zeit bei euch wohnen.

Wir werden ja sehen, sagte ich. Wir können ja morgen mal rauf, ob es dir da überhaupt gefällt.

Du wolltest mir übrigens, sagte Albert, als ich schon aufgestanden war, noch diese Stelle bei Tolstoi mit den glücklichen und unglücklichen Liebespaaren, zeigen.

Nein, das war geklärt, aber die Stelle bei Musil, die mit dem Wasserfall. Ich habe vorhin noch daran gedacht. *Auch* morgen, sagte ich. Jetzt kann ich einfach nicht mehr. Ich habe außerdem keine Lust, noch länger auf Dorothee zu warten. Soll sie kommen, wann sie will.

IX. Betrachter und Betrachteter

Ich weiß nicht, wie spät es genau war, als Dorothee zurückkam, auf jeden Fall nach zwei, angetrunken und aufgekratzt. Ich hatte mir vorgenommen, nichts zu sagen, doch wie sie dann anfing, warum ich schon im Bett liege, und ich erklärte, daß ich Kopfschmerzen hätte, und sie loslegte, was ich eigentlich für ein Mann sei, andere Männer seien verrückt nach ihr, würden sich für sie umbringen und so weiter, dagegen ich: ein Schlappschwanz, ein *Impotemkin*, der so eine Frau wie sie gar nicht verdient habe, ein Waschlappen und vollkommen vertrocknet und vertrottelt, habe ich mich dann doch wieder hinreißen lassen, Theater zu machen, wo sie gewesen sei, wo sie sich herumgetrieben habe, ich wisse alles, sie brauche sich nicht erst was auszudenken, von wegen, daß sie bei den alten Ringlers Heringssalat oder Frankfurter Würstchen gegessen habe, sie sei nicht bei Ringlers gewesen, sie sei noch nie ohne mich bei Ringlers gewesen, ich hätte diesbezüglich schon bei Ringlers Erkundigungen eingezogen, aber im DANCING sei sie gewesen, Carlos und Elisa hätten sie gesehen, ich sei über alles genau informiert. In diesem Stil ging das bis zum Hellwerden und deshalb wurde natürlich auch nichts aus dem für den Vormittag geplanten Umzug Alberts nach Palada. Erst am Nachmittag des folgenden Tages – mir schien es, als seien seit Alberts Ankunft Wochen vergangen – waren wir endlich so weit, seinen Quartierwechsel in Angriff zu nehmen oder zu bewerkstelligen.

Wir fuhren, um das viele Gepäck nicht den Berg hochtragen zu müssen, mit Alberts Wagen nach Palada. Es war ein irrsinnig heißer Tag, und obwohl die Sonne schon hinter dem Monte Gu stand, hatte sie ihre Macht noch nicht verloren, es wurde, im Gegenteil, immer drückender.

Ich zeigte Albert das Haus, führte ihn durch sämtliche Räumlichkeiten, in einem der unteren Zimmer wollte er sich mit seinen Sachen einrichten. Wir trugen einige Möbel aus diesem Zimmer hinaus in den Kaminsaal und einige andere Möbel aus dem Kaminsaal hinein in das Zimmer. Bis zum Einbruch der Dämmerung waren Albert und ich mit der Herrichtung des Zimmers beschäftigt und Albert konnte mit dem Ergebnis zufrieden sein. Er äußerte seine Zufriedenheit auch und sagte, besonders die Ruhe hier oben gefiele ihm. Da käme er endlich mal zum Nachdenken. Er sehe, sagte er, die Ruhe zu Farben und Formen geordnet wie auf einem Bilde, das die Ruhe nicht darstelle, aber ausströme.

Als ich Albert verlassen wollte, sagte er, wenn das Mädchen anriefe, solle ich ausrichten, er sei morgen gegen elf bei uns zu erreichen. Er brachte mich dann vor die Tür, und wie ich schon am Ende des Grundstücks angelangt war und mich noch einmal nach ihm umschaute, sah ich ihn ins Haus eintreten. Dorothee war in M. geblieben.

Schon auf halber Höhe, als ich den Richtweg ging, hörte ich Stimmen und Gelächter in unserm Garten.

Ringlers waren auf einen Schluck Wein gekommen, hielten sich aber glücklicherweise nicht länger bei uns auf, wollten nur mal *Guten Tag* sagen, als Nachbarn und Landsleute, äußerten sich rasch noch besorgt über die politische Lage in Italien, es liefe doch alles auf Umsturz und Revolution hinaus, nichts klappte mehr, Post nicht, Telefon nicht, Benzin werde auch jeden Tag knapper, und gingen dann wieder.

Hat wer angerufen, fragte ich Dorothee. (Es war das erste Wort, das ich wieder an sie richtete seit der vorletzten Nacht).

Kletts, sagte Dorothee. Die Kletzkis. Sie wollen vielleicht im Juli kommen. Ist aber noch nicht ganz sicher.

Sonst noch wer?

Warum fragst du?

So halt.

Eine Frau. Hat aber gleich wieder aufgelegt, als ich mich meldete. Das war sicher für Albert.

Warum legt sie dann wieder auf? Komisch.

Was soll denn daran komisch sein?

Wollen wir uns wieder vertragen?

So macht sie's immer. Wieder vertragen! Als ob damit die Ursachen unserer Spannungen zu beseitigen wären!

Von mir aus, sagte ich. Es ändert ja doch nichts.

Ob es Albert in Palada gefiele.

Ich wollte aber nicht so bald wieder den Versöhnlichen herauskehren und sagte nur, ziemlich reserviert: Ich glaube schon. Er schien plötzlich ein ganz anderer Mensch, irgendwie befreiter.

Es war mir, als hätte ich nicht von Albert, sondern von mir gesprochen, als wäre ich und nicht er in Palada zurückgeblieben.

Ohne ein Wort ging ich, alle Türen weit offen lassend, in mein Zimmer hinauf. Ich setzte mich an den Schreibtisch. Ich war allein, doch ich fühlte mich beobachtet. Ich machte kein Licht. Ich sah mich um im Zimmer, als gäbe es da eine Person, die mich erwartete. Etwas bewegte sich vor meinen Augen. Eine von der Decke herabhängende Fliegenschlange. Im Dunkeln für mich allein schnitt ich ein Gesicht. Ich erschrak, als sei ich der Ertappte, der graue Gast im Sessel, der mir auflauerte. Ich konnte die Fratze nicht zurücknehmen. Sie wich auch nicht aus meinem Gesicht, als ich dieses entspannte. Plötzlich, in der verlängerten Blickrichtung, in der Tiefe des Zimmers, vor der Bücherwand, gewahrte ich die mannshohe sizilianische Marionette, an einem eisernen Haken hängen. Ihre großen Augen waren es, die auf mich gerichtet waren, die gemalten Augen auf dem Kopf aus Holz. Eine vernünftige Erklärung geht nicht der Ursache des Erschreckens auf den Grund. Je länger ich in das Gesicht der Puppe schaute, desto ernster wurde das ausdruckslose Lächeln.

Eigenhändig hatte ich die Puppe dort aufgehängt. Warum hatte ich ihre Augen nie gesehen? Warum nie den Ernst darin? Es lag an der hölzernen Hand, die an der Brust ruhte. Elisa hatte mit der Puppe gespielt, Elisa, als sie bei mir im Zimmer war. Die Augen der Puppe waren die Augen Elisas, als sie mit der Puppe spielte. Elisa hatte der Puppe die Hand an die Brust gelegt.

Ein Wagen fuhr vor. Ich stand auf, schaute aus dem Fenster. Die Klotzens kamen. Herr Klotz und Frau Klotz und die fünf oder sechs oder sieben Klotzkinder. Dorothees laute Begrüßung wurde nur gedämpft beantwortet. Dann redeten Herr Klotz und Frau Klotz erregt durcheinander. Was sie sagten, war nicht zu verstehen, weil zwei der Kinder, die kleinsten, weinten und schrien. Irgend etwas Schlimmes schien passiert zu sein. Die Stimmen der beiden Klotzens überschlugen sich. Ob ein Kind ertrunken war oder von Schlangen oder Skorpionen gebissen, eine bösartige Verletzung? Dorothee rief mich, möglicherweise um Hilfe. Ich mußte dabeisein. Ich ging kreuz und quer durchs Zimmer, dann hinunter, auf die Veranda. Nobi glühte der Kopf. Frau Klotz stand mitten unter der Lampe. Die Kinder hockten winselnd auf der Erde. Ich konnte ihre Anzahl nicht sofort feststellen. Es war ein Blick wie auf ein Katzennest. Man sieht nur, daß es viele sind.

Ich ließ Nobi Klotz' brockenweise und heftig aus der Kehle hervorgebrachte Laute und Worte an mir vorbeiziehen, ohne zu begreifen, wo hinaus er wollte. Er redete. Ich hörte nur hin. Ich hörte nicht zu. Ich begriff nichts. Einmal dachte ich kurz, er riefe das Schicksal an. *Wir hätten besser getan*, sagte er. Was sie besser getan hätten, konnte ich nicht verstehen, weil seine Frau ihm mit dem Satz *Für alle Fälle muß man vorbeugen* dazwischengekommen war.

Dorothee sagte nichts, nichts mehr, erwartete von mir eine Lösung. Ich hätte mich aber, angesichts der Klotz-Familie, nur auflösen können. Für Dorothee schien, was hier zur Rede stand, nur ein Diätfehler. Sie bot Mexaform an, Haferflocken, Kamillentee. Allmählich begriff ich doch etwas. Wie Nobi die Muscheln erwähnte, die er gestern abend genossen habe. Muscheln, in einem kleinen, schmutzigen Lokal, und daß ihm gleich davor geekelt habe. Schwarz auf weiß, sagte er, etwas zusammenhanglos, und doch war es bereits, als stehe sein Name in einer alarmierenden Schlagzeile auf der ersten Seite der beliebtesten deutschen Tageszeitung. Klotz tippte sich an den Kopf, rieb dann seinen Bauch. Kein Skorpion also, keine Schlange, keine raffende Woge, die ein Kind im Schlauchboot überspült hatte, kein Biß, kein Stich, sondern die Klotzens sahen sich von der Cholera-Epidemie verfolgt. Noch ist vermutlich alles gutgegangen. Aber eine Warnung war's, ein Fingerzeig, wie der an Nobis Kopf. Darum: auf der Stelle weg, auf und davon, ehe es zu spät sei. Dorothees schwache Einwände, ihre sanften Beschwichtigungen und zurückhaltenden Nichtigkeitserklärungen richteten nicht das Mindeste aus. Klotzens waren entschlossen, wieder einmal fest entschlossen. Wie am Tage nach ihrer Ankunft. Sie lassen sich nicht dreinreden. Alles hat sich gegen sie verschworen. Gegen ihren lange vorbereiteten Urlaub, den sie nun, weil's der erste seit Jahren sei, im Allgäu oder im Schwarzwald fortzusetzen gedachten. Dies hier jedenfalls war nichts. *Ein Reinfall*, lautete Nobis Fazit. Und damit reichte er mir die fleischige Hand weich und herzlich, schlug mir dann härter und herzlicher auf die Schulter und sagte: Bis zum nächsten Mal. Worauf Frau Klotz sagte: Mich sieht man hier nicht wieder. Sie gab uns trotzdem die Hand. Auch jedes der sechs oder sieben Klotzkinder gab uns seine Hand. Dann fuhren sie. In die Nacht hinein ging ihre Reise. Niemand konnte diese Menschen aufhalten. Sie flohen davon, wer weiß, vielleicht sogar mit einem Gefühl des Bedauerns oder Mitleids, daß wir zurückbleiben mußten.

Das war an einem Montag, zwei Wochen nach Trinitatis.

Am Dienstag früh fuhr Dorothee nach Salò, um groß einzukaufen. Gegen halb elf, nach seinen Yogaübungen, kam Albert und fragte, ob jemand für ihn angerufen habe. Heute noch nicht, sagte ich, aber vermutlich gestern nachmittag, es sei aber sofort wieder aufgelegt worden.

Das kann für mich gewesen sein, sagte Albert. Zu dumm, daß ich nicht am Apparat war.

Meinst du, es war wieder das Mädchen?

Wahrscheinlich, sagte Albert. Wer hat denn abgenommen?

Dorothee.

Es war bestimmt für mich.

Und Anke?

Anke hätte sich *gemeldet*. Nein, Anke nicht. Damit rechne er auch nicht, daß Anke anrufe. Das sei doch wieder typisch, diese völlige Gleichgültigkeit. Ihm könne unterwegs sonstwas passiert sein. Wenigstens mal anfragen, wie es ihm ginge. Aber nichts.

Sie wird schon noch anrufen.

Garantiert nicht, sagte Albert. Vermutlich sei sie sauer, daß er allein gefahren sei, vermute schon wieder alles mögliche dahinter, obwohl sie genau wisse, daß er mit Byrd die Reise gemacht habe.

Ob er bei Anke anrufen möchte?

Nein, sie soll anrufen. Es sei von hier aus ja auch viel zu umständlich, mit dem Anmelden über Amt und so. *Sie* soll, es kostet sie ja nichts.

Wir saßen auf der Veranda. Dorothee kam vom Einkaufen zurück und fragte Albert, wie er die erste Nacht in Palada geschlafen habe. Sehr gut, sagte Albert. Als er in der Früh aufgewacht sei, das ganze Zimmer hell, vor meinen Augen, sagte er, alles hell, ich lag in der vollen Sonne, und auf einmal, vom Fenster eingerahmt, aber so dicht vor mir, daß ich meinte, danach greifen zu können, der Berg, und im selben Moment, sagte er, habe er eine grenzenlose Leichtigkeit in seinem Körper verspürt und sich durchs Zimmer gehen sehen, obwohl er im Bett gelegen sei.

Ich kenne das, sagte ich. Wenn ich manchmal in den Spiegel schaue, ist es mir, als sehe ich nicht mein Spiegelbild, sondern jemand, der ich bin, vor dem Spiegel, dem ich aus einiger Entfernung zuschaue, wie er als ein ganz anderer in den Spiegel blickt, und Betrachter und Betrachteter sind dann eins.

Ja, es sei immer wieder überraschend, sagte Albert, was ein Klimawechsel bewirke. Seine Asthmabeschwerden seien jetzt beispielsweise total verschwunden.

Dorothee schlug vor, Schwimmen zu fahren. Aber Albert hatte jetzt sein Badezeug in Palada. Morgen, sagte er. Allerdings würde er gern irgendwo einen Kaffee trinken. Wir fuhren nach Villavetro. Unterwegs erzählte Dorothee, daß die Klotzens letzte Nacht plötzlich abgereist seien, wegen der Cholera. Er, Klotz, habe Muscheln gegessen und bilde sich ein, sich infiziert zu haben.

Ich hoffe nur, sagte Albert, diese Scheißcholera kommt hier nicht wirklich noch her. Eigentlich sollte man gar nichts außer Haus verzehren, nichts trinken, nichts essen, nicht mal was anrühren.

Sobald wir die ersten Anzeichen merken, sagte Dorothee, werden wir uns vorher noch mal richtig ausleben. Dann machen wir ein Riesenfest, ein richtiges Gelage, eine tolle Orgie mit der verrücktesten Musik, laden alle Freunde ein und lieben uns und tanzen bis wir vor Erschöpfung tot umfallen, wie in dieser einen Geschichte von Poe.

Das wäre eigentlich ein schöner Tod, sagte Albert.

Wenn ich nicht allein sterben muß, sagte Dorothee, wenn man so massenweise stirbt, alle guten Freunde zusammen, hab' ich vor dem Tod keine Angst. In der Bar vor dem kleinen Hafenbecken erbettelte sich Dorothee von dem Wirt einen schwarzen Kater mit einer hübschen Zeichnung am Hals. Sie habe schon lange wieder eine Katze wollen, sagte Dorothee.

Auf der Rückfahrt nach M. sagte ich, in der ersten Zeit unseres Hierseins hätte ich immer das Bedürfnis verspürt, gegenüber Freunden und Bekannten unsere Emigration und dieses neue Leben, praktisch auf dem Lande, ausführlich zu erklären, später zu begründen, noch später zu rechtfertigen und gleichsam zu entschuldigen. Inzwischen – und nicht erst, seit viele etwas Ähnliches machten, es gebe ja eine richtige Stadtfluchtbewegung mittlerweile – verspürte ich dieses Bedürfnis keineswegs mehr. Wir hätten uns zu diesem Schritt entschlossen, und alles Weitere sei allein unsere Sache. Jedenfalls von Flucht könne die Rede nicht sein, auch nicht von Illusionen, wie Byrd meine. Ich sähe unsere Situation vollkommen nüchtern.

Vor unserm Haus erwartete uns der Nachbar. Er habe uns etwas mitzuteilen. Er tat geheimnisvoll, drehte sich eine Zigarette, sagte dann, es seien Carabinieri dagewesen, sie hätten jemanden gesucht, vermutlich einen von denen, die bei uns im Garten gewohnt hätten. Die seien, sagte Dorothee darauf, schon lange alle weg. Aber einer käme doch immer noch, sagte der Nachbar und beleckte die gummierte Fläche des Zigarettenpapiers. Ach so, Carlos, sagte Dorothee. Dann weiß ich auch schon, was die Carabinieri wollten. Carlos hat seine Wagenpapiere verloren. Ja, das wird es sein, sagte ich. Wir werden Carlos benachrichtigen. Aber der Nachbar schien es besser zu wissen. Man müsse vorsichtig sein, sagte er und steckte die Zigarette in den Mundwinkel. Man dürfe nicht jedem trauen. Er setzte die Zigarette in Brand. Ihn ginge das nichts an, er wolle uns nur als Nachbar warnen. Die Carabinieri hätten die ganze Gegend um unser Haus abgesucht.

Dorothee versuchte abzulenken.

Unsere Katze, sagte sie. Hab' ich geschenkt gekriegt. Ist sie nicht hübsch? Ein Kater, *unser Miciu.*

Aber die Katze in Dorothees Armen schien den Nachbarn nicht sonderlich zu interessieren. Rauchend ging er ohne ein weiteres Wort davon.

Was sagst du dazu, fragte ich Dorothee. Mich beunruhigt das.

Nun fang nicht schon wieder mit deiner Hysterie an.

Stimmt das, fragte Albert, mit den Wagenpapieren?

Natürlich nicht, sagte ich. Die suchen nach Hasch.

Wieso? Habt ihr?

Wir nicht, aber Carlos.

Das ist seine Sache, sagte Dorothee.

Soll sein, sagte ich, aber wenn er in aller Öffentlichkeit seine Joints nimmt . . .

Wir haben damit nichts zu tun.

Aber hör mal zu, sagte ich, der bloße Verdacht, daß auch wir, reicht aus, um uns aus dem Lande zu jagen.

Du spinnst! Uns passiert nichts. Uns kann gar nichts passieren. Ihr spinnt, sagte Dorothee. Ich laß mich von euch nicht verrückt machen. Komm, *Miciu*, Milch.

Es ist mit ihr nicht zu reden, sagte ich, als Dorothee gegangen war. Du hörst es ja. Alle Bedenken schlägt sie in den Wind.

Kann möglicherweise der Besuch von Carlos und Elisa am Samstagabend mit dem Carabinieriüberfall was zu tun haben?

Kann schon, sagte ich. Vielleicht hat Carlos sich wieder eine frische Ration geholt.

Was mir aufgefallen ist, sagte Albert, daß die beiden durch den Garten zu uns auf die Veranda gekommen sind.

Darüber hab' ich mich auch gewundert. Was hältst du von Carlos?

So mies wie der Gustaf ihn findet, finde ich ihn nicht, aber 'n bißchen schräg scheint er schon zu sein, und ob das wirklich der ideale Typ für die Elisa ist, möchte ich bezweifeln. Jedenfalls das ideale Liebespaar seh' ich in den beiden nicht.

Wir hatten während dieses Gesprächs auf der Veranda gestanden, als plötzlich (*plötzlich* für mich) das Telefon ging und Albert, anscheinend um die Ursache der Störung mit der äußersten Entschlossenheit zu beseitigen, in Wirklichkeit aber, weil er vermutete, der Anruf gelte ihm, mit rasender Geschwindigkeit ins Haus und durch die Küche ins Wohnzimmer rannte, um das Gespräch entgegenzunehmen.

Und tatsächlich war der Anruf für ihn.

Auch ein Fall von Telepathie, dachte ich. (Mein Gott, der Aufsatz! Ich muß endlich damit anfangen.)

Er telefonierte lange, lange und sehr leise.

Als er wieder auf die Veranda herauskam, wirkte er hochfliegend, fast verstandeswidrig verändert, wie von einem auszehrenden und die Gesundheit angreifenden Glück überrieselt.

Er setzte sich in einen Korbsessel, zog einen zweiten herbei, um seine Beine in die Horizontale zu bringen, schloß, nachdem er seine Brille abgenommen und die Gläser geputzt hatte, seine Augen für die Dauer einer halben Minute und äußerte den Wunsch, diese Nacht auf unserer Veranda verbringen zu dürfen.

Er ist indes nicht nur diese runde Vollmondnacht bei uns geblieben; er hat die ganze ihm noch verbleibende Ferienzeit bei uns verbracht, im Kinderzimmer geschlafen, morgens seine Yogaübungen im Garten verrichtet und nur am Tage seiner Abreise noch einmal Palada aufgesucht, um seine dort zurückgelassenen Sachen einzusammeln und ins Auto zu packen.

Er hatte zwar immer wieder die *frenetische Ruhe in dem Schwesterhaus*, wie er sagte, gepriesen, den *wirklich gewagten Blick* von da oben über den See und zum Berg hin, den *hämoklastischen Lichtwechsel*, wie er es nannte, und sich an jedem Tag von neuem vorgenommen, wieder nach Palada hinaufzugehen, einmal wegen seiner Steuererklärung, dann auch, weil er uns schließlich *nicht zur Last fallen wolle*, aber es wurde nie etwas daraus.

Einmal war er zu müde, um den beschwerlichen Weg zu gehen, ein anderes Mal die Sonne zu stechend, wieder ein anderes Mal schützte er seine Nachtblindheit vor, aber meist erwartete er noch spät abends bestimmte Anrufe, die dann auch mit bestechender Pünktlichkeit erfolgten. Trotzdem waren das alles – von den Telefonaten abgesehen – wieder die üblichen Ausreden Alberts, zurückzuführen auf seine tiefsitzende Entschluß*un*freudigkeit, die ihn *hin und her reißt.*

Zu unregelmäßigen *Stipvisiten* stellten sich während ihres Aufenthaltes in ihrem *Sommerhäusle*, wie sie ihre Betonfestung nannten, meist an den Nachmittagen und immer nur *auf ein Gläsle Wein*, Ringlers aus Karlsruhe ein, die laufend Scherereien mit dene Urlaubschgäste haben, jetzt wieder mit einem Pärchen, von dem man nicht mal wisse, ob's überhaupt gültig verheiratet sei. Nichts gegen junge Leute, sie gingen ollewoil mit der Jugend, gell, ober des hier sei zuviel. Wie die Küche aussehe, sagte Frau Ringler, unvorstellbar. Alle Töpfe angebrannt, haushoher Abfall, allerorten verschimmelte und angefaulte Reste. Und erst das Schlafzimmer, vom Klo gar nicht zu reden, die Unordnung, ober des ischs net, net die Unordnung, doch a kloins bißcha Obbacht und Taktgefühl könne man ebbes verlangen, gell? Sie seien auch mal jung gewesen und hätten für vieles Verständnis, auch dafür, daß so junge Menschen sich mal gern hätten. Aber Tag und Nacht im Bett und dann mit einer Lautstärke, daß man's im ganzen Hause höre und bei den dicken Wänden und wo die Gästewohnung im Souterrain sich befinde, das wolle schon was heißen, taub samma au net grad. Na ja, meinte er, Ringler, wir woll'n uns net d'Gosch drum verreißen, trotzdem könne einem so was töbig machen.

Wenn sie schon, meinte dann wieder Frau Ringler, nauf und nunta geschlechtlich verkehrten, dann sollte die Frau wenigstens wissen, daß es auch Handtücher oder Papierservietten zum Drunterlegen gebe. Wie die Bettwäsche und die Matratzen aussähen! Des sa e Sauerei. Alles zum Wegwerfen, sagte sie. Zum Verbrennen!

Ja, das täte schon weh, sagte er, Ringler. Und an den Möbeln überall Kratzer, und man wisse doch, daß gerade an neuen Möbeln jeder einzelne Kratzer weh täte.

Nun wollte ich Ihnen, sagte Dorothee, auch gerade Feriengäste vermitteln ...

Immer her damit, sagte Frau Ringler.

Aber wo Sie so was sagen ...

Na, auf Ihre Leute kann man sich ja verlassen. Letztes Jahr die Sperlings oder wie sie hießen.

Lerchers, sagte Dorothee.

Die ware scho recht, sagte Ringler.

An die ich jetzt dachte, sagte Dorothee, auch. Sehr ruhige Leute, Ehepaar und zwei Kinder.

Is scho recht. Wann?

August, den ganzen August.

Da seien sie zwar nicht mehr da, aber wir könnten den Schlüssel an uns nehmen. Preis noch immer der alte, obwohl: nächstes Jahr müßten sie erhöhen.

Wen willst du da eigentlich unterbringen, fragte ich Dorothee, als Ringlers gegangen waren.

Schweters.

Ich weiß überhaupt nicht, daß die kommen wollen.

Richtig, habe ich ganz vergessen, dir zu sagen. Er hat geschrieben, schon vor zwei Wochen.

Und warum hab' ich den Brief nicht gesehen?

Ich hab' den irgendwie verlegt. Ich weiß auch nicht.

Kommt das öfter vor, daß du Briefe an mich verlegst?

Das ist das erste Mal, ich schwöre. Außerdem war der Brief nicht an dich adressiert, sondern an uns.

Also auch an mich. Aber gut, daß ich mal so nebenbei erfahre, daß Schweters kommen. Ich hätte, sagte Dorothee, den Brief dir ja auch gezeigt, aber irgendwie ist er in die Grabbel gekommen und auf einmal war er weg.

Bei Anke, sagte Albert, passiert so was dauernd.

In der Nacht vor Alberts Abreise weckte mich Dorothee. Hochaufgerichtet, den Kater im Arm, saß sie im Bett und sagte, sie habe einen grauenhaften Traum gehabt. Zwei Männer, einer wie unser Tischler, der andere mit Glatze und Mafiosobärtchen, seien ins Schlafzimmer eingedrungen und hätten mir mit einem Vorschlaghammer den Schädel zertrümmert. Sie habe meinen Schrei noch in den Ohren, ich hätte wahnsinnig geschrien. Mein Kopf sei ein einziger blutiger Fleischklumpen gewesen. Sie sehe noch alles ganz deutlich vor sich. Grauenhaft. Wie sie ans Fenster gewollt habe, um nach Hilfe zu schreien, hätten die beiden sie gepackt und sie mit einem Schal geknebelt und mit Stricken ans Bett gefesselt, darauf Schränke und Kommoden ausgeräumt, alles in Papiersäcke gestopft und – ab.

Wenigstens bist noch du lebendig davongekommen.

Es war noch viel schlimmer, sagte Dorothee. Ich kann's gar nicht sagen, was sie mit mir noch angestellt haben.

Und was fällt dir dazu ein?

Ich habe Angst um dich, sagte Dorothee.

Denk mal nach! Kann es auch mit den Carabinieri zusammenhängen oder mit Gustaf – oder vielleicht mit einem Italiener aus dem DANCING?

Nein, ich – weiß, ich weiß schon, sagte Dorothee. Jetzt weiß ich's wieder.

Sie erzählte, daß sie, als sie vor zwei Wochen in Salò gewesen sei, sie ein alter Mann stundenlang verfolgt habe, *mit einem richtigen Mördergesicht.*

Wahrscheinlich ein alter Lüstling, sagte ich, oder ein Verrückter. Nein, nein, mit diesem Gesicht – wie aus einem Verbrecheralbum.

Und wenn es ein Detektiv war?

Wieso Detektiv?

Was weiß ich! Wegen Carlos oder vielleicht läßt Tonio dir nachspionieren. Ich weiß es nicht.

Es war ein Verbrecher, und der muß mich auch gekannt haben, uns gekannt haben.

Weißt du noch, wie der Mann aussah?

Das Gesicht sehe ich genau vor mir.

Dann wird man ihn ja ausfindig machen können, und dann kann man auch seine Papiere mal feststellen lassen und so weiter.

Ich habe wahnsinnige Angst, sagte Dorothee.

Nun reg dich man nicht wegen eines Traums auf und wegen dieses alten Mannes. Das wird schon nichts Besonderes gewesen sein.

Ich verstehe nicht, wieso du so ruhig bleiben kannst.

Du sagst doch sonst immer, ich sei hysterisch. Nun bin ich's mal nicht. Diesmal bin ich ganz ruhig und du bist hysterisch.

Ich war aber nicht wirklich ruhig. Bei jedem Geräusch, das ich zu hören glaubte, bin ich aufgeschreckt. Wenn man uns tatsächlich mal hier überfallen sollte! Und sofort hatte ich für einen solchen Überfall Dutzende von Motiven und zwei Hände voll Personen, die als Täter in Betracht kämen, darunter eben auch Tonio, der Dorothee, seit wir hier leben, mit Liebesanträgen bombadiert. Bis in die vorvorletzten Einzelheiten habe ich mir ausgemalt, auf welch phantastisch-phantasielose Weise man uns in diesem nach allen Richtungen hin ungesicherten Haus kaltmachen könne. Nicht mal die Haustür brauche man aufzubrechen, da sie nicht zu verriegeln sei, aber selbst wenn sie zu verriegeln wäre: wie leicht lasse sich durchs Fenster einsteigen, durch drei oder vier Fenster. Außerdem gewähre der steil hinter dem Haus hinanführende Richtweg nach Palada jedermann einen ungetrübten Einblick in die Geographie des Grundstücks. Von diesem Weg aus ein Sprung auf die Mauer und mit der bloßen Hand oder einer Eisenschere das Telefonkabel zu unterbrechen, sei das Leichteste von der Welt. Ich sah schon das Haus umstellt, sah schon, wie die Schlafzimmertür aufgestoßen wurde, sah den Schein von Taschenlampen, sah die Täter, sah ihre Waffen, sah das Verbrechen seinen Anfang nehmen, sah überall Blut, das Ende. An gewöhnliche Einbrecher und Diebe dachte ich nicht, nur an eine Wahnsinnstat, an Helter-Skelter, Messerstecherei, Folter, Mord. In dem Maße, wie meine Vorstellungen genauer wurden, hielt ich ein solches nächtliches Gemetzel, eine solche eiskalte Abschlachtung für um so wahrscheinlicher, nicht nur denkbar, sondern durchführbar, und mir war es fast unbegreiflich, wieso es in diesen drei Jahren, die wir hier wohnten, noch nicht dazu gekommen war.

Am andern Morgen anonymes Wetter. Zum ersten Mal, seit Albert hier ist, keine Sonne, dennoch eine gewisse Wolkenlosigkeit, aber wiederum so dunstig, der Himmel so grau, als sei es doch bewölkt. Also eine gewisse Wolkenlosigkeit trotz einer Art Bewölkung. Die Spitze des Berges ist verhüllt, die über dem Berg heraufziehende Sonne bleibt unsichtbar.

Ich liege im Bett. Ich schwimme nicht im Blut. Ich liege im Bett, lebend, wenn auch nicht lebendig, doch ohne zertrümmerten Schädel, allerdings mit vor Erschöpfung und Übermüdung wundem Kopf. Ich sehe das Wetter im Dreifaltigkeitsspiegel an der Wand zu meinen Füßen. Es könnte Herbst sein; es ist aber immer noch Sommer, und eigentlich müßte er jetzt erst richtig anfangen.

Dorothee rief zum ewigen Frühstück.

Albert saß bereits, fein gewaschen und rasiert, reisefit in dunklem Sporthemd und engen Blue jeans am runden Tisch auf der Veranda, schattenwärts, da eine neue Wolkenkonstellation oder die Auflösung des morgendlichen Dunstes doch noch einen Schlitz für die Sonne geöffnet hatte.

Die Cholera war vergessen, Familie Klotz auch, Alberts Urlaub zu Ende. Die Tage, sagte er, sind nur so dahingerast. Mir kommt es, sagte Dorothee, im Gegenteil so vor, als seiest du schon Monate hier. Es waren, sagte Albert, knapp drei Wochen. Trotzdem habe er das Gefühl, sich glänzend erholt zu haben.

Obwohl du nicht ein einziges Mal gebadet hast, sagte Dorothee.

Ihm bringe das nicht so viel Spaß, sagte er. Außerdem habe er immer ein bißchen Angst zu ertrinken. Er brauche bloß mal einen Asthmaanfall zu kriegen und sich zu weit in den See hinausgewagt zu haben. Aber auch ohne Schwimmen habe er sich fabelhaft erholt und es sei ihm im Moment, als würde er nie mehr ernsthaft krank.

Er löffelte Dorothees Gesundheitsmüsli aus geschrotetem Weizen, Milch, Backpflaumen und Rosinen.

Diese Morgennahrung, sagte er, werde er in Hamburg beibehalten. Keine Rundstücke mehr, keine Butter, keine Wurst.

Beginne den Tag mit lebendiger Getreidekost!

Jeder, der hierher kommt, sagte Dorothee, ist von meiner Ernährungsmethode begeistert. Anfangs sind alle skeptisch, finden es lächerlich, sich so zu ernähren, sektiererhaft. Aber wenn sie meinen Weizenbrei probiert haben, meine Weizenfladen, meine Weizenkekse, meine Gemüsesuppen und Salate, sind sie begeistert.

Albert ist auch begeistert. Nur auf seinen Kaffee morgens kann er nicht verzichten. Wir trinken ja auch Kaffee, sagte Dorothee. Man soll nichts übertreiben. Wir sind keine Fanatiker, wie Gustaf, der nur von diesen Gesundheitssachen lebt. Aber irgendwie hat er schon recht. Man sieht ihm die gesunde Lebensweise auch an. Daß er schon siebzig ist, glaubt ihm keiner.

Ach, Dorothee, sagte Albert, ein gewisser Grad von Gesundheit ist bereits wieder Krankheit. Das wußte schon Paracelsus. Aber ich muß es noch mal sagen: mir hat diese Zeit hier wirklich sehr gut getan, mit und ohne Gustaf, und ich bin, was meine Zukunft betrifft, ein schönes Stück voran gekommen. Am liebsten möchte ich immer hier bleiben, auch wenn ich im Moment mich fast darauf freue, wieder nach Hamburg zurückzufahren, und nicht nur *fast*, sondern *richtig* freue. Es ist zu schade, sagte Dorothee, daß wir so wenig Zimmer haben.

Jetzt fängt sie, dachte ich, wieder von dem roten Haus an. Aber diesmal kam sie nicht mit dem roten Haus daher, sondern sagte, wie herrlich sie es finde, mit guten Freunden zusammenzuleben, in einer Art Großfamilie.

Wie so was endet, weiß man ja, sagte ich. Das geht in neunundneunzig von hundert Fällen schief.

Wieso muß das schiefgehen, fragte Albert.

Muß nicht, sagte ich, geht aber leider.

Und warum?

Meist schon aus Platzgründen. Man hockt zu nah aufeinander.

Also liegt's nicht an den Personen, nur an Äußerlichkeiten? In der Hauptsache an Äußerlichkeiten.

Und wenn nun jeder genug Platz hätte, einen abgeschlossenen Raum für sich, beispielsweise?

Dann hapert's an anderen Dingen, wie man an den Kommunen gesehen hat. Ich war auch mal sehr dafür, aber inzwischen, was man da so liest – und ich meine nicht in Illustrierten, sondern gerade auch in linken Publikationen.

Und du glaubst nicht, daß das unter Umständen Kinderkrankheiten gewesen sein können, die zum Scheitern mancher Wohngemeinschaften geführt haben?

Sicher. Man mußte erst Erfahrungen machen.

Und warum soll man nicht weitere Erfahrungen machen, weiter probieren?

Gut, ich bin dafür. Früher hat man schließlich auch in größeren Familienverbänden gewohnt.

Hier in Italien lebt man immer noch in Großfamilien, sagte Dorothee. Manchmal, in Dörfern, drei Generationen zusammen.

Aber das sind dann Blutsverwandtschaften, keine Wahlverwandtschaften, das ist was anderes.

Warum was anderes, fragte Albert. Glaubst du derart an die Macht des Blutes?

Überhaupt nicht, sagte ich. Aber unter Familienangehörigen gibt es zum Beispiel keine Eifersucht.

Na, na, na, sagte Albert. Das finde ich kühn. Aber selbst, wenn es keine gäbe, dann gibt es dafür weit schlimmere Sachen. Natürlich, sagte ich.

Natürlich, mag sein, auch wenn man es *widernatürlich* nennt.

Du spielst auf Inzest an. Aber ich halte auch das Durcheinandervögeln in den Kommunen für eine Art Inzest.

Mir scheint, sagte Albert, daß du deine Informationen doch eher aus Illustrierten bezogen hast.

Ich gebe zu, sagte ich, möglicherweise falsche Vorstellungen zu haben. Aber wenn Dorothee immer so unreflektiert daherschwärmt, nehme ich automatisch eine Kontrastellung ein.

Alles, was ich sage, ist in deinen Augen unreflektiert, sagte Dorothee. Aber sind deine Reaktionen darauf reflektiert?

Eben nicht, das wollte ich ja mit dem Wort *automatisch* zum Ausdruck bringen. Alberts Argumente scheinen mir viel einleuchtender. Man muß da sicher noch vieles ausprobieren, und im Grunde bin ich auch überhaupt nicht gegen Wohngemeinschaften, nur kommt es darauf an, daß man genügend Freiraum hat und alle anstehenden Probleme offen ausdiskutiert.

Das wird ja überall gemacht, sagte Dorothee.

Es ist wahrscheinlich noch viel zu früh, darüber etwas Gültiges zu sagen, sagte Albert.

Auf jeden Fall, sagte ich. Interessant finde ich diese Versuche schon. Man wird warten müssen, was dabei herauskommt.

Wieder stellte ich fest, daß es Albert gelungen war, einen Meinungswandel bei mir durch seine Fragen und Zwischenfragen zu bewirken. Es war aber nie so, daß ich mich seinen Auffassungen nur anpaßte, sondern es war ein allmähliches Annähern meiner Gedanken an seine, ohne daß mir der Positionswechsel, den ich vornahm, ganz bewußt wurde. Eigentlich waren unsere Gespräche auch keine Diskussionen, sondern so etwas wie ein allmähliches Verfertigen der Gedanken beim Monologisieren. Ich sagte etwas, dann sagte er etwas, dann sagte ich wieder etwas, und dabei veränderten sich unmerklich die Aspekte. Daran lag es vermutlich, daß wir uns in all den Jahren nicht auseinanderentwickelt hatten, wie das oft bei alten Freunden der Fall ist, wenn beide plötzlich mitten im Reden merken, daß man sich nichts mehr zu sagen hat, daß man trotzdem manchmal weiterredet, entweder in der Hoffnung, doch noch eine gemeinsame Sprache zu finden, oder aus Angst, im Schweigen würde die Entfremdung noch weiter vorangetrieben.

Nun mußte Dorothee das rote Haus aber doch noch anbringen. Manchmal habe sie richtige Angst, hier so abgelegen zu wohnen. Das rote Haus liege direkt in einem Ort. Wenn hier mal was passiere. Und sie erzählte Albert ihren Traum. Statt ihre Ängste zu zerstreuen, berichtete er darauf von einem Mordfall in England, wo Bekannte von Byrd, ein junges Ehepaar, das ähnlich abgelegen wie wir gewohnt hätte, aufs Grausamste umgebracht worden sei. Worauf Dorothee das Beispiel Sharon Tate anführte.

Dann wollen wir uns mal auf alles vorbereiten, sagte ich, etwas über Albert verstimmt, der mit seiner Greuelgeschichte Dorothees Einwänden gegen unser Haus recht zu geben schien. Doch da erklärte er zu meiner Überraschung, die Lage des Hauses, ob einsam oder nicht, sei nicht so entscheidend. Morde passierten auch in Großstadtwohnungen, und wie im Falle Sharon Tate und ihrer Freunde die Ermordeten nicht ganz schuldlos an ihrem gewaltsamen Tode gewesen seien, so auch das erwähnte Ehepaar nicht, wo die Frau alle möglichen obskuren Verbindungen gehabt habe, und Dorothee möge sich mal durch den Kopf gehen lassen, ob nicht die Gefahr bestehe, daß durch ihr keineswegs immer angemessenes Verhalten solche im Traum ausphantasierten Dinge wirklich mal heraufbeschworen werden könnten.

Was für ein Verhalten, fragte Dorothee. Was mache ich denn falsch? Er behaupte nicht, sagte Albert, daß sie etwas falsch mache, aber er meine, daß sie nicht immer alles richtig mache, nicht immer das Richtige.

Worauf Dorothee nicht weiter fragte.

Als wir das Frühstück beendet hatten, wollte Albert nach Palada hinauf, seine Koffer packen und den Wagen holen.

Ich begleitete ihn.

Jetzt hatte die Sonne die Wolken ganz durchbrochen und sie an die Ränder des Horizonts gedrängt. Nur der Gipfel des Monte Baldo lag noch in einer Dunstschicht. Plötzlich, auf halbem Wege zum *Schwesterhaus*, sagte Albert: Ihr müßt euer Leben ändern. Du mußt es ändern, und Dorothee muß es auch ändern.

Aber wie, dachte ich, wie ändern und was ändern?

Vielleicht, sagte ich, ist in der Beziehung zwischen den Geschlechtern überhaupt etwas vermasselt.

Vermasselt sind immer nur Beziehungen zwischen Personen, wenn sie vermasselt sind, sagte Albert. Vermasselt durch unterschiedliche Erwartungen, durch unterschiedliche Vorstellungen von der Liebe. Der eine sucht sie im Himmel, der andere in der Hölle.

Auf dem Rückweg nach M. sagte er: Drei Wochen war ich jetzt hier, und Anke hat nicht ein einziges Mal angerufen. Da hab' ich den Beweis, wie gleichgültig ich ihr bin.

Ich wollte darauf entgegnen, daß er ja auch nicht sie angerufen habe, aber er kam mir mit der Erklärung zuvor, daß er sich von Anke trennen werde. Er kenne seit einigen Monaten ein anderes Mädchen, eine Patientin von ihm. Er habe lange geschwankt, auch wegen des Kindes, für wen er sich entscheiden solle. Aber jetzt, nachdem dieses Mädchen ihn täglich angerufen habe, in der Distanz zu beiden Frauen, wisse er, wohin er gehöre.

Wir haben uns gesehen, sagte er, und es war wie ein Naturereignis. Trotzdem hatte ich immer noch Skrupel, Anke sitzenzulassen.

Bei Solke, sagte ich, hattest du sie auch.

Bei Solke, sagte er, war es anders. Solke habe ich nicht sitzenlassen. Zwischen Solke und mir war alles klar.

Aber sie leidet, sagte ich. Sie ist immer noch nicht drüberweg, daß ihr nicht mehr zusammen seid.

Leiden, sagte Albert, nicht, aber sicher ist sie traurig, wie ich auch. Ich habe unter der Trennung nicht gelitten, aber es hat mir leid getan. Nur es ging nicht anders, selbst wenn Anke nicht dazwischengekommen wäre. Es ging nicht. Was es bei Anke an Spannungen zu viel gibt, das gab es bei Solke zu wenig, im Sinne von Manko. Ich will damit keineswegs sagen, daß ich Spannungen brauche, doch so etwas wie einen Kraftstrom. Und gerade der gehe von diesem Mädchen aus. Eine Energie, die von der Liebe nicht gespeist werde, sondern die Liebe sei.

In M. angekommen, entdeckten wir Dorothee im Garten, in Gesellschaft Gustafs.

Au Backe, sagte Albert. Den Typ nicht mehr. Den wirklich nicht noch im letzten Moment. Da will ich lieber sofort und auf der Stelle weg.

Aber Dorothee hatte uns schon gehört.

Albert! rief sie.

Albert möchte fahren, sagte ich.

Albert stand auf halber Höhe der Treppe.

Dorothee kam aus dem Garten, Gustaf natürlich hinter ihr her.

Willst du schon fahren, fragte sie.

Ich muß, sagte Albert. Es wird sonst zu spät.

Einen Schluck Wein zum Abschied können wir noch trinken.

Gustaf, sich über die Verandabrüstung beugend: Was, soll's schon wieder losgehen? Wir wollten doch noch über die Heilpraktikerei sprechen, Sie!

Das nächste Mal, sagte Albert.

Er ging zum Wagen. Ich begleitete ihn. Dorothee kam auch. Gustaf blieb auf der Veranda.

Es war schön bei euch, sagte Albert.

Wir umarmten uns.

Die Zeit war viel zu kurz, sagte ich. Jetzt hab' ich dir auch nicht mal mehr die Beschreibung des Wasserfalls gezeigt.

Ich hab' das Buch zu Haus, sagte Albert.

Er ließ den Motor an.

Es ist übrigens die Geschichte eines Ehebruchs, sagte Albert. Soviel erinnere ich noch.

Telefon! rief Gustaf von der Veranda herunter.

Das ist bestimmt Anke! sagte Dorothee.

Sie rannte ins Haus.

Ich fahr' jetzt, sagte Albert. Wenn's wirklich Anke sein sollte, ist es zu spät. Grüß Dorilein schön. Und denk daran, was ich dir gesagt habe. Ich hab' es als Medizinmann gesagt. Ich kann es nicht mitansehen, wenn Leute leiden.

Aber vielleicht leide ich gar nicht.

Und deine Kopfschmerzen?

Ich weiß es nicht.

Aber ich, sagte Albert. Wir sind beide Sulphur-Typen. Mach dir nichts vor. Leb nicht länger in Illusionen. Denk an das Schwarze im Auge.

Du beunruhigst mich irgendwie, sagte ich.

Ich möchte dir helfen.

Wahrscheinlich ist mir nicht zu helfen.

Natürlich mußt du schon selber mitwirken, sagte Albert. Du darfst nicht einfach alles runterschlucken. Das gibt bloß Magengeschwüre. Ich kann nur für dich sprechen. Wir kennen uns am längsten.

Er gab mir aus dem Inneren des Wagens heraus die Hand.

Albert! rief Dorothee, Albert!

Sie kam die Treppe herunter.

Aber Albert war schon weg.

Solke ist am Telefon. Sprich du mit ihr.

Ich lief ins Haus.

Solke!? Albert ist in dieser Minute abgefahren. Was gibt's?

Sie möchte gern kommen, sagte Solke. Ob wir Platz hätten.

Für dich immer, sagte ich. Wann?

So in einer Woche. Ich melde mich, wenn ich in eurer Nähe bin. Die Verbindungen hab' ich mir schon rausschreiben lassen.

Wir freuen uns, sagte ich. Albert hat's, glaube ich, hier gut gefallen. Dir wird's auch gefallen.

Gustaf und Dorothee sitzen jetzt auf der Veranda. Sie haben mal wieder über Gartenpläne gesprochen.

Immer reisen welche weg, sagte Dorothee, und immer kommen neue an, nur wir bleiben immer hier und werden von Tag zu Tag älter.

Alle werden älter, sagte ich. Das Älterwerden hat ja wohl mit unserem Aufenthalt hier nichts zu tun.

So mein' ich das auch nicht, sagte Dorothee. Natürlich werden alle älter. Aber immer diese Abschiede, diese Einschnitte, da merkt man es mehr. So wie Albert jetzt abgefahren ist, kommt es mir vor, als sei da wieder ein Abschnitt zu Ende.

Dafür kommt ja in einer Woche Solke, sagte ich.

Trotzdem, sagte Dorothee. Irgendwie ist mir heute zumute, als sei der Sommer schon zu Ende.

Ha, sagte Gustaf, der Sommer fängt erst an, Sie!

Ich habe eine wahnsinnige Angst vor dem Altwerden, sagte Dorothee.

Ich habe nur Angst vor dem Tode, sagte ich. Aber komisch, daß Leute, die vor dem Älterwerden Angst haben, nie Angst vor dem Tode haben. Dagegen Leute, die Angst vor dem Tode haben, keine Altersprobleme kennen. Vor dem Älterwerden fürchte ich mich überhaupt nicht. Ich möchte noch leben, auch wenn mir beide Beine, beide Arme und der halbe Rumpf amputiert sind. Ich hänge einfach wahnsinnig am Leben und möchte steinalt werden.

Altwerden ist das Schlimmste, sagte Dorothee. Vor dem Sterben dagegen habe ich tatsächlich keine Angst.

Wenn man euch reden hört! sagte Gustaf. Junge, gesunde, kräftige Menschen – und reden von Alter und Tod! Was soll ich denn sagen? Ich denke an so was überhaupt nicht. Ich lebe im Einklang mit der Natur. Hört auf ihre Stimme! Alles Stirb und Werde. Ein ewiger Kreislauf. Aber ihr seid schon ganz degeneriert. Euer Heilpraktikant auch! Dem möcht' ich mich nicht anvertrauen, wenn ich mal was hätte. So ein Siebengescheit, der weiß auch nur, was in den Büchern steht.

Ich muß was tun, sagte ich. Mein Artikel ist immer noch nicht fertig.

Um eins, sagte Dorothee, essen wir.

Sie ging mit Gustaf wieder in den Garten, ich in mein Arbeitszimmer. Ich schrieb indes nicht an meinem Artikel weiter, sondern suchte in dem Musilbuch nach der Beschreibung des Wasserfalls. Es gab sie nicht. Erwähnt wurde nur ein tobender kleiner Fluß. Dann las ich den Satz: »Man kann ja vieles nicht erklären, aber man trägt es nicht auf den Schultern und fühlt es nicht jedesmal, wenn man den Hals nach zwei Menschen wendet, die sprechen, während man zu schlafen scheint.« Ich schaute aus dem Fenster und auf den Berg, der jetzt im hellen Sonnenlicht lag und konnte an diesem Tage keine Zeile schreiben.

Zweites Buch

Zwei Tage nach Alberts Abreise, am Freitag der ersten Juliwoche, kam mit der Post eine bunte Ansichtskarte von Gregor und Eva Altmütter. *Schöne Grüße* und *Sind auf Giglio glücklich.*

In einem Zusatz teilte Gregor mit, er habe vor, seinen Job bei der STELLA aufzugeben und möchte mit seiner Frau gern für ein halbes Jahr bei uns wohnen. *Geht das?*

Dorothee, als sie die Karte gelesen hatte, war überraschend schnell bereit, die beiden aufzunehmen. Das finde ich wirklich toll, sagte sie, einfach den Job hinzuschmeißen. Wir müssen ihnen sofort schreiben, solange sie noch auf Giglio sind. Sie sollen unbedingt auf der Rückreise schon bei uns vorbeikommen, damit wir alles bereden können.

Ich zeigte auf den Poststempel.

Die Karte, sagte ich, sei über zwanzig Tage unterwegs. Also ziemlich unwahrscheinlich, daß die Altmütters überhaupt noch auf der Insel seien.

Dann wird die Post nachgeschickt, sagte Dorothee.

Ich weiß nicht mal ihre Adresse, sagte ich.

Postlagernd, sagte Dorothee.

Außerdem, sagte ich, wie stellst du dir das eigentlich vor: ein halbes Jahr! Wo du jetzt schon klagst, das Haus sei viel zu klein.

Ist es auch, sagte Dorothee. Trotzdem: ich schreibe jedenfalls, die Altmütters sollen kommen.

Ich habe dazu nichts mehr geäußert.

Als wir am Nachmittag Steine auf die untere Terrasse im Garten karrten, wo eine eingestürzte Mauer ausgebessert werden sollte, fing Dorothee wieder von den Altmütters an. Seit die Hippies bei uns gewesen seien, möchte sie am liebsten immer in einer Gruppe leben. Sie stelle sich das Zusammenleben mit Gregor und Eva ideal vor. Ideal, sagte ich, aber nicht real. Mit einer geregelten Arbeit sei es dann vorbei. Wie mit Albert säßen wir Tag und Nacht auf der Veranda und redeten und redeten, und ich käme zu nichts mehr.

Sie sehe das, sagte Dorothee, ganz anders. Mehr gemeinschaftlich. Gregor und ich könnten doch beispielsweise etwas zusammen tun, im Kollektiv gewissermaßen, auch mal im Garten, zumal er sehr viel praktischer sei als ich. Sie würde mit Eva dafür den Haushalt führen. Wenn das Kind zurück sei, habe sie auch mal eine Stütze an Eva, und abends hätten wir Zeit für gute Gespräche. Sie stelle sich das alles sehr anregend vor.

Man kann das von verschiedenen Seiten ansehen, sagte ich. Du siehst laufend Vorteile, ich seh laufend Nachteile.

Was ich plötzlich gegen Gregor und Eva hätte?

Ich hab nichts gegen sie, sagte ich, kein bißchen, wenn ich auch Gregor etwas für einen Schlawiner hielte, ein Schlitzohr, der natürlich nie die Absicht habe, uns bei der Arbeit zu helfen, der nur drauf aus sei, sich bei uns durchzuschmarotzern. Du kennst doch die Wiener, sagte ich. Natürlich fällt man immer wieder auf ihren Charme rein. Trotzdem, ich hab nichts gegen Gregor, ich denk' mehr an uns. Wir haben immer scharenweis Menschen um uns. Ich weiß, daß du gern Hof hältst, aber ich weiß auch, daß das über deine Kräfte geht. Wenn man dazu noch auf so engem Raum zusammenleben muß, fürchte ich, wird es bald zu Unstimmigkeiten kommen, die sich auf unser Zweierverhältnis letztlich negativ auswirken. Warum sind wir denn schließlich aus der Stadt weggegangen?

Ich wollt's ja nicht, sagte Dorothee. Ich war immer dagegen. Ich hab dir nur nachgegeben. Dafür kannst du mich jetzt nicht noch von allen absperren. Ich bin kein Einsiedlerkrebs.

Ich brauch' meine Ruhe, sagte ich. Ich bin auch kein Einsiedlerkrebs, aber ich hasse den Betrieb.

Ach, dein Scheißindividualismus.

Jetzt war's heraus. Mit einem Mal war mir klar, warum Dorothee die beiden bei uns haben wollte: Im Grunde, sagte ich, geht's dir gar nicht um Gregor und Eva. Du benützt sie nur, um deine Idee von einer Großfamilie zu realisieren. Aber zwei Ehepaare bilden noch keine Großfamilie. Ich seh' das zunächst mal von der technischen Seite her. Mit unserm Bewußtsein wird jeweils die eine Partei das Zusammenwohnen als Untermietverhältnis auffassen. Mal werden wir die Untermieter von den Altmütters sein, mal die Altmütters die Untermieter von uns.

Wozu haben wir dann dies Haus, wenn ich nicht mal Gäste haben darf?

Wir haben dauernd Gäste, sagte ich. Aber ich bin gegen Dauergäste. Das geht schon finanziell nicht.

Zwei oder vier, sagte Dorothee, das macht keinen Unterschied.

Das macht schon einen erheblichen Unterschied, sagte ich. Du weißt doch am besten (oder solltest es wissen), wie die Preise in der letzten Zeit in die Höhe gegangen sind.

Aber Gregor wird doch etwas Geld haben, sagte Dorothee.

Woher denn? fragte ich. Wenn er seinen Job aufgibt? Er verdient doch nichts. Das ist doch der Grund, warum er ausgerechnet zu uns kommen will. Weil er deine Großzügigkeit kennt. Und außerdem, sagte ich, so anspruchslos wie wir sind die Altmütters nicht. Die kannst du nicht mit Weizenbrei und Salat zufriedenstellen. Da muß schon ordentlich was auf den Tisch. Die wollen auch mal Butter haben und Wurst und mindestens dreimal in der Woche Fleisch. Du brauchst dir die beiden doch bloß anzusehen. Einer ist dicker als der andere. Wovon kommt das denn? Von Rohkost bestimmt nicht.

Ich werde sie schon zu meiner Ernährungsweise überreden, sagte Dorothee.

Da bin ich sehr skeptisch, sagte ich. Für die ist Essen die Hauptsache.

Ich finde es beschämend, sagte Dorothee, daß sich deine ganzen Argumente gegen ein Zusammenleben mit Freunden auf finanzielle Probleme beschränken.

Es sind nicht meine einzigen Argumente, sagte ich.

Ich glaube, gerade über Freunde muß man in aller Offenheit reden können, sagte ich. Nichts finde ich schlimmer, als wenn man vor den Schwächen der Freunde die Augen zumacht. Und gerade in finanzieller Hinsicht traue ich Gregor nicht. Er ist mir zu leichtsinnig. Daß er jetzt so einfach seinen Beruf aufgeben will . . . ich weiß nicht. Ich finde das verantwortungslos, auch gegenüber seiner Frau.

Ich hab' genug Geld, sagte Dorothee. Ich komme für die beiden schon auf. Außerdem ist dies mein Haus. Ich hab' es bezahlt.

Deine *Eltern*, sagte ich, zum Teil. Den andern Teil hab' ich bezahlt.

Wir haben, weil Carlos und Elisa kamen, das Gespräch an dieser Stelle abgebrochen. Elisa brachte Fotos von den Hippies mit, bei uns im Garten aufgenommene, friedliche Gruppenbilder vor der Scheune, vor den Zelten, unter Olivenzweigen und zwischen Weinreben. Auch unsere Tochter war darauf zu sehen, nackt, mit einem Blumenkranz auf dem Kopf. Carina! Wenn sie nur erst wieder hier wäre! seufzte Dorothee. Lange halt' ich das ohne sie nicht mehr aus.

Carlos wollte mal kurz in die Scheune. Er habe im Heu seine Bernsteinpfeife verloren, *verlegt*, sagte er. Das gefiel mir gar nicht. Paß mal auf, sagte ich, vor zwei Wochen waren Carabinieri hier, die nach dir gefragt haben. Ja, ich weiß, sagte Carlos. Das sei wegen seiner Aufenthaltsgenehmigung gewesen. Und was war damit? Nichts. Alles in Ordnung.

Ich glaubte ihm aber nicht. Ich würde an deiner Stelle etwas vorsichtiger sein, sagte ich. Ich finde das mit der Pfeife ziemlich leichtsinnig.

Ich hab' sie verlegt, sagte Carlos.

Dann hättest du gleich danach suchen müssen. Angenommen, die Carabinieri hätten sie gefunden, hier, bei uns. Was dann?

Hör doch endlich mit deiner hysterischen Angst auf! fuhr Dorothee dazwischen.

Carlos ging in die Scheune. Er kam zurück. Ohne Pfeife.

Und nun? Wo ist sie? Wo kannst du sie noch verloren haben?

Er weiß es nicht. Aber er ist darüber nicht beunruhigt.

Ich werd' sie schon wiederfinden.

Dorothee machte einen Kaffee. Elisa fragte, ob sie diese Nacht bei uns schlafen könnten. Sie seien im Moment ohne Quartier, Carlos und sie.

Aber selbstverständlich, sagte ich. Das Kinderzimmer ist frei.

Es sei schwierig mit Zimmern, sagte Elisa. Sie hätten schon daran gedacht, ob sie vielleicht den Winter über bei uns in der Scheune wohnen dürften.

Jederzeit! sagte Dorothee. Das wißt ihr doch! Wir freuen uns.

Ich fürchte nur, sagte ich, daß es ziemlich kalt sein wird. Es gibt nämlich keine richtigen Fenster, nur fenstergroße Löcher, die sich schwer abdichten lassen.

Da finden wir, sagte Dorothee, schon eine Lösung, und außerdem steht im Keller noch ein Ölofen, den ihr haben könnt. Doch, das geht. Das geht in Ordnung. Ich finde das sehr schön. Es werden auch noch andere Freunde kommen, die bei uns wohnen. Das kann ein lustiger Winter werden.

Als Dorothee von neuem anfing, die Vorzüge einer Großfamilie darzulegen und schon dabei war, das Leben in einer Gruppe detailliert auszumalen, ging ich in mein Zimmer hinauf.

Dorothee – das hatte ich gleich bemerkt – paßte das nicht.

Was hast du vor, rief sie mir nach.

Ich muß was tun.

Daß du immer was tun mußt, wenn wir Besuch haben.

Ich kenne das. Wenn ich arbeite, paßt es ihr nicht, und wenn ich nicht arbeite , paßt es ihr auch nicht.

Aber ich laß mich nicht verrückt machen, weder von Dorothee noch von der Arbeit, und schon gar nicht von Terminen. Diese lächerlichen Artikel . . . Ich sehe das nicht ein. Alles hat Zeit. Alles zu seiner Zeit.

An meinem Schreibtisch sitzend, hörte ich, wie Dorothee mit Carlos und Elisa die Treppe von der Veranda hinunterging. Kurz darauf fuhren zwei Wagen davon. Vermutlich wollte Dorothee baden.

In meinem Zimmer war eine betäubende Schwüle, obwohl den ganzen Tag die Fensterläden geschlossen waren. Jetzt öffnete ich sie, und es entstand eine leichte Luftbewegung. Die Masse des Monte Baldo war hinter bläulichem Dunst verborgen. Nur der Gipfel frei, weiß, wie mit Schaum bedeckt.

Ich stellte den Ventilator an, legte mich auf den Teppichboden und schlief ein. Als ich nach ungefähr einer Stunde wieder aufwachte, mit unerträglichen Kopfschmerzen, hörte ich Dorothee in der Küche hantieren.

Vielleicht war sie auch einkaufen, dachte ich.

Ich ging ins Bad hinunter und nahm eine Tablette gegen meine Kopfschmerzen. Um mich abzukühlen und gleichzeitig meinen Kreislauf anzuregen, duschte ich kalt. Bei bestimmten Arten von Migräne verschafft das manchmal etwas Erleichterung.

Als ich wieder in mein Zimmer hinaufging, hatte ich den Eindruck, Dorothee unterhalte sich mit jemandem. Entweder, dachte ich, redet sie mit sich selber oder mit unserer Katze.

In meinem Zimmer angelangt, rollte ich den Schreibtischsessel vors offene Fenster, um in Ruhe die Wirkung der Tablette abzuwarten. Ich sah zum Berg hinüber und in die Dünste hinein, die zur Höhe hin immer dünner, immer durchsichtiger wurden, bis sie sich ganz verloren und den Blick auf die Häuser und Ortschaften an den Hängen des Baldomassivs freigaben.

Unwillkürlich mußte ich an Dorothees Geburtstag denken, an diesen zwar genau zu fixierenden Punkt in der Zukunft, mitten im Sommer, aber als gebe es zwischen diesem Moment hier und dem vierten Tag im August keine Verbindung.

Ich begreife nicht, wie Dorothee ihren Geburtstag so

wichtig nehmen kann. Immer muß dieser Geburtstag groß gefeiert werden. Letztes Jahr mit den unmöglichsten Leuten, sogar Ringlers waren eingeladen und natürlich Gustaf, ohne den es nie geht. Wer nur aufzutreiben war.

Ein Sommerfest, so hat sie es genannt.

Ich habe meinen Geburtstag noch nie groß gefeiert. Als ich vierzig wurde, vor zwei Jahren, wollte Dorothee endlich einmal für mich irgendwas Tolles starten. Aber dann wurde daraus auch nichts. Ich habe in meinem Zimmer gesessen und gearbeitet. Am andern Morgen, gleich nach dem Erwachen, plötzlich eine merkwürdige Unruhe. Ich weiß nicht, woher sie kam. Ich bin an diesem Tag nicht aufgestanden. Auch am nächsten nicht, auch am übernächsten nicht. Eine Woche bin ich im Bett geblieben. Ich war nicht krank, aber schwach, hatte etwas Herzstiche, auch leichtes Fieber, war irgendwie hinfällig.

Ich kam mir vor wie jemand, der plötzlich feststellt: Du hast dein Leben vertan. Als sei nun nichts mehr zu ändern, als zähle von nun an jeder Tag wie ein Monat, jede Woche wie ein Jahr.

Du bist ein Hypochonder, sagte Dorothee.

Ein Sulphur, sagte ich.

Die Tablette wirkte nicht. Die Schmerzen im Kopf ließen nicht nach. Sie waren aber auch nicht schlimmer geworden. Manchmal hilft starker Kaffee.

Auf dem Weg zur Küche hörte ich Dorothee wieder reden. Kurz darauf undeutlich eine männliche Stimme, sehr leise.

Das kann doch nicht wahr sein! rief ich, als ich plötzlich Gregor am Tisch sitzen sehe. Servus, sagt er, als hätten wir uns erst gestern das letzte Mal begrüßt. Wo kommst du denn her? Gerade heute ist deine Karte angelangt. Sie war zwanzig Tage unterwegs. Na, so was! sagt er. Du hättest besser einen Brief geschrieben oder die Karte in einen Umschlag gesteckt; Karten werden hier selten befördert. Wo ist Eva? Auf Giglio. Kommt sie nach? Gregor hebt die Arme beschwörend oder fragend in die Luft. Eine lange Geschichte, sagte er. Dorothee will sie gleich hören. Wieso? Erzähl doch! Mich wundert, daß Dorothee und Gregor noch nicht über Eva gesprochen haben. Wie sie fragt, ärgert mich ihre rasche Neugier, die trotzdem zu spät gekommen ist. Ich spüre aber gleich, daß Gregor nichts erzählen will oder noch nicht. Er erwähnt nur, daß es Streit gegeben habe. Dann möchte er das Thema wechseln. Aber Dorothee läßt nicht nach:

Was heißt Streit? Wer hat angefangen?

Nun laß doch Gregor, sagte ich.

Mich macht so eine Fragerei nervös. Ich finde es taktlos. Aber Gregor bleibt ruhig. Er sagt, im Nachherein ließe sich das nicht mehr feststellen. Einer hat was gesagt. Der andere hat sich geärgert, auch was gesagt. Ein Wort ergibt das andere. Plötzlich ist der Krach da.

Aber einer muß doch Schuld haben?

Mein Gott, *Schuld*! Was heißt denn *Schuld*? Da kann man doch nicht von *Schuld* reden!

Was regst du dich denn so auf?

Weil mich solche Vereinfachungen wahnsinnig machen.

Zweifel.

Unsicherheit.

Erst mal einen Kaffee, sagte ich.

Draußen auf der Veranda fragt Gregor, wie's mir gehe. Er sieht mich dabei so von unten herauf an, daß ich sofort vermute, daß er sich nicht nach meinem allgemeinen Befinden, sondern nach meinem augenblicklichen erkundigen will. Weshalb ich so erregt war. Und erst in diesem Moment wurde mir bewußt, daß Dorothee offenbar Gregor die Schuld für den Streit mit seiner Frau gab. Sie ging da wieder von sich aus und machte prophylaktisch erstmal für alle Fälle den Mann verantwortlich. Ich beantwortete Gregors Frage aber nur so, wie sie gestellt und wie sie vordergründig zu verstehen war, indem ich meine Kopfschmerzen anführte, als Beweis, daß mein Befinden nicht das beste sei. In der letzten Zeit, sagte ich, sei es immer schlimmer geworden, fast täglich Migräne. Ich nenne es Migräne, sagte ich, ohne zu wissen, ob es tatsächlich Migräne ist. Es sind auch ganz verschiedene Arten von Kopfschmerzen. Mittlerweile unterscheide ich fünf Arten oder Typen. Normalerweise bekämpfte ich sie mit Tabletten, sagte ich. Aber seit acht Tagen hab' ich so einen Dauerschmerz, einen komischen Druck über der Fontanelle, dabei Gleichgewichtsstörungen, und ich kann schlucken, was ich will, nichts hilft. Gregor sagte, er habe ganz neue Präparate im Gepäck, von seiner Firma. Ich hab ja alles schon probiert, sagte ich. Die stärksten Mittel.

Psychisch, erklärt Dorothee. Sonst fehlt ihm nichts. Wenn ich ein bißchen Sport triebe, meinte sie, sei ich der gesündeste Mensch von der Welt.

Schmerzen sind Schmerzen, und augenblicklich sind sie unerträglich.

Du hast selber Schuld. Wie lange predige ich: geh schwimmen, mach Freiübungen! Er tut ja nichts. Wenn er wenigstens, wie Albert, Yoga triebe!

Ob ich noch keinen Arzt aufgesucht hätte, fragte Gregor.

Nicht nur einen, antwortete ich. Sie können auch nicht mehr als Tabletten verschreiben.

Er habe einen guten Freund in Wien, der Gehirnspezialist sei. Fahr doch mal hin!

Wir könnten ja zusammen, sagte ich. Dorothee ist gleich dafür.

Ja, fahren wir doch zusammen. Fahren wir nach Wien, alle drei.

Wann?

Von mir aus nächste Woche, sagte Gregor.

Gut, nächste Woche.

Das sollten wir wirklich machen, sagte Dorothee.

Finde ich auch, sagte Gregor.

Aber nächste Woche, kommt da nicht Solke?

Der Arzt geht vor.

Wir hatten aber bislang noch mit keinem Wort über Gregors weitere Pläne gesprochen, ob die Reise nach Wien nur ein Abstecher sein sollte oder das Ende seines Urlaubs, ob

Gregor, nach dem Streit mit Eva, weiter in der Firma arbeiten oder bei uns überwintern wolle, ohne Eva oder mit Eva, ob der Streit überhaupt ein ernster sei oder nur ein üblicher. Gregor fing davon nicht an. Dorothee wollte anscheinend auch nicht davon anfangen. Darum fragte ich ihn, zunächst nur nach der Art seiner Arbeit bei der STELLA. Ich hätte überhaupt keine Vorstellung, was er da mache. Es sei keine Arbeit, sagte er, nur ein Job, ihm durch einen Bekannten vermittelt. Auslandskontakte. Er bereise die sozialistischen Länder. Ungarn, Polen, DDR, Sowjetunion, CSSR. Als Vertreter? fragte Dorothee. Als Agent, sagte Gregor. Wie – Agent? Ich verkaufe Lizenzen, sagte Gregor. Arzneimittel. Und finanziell? Darum mach ich's ja, sagte Gregor. Für österreichische Verhältnisse pyramidal. Trotzdem, auf die Dauer sei das nichts. Die ganze Branche sei nichts, und darum wolle er auch da raus.

Ich bewundere deinen Mut, sagte ich.

Er könne, sagte Gregor, ja jederzeit wieder einsteigen. Aber im Moment habe er die Nase voll.

Was er tun wolle?

Nichts.

Und wovon leben?

Von der Hand in den Mund.

Pause.

Plötzlich sagte Dorothee: Dein Ring. Wo ist der Türkis?

Ich schaute auf meine Hand, sah nur noch die leere Fassung des Ringes. Der Stein – fehlte.

Verloren!

Wo?

Wahrscheinlich im Garten. Vorhin beim Arbeiten.

Dann ist er weg.

Der darf nicht weg sein.

Im Garten findest du ihn nicht wieder.

Ich muß ihn wiederfinden. Gehen wir sofort suchen.

Man sieht ja kaum noch was.

Wir nehmen die Taschenlampe.

Es ist sinnlos, sagte Dorothee, im Dunkeln. Unmöglich.

Du weißt, sagte ich, daß ich diesen Stein schon zweimal wiedergefunden habe.

Das war reiner Zufall, sagte Dorothee.

Glück, sagte ich. Dieser Ring ist mein Glücksring, und darum muß ich den Stein wiederfinden. Sonst werde ich verrückt.

Ob es, fragte Gregor, ein besonders wertvoller Türkis gewesen sei?

Wertvoll für mich.

Das Wertvollste ist die Fassung, sagte Dorothee. So einen Stein kann man schon mal wieder irgendwo erstehen.

Ich will keinen *erstehen*, sagte ich. Diesen blau-grünen Türkis will ich wiederhaben, keinen anderen. Und wenn ich bis ans Ende meiner Tage suchen muß.

Wir gingen in den Garten. Hier, sagte ich. Ich kann ihn nur hier verloren haben. Beim Aufladen. Oder da – beim Abladen. Hier oder da.

Konzentrieren! dachte ich. Konzentrier dich!

Ich fühlte den Ring an meinem Finger, ohne den Stein. Ich versuchte, mir in die Erinnerung des Fingers das Gefühl zurückzurufen, als der Stein noch in der Fassung war.

Sofort spürte ich an meinem Finger das Gewicht von Stein und Ring. Dann das Gefühl ohne den Stein.

Ungefähr an dieser Stelle, sagte ich, ziemlich genau hier muß ich den Türkis verloren haben.

Dorothee leuchtete mit der Taschenlampe, Gregor und ich tasteten mit den Händen den Boden ab.

Nichts.

Ich hab's ja gleich gesagt, sagte Dorothee.

Wir haben trotzdem noch eine halbe Stunde weitergesucht, das Gelände systematisch abgetastet, eine ganze halbe Stunde lang.

Gebt's auf! sagte Dorothee.

Ich gebe nicht auf, sagte ich.

Tatsächlich glaubte ich in diesem Moment, mein ganzes weiteres Leben hänge davon ab, ob ich den Stein wiederfände oder nicht. Ich bin wirklich nicht abergläubisch, aber mit diesem Türkis hatte es eine besondere Bewandtnis. Zweimal schon hatte ich ihn verloren, und jedesmal auf fast übernatürliche Weise wiedergefunden. Das erste Mal, nachts, bei starkem Regen, auf einem Schotterweg. Mit traumwandlerischer Sicherheit, erzählte ich Gregor, ohne im Geringsten zu wissen, wann und wo ich ihn verloren haben könnte, hätte ich mich plötzlich gebückt und den Türkis aufgehoben. Das zweite Mal, sagte ich, sei mir der Stein beim Heuharken abhanden gekommen, und wieder hätte ich ihn nach kurzer Zeit gefunden. So was könne kein Zufall sein.

Dann hast du eben zweimal Glück gehabt, sagte Dorothee, und dann, halb im Ernst, halb im Scherz: vielleicht müsse man in diesem dreimaligen Verlieren eine tiefere Bedeutung sehen.

Und worin soll die liegen?

Zum Beispiel darin, daß unsere Beziehungen schlechter werden.

Sie erinnerte mich daran, daß sie mir diesen Türkisring zur Hochzeit geschenkt und daß ich ihn seither statt eines Eherings getragen hätte.

Und? Noch habe ich ihn immer wiedergefunden.

Und wenn du ihn diesmal nicht wiederfindest?

Ich finde ihn wieder! Und im übrigen hab' ich den Stein nur darum so oft verloren, weil er schlecht gefaßt war. Gleich morgen früh setze ich die Suche fort, bis ich ihn gefunden habe. Ich muß ihn finden!

Wir gingen ins Haus.

In der Küche, beim Abendbrot, fragte ich Dorothee, warum Carlos und Elisa so plötzlich verschwunden seien, sie hätten doch vorgehabt, die Nacht in unserer Scheune zu verbringen, beziehungsweise im Kinderzimmer zu schlafen.

Sie seien nach Reggio, sagte Dorothee, wegen irgendwelcher Papiere, kämen aber am späten Abend wieder.

Immer ist was mit Papieren, sagte ich. Da stimmt doch was nicht.

Nun fang nicht schon wieder mit deiner Hysterie an!

sagte Dorothee. Da Gregor bis jetzt noch nichts über seine Pläne geäußert hatte, auch Dorothee, die noch vor einigen Stunden so lebhaft und grundsätzlich für ein Zusammenleben mit den Altmütters eingetreten war, eine Frage in diese Richtung zu vermeiden schien, fragte *ich* ihn schließlich, was er nun vorhabe. Dabei stellte sich heraus, daß er seine Absicht, für längere Zeit hier zu wohnen, keineswegs aufgegeben hatte. Aber du wirst doch Eva nachkommen lassen, fragte Dorothee. Eher nicht, antwortete Gregor, und es hörte sich dies sehr definitiv an. Als er sich dann erkundigte, ob er möglicherweise im Haus meiner Schwägerin wohnen könne, war ich eigentlich schon damit einverstanden, Gregor in der Nähe zu haben. Für Dorothee stand in diesem Moment fest, daß Gregor sich von Eva scheiden lassen würde.

Du kannst selbstverständlich in Palada wohnen, sagte ich. Nur: in den nächsten Tagen kommen meine Verwandten und bringen wahrscheinlich dreißig bis vierzig Leute mit, die sie in dem Haus unterbringen wollen. Vielleicht ist es besser, du bleibst bei uns.

Ja, wäre das möglich?

Im Kinderzimmer, sagte ich, für's erste. Bis die Tochter zurückgebracht wird. Dann wird man sehen.

Und die aus Reggio?

Die können in der Scheune schlafen, sagte ich. Die schlafen immer in der Scheune.

Also gut, sagte Gregor. Dann hol' ich meine Sachen.

Er ging zum Wagen.

Dorothee sah mich herausfordernd an. Was sagst du dazu?

Ich wußte genau, worauf sie hinaus wollte, stellte mich aber naiv. Wozu?

Daß es mit den beiden so weit gekommen ist.

Kann ich nichts zu sagen.

Alle Ehen gehen kaputt.

Als ob sich alle Ehen glichen. Als ob es nicht auf die jeweiligen Partner ankomme. Als ob sich alle zerrütteten

Verhältnisse auf einen Nenner bringen ließen! Mich empörte Dorothees Fatalismus: Wieso muß sich jede eheliche Verbindung zwangsläufig katastrophal entwickeln, nur weil sie Ehe genannt wird? Die Beispiele, die Dorothee behende anführte, waren bestenfalls typisch für eine bestimmte Schicht. Ein Gesetz konnte ich aber daraus nicht ableiten.

Das Gesetz, sagte Dorothee, ist die allmähliche Entfremdung. Die allmähliche Entfremdung und das allmähliche Auseinanderleben ist das Gesetz. Falls man sich nicht von Anfang an fremd war, sagte ich.

Wie auch immer, sagte Dorothee mit plötzlicher Schärfe und als fasse sie das Vorausgegangene zusammen. Ich bin jedenfalls dagegen, daß Gregor hier wohnt.

Wieso das denn auf einmal? Bis jetzt hast doch gerade du immer für ein Zusammenleben mit anderen plädiert?

Wenn beide, sagte Dorothee, Gregor und Eva, gut. Aber er allein nicht. Ob allein oder zusammen, sagte ich. Das ist doch deren Sache. Von mir aus, sagte Dorothee, kann Gregor gern in Palada wohnen. Aber bei uns nicht. Das *geht* nicht. Das geht nicht *gut*.

Was geht nicht gut?

Wir machen uns was vor, sagte Dorothee. Ich hab' mir auch was vorgemacht. Fremde Personen, hört man immer wieder, können ein Familienleben, ohne daß man's im Anfang merkt, langsam und wirkungsvoll zerstören.

Aber wer wollte denn ständig andere Leute um sich haben? Doch du! Carlos und Elisa sollten in der Scheune, die Altmütters bei uns im Hause wohnen und am liebsten hättest du auch noch zwanzig Hippies als Dauergäste aufgenommen. Jetzt, wo es konkret nur um Gregor geht, hast du plötzlich Bedenken.

Keine Bedenken, aber ein dunkles Gefühl. Ich weiß es auch nicht. Aber ich fürchte, das gibt furchtbare Konflikte.

Ich bin da anderer Auffassung. Ich finde es eigentlich gut, wenn Gregor bei uns wohnt.

Es sei ihr unfaßbar, sagte Dorothee, wie rasch ich meine Meinung wechselte.

Mir ist es unfaßbar, sagte ich, wie rasch *du* deine Meinung wechselst.

Sie habe ihre Meinung nicht gewechselt, aber ich. Gregor mit Eva zusammen, dagegen habe sie nichts. Aber Gregor allein: auf keinen Fall. Sie wolle Gregors Verhalten gegenüber seiner Frau nicht noch unterstützen.

Wieso Gregors Verhalten? Warum nicht Evas Verhalten? Du kannst doch nicht einfach davon ausgehen, daß Gregor den Streit angefangen hat. Zum Streiten gehören immer zwei.

Die Frau ist grundsätzlich in der schwächeren Position.

In unserm Falle, sagte ich, bin eindeutig ich in der schwächeren Position. Aber was willst du Gregor nun sagen?

Daß er bei uns nicht bleiben kann.

Dafür ist's zu spät, sagte ich. Jetzt, wo er schon hier ist und damit rechnet, daß er bei uns bleiben kann, darf man ihn nicht vor den Kopf stoßen. *Ich* bringe das nicht fertig.

Ich schon, sagte Dorothee.

Gregor kam mit seinem Gepäck. Doch Dorothee sagte nichts. Ich sagte auch nichts. Gregor blieb. Er schlief, wie Albert, im Kinderzimmer.

II. Nach wie vor

Er blieb. Gregor blieb. Am andern Morgen suchten wir gleich nach dem verlorenen Türkis, drei, vier Stunden lang, ohne ihn zu finden. Gregor blieb. Auch am nächsten Tag haben wir nach dem Türkis gesucht. Wieder vergeblich. Gregor blieb. Auch am übernächsten Tag haben wir nach dem Türkis gesucht. Erfolglos. Gregor fing an, sich einzuleben. Wenn wir nach Wien fahren, sagte Dorothee, kauf ich dir einen viel schöneren. Ich will keinen schöneren, ich will diesen, und ich suche, bis ich ihn finde. Gregor fühlte sich bei uns wie zu Hause. Dorothees anfänglicher Widerstand gegen sein weiteres Verbleiben schwand spürbar. Vielleicht erwartete sie auch von der in Aussicht gestellten Reise nach Wien eine Klärung der Situation und hielt sich deshalb zurück.

Ob dieser von Gregor genannte Spezialist wirklich ein guter Arzt sei? Eine Kapazität, sagte Gregor, *auf seinem Gebiet*, fügte er hinzu.

Das Wort *Kapazität* schien sie zu überzeugen. Sie versprach sich vermutlich von einer gründlichen Untersuchung meines Kopfes mehr als nur die gründliche Untersuchung meines Kopfes. Wie ich sie kenne, glaubte sie, die Untersuchung sei bereits die Therapie. Dabei rechnete sie sowieso nicht mit einer ernsthaften Erkrankung, hielt ein geheimes, schleichendes, heimtückisches Leiden für ausgeschlossen. Für sie waren meine Kopfschmerzen Ausdruck einer psychischen Verkrampfung, von der ich allerdings wohl nur durch ein Wunder geheilt werden könne. Auf dieses Wunder hoffte sie, und Gregors Freund, die Kapazität, würde es vollbringen.

Carlos und Elisa wohnten in der Scheune. Aber nur für eine Woche. Wir haben sie während dieser Zeit nur zwei oder drei Mal gesehen. Dann fuhren sie nach Reggio. Diesmal für länger, sagten sie, weil Elisa sich wegen einer Unterleibsgeschichte ins Spital legen wollte.

Gustaf, den wir nach Abreise der beiden am Strand trafen (in roter Badehose), gleich bereit, Dorothees Beine mit bewährten Händen zu massieren, gab dazu seinen markigen Kommentar ab. Soweit sei's also mit der Elisa schon gekommen, daß man ihr die Eierstöcke entfernen müsse. Deshalb nämlich ginge sie ins Spital. Eine Schande. Eine Affenschande. Aber auch wieder ein Glück. Wenn Carlos, dieser Halunke, sie auch noch schwängern könne, geb's nur noch größeres *Mallör*. Ob die Carabinieri inzwischen wieder bei uns gewesen seien?

Wieso wußte Gustaf von den Carabinieri?

Ich schaute Dorothee an. Sie merkte, daß ich sie anschaute, schaute Gustaf an, der in diesem Moment Gregor anschaute, und sagte dann rasch, daß wir nächste Woche mit Gregor nach Wien führen.

Stammen Sie aus Wien, fragte Gustaf den schweigend dahockenden Gregor. Ja, er sei da jedenfalls geboren, antwortete Gregor. Sie, da sind wir ja Landsleute, sagte Gustaf. Er stamme aus dem Grödener Tal. Sagt Ihnen das was? Doch, sagte Gregor, das sage ihm genug. Als Bub, sagte Gustaf, sei er oft in Wien gewesen, bei einer Tante, im vierten Gemeindebezirk. Ob er den Namen Haslinger schon mal gehört habe? Na, Sie sind zu jung. Wann er geboren sei? Im sechsundvierziger Jahr, sagte Gregor. Wie – nach dem Krieg erst? *Himmelsakra!* Da habe er ja die große Zeit nicht mehr erlebt? Das könne man sich heute gar nicht mehr vorstellen. Er habe allerdings nicht viel davon gehabt. Die kleinen Leut' seien halt immer die kleinen Leut'. Ausgezahlt hab's sich nicht, aber es sei ein anderes Gefühl gewesen, weil man in einer großen Gemeinschaft gelebt habe. Trotzdem hätte er, sagte Gustaf, bald gemerkt, daß alles *ein Schmarrn* gewesen wär', obwohl: ihm hab's nichts gemacht, weil er als gewissermaßen Kanzleischreiber sein Auskommen gehabt habe, *besser als wie vorher.*

Schreiber waren Sie, fragte Gregor. Was haben Sie denn geschrieben? Alles, sagte Gustaf. Verordnungen, Anträge, Staatsaufträge. Er habe sich so durchlaviert, sei nie dafür gewesen und habe von Anfang an, seit dem achtunddreißiger Jahr, die Katastrophe kommen sehen. In seinem Beruf, sagte er, habe er einen Einblick gehabt, in die Lage, einen *Über*blick. Politisch habe man ihm nicht an den Wagen gekonnt. Ich mein', sagte er, praktisch war ich im Widerstand. Seinen Kollegen habe er eingeschärft, sie müßten sabotieren, von innen, von außen geht's nicht. Von außen könne man nichts machen. Mittels Gedankenmacht wirken. Er sei ganz gut damit gefahren, weil: er habe sich immer unterordnen können. So was sei nicht zu lernen, so was sei angeboren. Man müsse wissen, was man sei. Aber dazu braucht's Lebenserfahrung. Die habe er. Ist auch angeboren, sagte Gregor.

Und Gustaf, nach beendeter Massage: So, also nach Wien wollt's ihr? Und wieso, wenn ich fragen darf?

Wegen seines Kopfes, sagte Dorothee. Diese dauernden Schmerzen. Sie sei das leid. Ich müsse mal richtig untersucht werden.

Heute ist es übrigens besser, sagte ich, als wir den Strand verließen. Zwar, der Druck unter der Fontanelle (*unter* oder *über*) hat nicht nachgelassen, aber sonst ist es besser.

Alles psychisch, sagte Dorothee.

Angeboren, sagte ich.

Auf dem Wege nach M. fragte Gregor: Was war denn das für 'n Typ?

Ein Urtyp, sagte ich. Gustaf mit Stiebler. So nennt er sich. *Mit.* Stiebler ist sein Familienname.

Der ist aber schon arg, sagte Gregor.

Der Name?

Der Mann, sagte Gregor.

In M. angekommen, schreit Dorothee, als wir ins Haus treten, auf.

Eine Maus!

Wo?

Da, über'n Tisch ist sie gelaufen.

Und?

Ich werde verrückt!

Wegen einer Maus?

Ich bringe mich um!

Lieber die Maus.

Wahnsinnig werde ich.

Bitte nicht so theatralisch!

Wo leben wir denn!

Auf dem Lande.

Ich bleibe, sagte Dorothee, hier keinen Tag länger, wenn du nicht sofort was unternimmst.

Wir brauchen eine Falle, sagte ich. Das ist alles.

Mir ganz egal.

Oder Gift, sagte ich.

Falle und Gift.

Und eure Katze? fragte Gregor.
Zu dumm fürs Mäusefangen.
Zizu!
Zizu räkelt sich in der Sonne.
Ich denke, Katzen riechen es, wenn Mäuse in der Nähe sind.
Unsere nicht, sagte ich, unsere riecht überhaupt nichts.
Eine Zeitlang nichts zu fressen geben, sagte Gregor.
Wir müssen sofort was unternehmen, sagte Dorothee.
Ja, wir unternehmen schon was.
Du mußt was unternehmen, sagte Dorothee.
Ich, ja. Aber jetzt möcht ich erstmal was essen!
Wenn ich bloß das rote Haus hätte!
Natürlich, dann gäb's keine Mäuse! Ich weiß.

Es klingelt.
Telefon!
Ich geh' schon. Das ist für mich.
Dorothee stürzt an den Apparat.
Ich renne ihr nach.
Wer ist da?
Mein Liebhaber.
Es ist aber kein Liebhaber, sondern Solke.
Solke, Alberts erste Frau.
Soeben mit dem Bus in Maderno angekommen.
Solke.
Wer holt sie ab?
Gregor!
Ich mach das schon, sagt er.
Er fährt.
Gregor ist gefahren. Dorothee kocht eine Gemüsesuppe.

Im selben Augenblick, als alle Glocken der Umgebung ungeduldig den Abend einläuteten, kam Gregor zurück. Über eine Stunde hatte er gebraucht, Solke vom Nachbarort abzuholen. (Vermutlich mußte er ihr erst mal wieder den Hof machen. Ich kenne doch Gregor!)

Ich renne ihr entgegen.

Solke!

Wir umarmen uns. Ich nehme ihr das Gepäck ab. Auf der Treppe kommt uns Dorothee entgegen. Wieder große Umarmung. *Solkelein*!

Sie sieht jünger aus, *erholter*, seit wir sie das letzte Mal gesehen haben, vor einem Jahr. Fast als käme sie bereits aus den Ferien. Aber vielleicht liegt das an dem starken Make-up.

Dorothee hat den Tisch auf der Veranda gedeckt. Wir *müssen* sofort essen, will Dorothee, und Solke soll erzählen. Solke erzählt von Hamburg, von ihrer Arbeit in einer Maklerfirma und von gemeinsamen Bekannten. Dorothee fragt, wie es jenen gehe und wie denen, zwischendurch immer wieder, wie's ihr selber (Solke) gehe. *La-la* geht's ihr. Mir geht's so la-la, sagt Solke. Ob sie von Brendels mal wieder was gehört habe? Mit Brendels hat Solke kaum Kontakt. Und was machen Gerd und Elfie? Waren geschieden, sind jetzt wieder miteinander verheiratet. Und warum haben sie sich erst scheiden lassen? Sie hatten wohl zuviel Geld, sagt Solke.

Gregor ist still, hört zu wie einer, der schon alles weiß. Ich, zwischen Dorothee und Solke, habe plötzlich zwei konträre Empfindungen. Einerseits kommt es mir vor, als spreche Solke von einer mir vollkommen unbekannten Stadt, von mir vollkommen unbekannten Personen. Andererseits bringt mir ihre Art zu erzählen die Stadt und die Personen direkt vors Auge, nur ohne landschaftlichen und gesellschaftlichen Zusammenhang. Und sofort spüre ich wieder diesen tödlichen Druck, der mich während der langen Jahre, die ich in Hamburg unter diesen Personen gelebt habe, nie verlassen hatte, diese tiefsitzenden Beklemmungen, die schon anfingen, wenn ich nach einer Reise, einer kurzen Abwesenheit, in die Nähe dieser Stadt kam, sie nur von weitem vor mir liegen sah; dieses Gefühl des Ausgeliefertseins, als könne man (als könne ich) nie wieder von da weg, wegen (zum Beispiel) des Berufs, jahrelang als Angestellter, für ein lächerliches Monatsgehalt, Tag für Tag acht Stunden in diesem nicht zu belüftenden Archiv (das muß alles in meinen Roman!), keine Absprungbasis einerseits, fehlender Mut andererseits, keine innere Freiheit, aber auch keine Möglichkeit, mich zu befreien, tausend kleinbürgerliche Ängste und Bedenken, bis Dorothee kam. Wie ich trotzdem noch lange gebraucht habe, das neue Leben nicht als Flucht in die Risikolosigkeit zu deuten, wie ich vorher das Angestelltendasein als Flucht in die Normalität (aus Angst vor den in mir angelegten chaotischen Tendenzen) gedeutet hatte, woraus dann wieder meine Unzufriedenheit resultierte, daß ich niemals excessiv zu leben vermöchte. Erst seit wir in M. leben, habe ich mich eingependelt. Mit Hamburg allerdings habe ich nie etwas anzufangen gewußt. Nach fünfzehn Jahren hatte ich mich in dieser Stadt immer noch nicht eingelebt, mich auch nie in ihr zurechtgefunden, wo nun BARMBEK oder EIMSBÜTTEL oder der SCHLUMP lagen, und lange war Hamburg für mich nur der ZOB, der Hauptbahnhof, die LANGE REIHE mit dem HAUS DER 1000 TÖPFE, UHLENHORST mit SCHWANENWIK und MUNDSBURGERDAMM, die STADTBIBLIOTHEK und die ZENTRALE BLINDENBIBLIOTHEK, meine Arbeitsplätze in OTHMARSCHEN, ALTONA und schließlich in der KAISER-WILHELM-STRASSE zwischen BILD und KONKRET, mein Kampf mit der Ventilation, meine nächtlichen Radtouren um die Alster, schließlich der Prozeß gegen meinen Wohnungsvermieter und meine verlorenen Liebesmühen.

Ich habe diese Stadt gehaßt, und doch ist heute, seit ich hier wohne, Hamburg die einzige Stadt, wohin ich sofort zurückginge, wenn ich von hier weg müßte.

Solke erzählt.

Ich höre zu und bin dabei.

Ich bin gleichzeitig in Hamburg und in M. Alles, was Solke erzählt, ist sowohl in M. als auch in Hamburg passiert. Hamburg und M., M. und Hamburg: austauschbar.

Ich sage: Jetzt hast du schön was in meinem Kopf angerichtet.

Was?

Daß du Hamburg hierhergeschleppt hast, mitgebracht, und es vor uns, zwischen uns, neben, über und unter uns aufgebaut und ausgebreitet hast. Jetzt ist der eine mit M. vor Augen in Hamburg und der andere mit Hamburg vor Augen in M. Wie ist das denn nun, wie geht das, was können wir von Hamburg auf unserm Grundstück unterbringen? Den MICHEL? Geht, hat Platz, meine ich. Gänsemarkt – geht auch noch. Lombardsbrücke – weiß ich nicht. Ein Stück Hagenbeck?

Hamburg ist ein Komplex.

Den werde ich nicht los.

Dorothee fragt inzwischen Solke immer weiter nach gemeinsamen Bekannten aus, bis Solke auf Ingmar zu sprechen kommt, worauf Dorothee, die natürlich gleich ahnt, daß Solke mit Ingmar ein Verhältnis hat oder hatte, erwähnt, daß in den allernächsten Tagen die Colliers kämen, und sie sagt das selbstverständlich nicht aus Zufall und nur, weil die Colliers tatsächlich in den nächsten Tagen eintreffen werden, sondern weil der Name Ingmar bei ihr eine gedankliche oder gefühlsmäßige Assoziation ausgelöst zu haben schien, da besagter Ingmar, der sich donjuanesk durch die Welt trieb, mitmenschliche Beziehungen einst auch zu Reinhild Collier angeknüpft hatte, was Solke wußte, da einer den anderen kannte und die Entfernung Hamburg–Darmstadt so bedeutend wiederum nicht ist.

Die Colliers? fragte Solke, als müsse sie nachdenken, ob sie den Namen schon mal gehört hatte. Ach so, die – na ja, von mir aus. Es war ihr diese Aussicht aber offensichtlich nicht die angenehmste. Dorothee merkte das und fragte gleich weiter: Versteht ihr euch nicht?

Doch, schon. Man verstehe sich, nur nicht besonders gut. Und weil Gregor Solke unter seiner Brille aus bedeutungsvollen Augen anschaut, lacht sie, was Dorothee wiederum, da sie es sich nicht deuten kann, beunruhigt.

Warum lachst du?

Hab ich gelacht? Och, nur so . . . ich weiß nicht. Und nun

fing sie erst richtig an zu lachen, worauf auch Gregor lachen mußte. Und um nicht direkt teilnahmslos zu wirken, lachte ich ebenfalls. Mir war aber gar nicht danach zumute, und ich dachte: Fingerspitzengefühl, Dorothee! Wenn es nicht Solke wär, mit der man offen reden kann, wüßte ich jetzt nicht, wie man aus dieser peinlichen Situation wieder herausfinden sollte.

Dorothee macht es auch dadurch nicht besser, daß sie, ungeachtet ihrer wahren Meinung, auf einmal findet, daß die Colliers nett sind. Sie sagt *im Grunde* nett und korrigiert sich dann und sagt: *sympathisch*, obwohl *nett* eher paßt. Sie findet, sagt sie, beide sympathisch. Er, Collier, könne sogar richtig toll aussehen, wenn Reinhild ihn nicht so unmöglich anziehe, so handgestrickt auf Provinzkünstler trimme.

Wirklich, fragt Solke, *sympathisch*?

Wirklich, sagt Dorothee. Bist du anderer Ansicht? Magst du sie nicht?

Mit *mögen* habe das wenig zu tun, sagte Solke.

Gregor schweigt. Aber sein Kopf wandert hin und her.

Womit denn sonst? Ich geh' nur nach Sympathie und Antipathie, sagt Dorothee.

Ich nicht, sagt Solke. Ich nicht mehr. Früher bin ich auch danach gegangen. Aber jetzt schon lange nicht mehr. Sie habe, erzählt Solke, die Colliers mal in Frankfurt bei Berneburgs erlebt. Na, sie habe ja nicht ausfallend werden wollen, wegen Richard, weil Franz sein Kollege sei. Aber seither ...

Was *seither*? Dorothee gibt nicht auf.

Sie habe sich schon ganz schön zusammennehmen müssen, sagt Solke.

Und warum?

Ach, Klatschgeschichten. Ich hätte gar nicht davon anfangen sollen.

Jetzt mußt du's sagen!

So wichtig ist es auch wieder nicht, sagt Solke. So das übliche Geschwätz, wenn man zusammenhockt.

Um was ging es?

Um die Blum, sagt Solke. Richard habe davon angefangen, weil er sie kannte, ganz gut kannte. Aber wie die Colliers sich da reingehängt hätten, er noch mehr als sie. So was Bescheuertes. Das sei ihr ziemlich auf die Nerven gegangen.

In welcher Hinsicht bescheuert?

Mein Gott, das kann man sich doch vorstellen, sagte ich.

Du kannst dir immer gleich alles vorstellen, sagte Dorothee.

Und du kannst immer nur bohren! sagte ich.

Laß sie doch, sagte Gregor. Ich find das gut, daß sie bohrt.

Vielleicht hast du recht, sagte ich. Vielleicht bin ich zu phlegmatisch. Dorothee will immer alles genau wissen, alles konkret erfahren. Durch ihr penetrantes Fragen, Ausfragen, Nachfragen hab' ich manchmal schon Sachen erfahren, die ich allein nie erfahren hätte. Sie zwingt jeden, Details zu erzählen, die der gar nicht zu erzählen bereit war. Sie kann auf manchmal halsbrecherische Weise indiskret sein. Mir stockt immer das Blut, wenn sie die Leute so ausfragt. Ich bring das nicht fertig. Obwohl ich auch neugierig bin, aber anders als Dorothee. Ich bin interessiert neugierig, Dorothee ist uninteressiert neugierig. Sie fragt pausenlos nach Neuem, hört aber bei der Antwort schon nicht mehr zu. Gelegentlich bezweifle ich, daß sie überhaupt einen Satz zu Ende anhört und seinen Inhalt versteht. Sie *kann* ihn nicht verstehen, weil sie nur einzelne Wörter aufschnappt. Wie heute die Wörter *Klatschgeschichte, Geschwätz, Nerven* und den Namen *Blum.* Nur diese Wörter, in Verbindung mit dem Namen Blum haben sie zur Neugier gereizt. Aber sobald man ausführlich über Leute spricht, nennt sie das *über andere herziehn.*

Ich habe nichts gegen ein *Über-andere-Herziehen.* Gregor und ich, wir ziehen über jeden her, reden, analysieren, nehmen ihn auseinander, sezieren ihn. Ganz kalt. Mir gefällt das. Solke macht auch gern mit. Sie kann dieses Sezieren besonders gut, weil sie sich mit keiner Erklärung, mit keiner Deutung zufriedengibt. Sie hat immer noch einen Tüpfel auf den letzten zu setzen, und dann setzt Gregor noch einen, dann ich noch einen und dann hat Solke den allerletzten – und der bringt's dann.

Man kann sich da richtig hineinsteigern. Dabei kommen auch allerhand Aggressionen heraus. Manchmal sogar bei solchen, bei denen man das gar nicht erwartet hat. Gregor nennt das *banalysieren*. Er sagt, man muß die Leute banalysieren, dann erst sieht man, daß ihre Kompliziertheit eine Schein-Kompliziertheit ist.

Gregor, Dorothee, Solke, ich.

Wir sind, dachte ich, wie wir hier auf der Veranda sitzen, jeder in einem Korbsessel, auch schon ein ziemlich komisches Quartett. Ich bin gespannt, wie das weitergeht. Ich mag die beiden, Solke und Gregor, besonders Solke, diese kleine Person mit ihrem lustig-traurigen Harlekinsgesicht, das sich vermutlich seit ihrer Kindheit nicht verändert hat. Solke ist dreißig, aber keine Frau. Sie ist ein Kind geblieben, ein erwachsenes, trauriges Kind, das sich gelegentlich zu den tollsten Späßen hinreißen läßt, plötzlich aber wieder ganz ernst wird. Dabei ein überaus sanftes Geschöpf und (trotz ihrer Sezierlust) ungemein nachsichtig gegen andere, gleichzeitig aber auch zäh und protestantisch unnachsichtig gegen sich selber, von einer aufreibenden Wahrheitsliebe und bisweilen verletztenden Ehrlichkeit.

Ganz anders Gregor, der sich mittlerweile hausfreundschaftlich bei uns eingelebt hatte. Ich mochte ihn gern, trotz einiger Vorbehalte, aber mehr gegen den Typus als gegen die Person, eigentlich aber auch nicht mal unbedingt gegen den Typus, wenn er – wie Gregor – charmant ist, gebildet und ohne Allüren, dabei, wie der Diener in alten Komödien: unzuverlässig und charakterlos. Er hat viele Rollen parat. Am besten beherrscht er die des Spaßmachers, des witzigen Unterhalters, des einfallsreichen Faktotums, das sich geschmeidig den Lebensgewohnheiten seiner Umgebung anpassen kann. Indes spielt er die Rolle so, daß man merkt, es ist eine Rolle; denn in Wirklichkeit paßt er sich keineswegs an. Er suggeriert nur Anpassungsfähigkeit, als ob er jeden warnen möchte, ihm nicht blindweg zu vertrauen.

Er ist der geborene Junggeselle. Dessen war er sich aber wohl erst in dreijähriger Ehelichkeit bewußt geworden. Vielleicht hat er nur geheiratet, um seine Ahnung in diese Richtung hinein bestätigt zu finden. Er macht Erfahrungen nicht, um daraus zu lernen, sondern um sich zu beweisen, daß er schon vorher klug war.

Mißtrauisch ist er gegen Mißtrauen. Wo ihm dies entgegengebracht wird, versucht er unauffällig, dieses durch redseliges Entgegenkommen und erfindungsreiche Komplimente zu zerstreuen.

Als Komplimentespender ist er unschlagbar – ein Weltmeister. Er kennt die mitmenschliche Empfänglichkeit für ein plausibles Lob. Darum übertreibt er nie. Wie jeder echte Weltmeister geht er mit seinen Kräften ökonomisch um, ist immer im Training und beobachtet seine Konkurrenten wie sich selber mit kritischem Blick.

Wo Albert aus Schwäche oder moralischer Verantwortung, ohne jemanden verletzen zu wollen, zweideutig schmeichelt, bzw. ironisch-unterkült Nachteiliges über jemand äußert, trifft Gregor mit seinen um die Ecke gemachten Komplimenten ins schwarze Herz der Zweifler.

Überhaupt ist er ein Menschenkenner.

Weil die meisten sich dafür halten und die wenigsten es sind, hat er leichtes Spiel. Bevor man glaubt, ihn durchschaut zu haben, hat er die andern durchschaut. Er behält es für sich, und darum hält man ihn für naiv. Ich kenne ihn immer noch nicht gut genug, aber schon besser.

Gregor, Solke, Dorothee, ich.

Wir sind ein wirklich komisches Quartett. Wie wir hier sitzen, auf der Veranda, denk' ich, haben wir mit dem *Banalysieren* schon angefangen.

III. Colliers oder Da sind wir

Mit den Colliers setzten wir es fort.

Gleich nach ihrer überschwenglichen Ankunft zeigten sie erste Spuren der Enttäuschung, daß man nicht allein mit uns sei, daß wir noch andere Gäste hätten. Man merkte ihnen an, daß sie sich nichts anmerken lassen wollten. Doch beherrschten sie ihre Mimik schlecht, besonders Franz Collier.

Seine glatte, aber düstere Stirn kräuselte sich und wurde noch düsterer. In seinen treu-traurigen Augen, aus denen der Weltschmerz zu blicken schien, obwohl es in Wahrheit weniger ein globaler als ein lokaler war (hervorgerufen durch zu hartnäckiges Sitzen), ermattet der anfängliche Glanz. Herr Collier ist verbittert, wenn auch nicht erst seit heute. Er hat auch das letzte Jahr schon verbittert dreingeschaut. Im Moment macht er aber einen besonders verbitterten Eindruck, weil Ferien sind und weil er in seinen Ferien nichts Unangenehmes erleben will. Andererseits ist er höflich oder gut erzogen oder diplomatisch. Er weiß, wie man sich benimmt.

Reinhild bringt sich durch Reden wieder ins Gleichgewicht. Sie scheint bereit zu sein, das Beste aus der Situation zu machen. Darum möchte sie sich erstmal die Scheune ansehen. Sie ist auch dafür, daß man sich gleich darin einrichtet. Colliers haben alles, was man braucht, bei sich. Luftmatratzen, Schlafsäcke, Karbidlampen. Die perfekte Camping-Ausrüstung, sorgfältig verpackt, raumsparend, beinahe wie die der Klotzens, nur geschmackvoller, was die Ausführung betrifft.

Dorothee hat den Abendbrottisch gedeckt. Im Wohnzimmer, wegen des warmen Essens, damit es nicht zu rasch abkühlt. Colliers, nachdem sie ihr Gepäck in der Scheune untergebracht haben, äußern aber den Wunsch, *im Freien* zu essen. *Auf der Wiese*, sagt das Mädchen. *Im Garten*, sagt der Junge. *Vor dem Haus*, sagt Franz. *Auf der Veranda*, sagt Reinhild. Wo denn nun?

Dorothee sagt, der Tisch sei gedeckt, das Essen fertig, die Umstände, jetzt wieder alles rauszutragen, zu groß. Aber Reinhild meint, das sei eine Kleinigkeit. Sie mache das schon. Tatsächlich sammelt sie schon die Teller ein. Die Kinder helfen. Ich gebe zu bedenken, daß dieser Aufwand nicht lohne, da es gleich zu regnen anfange.

Keine Spur, sagt Reinhild.

Es gibt ein Gewitter, sage ich.

Ah, woher denn?

Ich spüre das!

Ich spüre das auch, sagt Reinhild. Aber heute nicht.

Nichts zu machen.

Gregor auf seinem Stuhl in der Küche sieht den Bewegungen zu. Solke hat sich ins Badezimmer zurückgezogen.

Jetzt haben die Colliers den Tisch auf der Veranda gedeckt. Reinhild hat sich durchgesetzt.

Hier wird gegessen!

Also gut.

Wir sind noch bei der Vorspeise, als die ersten Tropfen fallen. Ich sage nichts.

Colliers nippen am Wein.

Der Regen wird stärker. Aber unter dem Strohdach sitzen wir noch halbwegs im Trockenen.

Colliers probieren den Schinken.

Jetzt läßt das Strohdach Wasser durch.

Tatsächlich, es regnet, sagt Herr Collier.

Das hätt' ich nicht gedacht, sagt Frau Collier. Eben noch das schönste Wetter.

Ich sage nichts.

Sollen wir reingehen? fragt Gregor.

Wir sind doch nicht aus Zucker, sagt Dorothee.

Wir essen weiter. Es wird kühl.

Der Schinken ist fast so gut wie in Frankreich, das Brot ist fast so gut wie in Spanien, der Wein ist fast so gut wie in Griechenland. Colliers sind weitgereiste Leute.

Plötzlich kommt ein Wind auf, küselt herum, bläst uns auf den Tisch, weht uns heftig an.

Ich lasse mir nichts anmerken.

Colliers Kinder, der Junge und das Mädchen, bitten die Eltern dezent, da es ihnen kalt ist, einen Pullover überziehen zu dürfen.

Die Pullover sind in der Scheune.

Der gute Vater geht sie sofort holen.

Bei rollendem Donner kommt er zurück, vom Regen durchweicht.

Ich glaube, wir gehen doch besser rein, sagt er. Das hört so bald nicht auf.

Das fängt erst an, sage ich.

Solke kichert mädchenhaft vor sich hin. Reinhild ist schon wieder dabei, Teller einzusammeln.

Wir tragen Gläser, Bestecke, Salatschüsseln, Schinken, Brot und Wein in die Küche.

Beim zweiten Gang, Reisfleisch mit Backpflaumen, ist das Gewitter direkt über uns. Wolkenbruchartiger Regen. Sturm.

Den Colliers schmeckt es. Solke und Gregor auch. Dorothee dagegen meint, es fehle noch was an dem Gericht. Entweder saure Sahne oder ein Gewürz. Aber welches Gewürz? Rosmarin, sagt Frau Collier. Eine Prise Rosmarin. Dorothee denkt eher an Basilikum. Franz Collier hat nichts auszusetzen. So gut gekochten Reis hat er nur mal in Südfrankreich gegessen. Reinhild lobt den Reis ebenfalls. Sie habe gar nicht gewußt, daß Dorothee so gut kochen könne. Gut kochen können ist nämlich Reinhilds *Domäne*. Kochen kann sie. Sie kocht nach *uralten Rezepten*. Sie kocht uns mit dem Munde ihre Spezialitäten vor. Französische Fischsuppe, fränkische Specksauce, spanische Nieren, siebenbürgener Tellerfleisch, Käsesoufflé. Sie kann natürlich auch backen. Sie besitzt die besten Rezepte der Welt. Sie backt sogar ihr *eigenes Brot*. Sie stellt auch *eigene Marmeladen* her.

Übrigens, deine Kindertorte, die du uns geschickt hast, sagt Dorothee, war einmalig.

Richtig, wir können uns auch duzen, sagt Reinhild.

Man duzt sich. Jeder jeden. Reinhild möchte jetzt gern, daß wir sie Irena oder Ilona nennen. Irena oder Ilona, das ist ihr egal. Nur nicht Reinhild. Den Namen Reinhild findet sie schrecklich.

Also Ilona.

Oder Irena.

Mal Ilona, mal Irena.

Ja, war sie gut, die Torte?

Sehr gut!

Hab' ich auch nach einem uralten Rezept gemacht, sagt Ilona oder Irena.

Rezept hin, Rezept her. Von Rezepten hab' ich nichts. Außerdem setzt mir das Gewitter zu. Ich hab' Angst vor Gewittern. Dorothee weiß das. Ich hab' ihr auch gesagt, daß ich Angst vor Gewittern habe. Ich kann zum Beispiel nicht ruhig im Bett liegen bleiben bei einem Gewitter, wie andere, die bei einem Gewitter ruhig im Bett liegen bleiben und sogar schlafen können und am nächsten Morgen von dem Gewitter gar nichts gehört haben wollen, wenn man sie danach fragt. Ich hatte schon als Kind Angst vor Gewittern. Seit wir in M. sind, hab' ich weniger Angst vor Gewittern. Trotzdem bin ich vor zwei Jahren noch, bei einem besonders schweren Gewitter, weil Dorothee nicht im Haus war, in den Kleiderschrank gestiegen, um die Blitze nicht sehen zu müssen. Wie ist das denn eigentlich, fragte ich Franz Collier, unser Haus, steht das eigentlich sehr exponiert, ich meine, kann da eigentlich leicht ein Blitz einschlagen?

Ich wollte nur eine kurze, beruhigende Antwort hören, statt dessen entwickelte Herr Collier eine lange Theorie über die Entstehung von Gewittern. Er schien sein Wissen von weit her zu holen, aber wie er es zusammenhat, steigt er fachkundig in die höchsten Höhen der verschiedenen Sphären und landet ebenso fachkundig wieder in Begleitung von Blitz und Donner auf der Erde, aber nicht in unserer Küche, sondern oberhalb unseres Hauses, auf dem kahlen Berge, bzw. der nächst höheren Erdterrasse, wo er sich zu den dort versammelten Wassern gesellt, die, doziert er, nämlich in einem besonderen Verhältnis zu den Gewitterwolken stehen, in einem beinahe innigem, so daß die Wahrscheinlichkeit, daß unser Haus von einem Blitz getroffen wird, eins zu einer Million beträgt. Was mich indes auch nicht beruhigt; denn da es hier im Jahr bis zu zwanzig Gewittern geben kann, scheint der millionste Blitz nicht lange mehr auf sich warten zu lassen.

Aber euer Haus steht doch schon über zweihundert Jahre, sagt Franz.

Das sei keine Garantie für die Zukunft, erwidere ich.

Für Dorothee bin ich schon wieder ein Hysteriker.

Ich bringe sie aber auch noch dahin, daß sie mich für abergläubisch hält, weil ich nämlich behaupte, es hänge auch von den Bewohnern eines Hauses ab, ob ein Blitz einschlage oder nicht.

Ob wir keinen Blitzableiter hätten, fragt Gregor.

Davon hat man uns dringend abgeraten, sage ich. Weil keiner hier einen Blitzableiter hat. Derjenige, der uns abgeraten hat, meinte, wenn wir als einzige einen Blitzableiter hätten, konzentrierten sich alle Blitze gerade auf unsern Blitzableiter, und der finge dann an zu glühen, und wir würden als erste abbrennen.

Wenn ein Blitzableiter richtig installiert ist, sagt Franz, ist das ausgeschlossen.

Nun hört doch mal mit eurem Blitzableiter auf, sagte plötzlich Ilona oder Irena Collier. Das ist ja sterbenslangweilig.

Was Franz eben erzählt hat, sagte ich, über die Entstehung von Gewittern, finde ich nun wirklich sehr interessant.

Man soll Naturereignisse nicht wissenschaftlich erklären, sagte Ilona oder Irena. Für sie sei ein Gewitter etwas Grandioses. Sie liebe Gewitter. Gewitter seien für sie poetische Offenbarungen, kolossale Naturschauspiele. Zwiesprache der Elemente.

Franz verstummte.

Er kannte die künstlerische Ader seiner Frau. Aber er konnte da nicht mithalten.

Mich stören Gewitter nicht, sagte Solke, aber ich kann auch ohne sie leben.

Ach, ihr versteht das nicht, sagte Ilona oder Irena. Ihr seid alle schon durch die Zivilisation verdorben. Für mich gibt's nichts Köstlicheres, als wenn ein Blitz für Bruchteile von Sekunden die ganze Welt in ein übernatürliches Licht taucht.

Habt ihr schon mal was von einem stehenden Blitz gehört, fragte Gregor auf einmal, der seit Colliers Ankunft noch kaum ein Wort gesagt hatte.

Was ist das?

Ich hab' das auf Giglio erlebt, sagte Gregor. Ein mir unerklärliches Phänomen. Ich schau' während eines Gewitters aufs Meer hinaus, es blitzt und donnert, ein Sturm, hohe Schaumwellen, das Meer, wirklich meterhohe Wellen, wahnsinnig. Ich übertreibe nicht.

Wir kennen das Meer, sagte Frau Collier.

Trotzdem, sagte Gregor. Solche Wellen, das war mir tatsächlich neu.

Und was ist mit dem stehenden Blitz, fragte Dorothee.

Ja, das kommt jetzt, sagte Gregor.

Ich denke: komisch, irgendwas stimmt nicht mit Gregor. Wie redet der denn auf einmal? Komisch, denke ich.

Wie gesagt: Gewitter, ein schweres, Blitz auf Blitz. Ich schau aus dem Fenster. Plötzlich über dem Wasser, aber wie zum Greifen, scharf gegen den Hintergrund abgesetzt, ein ganz greller Blitz, nicht. Ich merk', wie ich zusammenzucke. Die Augen, zu. Nur einen ganz kurzen Moment. Aber wie ich sie wieder aufmache, ist der Blitz immer noch zu sehen, scharf in die Luft gezeichnet. Der Blitz steht gezackt über dem Meer und erhellt alles ringsum, minutenlang. Ein stehender Blitz. Ich sehe Gregor an. Ich weiß nicht, was mit ihm los ist. Will er die Colliers auf den Arm nehmen?

Merkwürdig, sagt Reinhild oder Ilona oder Irena. Gibts denn so was?

Gregor zieht die Schultern hoch. Er blickt ganz unschuldig drein. Franz sucht nach einer naturwissenschaftlichen Erklärung, sagt etwas von Luftspiegelung, gibt dann aber zu, es nicht erklären zu können. Solke kann es auch nicht erklären. Dorothee sagt: *eigenartig!* Weiß indes auch keine Erklärung. Ich weiß auch keine. Colliers Zwillinge sitzen geduldig auf ihren Plätzen. Dann sagt der Junge: Ich hab' mal eine Sternschnuppe gesehen, die war so groß wie 'n Apfel. Darauf sagt das Mädchen: Du übertreibst mal wieder schrecklich! Darauf sagt Franz: Ich glaube, ihr müßt jetzt schlafen. Darauf sagt Ilona oder Irena: Bringst du die Kinder? Darauf erhebt sich Franz. Darauf erheben sich die Zwillinge. Darauf geben sie jedem die Hand. Darauf begleitet sie der Vater in die Scheune. Darauf deckt Dorothee den Tisch ab. Das Abendmahl ist beendet. Der stehende Blitz steht in der Luft. Ich glaube die Geschichte sowieso nicht. Ich denke nur: was ist mit Gregor? Irgendwas ist mit ihm. Ich weiß aber nicht, was mit ihm ist. Vielleicht ist er einfach nur betrunken?

Das Gewitter zieht ab. Es hört auf zu regnen. Franz kommt zurück, mit ihm die Kinder, bepackt mit Decken und Luftmatratzen. In der Scheune steht Wasser, sagt Franz. Für diese Nacht wird man ein Notquartier in unserm Haus aufschlagen müssen.

Er ist müde. Er will sich gleich mit den Kindern schlafen legen. Das Autofahren hat ihn angestrengt. So lange Strekken ist er nicht gewohnt. Er fliegt sonst nur.

Als er ins Wohnzimmer hinübergeht, um die Luftmatratzen zu richten, öffnet Gregor eine weitere Flasche Wein. Plötzlich sitzen wir im Dunkeln. Der Strom ist ausgefallen.

Jetzt, wo das Gewitter vorbei ist, dreh'n sie das Licht ab.

Dorothee holt Kerzen. Ilona oder Irena findet Kerzenschein in dieser ländlichen Umgebung viel passender. Sie möchte am liebsten nur bei Kerzenschein sitzen. Mich macht das rasend, sage ich. Ich bin nicht für diese Romantik. Mir schlägt dieses Geflacker ziemlich auf die Augen.

Aber es ist so beruhigend, sagt Frau Collier.

Wir sitzen um den Küchentisch herum. Solke und Gregor, Ilona, Dorothee und ich. Ich soll was erzählen, sagt Ilona. Ich kann nicht einfach so erzählen, wenn ich dazu aufgefordert werde. Mich ärgert es auch, daß Ilona glaubt, ich müsse den Unterhalter abgeben. Ich sage nichts, das heißt: ich sage nur, warum denn immer erzählt werden müsse, ob man nicht mal schweigend zusammensitzen könne.

Das ist das Neuste, sagt Dorothee und behauptet, ziemlich vorwurfsvoll, das hätte ich von den Hippies.

Ja, vielleicht, sage ich.

Es sei lächerlich, so was zu übernehmen, und daß ausgerechnet ich, wo ich doch immer gegen deren Sprachlosigkeit polemisiert hätte.

Polemisiert ist wohl nicht das richtige Wort, sage ich. Außerdem darf man ja seine Ansichten auch mal ändern.

Wir haben dann natürlich doch nicht geschwiegen, sondern von den Hippies erzählt. Dorothee fing davon an, und dann bat sie mich fortzufahren, unterbrach mich aber dauernd.

Ich mag das nicht, sagte ich, wenn ich dauernd unterbrochen werde, und noch viel weniger mag ich, wenn du etwas vorwegnimmst. Da du mich schon aufforderst, was zu erzählen, laß mich auch erzählen, und ich weiß dann sehr genau, was ich erzählen will. Wenn du aber immer schon vorhersiehst, was kommt, und das auch gleich mitteilst, so daß alle, noch bevor ich so weit bin, wissen, worauf ich hinaus will, erübrigt sich mein Erzählen, weil man als Zuhörer sich mit dem Erfassen des Inhalts zufriedengibt. Mir kommt es aber auf bestimmte Zusammenhänge an.

Da wurde Dorothee scharf. Sie wisse genau, warum ich das nicht vertragen könne. Ich sei nur gereizt, weil ich fürchtete, sie könne meine gereinigte Version durch Kommentare torpedieren.

Was heißt *gereinigte Version*?

Weil nicht alles so war, wie du erzählst. Du bist doch,

wegen deines Alters, von den Hippies überhaupt nicht akzeptiert worden. Du hast das auch ganz deutlich gespürt. Ich brauch mir doch bloß die Fotos anzusehen. Auf allen sitzt du vollkommen isoliert von der Gruppe.

Weil ich mich nicht dazwischendrängen wollte, sagte ich.

Weil du gemerkt hast, daß du nicht dazugehörst, sagte Dorothee.

Wenn es auf irgendeiner Seite irgendwelche Reserven gab, sagte ich, dann auf meiner Seite. Aber mit Altersunterschieden hatte das nichts zu tun. Im übrigen bist auch du keine zwanzig mehr.

Aber ich wurde akzeptiert.

Das hängt doch mit dem Alter wirklich nicht zusammen, sagte Solke.

Wahrscheinlich, sagte Dorothee, mit den Gedanken und den Ohren aber ganz woanders, im Vorratsschrank, wo sie etwas hört, ein Geräusch.

Ich höre nichts, ich *habe* nichts gehört.

Doch, da ist was, behauptete sie.

Ruhig mal!

Ja, jetzt höre ich auch was. Ein Schaben oder Rascheln oder Kratzen. Die Maus!

Ich werde verrückt!

Nun man langsam! Zizu! Zi-zu!

Aber Zizu streckte sich nur und blinzelte mit den Augen.

Frau Collier hat nichts gegen Mäuse. Auch nichts gegen Schlangen. So niedliche Tiere!

Mäuse im Haus sind das Letzte! schrie Dorothee.

Auf dem Lande läßt sich das doch gar nicht vermeiden, sagte Frau Collier.

Du hast mir versprochen, Gift zu besorgen!

Wird besorgt, sagte ich. Mausegift und Mausefalle.

Sofort, morgen früh, als erstes!

Praktisch ist in jedem Falle

Auto illo Mausefalle.

Gregors Sprüche helfen aber auch nichts. Dorothee will nicht länger in der Küche bleiben, wo eine Maus im Schrank lebt. Nun hat sie einen handfesten Grund, sich ins Bett zurückzuziehen. Solke, vermutlich, weil Gregor sich nicht in gebührender Weise um sie kümmert, geht auch, in mein Zimmer, lesen.

Tatsächlich ist Gregor irgendwie sonderbar heut' abend. Aber betrunken ist er nicht. Ich hab' ihn auch noch nie betrunken erlebt.

Doch kaum sind Solke und Dorothee weg, wird er wieder normal, wie sonst. Er redet, er setzt seine Brille ab, wischt sich die Augen, sieht die Collier unverglast aus seinen kurzsichtigen Augen an, fixiert sie, als wolle er sie einer Prüfung unterziehen. Er fixiert sie, unter beständigem Reden, unter beständigen Redensarten, so lange, bis Reinhild unsicher wird. Dann lobt er rasch ihre dunkelrotblonde Haarfarbe, die natürlich nicht natur ist, wie er genau weiß, weil seine Frau auch Henna benützt. Lauter uralte Rezepte. Reinhild hat sie sicher im Anhang eines ihrer urgroßmütterlichen Kochbücher gefunden. *Henna färbt die Haare rot.* Sie sagt aber nichts, erwartet vielleicht weitere Komplimente. Gregor übertreibt allerdings nicht. Er ist wieder Weltmeister. Er weicht aus in die Kunstgeschichte, aber wie ein Lebenskünstler. Als sei alles für ihn gemacht, zur Steigerung seines Lebensgefühls. Menschen wie Kunstwerke. Er schmeichelt Reinhild, indem er ihr (gleich einem Geständnis) erklärt, sie sei eine Frau aus dem letzten Jahrhundert, sie sehe aus wie von Burne-Jones gemalt.

Das habe ihr schon mal jemand gesagt, sagt sie. Ein guter Freund. Das kann nur Ingmar gewesen sein, denke ich, ihre ich weiß nicht wie platonische Jugendliebe. Ingmar, der Reisende mit Frauenherzen in seinen Traglasten, mit Frauenhaaren, Frauenadressen, Frauenbriefen. Aber Gregors als Kompliment angekommene Aussage beweist mir wieder, mit welcher Könnerschaft (oder Kennerschaft) er auf Menschen eingeht. Alles, was er von sich gibt, findet Reinhild sagenhaft, göttlich, phantastisch, köstlich. Was sitz' ich hier noch, frage ich mich. Längst schon bin ich für die beiden gar nicht mehr vorhanden.

Die Kinder im Wohnzimmer schlafen. Franz schnarcht. Die Maus knabbert im Vorratsschrank. Die Katze weiß nichts von ihr. Vor dem Haus plätschert der Brunnen. In der Küche tickt die Uhr.

Ich stand auf, sagte, daß ich plötzlich müde sei und verschwand. Dorothee lag mit offenem Mund im tiefen Schlaf. Ich legte mich zu ihr ins Doppelbett. Wenn eine Umarmung ein Kampf ist, bin ich in diesem Moment der friedlichste Mensch von der Welt, der von Minute zu Minute in eine noch tiefere Friedlichkeit eindringt.

IV. Ein anhaltendes Tief

Am andern Morgen alles grau im dreifachen Spiegel. Der Himmel wie verschimmelt. Es regnete nicht, aber es sah aus, als könne es jeden Augenblick zu regnen anfangen. Bettwetter, aber entsetzlich schwül.

Colliers hatten Pech. Erst die Enttäuschung, daß sie nicht die einzigen Gäste sind; dann das Azorentief. Und so bald schien das nicht abziehen zu wollen.

Wir frühstückten in der Küche. Franz brütete dumpf vor seinem Ei. Die Zwillige mampften geduldig Dorothees Gesundheitsmüsli. Solke wirkte unausgeschlafen. Gregor war nicht sehr gesprächig. Ilona erzählte ihre Träume, was sie sich alles zusammengeträumt habe, sie müsse das mal in Ruhe sortieren. Sie tat's vor unsern Ohren. Eine Fahrt zum Mond kam auch dabei heraus. Dorothee unterbrach sie, weil sie einen Tagesplan machen wolle. Ich hatte Kopfschmerzen.

Da kam die Treppe hochmarschiert Gustaf, zack-zack-zack, gestiefelt und gehörnt.

Ah, neue Gesichter! Grüß Gott. Ich bin der Gustaf. Gustaf mit Stiebler. Will nur mal rasch nach dem Rechten schau'n. Hab' schon geseh'n. Alles g'sund und munter.

Aber das war's nicht. Ich wußte gleich, daß da was anderes auf uns wartete. Eine von Gustafs Überraschungen.

Was haben denn Sie gemacht, fragte, auf Gustafs Schläfe deutend, Dorothee.

Deshalb komm ich. Das muß ich erzählen, Sie! Tolle Sache.

Haben Sie sich geprügelt?

Zug'haut hab' ich, Sie! Das war eine Geschichte, wie im Wilden Westen. Da könnt' man einen Film draus machen.

Einen Einbrecher hat er *derwischt*, erzählt er, einen einarmigen Zigeuner, der ihm *den Radio* und *den Foto* stehlen wollte, wie er gerad' aus dem Haus. Er hab' schon gleich morgens so 'n Gefühl gehabt, sagt der Gustaf, so eine Ahnung, daß heut was passiere, so einen richtigen Instinkt, daß, wie er zurückgekommen, im Haus was nicht geheuer sei. Darum sei er nicht, wie sich's gehört, durch die Tür, sondern durchs offene Fenster rein. Da sei er gewesen, der Kerl, auf frischer Tat, Radio und Foto unterm einen Arm. Trotzdem hätt' er nicht gleich reagiert und der Kerl wär fürs erste weg, mit Foto, mit Radio. Aber er hab' ihn eingeholt, sagte Gustaf. Ein Köter hätt' ihn verraten. Und dann sei's zu einem Handgemenge gekommen.

Sie, es wär' mir ein Leichtes gewesen, den Wurm zu zertreten, sagt Gustaf, als keiner was dazu sagt. Aber ich beschmutz' mich nicht. Das nicht. Ich hab ihm nur eine g'langt und bin mit dem Radio und dem Foto davon. Sie, man muß schon verdammt aufpassen. Laßt's bloß mal nicht die Tür unverschlossen. Das wird mit der Stehlerei immer schlimmer.

Ich glaube dem Stiebler kein Wort. Wie er da dauernd *Sie* in seine Sätze einflicht, denke ich, er tut das nur für die Colliers, aus Unsicherheit. Und was haben Sie da am Kopf, frage ich, das Horn an der Schläfe, wie ist das zu erklären?

Der Kerl hat sich gewehrt, sagt Gustaf. Ein gefährlicher Bursche. Ein richtiger Zigeuner. Ich bin gleich zur Präfektur. Da kannten sie den Kerl schon. Gut, ham s' g'sagt. Dem sind wir schon lange auf der Spur, hatten aber bislang keine Beweise. So bald, sagt Gustaf, kommt der nicht wieder in diese Gegend. Aber ich hab' mir gleich eine Alarmanlage bestellt. Eine Haussirene. Kostet nur tausend Lire. Wollt's ihr auch eine? Ich bestell euch eine.

Nein, nicht nötig. Aber eine Mausefalle brauchen wir.

Ja, die Maus muß aus dem Haus, sagte Dorothee. Aus dem Schrank. Ob er nicht ein wirksames Mittel wisse.

Wo eine Maus ist, sagt Gustaf, sind viele. Doch, da muß man was tun. Das Jahr ist ein Mäusejahr. Morgen kommt er. Er hat ein fabelhaftes Gift, absolut zuverlässig. Falle nützt nichts.

Als Stiebler und die Colliers aus dem Haus waren, fängt Gregor mit dem Banalysieren an. Über den Stiebler-Gustaf sagt er weiter nichts. Mit dem ist er fertig. Nicht aber mit den Colliers. Was sind das denn für Leute? Er, zum Beispiel, dieser Franz: was macht er? Irgendwas mit Heilmitteln, sagt Dorothee. Chemiker? Kaufmann, sagt Solke. Angestellter in einem pharmazeutischen Betrieb, sage ich. Was genau, weiß ich nicht. Kann sein Werbung. Danach sieht er aus, sagt Gregor. Mit seinem markanten Stoppelkopf und den smarten Koteletten. Dorothee findet, er sehe gut aus, *könne*, verbessert sie sich, gut aussehen, wenn er sich nicht so unmöglich anziehe. Aber das liege an der Frau.

Na geh, sagt Gregor. Er ist schon wirklich ein Tschapperl. Und die Frau, frag' ich, was hältst du von ihr? Hör auf, sagt er. Ich mag nicht daran denken. Fuuurch-bar! Gestern abend, sage ich, hatt' ich eher einen gegenteiligen Eindruck.

Wieso?

Weil du dich so lässig mit ihr unterhalten hast. Er sei blau gewesen, sagt Gregor. Du warst nicht blau, sage ich. Du hast der Reinhild Komplimente gemacht, so gezielt, daß ich glaubte, du wolltest mit ihr schlafen.

Na weißt!

Nichts weiß ich, außer, daß du etwas daneben warst.

Er will sich an nichts mehr erinnern können. Ich sage, wie er die Sache mit dem stehenden Blitz erzählt habe, das sei schon ganz schön irre gewesen. Ja, mit dem Blitz, wie du das erzählt hast, sagt Dorothee, das ist wahr. Du hast auf mich gewirkt wie ein Schüler aus den zwanziger Jahren.

Als ich darauf Gregor mit der Frage überfalle, ob er sich irgendwie für Reinhild interessiere, sagt er nur: Na weißt' –, gibt jedoch gleich darauf zu, daß er durch sie irgendwie verwirrt worden sei, das heißt: durch ihren Fuß. Sie habe ihn damit, anfangs scheinbar zufällig, dann absolut unzufällig, fortwährend berührt. *Gefüßelt*, sagt er. Anfangs flüchtig, später tüchtig, und es sei ihm dieses dauernde Füßeln tatsächlich peinlich gewesen, auch unangenehm, wegen Franz und der Kinder. Dauernd habe sie gefüßelt. Und nur um abzulenken, auch *sie* abzulenken, habe er dann – ja, nun erinnere er sich – diese Geschichte von dem stehenden Blitz erzählt. Erfunden, sagt er. Natürlich habe ich diese Geschichte erfunden. Es habe indes nichts genützt.

Ich kenne dieses Füßeln, von einer früheren Freundin, sagt Gregor. Das sitzt irrsinnig tief bei mir. Die Collier habe wie aufgezogen gefüßelt. Der ganze Tisch, sagt Gregor, habe er befürchtet, könne zu wackeln anfangen. Aber daß er sich ausgerechnet für Frau Collier interessieren solle, das sei nun böse von mir. Er (Collier), wie er ihn angeschaut habe: wie ein geprügelter Hund. Aber er habe sich trotzdem ganz schön beherrscht. Überhaupt: er ginge noch. Aber sie, Reinhild, mit ihrem Tütelütt und Heiteradei: eine Katastrophe. Eine absolute Katastrophe.

Solke, umgekehrt, meint, sie (Collier) ginge, er sei katastrophal. Nicht nur, daß er Nägel kaue und unter Handschweiß leide (dafür könne er nichts), auch sonst sei er durch und durch katastrophal. Ein unmöglicher Mensch, schon wenn man ihn reden höre, vor allem über Politik, aber auch sonst. Wir hätten ihn noch nicht richtig erlebt. Reinhild dagegen sei in ihrer Art eindeutig, auch katastrophal, aber eindeutig. Was macht denn diese Frau aber auch aus ihm, sage ich. Dauernd putzt sie ihn herunter, wie gestern, bei dem Gespräch über Gewitter. Die nimmt ihm auch noch das letzte Selbstvertrauen. Das seien alles Ehemanöver, sagt Solke. Dorothee meint, die beiden paßten überhaupt nicht zusammen. Solke wiederum meint, sie paßten sehr gut zusammen. Finde ich nicht, sagt Gregor. Er habe doch wenigstens noch einen Kern von Vernünftigkeit und sei doch vermutlich in seinem Beruf eine Kapazität.

Eine totale Niete, sagt Solke, gerade beruflich, ein kompletter Versager. Sie wisse das von Richard. Sie wiederholt die Worte *Niete* und *Versager* so lange, bis wir Franz als Niete und Versager vor uns stehen haben, dann setzt Solke noch einen weiteren Tupfer drauf und sagt, außerdem sei er natürlich ein schwerer Neurotiker. Sie nahm das *natürlich* so natürlich in den Mund, daß einem das Neurotische tatsächlich als etwas Natürliches vorkam, als ein von Geburt an Vorhandenes und nie mehr zu Beseitigendes.

Und Reinhild? Auch neurotisch, sagt Solke. In allem, was sie tut, zwanghaft. Ihre Maskeraden und Kostümierungen, daß sie sich beständig umziehe, dreimal täglich, ohne jede Veranlassung, einfach *zwanghaft* umziehe. Immer diese langen Kleider, bis auf die Erde, alle selbstgenäht. Zufällig wisse sie das. Sie sei nur damit beschäftigt, sich Kleider zu nähen, Kleider umzuarbeiten, Kleider zu kürzen, zu längen, zu säumen, als sei immer Karneval. Auch zwanghaft. Irrsinnig, sagt Solke. Und dann beachtet sie doch keiner.

Außer Ingmar, sage ich. Der hat sie ja wohl mal beachtet.

Muß man jetzt über Ingmar reden, fragt Solke.

Man muß nicht, sage ich. Man muß überhaupt nicht.

Dann lassen wir das lieber.

Was steck ich mich eigentlich dazwischen, denke ich. Diese Leute kommen hierher und schauen in mein Leben hinein und fahren wieder weg und haben was zu reden und haben doch nichts verstanden.

V. Palada oder Eine Untat

An manchen Tagen erreicht das Leben eine Geschwindigkeit, die uns aus dem Takt bringt. Plötzlich spüren wir, daß der Körper unsere Stärke nicht ist. Der Blutdruck fällt in dem Maß wie die Temperaturen steigen. Im Kopf eine betäubende Leere, das Herz ein springender Punkt. Man hängt wie geflochten in einem Riesenrad, aber nicht des Glücks. Den raschen davonlaufenden Bewegungen der Gedanken sind die Muskeln und die innersten Organe nicht gewachsen. Der Schmerz baut sich ein Nest. Mit jedem Atemzug ziehen wir Bilanz. Unerwartet stehen wir im Zustand der Erschöpfung vor der Angst. Sie droht, uns den Kopf zu sprengen.

Mitten im Juli herrscht der Ausnahmezustand. Der Himmel wird wieder blau. In Chile scheint Ruhe. Der Sommer nimmt einen neuen Anlauf. In unserm Haus sind überall Ameisen. Ich weiß nicht, was mich an dem, was und wovon mein Schwager (zwei Tage nach seiner und Renates Ankunft in Palada) morgens in unserer Küche berichtet, interessiert hat. Ob es wirklich Interesse, nicht einfach nur Beunruhigung war. Ob mein anfängliches Lachen nicht das Eingeständnis meiner Betroffenheit gewesen ist. Ich war der Hund an der Leine meines Lachens.

Was Schwager Jakob erzählte, fahrig und von dem, was geschehen war, noch erregt, wird mich anhaltend beschäftigen. Weil es die Außenfläche war, und weil es unter dieser dünnen Folie etwas anderes geben mußte, weil ich unter dieser Erzählhaut etwas anderes vermutete, ein verschwiegene, unterdrückte Ungeheuerlichkeit.

Jakob benützte seine Anwesenheit, uns stehend zu berichten, wie er mitten in der letzten Nacht von einem Lärmen geweckt worden sei, von einem Geschrei und Gefluche, als sei ein Streit ausgebrochen. Wie er anfangs, annehmend, es sei da eine persönliche Auseinandersetzung im Gange, gezögert habe einzugreifen (ich habe gezögert und gezögert, sagte er), wie dann jedoch das Lärmen *beängstigende Formen* angenommen habe (mit leeren Weinflaschen sei, sagte er, geworfen worden), hätte er nicht länger warten können, obwohl es ihm widerstrebe, sagte er, sich als Ordnungshüter oder als Hausherr aufzuspielen. Vor der Gruppe, sagte er.

Ich hatte, als er das Wort *Gruppe* aussprach, als sei es ein von ihm erfundenes, sofort alle Paladabewohner deutlich vor Augen, diese Theologiestudenten, Junglehrerinnen, Psychologen und Sozialarbeiter, wie sie am Abend nach ihrer Ankunft in der Trattoria von F. gesessen hatten. Ich sah sie als Gruppe, dicht und homogen, und ich sah sie als Nicht-Gruppe, losgelöst und wie zufällig hier zusammengetroffen. Er habe, sagte Jakob, die Tür *zum Glück* nur einen Spalt breit geöffnet, als sich auch auch schon ein spitzer Gegenstand in die Türfüllung bohrte und sie zersplitterte, begleitet von wild herausgeschrienen Sätzen wie *Komm raus du Schwein* und *Wir machen dich fertig*.

Eine blöde Situation, sagte Jakob. Darauf habe er gerufen, was da los sei, und an den Reaktionen gemerkt, daß man ihn nicht gemeint haben konnte. Dann habe er die Tür ganz geöffnet und sei hinausgetreten in den schmalen Gang zum Kaminsaal. Mit einer Taschenlampe habe er kurz in die Richtung geleuchtet, wo er die Ruhestörer vermutete. Er habe sofort auch vier oder fünf Leute entdeckt, darunter die beiden Theologiestudenten, die sich allesamt, mit Messern, Flaschen und Knüppel bewaffnet, hinter einem von der Wand abgerückten Schrank verschanzt hätten.

Wie er augenblicklich die *Gefährlichkeit der Lage* erkannt habe, die rücksichtslose Entschlossenheit dieser Gruppe, den erwarteten Gegner (wen immer sie dazu erklärt hätten) auf der Stelle umzulegen, *fertigzumachen*, wie infolge der Dunkelheit (das Haus ohne Elektrizität) jeder in Gefahr gewesen sei, für den Gegner gehalten zu werden, wie er (Jakob), aus dem schmalen Gang kommend und ins Kaminzimmer tretend (also im *Schußfeld* der hinter dem Schrank Verschanzten), besonders gefährdet gewesen sei, und er sich darum nochmals in aller Deutlichkeit zu erkennen gegeben habe. Schreie, Dunkelheit, ein Schlag ans Hoftor.

Auf seine wiederholte Frage, was los sei, keine Antwort. Alle vollkommen verstockt, vollkommen stumm jetzt, aber innerlich geladen, *fanatisiert*, sagte Jakob, *tollwütig*, eine

Meute tollwütiger Exorzisten. Kein einziges vernünftiges Wort aus ihnen herauszukriegen. Ein immer wieder losbrechendes *heilloses Gebrüll, wie in einem Affenkäfig,* als hätte sich ein Rudel Menschen rücksichtslos entschlossen, die menschliche Natur aufzugeben, unter Aufwendung der letzten Willenskräfte sich nicht in Affenwesen zu verwandeln, sondern schon zu sein. Jede Verständigung, sagte Jakob, unmöglich, Beschwörungen nutzlos. Daß er, aufrecht vor ihnen stehend und geduldig auf sie einredend, erneut befürchtet habe, die Drohungen hätten doch ihm gegolten und bei einer einzigen unüberlegten oder falschen Bewegung oder Geste würde man ihn zusammenschlagen, bis dann schließlich einer, der Jüngste aus der Gruppe, den Grund dieses nächtlichen Aufstands nannte: ein gewaltiges Poltern, oben in einer der Schlafkammern. Nichts weiter. Alle haben es gehört. Irgend jemand habe sie überfallen wollen. Inzwischen vermutlich geflüchtet. Aber vor dem Haus gleich darauf weitere Geräusche.

Die Panik dauerte an.

Sie war jetzt auch bei uns in der Küche. Wir saßen da wie gelähmt und hörten Jakob zu.

Das war's? War es das?

Was war denn nun wirklich vorgefallen?

Jakob steht bei uns in der niederen Küche. Sein Kopf stößt fast unters Deckengebälk. Dorothee, Solke und ich sitzen am blanken Tisch. Ich begreife nichts. Keiner begreift was. Gregor ist auf dem Markt, um sich ein indisches Hemd zu kaufen. Die Colliers sind schon wieder wandern.

Wegen eines polternden Geräuschs, wegen vermeintlicher Schritte kommt es nicht zu einer Panik.

War es eine Panik?

Was ist eine Panik? Eine Massenangst? Gibt es eine Massenangst? Was löst sie aus? Schlägt eine Massenangst um in Aggressionen? Woher kommen überhaupt Aggressionen? Woher sind sie in diesem Fall gekommen? Poltern, Schritte, Geräusche?

Es muß etwas anderes gewesen sein. Dies war nicht alles. Was? Hat man nur etwas gehört? Hat man möglicherweise auch etwas gesehen? Wen? Eine Bande? Wie kann sich eine Bande in diese Einöde verirren? Was gibt's hier zu suchen? Hat sie jemand geführt? Gab es einen Anstifter?

In dem Palada-Haus gibt's nichts zu rauben.

Befürchtete man, kaltblütig abgeschlachtet zu werden?

Aber aus welchem Grund?

Vielleicht gab es einen, nur Jakob hat ihn nicht gekannt. Oder er hat ihn nicht genannt. Falls es keinen Grund gegeben haben sollte, warum dann die Angst? Warum dann überhaupt die Angst? Oder war die Angst nur deshalb so stark, weil es keinen Grund gab? Ich begreife nichts.

Ich sehe nur Jakob nervös mit den Armen herumfuchteln und rechne noch immer damit, daß gleich eine Wendung kommen muß, ein Schlenker, mit dem alles zu einem guten Ende führt und der auch mein anfängliches Lachen nachträglich legitimiert. Aber diese Wendung kommt nicht, dafür mir der Verdacht, daß Jakob uns alles nur erzählt hat, weil er einen von uns für diese Ereignisse verantwortlich machen möchte, als hätte einer von uns Schuld daran, vielleicht ich, weil ich an dem Abend kurz in der Trattoria aufgetaucht war und vielleicht eines der Mädchen zu lange angeschaut hatte oder eines der Mädchen mich.

Ich versuchte, mich zu erinnern, mir die Szene beim Essen zu vergegenwärtigen. Wie war ich von denen, die da saßen aus betrachtet, hereingekommen, mit welcher Haltung und mit welchen Worten, allein oder in Dorothees Begleitung?

Ich weiß nur noch, daß ich mich, nach kurzer Begrüßung, sogleich an das untere Tischende gesetzt hatte und daß mir eine Flasche Bier zugeschoben worden war, von irgend jemand, möglicherweise sogar von diesem schwarzhaarigen Mädchen. Neben mir saßen Dorothees Schwester und Dorothees Schwager, mir gegenüber Dorothees Kusine Walpurga. Und wo Dorothee? Wo hat Dorothee gesessen? Ich kann sie da im Moment nirgends unterbringen.

Aber wenn ich statt *ich weiß* sagen müßte: *Ich schwöre...* Bin ich voller Gewißheit? Kann ich auf Schritt und Tritt sagen: Ich glaube dies mit Bestimmtheit?

Was weiß ich zuverlässig?

Woran erinnere ich mich?

Ich habe die Gesichter der Anwesenden genau vor Augen und wie alle mit Essen und Trinken beschäftigt waren, wie der eine ein Glas zum Mund führt, der andere Brot bricht, ein dritter das Salzfaß ergreifen will, aber alle Bewegungen erstarrt, wie angehalten, atemlos und stumm. Ein Bild.

Ich sehe die Schüsseln mit Hühnerteilen vor mir, die Teller mit Salat, das runde Holzbrett mit Polenta, Körbe mit Brot, die Flaschen und Gläser, eine Plastiktüte für Hühnerknochen. Ein Stilleben.

Ich sehe auch das Tischtuch auf dem Tisch, die Bestecke, die gefüllten Aschenbecher, die Rotweinflecke auf dem weißen Tischtuch. Ich sehe das Tischtuch zugleich wie eine breite Leinwand aufgespannt und die Rotweinflecke darauf wie Blutspritzer. Ein Fresco.

Ich sehe auch die Laterne über dem Tisch, eine alte Stalllaterne, die matte Glühbirne darin und ich sehe ferner, daß die Terrasse, wo wir alle sitzen, nur in der Mitte, wo der Tisch steht, beleuchtet ist und daß um uns herum und in allen vier Ecken dunkle Schatten liegen. Ein Farbfoto.

Ein Irrenarzt könnte an meinen Äußerungen zweifeln. Trotzdem.

Und jetzt Jakob mit seiner Geschichte in unserer Küche, eine Geschichte ohne rechten Anfang und ohne rechtes Ende, nur in der Mitte eine starke Bewegung, etwas Beunruhigendes, Aufwühlendes, daß man sich vor Erregung auf der Erde wälzen möchte. Ich finde mich damit nicht ab.

Als er gegangen ist, aber auch schon, als er noch da war, greifbar und für Fragen vorhanden, sofort dieses bohrende oder brennende oder tiefsitzende Verlangen, den Vorgängen in Palada auf den Grund zu kommen.

Ich hoffte, wenn ich nach Palada hinaufginge, mittags oder am Nachmittag, weitere Einzelheiten zu erfahren. Wenigstens *Einzelheiten.* Ich hatte mir Fragen zurechtgelegt und mich auf Gegenfragen präpariert. Die Fragen waren abhängig von Jakobs Mitteilungen und von meiner Betroffenheit, aber auch von der Grammatik, die (wie die Augen des Mädchens in der Trattoria) meine Gedanken abenteuerlich verbogen. Ich hatte damit gerechnet, widersprüchliche, sich widersprechende Äußerungen zu hören. Statt dessen verlangte man von mir Informationen. Von wem ich die Geschichte erfahren, welches Interesse ich an der Aufklärung der Vorgänge hätte und so weiter. Ablenkungsversuche. Jemand oder alle wollten an diese Sache nicht mehr erinnert werden, von keinem wie mir befragt werden. Zudecken, beschwichtigen.

Die Theologiestudenten?

Unsere Angelegenheit.

Ein Geheimnis?

Böse Blicke. Vielleicht auch nur ängstliche. Kann sein, daß auch ich Angst verbreitet, meine Angst übertragen, habe.

Wer nicht alles weiß, weiß nichts.

Oben in Palada grüßte mich das schwarzhaarige Mädchen vom Vorabend (das mir möglicherweise die Flasche Bier zugeschoben hatte) aus einem Fenster heraus. Nur ihr Kopf war zu sehen. Walpurga spülte Geschirr in einem Plastikbottich vor dem Haus. Ein anderes Mädchen, das gestern neben Gregor gesessen hatte, putzte Gemüse. Das zwei Monate alte Baby lag schlafend in einer Hängematte, mit sonnenverbranntem und von Insekten zerstochenem Körper. Sein Bruder saß in einer aufgepusteten Gummibadewanne. *Nick Nickchen, Nickylein.* Überall im Garten, unter Bäumen im Schatten oder auf Decken unter freiem Himmel, hockten, lagerten Mitglieder der Palada-Gruppe. Genrebilder.

Aufrecht-steif auf einem Klappstuhl, wie ein Freiluftmaler, doch mit einem Buch in der rechten Hand (die linke hing unbeteiligt hinunter), saß ein bärtiger Herr von Anfang vierzig, klein infolge drastisch kurzer Beine, und las. Wie ich ihn sah, ohne daß er mich sah, erinnerte er mich (ein Monument der Konzentration) an den Darsteller des UBU ROI in einem Provinztheater.

Ich ging auf ihn zu, begrüßte ihn, fragte nach meiner Schwägerin.

Sie war eben hier, sagte er.

Was heißt *eben*? Eben-Ezer, gerade, parterre, platt-glatt, vor wenigen Augenblicken?

Da und dort.

Renate!

Ich bin's

In der Küche saß sie, lethargisch. Jakob macht Einkäufe. Wir können uns vor Fliegen nicht mehr wehren. Nachts Stechmücken, tags Fliegen.

Was war los die Nacht? Ich schau da nicht durch.

Ich auch nicht.

Kann sein, daß wir damit zu tun haben, einer von uns, Gregor oder ich oder Dorothee?

Keine Ahnung. Gehen wir in den Garten.

Wir gingen in den Garten, setzten uns an den Brunnen. Schön kühl und ein wilder Geruch nach Kräutern, Brennesseln und Holunder. Ich ließ mir noch einmal, aus Renates Sicht, was da vorgefallen war, erzählen, was sie weiß, was sie glaubt zu wissen, was sie vermutet, gehört hat, erinnert. Gleich stellte ich Abweichungen von Jakobs Bericht fest, Erweiterungen, Widersprüche.

Sie zieht mich in einen nächtlichen Traum hinein. Immer neue dunkle Bilder, stumme Gesten, lautlose Bewegungen. Eine beklemmende Versammlung im Kaminzimmer, es wird besprochen oder ausgehandelt, wer welche Verrichtungen im Haushalt übernimmt, wie man sich turnusmäßig, damit jeder auch ausreichend Freizeit hat, abwechseln kann, wer in welchem Zimmer mit wem zusammen wohnen und schlafen will. Von Spannungen spricht Renate, die von Anfang an zu spüren sind. Aber man will etwas Mustergültiges. Gute Vorsätze, gute Ansätze. Der Psychologe (jener bärtige Kurzbeiner auf dem Klappstuhl), Mitglied einer Akademie, entdeckte, vielleicht weil er selber ein gehemmter unfreier Mensch war, bei den meisten Gefühlsdeformationen und Berührungsängste, Mißtrauen und unterschwellige Aggressionen. Er möchte das ändern. Weil er klein ist, kommt er sich in diesem Moment überlebensgroß vor. Sein Ich geht auf Stelzen. Aber er hüpft damit wie Einstein im gekrümmten Raum. Er ist der große Trainer, der große Beweger, der Geist aus der Flasche, der Niederreißer von Barrieren. Wenn er sich mutig am Bart zupft, kann man ihn auch für einen Propheten halten, der aber nichts gilt.

Gil nennt Renate ihn. Ich glaube, sie hält ihn für eine Art Rübezahl der Psychologie. Gil schlägt etwas Rührendes vor. Jeder soll sagen, welche Farbe ihm die liebste ist. Und was gibt das? Das ist erst der Anfang; denn jetzt soll einer dem andern sagen, welche Farbe wirklich zu ihm paßt. So wird Farbe bekannt. Einer nennt das Kindergartenspiele und sagt: *Wir sind Erwachsene.* Kinder sind auch Erwachsene, sagt der Psychologe und schlägt weitere Spiele vor. Damit man sich näherkommt, rückt man näher zusammen, bildet einen geschlossenen Kreis. Und da haben sich einige möglicherweise ausgeschlossen gefühlt, sagte Renate.

Ich dachte dabei überraschenderweise nur an das schwarzhaarige Mädchen und empfand sofort eine lebhafte Antipathie gegen den Psychologen.

VI. Theorie der Untat

Wir gingen ins Haus. Ich wollte etwas trinken. Im Kaminsaal, der gleichzeitig Küche war, traf ich das schwarzhaarige Mädchen an, das sein Gesicht mit Zitronenwasser und Öl einrieb. Möchtest du Wein oder lieber Sprudel, fragte Renate. Lieber Sprudel, sagte ich. Wir haben auch kalten Tee, sagte das Mädchen. Noch besser, sagte ich. Dann trink ich kalten Tee. Unsere Girls sorgen immer für Überraschungen, sagte Renate. Ich wußte nicht, was Renate mit diesem Satz ausdrücken wollte, aber mir fiel auf, daß er nicht ohne eine Spur von Gereiztheit gesagt war.

Plötzlich hatte ich keinen Durst mehr, sondern Hunger. Ich hätte gern etwas gegessen. Vielleicht war es nicht wirklicher Hunger, sondern nur ein Verlangen nach Süßigkeiten, ausgelöst vermutlich durch eine Schachtel Pralinen, die ich auf dem Eßtisch sah. Ob ich mir eine Praline nehmen dürfe, fragte ich Renate. Die gehören Kathrin, sagte Renate.

Jetzt wußte ich ihren Namen. Sie heißt wie meine Tochter. Kathrin saß, den Kopf nun an die Wand gelehnt, am Küchentisch, auf der Holzbank.

Ich schaue sie an, prüfe sie mit munteren Augen. Sie könnte tatsächlich meine Tochter sein, überlege ich. Wenn ich eine solche erwachsene Tochter hätte – aber ich denke nicht weiter oder nur an mein Alter. Daß ich über vierzig bin und immer noch nicht erwachsen. Nun wird es nie mehr kommen oder sehr überraschend und rapide. Ich bin andererseits nie jung gewesen. Ich habe meine ganze Jugend vertan, mit Klavierüben, mit Lesen. Ich habe nie gespielt, wie andere, ich habe am Leben vorbeigelebt. Jetzt schaut Kathrin auch mich an mit ihren dunklen Augen aus ihrem unbewegten Kopf heraus, und wie sich unsere Blicke gleichsam über dem Tisch treffen, sehe ich Kathrin in einem tiefen Glanz auf der Bank sitzen, und es umgibt dieser nicht nur das Gesicht, sondern die ganze sichtbare Figur. Je länger ich sie anschaue, desto weiter entfernt sie sich, oder ich entferne mich von ihr, aber gleichzeitig entferne ich mich auch von mir. Es ist dies aber kein Zurückweichen, sondern ein Vorwärtsdringen wie durch ein Urwalddickicht, in dem jeder Schritt weiter nicht an ein erhofftes oder erwartetes Ziel, sondern in die Ausweglosigkeit und eine tödliche Irre führt, und was da als ferner Horizont nach Tagen aufschimmert, ist der Tod in der Höhle des Schädels, in die nun das Auge sein Licht verströmt.

Kathrin schiebt mir wortlos die Pralinenschachtel zu, daß ich daraus nehme, und es scheint diese lautlose Geste eine unwiderstehliche Verlockung einzuschließen, mich noch unsinniger und haltloser in das Dickicht hineinzuwagen, als sei sonst keine Rettung aus der Verirrung und nur im bedingungslosen Weitergehen ein Luftschöpfen möglich.

Ich nehme eine einzelne Praline, aber wie etwas Unerlaubtes, und ich erkläre auch gleich, daß ich mir *sonst* das Naschen ganz abgewöhnt hätte, nie Pralinen, nie mehr Schokolade, weil der verwendete Zucker *Industriezucker* sei und dieser Industriezucker für den Kalkhaushalt des Körpers, für den Kalkhaushalt, wiederholte ich, maßlos schädlich sei, wir darum seit Jahren keinen Industriezucker mehr verwendeten, überhaupt nach der Gesundheit lebten, kein Fleisch, keine Wurst, nur Gemüse, manchmal Käse, aber auch nur Weichkäse, vor allem aber rohes Getreide, Hafer, Roggen, Weizen, und zum Süßen der Speisen Honig. Aber einmal darfst du schon sündigen, sagt Renate.

In diesem Augenblick steckte der Psychologe seinen Prophetenkopf durch die Saaltür, als rede man über ihn. Plötzlich hielt ich es hier drinnen nicht mehr aus. Eine stickige Luft. Mich befiel Atemnot. Ich halt' es hier drinnen nicht mehr aus, sagte ich. Ich muß raus. Aus den Schultern stiegen Schmerzen in den Kopf hinauf. Ich brauchte Bewegung. In meiner Hilflosigkeit bat ich Renate, mich nach F. zu begleiten, obwohl ich lieber mit Kathrin gegangen wäre. Schnell weg hier, sagte ich, hoffend, Kathrin käme vielleicht von sich aus mit. Aber sie kam nicht mit.

Auf dem Wege nach F. deutete ich Renate gegenüber an, daß mir dieser Gil nicht gefalle. Ich erwartete, daß Renate daraufhin versuchen würde, ein neutrales, *wertfreies* Bild seiner Person (mit ausführlicher Schilderung des Hintergrunds) zu entwerfen, da sie gewöhnlich an jedem Menschen ein gutes Haar findet. Statt dessen sagte sie, Gil sei eine Marionette. Gil ist eine Marionette, sagte sie, aber eine, die sich selbst am Schnürchen zieht. Ich weiß nicht, sagte ich, meine Schritte beschleunigend, ich habe einen anderen Eindruck. Was heißt: *selbst am Schnürchen*? Eine Marionette, die sich . . . ich versteh' das nicht. Was sie von ihm wisse?

Nicht viel, sagte Renate, hinter mir zurückbleibend, *viel nicht.* Daß er mit einer älteren Frau verheiratet sei, daß die Ehe aber seit Jahren schon kaputt sei, daß er im Moment ein Verhältnis mit der Dicken habe. Mit welcher Dicken, fragte ich, da es zwei Dicke gab. Mit der Dicken im gelben Kleid. Ja, jetzt wußte ich, welche sie meinte. Das war die von Gregor, mit der Gregor gestern abend geflirtet hatte, diese Masseuse oder was sie war. Ich wußte nun, wer. Gregor hatte mir von ihr erzählt, Gregor oder Solke oder Renates Kusine, irgend jemand hatte mir von der Dicken was erzählt.

Und du meinst, fragte ich Renate, sie liebt diesen Gil?

Kaum, sagte Renate. Aber er wolle diese Ferien gewissermaßen als Probezeit nehmen, ob sich mit ihr leben lasse. Alle Personen sind für ihn Testpersonen. Die Dicke ist für ihn auch eine Testperson. Was empfindest du, fragte ich, immer weitergehend, wenn du von einer kaputten Ehe sprichst: mehr Schadenfreude oder mehr Mitleid?

Keins von beiden, sagte Renate, die mir atemlos folgte. Keine Schadenfreude, kein Mitleid. Aber man kann doch nicht, sagte ich, von einer kaputten Ehe, was man *kaputte Ehe* nennt, man kann doch nicht von einer kaputten Ehe wie von einem kaputten Teller sprechen. Doch, man kann schon, sagte Renate. Eine richtig kaputte Ehe sei wirklich nichts anderes als ein kaputter Teller, wenn eine Ehe richtig kaputt sei, und eine *kaputt* genannte Ehe sei *total* kaputt, es gebe da keine Halbheiten, keine halbkaputte oder fast kaputte Ehe, sondern wenn schon das Wort *kaputt* fiele, hieße das nichts weiter als kaputt, und selbst eine nur angeschlagene Ehe sei über kurz oder lang ebenfalls kaputt, wenn kaputt, dann immer durch und durch kaputt, und da gebe es auch nichts mehr zu reparieren.

Wie Renate redete, merkte ich, wurde ich von ihren Worten zu immer schnelleren Gehen angetrieben, ihre Worte trieben mich an, aber es war, als ginge ich nicht mit den

Beinen, sondern mit dem Kopf, als könnten meine Beine dem raschen Gehen des Kopfes gar nicht mehr folgen.

Und wenn es deine Ehe wäre, fragte ich, wenn *deine* Ehe einmal kaputt ist? Kaputt ist kaputt, sagte Renate, die längst nicht mehr neben mir ging, sondern weit hinter mir zurückgeblieben war. Aber plötzlich rief sie mir zu, weshalb ich mich so *brennend* für Gil interessiere, sie kenne mich gar nicht wieder, ob ich da nicht nur Interesse vortäuschte, und wieso mich überhaupt diese Paladamenschen interessierten.

Ich weiß nicht, ob diese Fragen aggressiv gestellt waren. Gil interessiere mich, sagte ich, nicht im Geringsten, er sei mir nur unangenehm aufgefallen. Vielleicht laufe ich auch vor Renates Fragen davon, dachte ich.

Ich ging jetzt, an Renates Arm, immer schneller, als müsse ich auf dem kürzesten Wege aus diesen Gedanken heraus, als sei das Dickicht ein Gedankendickicht, keines mehr der pflanzlichen Natur, sondern der Gehirnchemie.

VII. ÄNGSTE

Auf einmal Gregor. Er kommt uns mit grünen Fischerstiefeln und einem bunt bestickten, frisch gekauften, indischen Hemd, entgegen.

Er begleitet uns nach Palada zurück. Das uns beim Eintritt in den Kaminsaal erwartende Bild war ein vollkommen anderes als beim Verlassen. Mitten im Raum saß, mit düsterem Gesicht, Gil, auf einem Stuhl, in den Armen das schreiende Baby. Hinter dem Eßtisch, auf der Bank, Gils dicke Freundin, neben ihr, in größter körperlicher Nähe, Renates Kusine Walpurga. Zwei ungleiche Schwestern, so sah es aus, Kopf an Kopf gelehnt. Vor ihnen, auf dem Tisch, Teller, Gläser, Flaschen und zwischen Brot und Obst Bücher und Aktenordner. Das schreiende Baby in den Armen des bärtigen Psychologen, der es vollkommen gleichgültig, vollkommen unbeteiligt, wie ein Bündel

Wäschestücke, hielt, gab einen komischen Kontrast zu den stumm dasitzenden Mädchen ab, von denen das eine selbstinnig damit beschäftigt war, einen Haarzopf zu flechten.

Renate stürzte auf den Psychologen zu, riß ihm förmlich das Kind aus den Armen und, obwohl sie ihm für die Wartung freundlich dankte, schien die heftige Bewegung, mit der sie das schreiende Wesen an sich gebracht hatte, ihren ganzen Unmut auszudrücken, daß ausgerechnet dieser Mensch sich des Babys angenommen hätte.

Gil muß Renates Erregung gespürt haben, aber er beherrschte sich. Er blieb ganz kalt, ganz gleichgültig, vollkommen unbeteiligt an dem, was um ihn herum vor sich ging.

Die zweite Dicke kam herein. Renate stellte sie uns vor. Amanda, genannt Hilde. Eine kleine, sehr bewegliche Person mit schwarzem Rock und weißer Bluse. Man kennt diesen Typ. Ein bißchen ältlich, aber mit mädchenhaften roten Backen, ein bißchen streng, aber dann wieder durch eine witzige Bemerkung überraschend.

Neuigkeiten, sagte sie.

Was für Neuigkeiten?

Die Studenten sind weg. Einfach sang- und klanglos abgehauen.

Und mit welcher Begründung?

Keine Begründung. Es hat ihnen offenbar nicht gefallen. Ich glaube, die waren ganz schön sauer.

Es hörte sich, wie Hilde das sagte, aber eher lustig an.

Renate, das Baby fütternd, ist dagegen ziemlich betroffen, daß da *Leute aus der Gruppe* einfach abhauen, ohne ein Wort.

Der Psychologe sitzt auf dem Stuhl, sitzt da so hin, als seien alle weit weg von ihm.

Und wo ist Kathrin?

Schläft, sagt Hilde.

Ich muß wieder nach M. runter.

Gregor will mit. Erst schaut er aber noch zu der Dicken hinterm Tisch und fragt, was sie da mache.

Die Dicke hebt das geflochtene Haar in die Höhe als sei's ein abgeschlagener Kopf.

Was wird das?

Das ist schon was, antwortete sie. Von einem, der die Haare gelassen hat. Sie lachte.

Plötzlich brauste Gil auf: Warum lachst du?

Ich darf doch noch lachen!

Weißt du nicht, was abgeschnittene Haare bedeuten?

Du hast zum Glück keine mehr, sagte die Dicke.

Haare *zum Glück*, sagte Gregor. Na, servus!

VIII. Neue Gäste

In M. empfing uns Dorothee mit der Nachricht, daß morgen die Kletts kämen, die Kletzkis, wie wir sie nannten. Allmählich wird es mir zuviel, sagte Dorothee. Was eigentlich aus der Fahrt nach Wien würde?

Wie soll ich denn jetzt nach Wien, wo das ganze Haus voll ist, sagte ich. Und nun auch noch die Kletzkis.

Sie bleiben ja nur zwei Tage, sagte Dorothee, und in diesem Falle: die Kletzkis mag ich ja sehr.

Wer weiß, wer inzwischen noch alles kommt!

Darauf nehme sie jetzt keine Rücksicht mehr, sagte Dorothee. Sie müsse jetzt mal hier raus. Wenn das Kind erst wieder zurück sei, komme sie überhaupt nicht mehr weg. Sie brauche mal wieder Großstadtluft.

Wir fahren nach Wien, sagte ich, damit mein Kopf untersucht wird. Das ist keine Vergnügungsreise.

Weshalb, sei ihr egal. Sie müsse einfach hier raus.

Sollst du ja auch, aber wenn die Besucher weg sind. Außerdem muß ich erst meinen Scheißtelepathie-Aufsatz fertig haben.

Den hättest du schon längst fertig haben können.

Wann wohl?

Du brauchst ja nicht immer mit deinen Besuchern herumzuhocken.

Aber wenn ich mal nicht herumhocken möchte, sagte ich, paßt dir's auch nicht.

Warum hast du nicht mal mit Albert über das Thema gesprochen? Der hätte dir sicher manches dazu sagen können.

Ich weiß selber, was es dazu zu sagen gibt. Das Material hab ich längst zusammen. Ich muß mich einfach mal hinsetzen. Der Anfang steht schon. Ich weiß nicht, sagte Dorothee, wie Renate das schafft. Dauernd das Haus voller Menschen. Und dann noch dieses Gruppenleben. Ich würde verrückt dabei.

Wo steckt Solke, fragte Gregor.

Carlos war da. Sie ist mit ihm nach Reggio. Für zwei oder drei Tage. Elisa ist schon im Spital.

Und unsere lieben Colliers?

Da, lies selber!

Auf einem blauen Briefbogen teilte Reinhild uns in reifer Sütterlinschrift mit:

Weil wir der Ansicht sind, daß Ihr beiden (bei dem vielen Besuch) unbedingt mal etwas Zeit für Euch haben müßt, sind wir zum Monte B. hinauf. Die Kinder wollen malen. Ich möchte etwas Tagebuch schreiben und Franz hofft (bei guter Sicht) einige Bergmotive knipsen zu können. Wir sehen uns am Abend wieder.

PS. Die kleine blaue Vase, die auf dem Klavier stand, hat David zerbrochen. Wird ersetzt.

Was war das für eine Vase, fragte ich.

Diese Jugendstilvase, die du mir mal zum Hochzeitstag geschenkt hast.

Wie wollen sie denn die ersetzen? Vielleicht mit einer geschmackvollen Keramik aus einem Kunstgewerbeladen.

Gregor meinte, der Junge habe die natürlich vorsätzlich zerbrochen, aus Bosheit. Irgendwie seien die Colliers von uns enttäuscht.

Ich weiß auch warum, sagte Dorothee. Weil sie nicht unsere alleinigen Gäste sind. Die haben sich ihren Urlaub bei uns natürlich ganz anders vorgestellt, mehr so als ge-

pflegte Ehepaare unter sich mit fein Essen und Trinken und anregenden Gesprächen, kultiviert eben.

Wenn sie erfahren, daß nun auch noch die Kletzkis kommen, fallen sie in Ohnmacht.

Aber paßt mal auf, sagte Gregor. Heute abend kommen sie ganz animiert zurück und werden uns erzählen, daß sie eine ganz wahnsinnig nette Bekanntschaft gemacht haben.

Ich hatte plötzlich wieder unerträgliche Verspannungen im Kopf und gleichzeitig verstärkt den Druck unter der Fontanelle. Wir müssen doch so schnell wie möglich nach Wien, sagte ich Gregor. Mit meinen Kopfschmerzen wird es immer schlimmer.

Ich muß sowieso in den nächsten Tagen fahren, sagte Gregor. Warten wir die Kletzkis noch ab, sagte ich. Aber dann sollten wir schon. Allmählich beunruhigte mich das. Ja, warten wir die Kletzkis noch ab, sagte Dorothee. Gregor war einverstanden. Die Frage, ob er mit uns wieder zurückfahren würde oder vorhabe, länger in Wien zu bleiben, ließen wir offen. Dorothee wollte zum Abend noch einiges einkaufen. Ob wir nicht noch rasch einen Sprung in den See machen möchten? Doch, könnten wir eigentlich. Manchmal hilft mir das Schwimmen. Die Kopfschmerzen lassen dann nach oder sind ganz weg. Das Wasser, ein schmerzstillendes Element.

Eine Stunde später in der Gargnano-Bar trifft Dorothee gleich wieder einen Bekannten, Tonio, der ihr seit zwei Jahren Liebesanträge macht.

Während wir da im Schatten unter dem Sonnensegel um den runden Caféhaustisch saßen, aber jeder für sich und wie nicht zusammengehörig, hatte ich auf einmal sämtliche Besuche in dieser Bar vor meinem inneren Auge, als wäre es nur ein einziger gewesen und als hätte ich alle Gespräche mit Freunden, Bekannten und Verwandten, die ich im Laufe von Jahren hier geführt hatte, an einem einzigen unendlich langen Nachmittag hier geführt. Ich sah plötzlich alle diese Menschen um mich herum versammelt, alle an diesem einen Tisch, und zwar sowohl in der Wirklichkeit als auch in der Einbildung oder wie auf einem Foto. Aber das dauerte nur einen kurzen Augenblick.

Ich schaute auf den See hinaus, als müsse bei seinem Anblick die Vision in meinen Kopf zurückkehren. Aber der See lag glatt und unbewegt vor mir. Über ihm kreisten Möwen, und ihr Geschrei hackte auf meinem wunden Gehirn herum.

Zurückgelehnt auf meinem Stuhl sitzend, entfernte ich mich ohne meine Zutun körperlich von Gregor, Dorothee und diesem verliebten Tonio. Plötzlich war ich allein, um Jahre weiter, ein Mann von fünfzig, an einem milden Wintertag, und was um mich herum geschah, war lange schon vorbei und geschah nur noch in der Erinnerung. Die Zukunft war Vergangenheit.

IX. Ilonas eigentliches Feld

Gregor hatte recht.

Es traf genau das ein, was er vorausgesagt hatte. Als die Colliers von ihrem Bergausflug abends zurückkamen, stürmten die Zwillinge ins Haus und erzählten als erstes, daß Papi und Mami sehr nette Leute aus Innsbruck kennengelernt hätten und in den nächsten Tagen in deren Haus eingeladen wären.

Gregor war wirklich ein Menschenkenner.

Am andern Morgen, dem Kletzki-Tag, saß ich in meinem stickig heißen Zimmer, um, bevor ich an meinem Artikel weiterarbeitete, einige Briefe zu schreiben. Briefeschreiben ist das Tödlichste. Ich hasse das Briefeschreiben. Ich hasse vor allem das Briefeschreiben an Personen, die das Briefeschreiben nicht hassen, und die deshalb davon ausgehen, dem Adressaten müsse das Briefeschreiben ebenso angenehm sein wie ihnen, den Absendern.

Ich fing, wie immer, wenn ich mich zum Briefeschreiben aufraffe, damit an, aus einem Wust von Papieren die Eingänge der letzten Wochen herauszusuchen, nach ihrer Dringlichkeit zu ordnen, dann den Schreibtisch zu ordnen, dann die auf dem Schreibtisch herumliegenden Bücher zu ordnen und schließlich das ganze Zimmer zu ordnen. Aber mitten in diesem Ordnungsprozeß erschien Frau Collier, Reinhild oder Ilona oder Irena, mit einem Rosinenbrötchen zwischen den Fingern und unter dem Vorwand, sich ein gutes Buch auszuleihen. Sie habe das dringende Bedürfnis, mal wieder was *Anständiges* zu lesen. Was sie in den letzten Jahren gelesen habe, habe sie nur in den Ferien gelesen. Außerhalb der Ferien käme sie so gut wie gar nicht mehr zum Lesen. Es fehle ihr weniger an Zeit als an Geduld und innerer Ruhe. Sie sei zunehmend leichter ablenkbar. Früher habe sie über dem Lesen eines guten Buches praktisch die ganze Welt um sich herum vergessen. Sie habe gewisse Bücher verschlungen, sei buchstäblich in Romanlektüre ertrunken. Aber das sei schon lange nicht mehr so. Sie lese heute nur noch, was sie interessiere. Bücher, die ihr etwas gäben. Sie lese seitdem auch viel kritischer.

Sie richtete ihren von Ponyfransen überschatteten Silberblick kurzweilig auf die Bücherwand, doch schienen sich ihre Augen an keinem Buchrücken festzusaugen.

Du bist zu beneiden, sagte sie nach einer Weile, sich zu mir umdrehend.

Ich wußte gleich, daß sie nicht um ein Buch gekommen war. Ilona sah an meinem Kopf vorbei aus dem Fenster.

Ich setzte mich in meinen Schreibtischsessel. Die Sprechstunde kann beginnen. Ilona stand. Sie stand da so herum in ihrem bizarr bunten Kleid, barfuß. Ich saß wie Doktor Groddeck in meinem Sessel und schaute auf ihre kleine Mundöffnung. Sie wiederholte, daß ich zu beneiden sei. So ein Blick, so ein Arbeitszimmer. Traumhaft.

Im Moment, bei diesen Temperaturen, mehr alptraumhaft, sagte ich. Ihr mache die Hitze nichts, sagte Ilona-Irena. Im Gegenteil. Sie kauert sich zu meinen Füßen auf den Boden, ihr fesselnd langes Kleid (vermutlich auch eine eigene Schöpfung) über den Teppichbelag ausbreitend. So etwas habe ihr stets vorgeschwebt, ein Leben wie ich zu führen. Nun sei es ganz anders gekommen.

Sie knabberte an dem Rosinenbrötchen, hielt es dann mit spitzen Fingern von sich, als wolle sie den Teppichboden damit füttern. Ich merke, daß etwas aus ihr hinaus will und daß es *jetzt* hinaus will und Ilona glaubt, nur mir es sagen zu können, weil ich für sie in dieser Umgebung schon etwas Unwirkliches bin und sie später, was sie gesagt hat, nicht zu bereuen braucht. Aber vielleicht erwartet sie auch einen Rat, als sie schließlich zu verstehen gibt, wie wenig sie mit ihrer Rolle als Hausfrau zufrieden ist und sie sich zu ganz anderem berufen fühlt, daß ihr eigentliches Feld die Kunst sei, sagt sie, allerdings nicht eine bestimmte Kunst, sondern *die* Kunst überhaupt, und da liege das Problem. Sie möchte in der Kunst auf- und untergehen. Die Kunst sei für sie ein Fluidum. Ein Strom, sagt sie. Später sagt sie: ein Ozean. Und dann rückt sie damit heraus, daß sie sich in der Kunst ausdrücken wolle, doch sie wisse nicht, in welcher *Sparte.* Von Kreativität spricht sie, und daß alle jetzt dieses Wort im Munde führten wie eine Zauberformel, als ließe sich Kreativität herbeizwingen. Das Kreative müsse schon ganz tief in einem drin sein. Bei ihr sei es das. Ganz tief, schmerzhaft tief. Wie sie abermals das Wort *ausdrücken* sagt, schau ich wieder auf ihren kleinen Mund. Sie habe sich schon auf verschiedenen Gebieten *versucht*, sagt sie, und es klang das wie *Versuchung*, in die sie sich selber geführt hätte, in verschiedenen *Sparten* auszudrücken versucht, aber am liebsten möchte sie *auch* schreiben und am liebsten französisch. Jedoch nicht um Geld, nur so, *in erster Linie für sich* und vielleicht für einige Freunde, Mitteilungen, die sie zu machen habe, ihre Gedanken, ihre Beobachtungen. Was will sie denn nun, frage ich mich. Ich kann ihr nichts raten. Die Kultur nagt an ihr. Sie will das kultivieren, was um sie herum vor sich geht. Tagebuch führe sie, sagt sie. Außerdem ein Traumbuch, in das sie alles einträgt, was sie träumt. Sie sei mit unwahrscheinlichen Träumen *begabt.* Was sie in einer einzigen Nacht zusammenträume, davon könne sie zehn Fellini-Filme *bestücken.* (Sie hätte ebensogut *beglükken* sagen können.) Ich stelle mir diese Träume schon vor und weiß auch gleich, wie sie Fellini-Filme anschaut und was sie daran interessiert. Fix und fertig habe sie im Kopf auch einen Ballettplan. Sie brauche nur noch (*nur noch!*) einen Komponisten, den sie für ihre Idee begeistern müsse. Sie nennt auch den Titel. *Alice in der Blauen Grotte.* Die Geschichte eines Elfenkindes, das auf einer Blumenwiese einschlafe und dabei von phantastischen Abenteuern in einer Blauen Grotte träume.

Aha, so was. Ja, das seh ich auch vor mir. Das also sind ihre Träume. Die Geschichte eines Elfenkindes. Ob sie ihre Einfälle mal skizzieren solle? Skizzieren immer, sage ich. Das schadet nie. Die Kultur, denke ich. Die Kultur nagt ganz erschreckend an ihr. Aber wie soll man Ilona helfen? Ich schau wieder auf ihren kleinen Mund. Ich streife dabei ihren Silberblick. Malen möchte sie auch, sagte Ilona, malen und zeichnen. Sie habe früher viele Aquarelle gemacht. Ob ich nicht auch jammerschade finde, daß ihre Talente momentan so gänzlich brachlägen? Sie erwartet aber gar keine Antwort oder wartet sie nicht ab, sondern stürzt sich in eine Wörterflut, redet und redet auf und ab und hin und her, zupft an ihren Zehennägeln dabei, *zwanghaft*, Solkes Wort fällt mir ein, wie sie da sitzt und redet, tatsächlich zwanghaft. Sie möchte ausbrechen, sagt sie. Manchmal sei sie so weit, Mann und Kinder und Haus zu verlassen und ein neues Leben zu beginnen, ihr eigentliches.

Von Zeit zu Zeit an ihrem Rosinenbrötchen knabbernd, das kein Ende nimmt, hockt sie weiter vor mir auf der Erde wie ein kleines, allerdings sehr lang geratenes Schulmädchen, als sei ich der ins Vertrauen gezogene *Herr Lehrer* oder der gute *Onkel Doktor.* Aber ich bin kein *Herr Lehrer,* der alles besser weiß, auch kein *Onkel Doktor*, der mit einem Pflaster die künstlerische Wunde bekleben kann. Ich verstehe auch nichts von Wachstumsakzeleration und bin daher weitgehend unfähig, ihr zu helfen, weil sie vermutlich auch mehr als Hilfe erwartet: Befreiung oder Erlösung.

Sie tat mir leid, ohne mich zu rühren. Sie war in mein Netz geraten, und vielleicht sah sie da irgendwo einen winzigen Spalt mit Hoffnungsschimmer, nicht frei zu kommen, aber gefressen zu werden. Wenn ich gesagt hätte: *ich verstehe dich,* wäre sie womöglich für den Moment zufrieden gewesen. So aber sagte ich nichts, hörte ihr nur zu und schaute sie an. Sie wurde nervös, zupfte immer unvernünftiger an ihren Zehennägeln, gewährte mir immer tiefere Einblicke in ihr schönes, wenn auch verworrenes Seelenleben, breitete ihre hügelige Seelenlandschaft vor mir aus, bevölkerte sie mit ihren Seelenfreunden, von denen einer Ingmar hieß. Ingmar, der Allesversteher, ihr Wahlverwandter, der indes selber so tief, bis an den Lippenrand, in der Kunstqual steckte, daß mit ihm darüber nicht zu reden war. Gab ich jetzt den Blitzableiter ab? Hatte sie deshalb das Gespräch über Blitzableiter so heftig unterbrochen, weil sie sich selber als Blitz begriff, der ein Ziel brauchte?

Immer zappeliger wird Ilona. Keine Sekunde kann sie mehr stillsitzen. Sie rupft an ihrem Kleid, sie zupft an ihren Zehennägeln, und wie sie sich eben abgebaut hat, fängt sie nun an, sich übertrieben aufzubauen, indem sie alle ihre kleinen künstlerischen Erfolge aufzählt. Bis zur Komparsin in einem Fernsehspiel hat sie's gebracht, ich weiß nicht, ob im Traum oder in der Wirklichkeit. Doch für sie ist es in diesem Moment Wirklichkeit.

Ich schaue auf ihren kleinen Mund, der sich so lebhaft öffnet und schließt, dessen Lippen auf und nieder japsen, wie sie mit wehendem Schleier in einem Landauer über Feldwege fährt, in der einen Hand die Zügel, in der andern ein Buch, aus dem sie vorliest, darauf aber gleich verkündet, daß das ganze Fernsehen ein einziger Krampf sei, wie dieser Fernsehkrampf sie angeödet habe, jegliche Spontaneität abgetötet würde, jede Natürlichkeit zur Unnatürlichkeit entarte, der Tod der Kunst, sagt sie, vergleichbar nur dem Opernkrampf, der sie genauso anöde. Der Fernsehkrampf und der Opernkrampf seien ihr von hinten bis vorn zuwider.

Sie schäumte. Ihr Mund strotzte voller Zähne. Ich muß sie dämpfen, dachte ich. Ich muß jetzt etwas sagen. Irgend etwas von meinem Sessel her verkünden, mich mit kupplerischen Sätzen an ihr vorbeischlängeln.

Ilona, sagte ich, Ilona, Kunst zu machen ist eine unheilbare Krankheit, ein Wahnsinn. Was mit Ballett und Aquarellen anfängt, endet im Delirium. Zuerst merkt man es gar nicht. Du glaubst, das Handwerk zu erproben, und dabei erprobt das Handwerk dich. Es ist wie bei Amtsbiographien, wo aus den Akten das Leben des Dargestellten hervorgehen soll, in Wirklichkeit aber das Leben des Darstellers daraus hervorgeht.

Aber diese Worte scheinen Frau Collier noch mehr in Unruhe versetzt zu haben. Sie scherbelt an ihren Füßen herum, sie rutscht auf dem Teppichboden hin und her und japst weiter mit den Lippen, aber bringt nichts mehr hervor. Wie entblößt sitzt sie mir zu Füßen, in ihrer selbstgewählten Erniedrigung darauf wartend, von mir erhöht zu werden. Doch wie soll ich das anstellen, wie anders als mit andern Worten? Ich komme nicht vom Fleck. Fast sitzt mir schon der hohe Mittag im Nacken und kein Brief und keine Frage ist beantwortet.

Ilona erhebt sich von selbst. Sie steht in ihrer ganzen Länge wie eine Salzsäule vor mir, und ich sehe wieder auf ihren kleinen Mund, und ihr ponybedeckter Silberblick irrt ins Leere, und wie sie da vor mir aufragt, denk ich: sie ist vielleicht die längste Frau der Welt, die ich bislang gesehen habe, aber mit den kürzesten Beinen. Ich versteh' jetzt auch ihre Begeisterung für die Bergwelt. Sie will in die Höhe, reine Luft atmen, aufsteigen, Gipfelrausch erleben, und sie sieht sich an diesem Aufsteigen durch ihren ängstlichen Mann gehindert. Und auf einmal, mit einem energischen Ruck ihres Kopfes zur Bücherwand hin, stößt sie Verwünschungen gegen Franz aus, von dem sie sich gänzlich unverstanden fühlt, dessen Freunde sie bewirten und unterhalten müsse, deren Fachgespräche sie ruinierten und noch einmal sagt sie das Wort *ausbrechen.*

Sie stopft den letzten Brocken Rosinenbrötchen in ihre kleine Mundöffnung und fängt mit knuspriger Aussprache wieder von ihrem Ausdrucksbedürfnis an.

Jetzt ist's genug, denke ich. Ich raffe mich zusammen. Was geht mich diese Person an? Ich habe nicht die Absicht, mich auf den Rücken dieses Darmstädter Kentauren zu schwingen. Wenn du meinst, sage ich, daß es dich erleichtert, dann schreib, was dich bedrückt. Führ Tagebuch, notiere deine Träume, aber behalt alles für dich, sag's keinem weiter. Lebe ein zweites Leben neben deinem ersten, ein unsichtbares neben dem sichtbaren. Du wirst sehen, ob du's aushalten kannst. Kunst ist Sabotage, aber zuallererst an sich selber. Mit Elfenträumen kannst du dich nicht in die Luft sprengen, liebe Ilona.

Peng!

Jetzt hat Frau Collier sich an dem letzten Bissen Rosinenbrötchen verschluckt. Mit *Ilona* angesprochen und als *Reinhild* angeredet zu werden, war nicht, was sie sich von diesem Morgenbesuch in meinem Zimmer erwartet hatte.

Die Aussprechstunde war zu Ende. In diesem Augenblick kamen die Zwillinge vorsichtig herein, mit Rucksack und Zeichenblock und riefen, *Mami, wir wollen wandern.*

Die Wirklichkeit meldete ihre Rechte an.

Ilona entschwand, mit einem Band Brentano. Unverstanden und verständnislos, einen Kranz von Brötchenkrümeln auf dem Teppichboden zurücklassend. Ich bückte mich und las die Überreste einzeln mit den Fingern auf und warf sie den ungeschützten Vögeln zum Fraß aus dem Fenster hinaus.

Kaum saß ich wieder am Schreibtisch, aus dem Papierchaos die Briefschaften hervor zu ordnen, da plumpste etwas Bonbonartiges zur Erde. Da liegt es. Ich sehe es an, heb' es auf. Es ist kein Bonbon. Ich kann es nicht glauben. Es ist, mir dreht sich alles im Kopf herum, ein blauer Stein, mein Türkis. Wie kann er, wie kommt er in diesen Umschlag?

Ich springe aus dem Zimmer, die Treppe hinunter. *Dorothee!* Sie ist in der Küche. Gleich, gleich! Ich hab' was gefunden! Dorothee steht mit der Salatschüssel im Arm am Kühlschrank. Wahnsinnig! Was? Raten, dreimal! Ich weiß es nicht. Dreimal hab' ich gesagt! Doch nicht . . .? Dreimal! Den Türkis? Hier! Das kann nicht wahr sein. Es ist wahr. Wo denn? Unbegreiflich, *mir* unbegreiflich: zwischen den Hippiefotos. Dorothee stellt die Salatschüssel ab. Was sagst du nun? Wir fallen uns in die Arme. Es ist jetzt das dritte Mal, daß ich ihn verloren und wiedergefunden habe. Dorothee nimmt den Türkis aus meinem Handteller. Wenn das kein Wunder ist! sage ich. Mir kommt es, sagt Dorothee, eher wie eine Warnung vor. Eine dreimalige Warnung. Mein Glücksring! sage ich.

Du darfst ihn jetzt nie wieder verlieren, sagt Dorothee.

Wir müssen ihn neu fassen lassen, sage ich, sofort.

In diesem Augenblick fährt ein Wagen vor.

Beee-suuuch! ruft Gregor von der Veranda.

Die Kletzkis kommen.

X. Ein ideales Paar

Für Dorothee sind die Kletzkis, wie wir die Kletts nennen, ein ideales Paar. Sie unterscheidet zwischen idealen Paaren und katastrophalen Paaren. Katastrophale Paare sind in ihrem Selbstverständnis furchtbare, selbstzerstörerische und aus Not oder Konvention äußerlich zusammengetriebene Paare. Die Colliers sind ein katastrophales Paar, die Klotzens sind ein mehr oder weniger katastrophal-komisches Paar. Überhaupt gibt es in Dorothees Augen mehr katastrophale als ideale Paare. Anke und Albert haben sich von einem ursprünglich idealen Paar inzwischen zu einem katastrophalen Paar hin entwickelt, ebenso Eva und Gregor, obwohl sie die beiden (wie sie jedenfalls neuerdings behauptet) nie für ein unabdingbar ideales Paar angesehen hat, freilich auch nicht für ein unabdingbar katastrophales.

Uns (sich und mich) nimmt sie von dieser Einteilung aus. Sie kann uns nicht in ein solches Schema pressen, weil sie sich selbst nicht in ein solches Schema pressen lassen will, weil sie sich letztlich gar nicht als Bestandteil eines Paares begreift und unsere Beziehungen im Grunde als vollkommen irreale auffaßt, als überhaupt nicht existente, wie auch das Wort *Ehe*, wenn sie es ausspricht und auf uns bezieht, abstrakt ist, auch etwas abstrus, das nur einen momentanen abnormen Zustand ausdrückt. (Und sie benützt dieses Wort auch nur im Zusammenhang mit negativen Erfahrungen.)

Andererseits vermute ich, daß sie auch die von ihr sogenannten idealen Paare nicht als wirklich ideale Paare ansieht. Sie ernennt gewisse Paare zu idealen Paaren, weil sie an ideale Paare glauben will. Sie erfindet solche idealen Paare, um sie beneiden zu können. Sie sieht in diesen idealen Paaren den Gipfel des Liebesglücks erreicht, begründet auf anhaltender, wechselseitiger Faszination, fortgesetzter Hochstimmung ohne gefühlsmäßige Eintrübungen, ausdauernder Zärtlichkeit und Herzklopfen.

Außer Schönheit und kinohafter Liebe zwischen den Partnern ist Kinderlosigkeit für Dorothee so etwas wie eine notwendige Voraussetzung zu einem idealen Paar, das sie immer auch ein bißchen als ein Paar vor dem Sündenfall betrachtet.

Die Kletzkis schienen alle Voraussetzungen zu erfüllen. Sie waren jung, sie waren schön, sie hatten keine Kinder, aber so geschaffen, wie sie waren, hätten sie jederzeit welche haben können. Eigentlich waren die Kletzkis ein vollkommen *normales* Paar, und vermutlich gerade deshalb nannte Dorothee sie ein *ideales*, weil die Kletzkis aufgrund ihrer finnigen Individualität total entindividualisiert wirkten. Sie waren ein Modellpaar, kein Ereignis. Dorothees Entdeckung. Mit solchen Menschen möchte sie nur noch zusammen sein. Sie will ihre Zeit nicht länger mit Dummschwätzern vertrudeln. Kletzkis sind genau die richtigen.

Ich habe nie in aller Eindeutigkeit erfahren, was die beiden eigentlich machten und wovon sie lebten. Sämtliche Fragen in diese Richtung hinein wurden mit augenblicklichen Aktivitäten beantwortet, die beide Kletzkis so anschaulich nonchalant aufzählten, daß man glauben mußte, sie befänden sich mitten in ihrer Arbeit, die immer eine Gemeinschaftsarbeit war. Aber je detaillierter sie ihre Tätigkeiten beschrieben, um so nebelhafter erschienen sie mir. Im Hintergrund gab es für sie weiterhin die Universität und vermutlich war auch ihre ganze Arbeit Universitätsarbeit, die sie im Range von ordentlichen Studenten ableisteten, dann aber wieder uferte sie aus in politische und wirtschaftliche, in naturwissenschaftliche und kulturelle Bereiche, so daß man am Ende den wahren Charakter ihrer Leistungen doch nicht überblicken konnte.

Wie sie in ihrer Arbeit scheinbar unzertrennlich waren, waren sie auch in ihrem Leben und Denken scheinbar unzertrennlich. Alles führten sie gemeinsam aus. Wenn ER (Kletzki) zu einem Kongreß mußte, war es selbstverständlich, daß auch SIE (Kletzki) zu diesem Kongreß mußte. Wenn ER ein Buch gut fand, fand auch SIE selbstverständlich dieses Buch gut, dies jedoch, ohne ihm nur nachzureden. Sie waren so aufeinander eingespielt, daß sie beide immer das gleiche denken, immer das gleiche fühlen konnten. Daß sie schon im voraus genau wußte, wie er über eine Sache denkt, umgekehrt er ebenfalls im voraus genau wußte, wie sie über eine Sache denkt. Es war ihnen diese Übereinstimmung absolut natürlich, wie es ihnen absolut unnatürlich vorgekommen wäre, wenn es einmal keine Übereinstimmung gegeben hätte. Es gab diese Übereinstimmung aber immer. Auch ihre Reise war wieder eine Reise zu einem Kongreß, der diesmal in Bologna stattfand. Der Besuch bei uns stellte nur eine Zwischenstation dar. Beide wollten in Bologna Referate (ich glaube über Rosa Luxemburg) halten, und beinahe kindlich amüsiert teilten sie uns mit, daß jeder dem andern bei der Abfassung des Referats behilflich gewesen sei, daß er ihr und sie sein Referat praktisch ausgearbeitet hätte und daß er praktisch ihr Referat hielte und sie praktisch sein Referat, daß sie trotzdem beide unterschiedliche Standpunkte verträten, daß er sich indes kritisch mit ihren Standpunkten auseinandergesetzt und sich schließlich ihnen angeschlossen hätte, sie ihrerseits sich kritisch mit seinen Standpunkten auseinandergesetzt und sich gleichfalls ihnen schließlich angeschlossen hätte, also buchstäblich ein *Gedankenaustausch*, weshalb er, sagte Kletzki, von den Argumenten seiner Frau überzeugt, ihr Referat auch überzeugend würde halten können, während sie, sagte Frau Kletzki, wiederum von den Argumenten ihres Mannes überzeugt, mit Überzeugung auch sein Referat vortragen könne, wie die unterschiedlichsten, jedoch keineswegs gegensätzlichen Standpunkte aus der unterschiedlichen Herkunft resultierten: ihre kompromißlos-progressiven aus der oberen Mittelschicht, seine abwägend-doktrinären aus der mittleren Unterschicht.

Das war's. Dorothee fand die Kletzkis toll. Ihn (Wolf) *hochklug*, sie (Mirjam) *abgrundschön*. So bläßlich, so kränklich, so exzentrisch, mit ihren langen schwarzen Kleidern, mit ihren langen schwarzen Haaren, mit ihren tiefen schwarzen Augen, mit ihren sensiblen Händen und den kunstfertigen Fingern, mit ihrer mondsüchtigen Haut, durchtränkt von Hamamelis und Balanciagatropfen.

Dorothee möchte nur von schönen Freundinnen umgeben sein. Mirjam ist die schönste. Was ist *schön*? Die fließenden Bewegungen, das scheinbar Hinfällige ihres Körpers, die weiche Stimme, die plötzlich kalt und metallen werden kann.

Jetzt laßt uns erst mal überlegen, wie wir's mit dem Übernachten machen.

Wir haben Schlafsäcke dabei, sagten die Kletzkis wie aus einem Mund. Das Schlafproblem ist wieder mal gelöst. Die Kletzkis schlafen in Dorothees Zimmer.

Gregor im Kinderzimmer. Solke – aber vielleicht kommt sie auch erst morgen aus Reggio zurück.

Das rote Haus erwähnt Dorothee ausnahmsweise mal nicht. Aber das leerstehende Haus auf dem Grundstück ihrer Schwester. Als sie erzählt, daß es verkauft werden soll, das es fast schon verkauft worden wäre, zeigen sich Wolf und Mirjam augenblicklich interessiert.

Wo liegt es?

Oberhalb von unserm. Nur zehn Minuten von hier.

Ein Spaziergang, fanden die Kletzkis, täte ihnen gut nach dem langen Sitzen im Wagen. Von Berlin bis hier sei ein endloser Schlauch.

Also gut!

Wir gingen nach Palada hinauf. Gregor, Dorothee, die Kletzkis und ich.

Die Sonne stand schon hinter den Bergen. Der See lag wie ein großer Einbruch in der Landschaft. Über dem See hing ein grauweißer Dunst. Vor diesem diffusen Hintergrund hob sich scharf auf dem seewärtigen Hügel die weite Reihe dunkler Zypressen ab. Die Luft war noch dick mit Hitze voll. Wir stapften die enge Schlucht zum Paladahaus hinauf, Wolf und Mirjam Hand in Hand hinter Gregor und Dorothee. Ich ging allein, mit hängendem Kopf, während die Kletzkis in faunisches Entzücken über die unberührte Landschaft gerieten. Allerdings, sagte ich, sei sie seit mindestens zwanzig Jahren, hier wo wir seien, unberührt, weil keiner mehr in der Landwirtschaft arbeiten will. Die Oliven sind verwildert, der Wein verdorrt, das Gras wird seit Ewigkeiten nicht mehr gemäht.

Ich weiß nicht, ob diese Sätze eine verbrecherische Eingebung waren. Die Kletzkis schwiegen jedenfalls darauf, faßten sich fester bei den Händen und stapften mit mikroskopisch kleinen Schritten den engen Pfad hinan und hinein in die dichteste Wildnis, und ich dachte, sogar im Schweigen sind die beiden in entwaffnender Übereinstimmung.

Aber dann stellte Dorothee, wie eine plötzliche Entladung, die Gewissensfrage: Könntet ihr immer hier leben?

Mirjam und Wolf schauten sich an. Jeder schien sich im Gesicht des andern zu erkennen. Ihre Rede war dann nur: Ja. Und diese einsilbige Antwort hatte Dorothee offenbar nicht erwartet. War sie enttäuscht oder überrascht? Eine kurze tiefe Stille entstand. Dann fing Dorothee wieder an zu bohren: wieso die Kletzkis glaubten, immer hier leben zu können, ob sie auf sämtliche Aktivitäten verzichten wollten? Es gebe hier nichts. Man sei von aller Welt abgeschnitten undsoweiter.

Worauf die Kletzkis nur mit den Worten reagierten: doch, sie könnten. Im Moment noch nicht, aber in ein oder zwei Jahren. Dann könnten sie und dann möchten sie auch. Sie sagten es in scheinbar gehobener Stimmung, als sei in diesen ein oder zwei Jahren ein schwerer und langer Weg zurückzulegen und danach die Welt verändert.

Mir kam dieser zweistimmige Ernst, den sie da von einer Minute auf die andere ausgebrütet hatten, unnatürlich vor und auch unheimlich, als werde da etwas verdrängt und unterdrückt, zum Beispiel das Einsamkeitsdenken durch das Gemeinschaftsdenken.

Dorothee aber bohrte weiter, indem sie ihre eigenen Bedenken gegen die gewählte Lebensform auf dem Lande mitteilte. Aber ihr lebt doch hier schon seit drei oder vier Jahren, sagten darauf beide Kletzkis. Es sei auch ganz schön aufreibend, sagte Dorothee. Man reibe sich *aneinander* auf. Am schlimmsten sei es im Winter. An manchen Wintertagen glaube sie durchzudrehen. Einsamkeit zu ertragen sei das Schwerste. Zu zweit sei man nicht einsam, sagte Mirjam. Dann müsse man sich eben gut verstehen, sagte Dorothee. Und ich wußte, daß sie jetzt dachte: ein ideales Paar ist immer auch ein glückliches.

XI. Freunde in der Nähe

Man rennt gegen eine Wand und spürt den Kopf.

Als wir in Palada angekommen waren, saßen alle Bewohner am rechteckigen Tisch vor dem Haus. Ich schaute mich in der Runde nach Kathrin um. Sie war nicht da. Ich sah auch den Psychologen nicht. Mich überfiel plötzlich eine saugende Unruhe, zugleich ein entsetzlicher Heißhunger auf Süßigkeiten. Zwischen beiden schien eine Beziehung zu bestehen, wie auch zwischen der Abwesenheit Kathrins und der Abwesenheit des Psychologen eine Beziehung zu bestehen schien.

Tatsächlich kamen kurz darauf Kathrin und Gil aus der Tiefe des Gartens, bepackt mit Papieren und Büchern, beide. Sie näherten sich dem Diskussionstisch, doch auf einmal schwenkte Gil ab und verschwand, mit Büchern und mit Papieren, unter dem Schatten der Scheune. Kathrin hingegen, als sei sie nur aus Zufall in Gils Nähe geraten und als habe sie ihn nur wenige Schritte begleitet, setzte unbeirrt ihren Weg fort, auf die Gruppe zu. Sie mußte mich schon von weitem erkannt haben. Als sie ganz nah herangekommen war, schaute ich sie, neben Gregor stehend, wie eine Erscheinung an. Sie lächelte, nur mit den Augen, als lächelte sie in sich hinein, ohne Mimik der Gesichtsmuskeln. In diesem Moment trat Dorothee mit einer heftigen Bewegung zurück und stieß dabei unwillkürlich mit Kathrin zusammen. Die strauchelte, verlor (wegen der Bücher und Papiere unterm Arm) das Gleichgewicht und fiel zu Boden, indem sie an Dorothees Beinen einen letzten Halt suchte. Ich sprang hinzu, um dem Mädchen aufzuhelfen, das eine Sekunde lang vollkommen reglos Dorothee zu Füßen lag, die sie fest umklammerte. Aber da beugte sich Dorothee schon über die Gestürzte und hob sie auf.

Ich hab' dich gar nicht gesehen, sagte sie. Ist es schlimm? Nein, ich hätt' ja auch aufpassen können, sagte Kathrin. Entschuldige, sagte Dorothee. Hast du dich verletzt? Überhaupt nicht, sagte Kathrin. Sie habe nur den rechten Fuß etwas verdreht. Mach gleich einen kalten Umschlag! Nicht nötig, sagte Kathrin. Ich weiß, daß das ganz schön weh tut, sagte ich. Am besten: das Bein hochlegen. Ich kenn' das, sagte Kathrin. Ich hab' so schwache Gelenke. Ich falle öfter. Für Dorothee war der Zwischenfall schon vergessen.

Weshalb wir gekommen sind, sagte sie zu Renate. Die Kletzkis interessieren sich für euer zweites Haus. Gut, ja, ja gut, zeig's ihnen!

Wir gingen dann durch die Scheune zu dem leerstehenden Haus hin und Dorothee übernahm die Führung. Kurz darauf kam aber auch Renate. Sie folgte der Führung ihrer Schwester gleichgültig, nicht aber deren Ausführungen, die auf eine Anpreisung des Hauses hinausliefen, das zwar sehr verfallen, aber leicht und für wenig Geld zu renovieren sei. Renate kollerte darauf los: Na komm! Untertreib man nicht. Das kostet schon ganz schön was. Das weiß ich hundertprozentig.

Die Kletzkis sagten kein Wort. Wolf begutachtetete mit nichtssagendem Blick das Balkenwerk und die Mauern. Mirjam prüfte die Zimmerhöhe und die Aufteilung der Räume. Beide schienen weder Dorothees bedenkenlose Anpreisung des Objekts noch Renates schrittweisen Abbau derselben zur Kenntnis zu nehmen.

Er, Kletzki, begutachtete immer weiter nichtssagend das Balkenwerk und die Mauern, sie, Kletzki, prüfte weiter die Zimmerhöhe und die Aufteilung der Räume. Dorothee zählte sämtliche Vorteile auf, die das Haus biete. Renate zählte sämtliche Nachteile auf, die man bedenken müsse. Wolf schaute dann aus dem Fenster nach Norden, worauf Mirjam aus dem Fenster nach Westen schaute. Dann schaute Mirjam aus dem Fenster nach Norden, worauf Wolf aus dem Fenster nach Westen schaute. Schließlich sagte Mirjam, sie glaube, das Balkenwerk und die Mauern seien noch ziemlich stabil, und Wolf sagte, die Zimmer hätten eine menschliche Höhe und die Aufteilung der Räume sei eine sehr logische, worauf beide sagten, man habe auch einen sehr hübschen Blick auf den See, sowohl aus dem Fenster nach Norden als auch aus dem Fenster nach Westen. Mehr indes äußerten sie nicht.

Auf dem Weg zurück durch die Scheune zum Haupthaus sah ich Gil an einem Schwebebalken hängen, ohne Schuhe und ohne Strümpfe. Er rührte sich nicht. Er hing da herunter mit steifem Körper und geschlossenen Augen wie ein Selbstmörder. Er meditierte: Yoga. Aber ganz anders als Albert.

An dem rechteckigen Tisch wurde jetzt nicht mehr diskutiert, sondern gegessen. Ob wir auch etwas essen möchten? Renate bot uns Gemüsesuppe an, Jakob Wein. Die

Kletzkis wollten aber nichts essen. Dorothee schlug vor, daß man sich abends gemeinsam in Muslone zum Essen treffen solle. Ja, in Muslone. Damit waren alle einverstanden. Wir tranken nur jeder ein Glas Wein und gingen dann wieder nach M. zurück.

Unterwegs fragte Dorothee die Kletzkis nach dem Haus, wie es ihnen gefallen habe. Wolf sagte *gut.* Mirjam sagte auch *gut.* Doch dann meinten beide mit Bestimmtheit, daß es für sie allerdings nicht in Betracht käme. Sie hätten eher an so was wie unser Haus gedacht. Noch lieber wäre ihnen ein Haus unmittelbar am Rande einer Ortschaft, mit einem Blick auf den Dorfplatz, nahen Einkaufsmöglichkeiten und einem Restaurant. Im Bayerischen Wald hätten sie mal eine hübsche Mühle angeboten bekommen, eine Holzschneidemühle mit fünf oder sechs Zimmern. In der Toscana hätten sie sich auch schon mal nach einem Haus umgesehen. Es sei so schön, sagte Mirjam, wenn man aus dem Fenster schaue und die vielen Katzen auf den Steinen in der Sonne liegen sehe. So was in der Art. Warum sie dann nicht etwas in Österreich kauften, fragte Gregor. Er habe im südlichen Burgenland verschiedene Objekte an der Hand. Er kratzte sich dabei mit verdrehter Hand am Hinterkopf und ich dachte: ihm gefällt die Mirjam. Er möchte sie in irgendeiner trostlosen Landschaft aussetzen, um Dorothees ideales Paar langsam zu zerrütten. Aber Dorothee sagte schnell: Nicht Burgenland. Ihr müßt in diese Gegend kommen. Ich suche was Geeignetes für euch. Ich fände es sehr gut, Freunde in der Nähe zu haben.

XII. Verdrängungen oder Unterdrückungen

Etwas stimmt bei den Kletzkis nicht. Etwas ist da faul. Bei soviel Gemeinschaftssinn ist auch Künstlichkeit im Spiel.

Abends sind wir in Muslone. Die Paladaleute erwarten uns schon. Sie sitzen in einer Reihe hinter der langen Tafel.

Kathrin eingeklemmt zwischen Jakob und Gil. Immer ist dieser Gil in ihrer Nähe. Warum nicht in der Nähe der Dicken? Warum ist er überhaupt hier? Wer hat ihn eingeladen? Wer hat ihn mitgebracht?

Renate ist mal wieder ganz aufgeplustert. Sie stürzt auf uns zu, umhalst uns, küßt uns. Sie hat wieder diese fiebrige Erregung. Viele Menschen erhöhen ihre Temperatur. Sie will uns *optimal plazieren*. Sie kann ihren Beruf nicht vergessen. Keine Grüppchenbildung. Jeder soll mit jedem sprechen. Sie reißt die Paladagruppe auseinander, sie reißt unsere Gruppe auseinander. Die Kletzkis, merke ich, mögen diese Aktivität gar nicht. Für sie ist das nur Aufgedrehtheit. Die Kletzkis bestehen darauf, nebeneinander zu sitzen. Gregor setzt sich zur Dicken. Dorothee findet Renates Verhalten *typisch*. Jugendbewegt, sagt sie. Wie eine betuliche Heimmutter. Sie setzt sich neben Jakob. Ich setz' mich Kathrin gegenüber. Dabei ist nicht zu vermeiden, daß ich auch dem Psychologen gegenübersitze. Aber ich kann mit meinen Aggressionen umgehen.

Das Essen wird aufgetragen. Suppe zuerst. Die Wirtin ist nervös. Wir sind zu spät gekommen. Die Spaghetti werden weich, das Fleisch am Spieß wird schwarz oder zäh oder trocken, der Salat welk. Aber am Ende ist doch alles gut. Die Suppe ist gut, die Spaghetti sind genau richtig, das Fleisch ausgezeichnet. Sehr anständig, sagt Gregor. Doch, es läßt sich essen, sagt Jakob. Wunderherrlich, sagt Renate. Dorothee sagt, in den einfachen Lokalen ißt man immer noch am besten.

Die Kletzkis haben gegenteilige Erfahrungen gemacht. Sie haben Vorbehalte gegen die sogenannten einfachen Lokale. Vor allem in Italien. Für 'n anständiges Essen, sagt Wolf, muß man heute dreitausend anlegen.

Irgendwas stimmt mit den Kletzkis nicht, etwas paßt da nicht zusammen.

Als Nachspeise gibt es gerösteten Bergkäse, in Schinken eingerollt. Die Kletzkis sind zufrieden. Auch mit dem Wein. Der Wein ist Klasse. Es fehlt nur noch Musik.

Musicbox?

Gibt's hier nicht. Nur ein altes Grammophon.

Noch besser.

Die Wirtin bringt Schallplatten. Tango, Walzer, Foxtrott. Jägerlieder hat sie auch. Jägerlieder will keiner hören. Partisanenlieder?

Nur BELLA, CIAO.

Dorothee möchte tanzen.

TANZEN! TANZEN!

Renate ist auch für Tanzen. Jakob nicht. Gregor dafür. Walpurga wieder nicht. Die Kletzkis wollen erstmal in Ruhe ihren Bergkäse genießen. Die Dicke, Gregors Masseuse, ist ganz scharf auf Tanzen. Die andere Dicke kann nicht tanzen, sagte sie. Der Psychologe versucht, mit psychologischem Geschick ein Gespräch mit mir anzufangen. Wie ich zu Carl Gustav J. stehe. Gar nicht, sage ich und schau zu Kathrin hinüber, die ganz schmal, mit vorwärtsgeneigten Schultern, aber sehr aufrecht auf ihrem Stuhl sitzt, und sie schaut mich an, ohne Gesichtsbewegung, und weil ich ihren Blick nicht so lange aushalten kann, seh ich auf den Tisch und entdecke plötzlich, daß sie noch überhaupt nichts gegessen hat. Das Fleisch liegt unberührt auf ihrem Teller, auch die Polentascheibe, auch der Käse. Wie geht's deinem Fuß, fragte ich sie. Ich spür' nichts mehr, sagte sie.

Renate tanzt schon. Die Wirtin auch, mit ihrem Sohn. Dorothee tanzt mit Gregor. Die dicke Masseuse schmort und schmollt und tanzt mit irgendwem. Kletzkis essen noch immer an ihrem Bergkäse. Walpurga und die andere Dicke sitzen eng beieinander. Der Psychologe möchte in immer noch tiefere Tiefen hineinsehen. Aber ich öffne ihm keine Tür, und seine Augen bleiben so groß wie sie sind, im faltigen Hautgewebe klein und verkniffen. Mit einem Mal geht die Tür auf und gleich Hallo: die Colliers. In Begleitung ihrer neuen Bekannten, die wir, wie sich herausstellt, natürlich längst kennen. Rettenbergs, aus Innsbruck, Hausbesitzer in einem Bungalow-Park. Rettenbergs also sind es, die Colliers *aufgerissen* haben, wie Gregor das nennt. *Er*,

Händler mit Antiquitäten und gelernter Restaurateur, Anfang Vierzig, mittelgroß und hölzern, dessen zwar glattes, aber fades Gesicht allein durch die funkelnden Gläser einer randlosen Brille Farbe und Kontur erhielt, *sie*, mindestens zehn Jahre jünger, aus altem polnischem Geschlecht, ehemals Stewardess, jetzt Übersetzerin, Skiläuferin, Tennisspielerin und emanzipierte Ehefrau des öden, spröden und verwöhnten Restaurateurs. Marina oder Malvida, ein zappeliges, quirliges, nervenzermürbendes, raketenartiges Geschöpf, die Kathrins Schwester sein könnte, nur ins Laszive und Ausgelassene gewendet, sozusagen deren *Kehrseite*.

Gregor tanzte sich in meine Nähe, beugte sich zu mir und fragte, ob das etwa Colliers Entdeckung sei. Ja, sagte ich. Wundert's dich? Na servus! sagte Gregor. Wie passen die denn zusammen? Die Liebe zur Bergwelt vielleicht verbindet sie.

Tango Jalousie.

Die Colliers und Rettenbergs setzen sich, wo Platz ist, an den langen Tisch. Er, Rettenberg, rückt seinen Stuhl in meine Nähe. Gegenüber der Psychologe, neben mir der Restaurateur. Ich könnte in die Luft aufsteigen.

Tanzen! ruft Dorothee.

Rettenberg will nicht tanzen. Er spricht mich gleich auf die Colliers an. Nette Leute, höchst erfreuliche Leute, kultiviert. Gil streicht seinen Bart mit der Haltung eines Pfeifenrauchers. Er wartet auf seinen neuen Einsatz. Er ist unerschütterlich. Aber Rettenberg redet nur über die Colliers, welche *Bereicherung* sie für uns alle seien. Was versteht er unter Bereicherung, denke ich. Ilona spitzt die Ohren, als sie ihren Namen hört, und gleich kommt sie herbei und findet auch noch einen leeren, zum Niedersitzen einladenden Stuhl und sagt: *Laßt uns setzchen, wo ein Plätzchen*, worüber der Antiquitätenhändler *schrecklich lachen* muß. Jetzt saß ich eingekeilt zwischen Ilona und Rettenberg und immer noch in Hörnähe zu Gil, der sich mit seinem Tiefblick gerade an Kathrin wenden wollte. Aber da hielt ich es nicht länger auf meinem Platz aus, sprang auf und äußerte lautstark das Bedürfnis, auch zu tanzen. Gerade noch konnte ich Ilona, die sich schon aufgefordert glaubte, den Rücken zuwenden, als schon Malvida mich bei den Händen nahm, Malvida oder Marina, und mich in die Mitte des Gastraums zog. Ich schaute noch einmal rasch zu Kathrin hinüber. Mit ihr wollte ich, mit der Rettenberg mußte ich tanzen. Sofort nahm Malvida mich in den Clinch und lachte, daß sie mich eingefangen hatte. Mir war's, als tanzte ich auf dem Kopf. Wenn Malvida oder Marina lachte, zeigte sie die Zähne. Zwei unverhüllte, aufeinandergepreßte üppige Zahnreihen. Ein erregend scharfes und starkes Gebiß.

Sie tanzte gut, die Rettenberg, schnell, heiß, zuckend, vibrierend, mit spärlichem Rock und hopsendem Gesäß, irritierend irgendwie, elektrisierend, trotzig-kunstlos. Ich stellte mir vor, sie sei wirklich die Schwester des schwarzen Paladamädchen und überließ mich ganz dem Rhythmus der Musik. Die Rettenberg hatte beide Hände auf meinen Rücken gebettet, aber sie schien nicht mich berühren zu wollen, sondern durch meinen Körper hindurch sich selber. Ich habe die ganze Zeit kein Wort mit ihr geredet. Ich kann, wenn ich tanze, nicht reden. Ich habe nur ihre Hände auf meinem Rücken gefühlt und wie irrsinnig getanzt, *schonungslos*. So würde ich nie mit Kathrin tanzen, dachte ich. Das geht nur mit der Rettenberg. Ich verschleiße sie, damit ich Kathrin schone.

Die Platte war zu Ende. Eine neue wurde aufgelegt. Ein langsamer Walzer. Ich sprang der Rettenberg davon, an den Tisch, auf Kathrin zu und fragte sie, ob sie mit mir tanzen möchte.

Kathrin erhob sich langsam, wie in Trance. Sie sah mich einen Augenblick fragend an, als erwarte sie eine Auskunft oder Erklärung, wo sie sich befinde, dann lächelte sie, wie aus einem Traum erwachend, und wir tanzten. Aber was für ein sonderbares Tanzen war das! Wir hörten gar nicht auf die Musik, bewegten uns kaum von der Stelle. Unsere Körper lehnten schwerelos aneinander. Der Boden unter uns schien zu schwanken. Ein Schaukeln und Wiegen, als befänden wir uns auf einer schwimmenden Brücke.

Diese Ruhe ist vollkommene Bewegung. Diese Bewegung ist vollkommene Ruhe. Vollkommene Ruhe und vollkommene Bewegung. Das ist dasselbe.

Das Mädchen beugt seinen Körper leicht vornüber. Die Musik geht durch uns hindurch. Wir schweben. Kathrins Haar streift mein Gesicht. Ihr Kopf blickt auf die Spitze ihres Fußes. Die Wärme in dem Raum kühlt ab. Jetzt schau ich dem Mädchen in die Augen. Jetzt schaut das Mädchen mir in die Augen. Ich frage mich nicht, ob ich sie liebe. Ich frage mich, ob ich nun sterben möchte. Wir haben uns in diesem Moment nichts zu fragen, nichts zu sagen. Wir tanzen oder es tanzt in uns. Kein Wille treibt uns. Das Tanzen ist in diesem Augenblick ein natürlicher Zustand.

Plötzlich rief Dorothee: Wer fährt mit Baden? Alle wollen zum Baden fahren. Ja, fahren wir zum Baden. Los, fahren wir! Nur Rettenberg will nicht. Er sei zu betrunken. Im Wasser würde er wieder nüchtern, sagt Gregor. Stell dich nicht an, sagt Malvida oder Marina. Jetzt wird gebadet! Aber die Kinder, sagt Franz. Sie sind allein in M. Macht nichts, sagt Ilona, bereit, sie noch etwas länger allein zu lassen.

Gregor klatscht in die Hände. Kommt Kinder, kommt. Kommen Sie, Rettenberg.

XIII. Dorothees Unberechenbarkeiten

War es Abenteuernot oder eine Laune? Nach Solkes Rückkehr aus Reggio, mitten in der Nacht, von Samstag auf Sonntag, weckte Dorothee mich. Ich habe keinen Platz, sagte sie. Du schläfst für zwei. Wieso, fragte ich. Ich liege doch schon ganz am Rand. Eben hast du ganz in der Mitte gelegen, sagte Dorothee.

Sie machte Licht. Muß das sein, fragte ich. Ich möchte gern schlafen. Ich möchte auch, sagte Dorothee. Aber ich kann nicht. Mit Licht, sagte ich, kannst du erst recht nicht. Ich kann mit Licht nicht und ohne Licht nicht. Dann laß wenigstens mich, sagte ich.

Ich fahre morgen nach Bologna, sagte Dorothee. Mit den Kletzkis.

Nach Bologna? Ich denke, wir wollen nach Wien?

Du kannst allein nach Wien, sagte Dorothee. Ich fahre nach Bologna.

Und weshalb plötzlich nach Bologna?

Überhaupt nicht plötzlich. Ich hab' das schon den ganzen Tag geplant. Ich muß mal raus hier.

Jetzt, wo wir das ganze Haus voll Besuch haben?

Gerade jetzt. Ich sehe nicht ein, daß ich den ganzen Tag Dienstmädchen für unsern Besuch bin.

Inwiefern bist du Dienstmädchen?

Ich komme mir so vor. Du sitzt draußen auf der Veranda und spielst den Unterhalter. *Mach mal Kaffee, Dorothee! Mach mal dies, mal mal das!* Und ich steh' in der Küche. Ich habe dazu keine Lust mehr. Wenn du arbeiten willst, gehst du in dein Zimmer. Dann kann ich die Leute unterhalten. Alles geht doch immer genau nach deinem Willen. Sobald *ich* einen Wunsch habe, wird er mir abgeschlagen. Nein, ich fahre jetzt nach Bologna. Ich muß einfach mal raus hier.

Und was mache ich mit den Colliers, mit Solke, mit Gregor?

Das sind deine Gäste.

Noch sind es unsere!

Noch, ja, ich weiß, sagte Dorothee. Ich weiß, was du damit sagen willst. Solange wir noch zusammen sind. Merkst du gar nicht, daß unsere Ehe langsam kaputtgeht, daß, wenn wir so weiterleben, sie immer kaputter wird?

Rede doch nicht so 'n Unfug. Wieso geht unsere Ehe kaputt?

Es gibt doch nur noch Aggressionen zwischen uns.

Hast du mich deshalb geweckt, um mir das zu sagen?

Wann haben wir denn Zeit, miteinander zu sprechen?

Man muß sich die Zeit nehmen. Aber nicht gerade mitten in der Nacht.

Wann denn? Tagsüber sind wir doch nie allein.

Das wird sich ja mal wieder ändern.

Ich hatte nicht die Absicht, auf Dorothees scheinlogische Argumente einzugehen und sagte, daß ich es rücksichtslos von ihr fände, mich aus dem Schlaf zu reißen, wo sie genau wisse, daß jede Aufregung mir sofort wieder einen Migräneanfall verschaffen würde.

Du fährst, sagte ich, weil es dir so in den Sinn kommt, einfach mal nach Bologna, obwohl wir verabredet haben, gemeinsam nach Wien zu fahren, was für mich wichtig wäre. Aber was aus mir wird, ist dir egal.

Das ist mir überhaupt nicht egal, sagte Dorothee. Aber ich fahre morgen mit den Kletzkis nach Bologna.

Und Solke und die Colliers?

Solke kann ja mit nach Bologna.

Sie ist ja gerade eben aus Reggio zurück, sagte ich.

Aber sie will doch was von diesem Land sehen, sagte Dorothee. Und Colliers?

Mit Colliers rede ich schon. Sie können zum Beispiel während meiner Abwesenheit zu dir ins Haus ziehen.

Mach, was du willst. Wenn du nach Bologna fährst, fahre ich nach Wien. Mein Kopf ist mir im Moment wichtiger als Familie Collier. Und jetzt möchte ich bitte schlafen.

Warum können wir uns nicht mal friedlich einigen, fragte Dorothee. Warum muß immer alles in einem gereizten Ton beredet werden? Was hast du dagegen, daß ich nach Bologna fahren will?

Ich habe nichts dagegen, daß du nach Bologna fahren willst. Aber ich habe etwas gegen den Zeitpunkt. Warum morgen? Warum nicht in zwei Wochen? Warum nicht, wenn die Besucher weg sind und mein Artikel fertig ist? Warum fahren wir nicht zusammen nach Bologna, wenn du schon unbedingt nach Bologna willst?

Weil ich allein fahren möchte, sagte Dorothee. Weil ich glaube, daß ich mal etwas Abstand von dir brauche. Und weil ich mit den Kletzkis eine günstige Gelegenheit habe. Wenn sich unser Verhältnis bessern soll, bessern kann, müssen wir uns – das hab ich im Gefühl – für einige Zeit mal trennen.

Hör' mir auf mit Gefühlen! Sag' doch gleich, wenn du dir einen Liebhaber nehmen willst.

Ich will keinen Liebhaber, und schon gar nicht einen *nehmen.*

Das ist deine Ausdrucksweise. Ich hab' dich nur zitiert.

Es hat keinen Zweck. Man kann sich mit dir nicht unterhalten.

Man kann schon, aber nicht gerade zu nachtschlafender Zeit. Ich möchte jetzt wirklich meine Ruhe haben.

Ich drehe mich mit dem Gesicht zur Wand. Aber ich konnte natürlich nicht wieder einschlafen, auch nicht, als Dorothee endlich das Licht ausgemacht hatte.

Willst du wirklich morgen fahren?

Ja, sagte Dorothee.

Na gut! Du mußt es wissen.

Mit dem letzten Satz versuchte ich Konsequenzen anzudeuten, ohne zu wissen, welcher Art diese sein könnten. Es war reine Hilflosigkeit. Meine Drohung war erfolglos. Mit todsicherem Instinkt, der mir so unheimlich ist wie die Bekundungen ihrer Liebesfähigkeit (»Ich bin sexuell eine voll entwickelte Frau«), hatte sie meine Schlappe erfaßt und schwieg darauf, während ich mich mit dem Gedanken quälte, was jetzt in ihr vorginge. Sie muß doch irgend etwas denken, irgend etwas planen. Manchmal begreife ich sie nicht. Was will sie? Was hat sie vor? Was bedeute ich ihr?

Die Vorstellung, neben einem Menschen zu liegen, von dessen Empfindungen, von dessen Gedanken man nicht einmal etwas ahnt, war unerträglich. Aber ich habe gleichfalls geschwiegen, in der undeutlichen Hoffnung, Dorothee müsse mein Stummsein ebenso bedrückend empfinden wie ich das ihre bedrückend empfunden habe. Aber da hatte ich mich getäuscht. Schon nach kurzer Zeit war Dorothee eingeschlafen.

Am andern Morgen, Sonntag, nahm sie es für eine ausgemachte Sache, daß ich mit ihrer Reise nach Bologna einverstanden sei. Beim Frühstück auf der Veranda eröffnete sie Kletzkis ihre Absicht, das junge Paar zu begleiten. Zugleich überredete sie auch Solke, mit nach Bologna zu reisen. Als die Colliers von Dorothees Vorhaben hörten und sich etwas erstaunt ansahen, teilte Dorothee ihnen mit, daß ich unbedingt nach Wien reisen müsse, meines Kopfes wegen, und daß während unserer etwa einwöchigen Abwesenheit die Colliers unser Haus ganz zur Verfügung hätten. Mir kamen diese Informationen ein wenig überstürzt heraus. Aber Franz rettete die Situation, indem er erklärte, er habe gerade mit Ilona einen Abstecher in die Berge geplant. Ihnen gefiele die Gegend um Bozen so. Insofern träfe sich das eigentlich gut, und da die Kinder sich ohnehin schon etwas langweilten, würden sie gleich heute fahren und zu Dorothees Geburtstag zurückkommen.

Ja, unbedingt, sagte Dorothee.

In ihren Augen schien wieder einmal alles vorzüglich zu klappen. Und Gregor, fragte ich. Hast du Gregor schon gefragt, ob er nach Wien fahren möchte?

Gregor?

Mir recht, sagte Gregor. Es muß nicht ausgerechnet heute sein, weil ich noch was vorhabe, aber morgen früh, zum Beispiel, bin ich sehr dafür. Ich habe auch dringend was im Büro zu tun. Also morgen früh, sagte ich.

Nach beendetem Frühstück packte Dorothee ihren Koffer. Auch Solke machte sich wieder reisefertig. Gegen elf waren die Kletzkis – nachdem sie noch einige Fotos gemacht hatten – bereit, aufzubrechen.

Dorothee war strahlender Laune.

Ich saß, während Solke und Dorothee ihr Gepäck in Kletzkis Wagen trugen, mit Gregor auf der Veranda und brütete vor mich hin. Ich war so stark mit mir beschäftigt, daß mir nicht einmal die hautgerbende Vormittagssonne was anhaben konnte, in die ich sonst nie hutlos mich hineinbegab, weil sie in Minuten meinen morgenklaren Kopf in eine schmerzliche Geschwulst am oberen Rumpfende verwandelt. Was denkst du, fragte Gregor mich, als habe er mich bei etwas Verbotenem ertappt. Nichts, erwiderte ich. Ich setze nur Gefühle um. Wir machen uns eine schöne Zeit in Wien, sagte er dann. Aber was macht die Zeit mit uns, fragte ich. Ich habe ein bißchen Angst vor deinem Gehirnspezialisten. Ich meine, daß er irgendwas entdeckt. Du, da ist der, sagte Gregor, sehr offen. Wenn da was nicht stimmt, sagt er es dir sofort. Gerade davor, sagte ich, habe ich Angst. Aber da ist auch nichts, sagte Gregor. Du sollst dich nur zu deiner eigenen Beruhigung untersuchen lassen. Meinst du, ich sei beruhigt, wenn man nichts findet? Mir scheint, sagte Gregor, du brauchst deine Wehwehchen. Nein, nein, so einfach ist das nicht. Ich wär' schon sehr froh ohne Wehwehchen, zumal es auch nicht bloß Wehwehchen sind, sondern schon ganz schöne Schmerzen. Ach, ich weiß auch nicht. Ich bin einfach nicht in Form. Irgendwas stimmt nicht mit mir. Mir paßt es auch nicht, daß Dorothee diese idiotische Reise machen will.

Laß sie doch, sagte Gregor. Warum soll sie nicht fahren? Ihr hängt ja wie die Kletten aneinander.

Vor einiger Zeit noch hatte ich die Vorstellung, ich befände mich vollkommen im Gleichgewicht mit meiner Person, mich könne nichts mehr aus der Ruhe bringen. Inzwischen hat sich das als Irrtum erwiesen. Ich meine, wir haben uns beide am Anfang unseres Aufenthaltes hier was vorgemacht. Ich habe dieses Leben hier zwar nie als *splendid isolation* aufgefaßt, aber auch nicht als Flucht. Aber jetzt glaube ich, es war doch eine Flucht, eine Art Flucht jedenfalls, aus Angst letztlich um Dorothee, daß ich sie verlieren könnte, weil ich mich immer vor ihrer Sprunghaftigkeit, vor ihren Unberechenbarkeiten gefürchtet habe. Aber ich habe zunehmend das Gefühl, jeden Moment kann diese Idylle in die Luft fliegen.

Ist es eine Idylle?

Natürlich nicht, für mich auch nie gewesen. Aber die Leute, die hierherkommen, halten es dafür.

Welche Leute?

Leute wie Colliers. Für Ilona ist das doch hier – sagen wir mal – ein Traumparadies oder so was in der Art.

Und für dich?

Ich weiß es nicht. Ich weiß es nicht. Wahrscheinlich eine Notlösung.

Dorothee kam auf die Veranda. Was ist? fragte sie. Wir fahren jetzt. Willst du dich nicht verabschieden? Kletzkis warten schon.

Warten, daß ich mich verabschieden komme? Ich dachte, daß sie sich verabschieden. Oder?

Nun komm schon! sagte Dorothee.

Nein, ich komme nicht.

Dann mach's gut!

Dorothee ging.

Ist das alles? rief ich ihr nach. Hast du mir nicht mehr zu sagen? Auf Wiedersehen! sagte, sich noch einmal zu mir umdrehend, Dorothee. Mein Hals war wie zugeschnürt. Ich war außer mir über Dorothees Verhalten. In diesem Moment kam Solke mit ihrem Koffer. Sie sah, daß ich völlig am Boden war. Nimm's man nicht so schwer, sagte sie. Du kennst doch Dorothee. Ich paß schon auf sie auf.

Wir umarmten uns. Von der Veranda herab rief ich Solke noch schnell Tschüß! nach und rannte ins Haus und hinauf in mein Zimmer. Jetzt reicht es mir! dachte ich. Ich wollte die Kletzkis, ich wollte Dorothee heute nicht mehr sehen. Schluß! Aus! Erschöpft, verzweifelt setzte ich mich in meinen Drehstuhl und starrte aus dem Fenster in das dunkle Grün der Cachibäume.

Plötzlich stand Gregor im Zimmer, wie eine graue Eminenz. Als er meinen Zustand sah, legte er seine Hand auf meinen Kopf und sagte: Du brauchst dringend Erholung! Paß mal auf, Wien wird dir guttun. Ja, möglich, sagte ich. Ich bin einfach mit den Nerven fertig. Es war zuviel in der letzten Zeit. Dieser pausenlose Besuch.

Tapp, tapp, tapp.

Die Colliers kommen.

Mir bleibt heute nichts erspart.

Ilona, Franz und die Zwillinge.

Wir sind soweit.

Dazu fiel mir nichts ein.

Es war wunderherrlich bei Euch, sagte Ilona.

Worauf ich etwas in der Richtung äußerte, es sei leider ihr Besuch zu kurz gewesen und die Abreise ein wenig zu überstürzt. So was in der Art.

Aber die Colliers schienen für alles Verständnis zu haben.

Nein, nein, ist schon gut, sagte Franz. Und Ilona meinte, sie freue sich schon riesig auf die Berge, und schließlich sähen wir uns ja bald wieder, *toi, toi, toi.*

Na, von mir aus toi, toi, toi, dachte ich. *Gute Fahrt!*

Umarmung. Küsse, Händeschütteln.

Colliers.

Und jetzt? fragte Gregor.

Geh'n wir nach Palada, sagte ich.

Sehr gut!

Dialektik der Natur.

Ein Richtungswechsel.

Auf einmal fühlte ich mich besser, irgendwie erleichtert. Ich konnte wieder frei atmen. Mir schien es, als sei ich von einer Minute auf die andere um Jahre jünger geworden. An die Stelle tatenloser Leere in meinem Inneren war plötzlich jugendlicher Übermut gerückt.

Los, gehen wir, sagte ich.

Natürlich dachte ich sofort an Kathrin, wenn auch mit zerstreuten Gedanken. Ich wußte nicht genau, was ich von ihr wollte. Ich wollte sie sehen, mit ihr sprechen, etwas von ihr erfahren. Kathrin.

Sie war, als wir in Palada ankamen, nicht da. Wir trafen nur den Psychologen an. Er saß wieder auf dem Klappstuhl vor dem Haus, mit einem Buch beschäftigt.

Wo sind die anderen, fragte Gregor.

Einsilbig gab Gil zur Antwort: Weg!

Damit wußten wir noch nicht viel. Allerdings stellte sich heraus, daß die Aussage unzutreffend war; denn es waren keineswegs alle *weg.* Die beiden Mädchen, Kathrin und die dicke Masseuse, fanden wir schlafend in ihrem Zimmer.

Der Anblick der beiden schlafenden Mädchen, die da auf zerschlissenen Matratzen in dem leeren, unmöblierten Zimmer lagen (wie in einer Abstellkammer), war zugleich friedlich und schreckenerregend. Eine Sekunde lang hielt ich es für möglich, sie seien das Opfer eines am hellen Tage verübten Verbrechens geworden, und über ihre tödlichen Wunden sei von ängstlicher oder pietätvoller Hand ein Leintuch gebreitet. Aber dann richtete sich, durch unser Eintreten wach geworden, die Dicke mit einem Mal auf und fragte, leicht gereizt: Was macht ihr denn hier?

Wir wollen euch besuchen, sagte Gregor.

Nett von euch!

Ich hatte, seit sie hier war, schon am ersten Abend in der Trattoria, den Verdacht, daß Gregor sich für die Dicke interessierte, ohne allerdings bis jetzt Anzeichen dafür bemerkt zu haben, ob sie, als Freundin von Gil in Palada eingeführt, sich auch für Gregor interessierte. Ihre Begrüßung, die Art, wie sie uns empfing, war jedenfalls nicht übermäßig freundlich. Aber so was kann täuschen. Plötzlich war Gregor nämlich mit der Masseuse verschwunden und ich mit der schlafenden oder sich schlafend stellenden Kathrin allein.

Ich bin nicht imstande, heute noch auszumachen, was in diesem Augenblick, wo ich mich ihr allein gegenübersah, in meinem Kopf oder (wenn es nicht nur der Kopf war) in meinem ganzen Körper vorgegangen ist. Ich weiß nur noch, daß ich an ihr Lager trat, betäubt und verwirrt nach ihr griff und sie mit rasender Zärtlichkeit in die Arme nahm, aufhob und ans Fenster trug. Sie schlug, als ich sie dort absetzte, die Augen auf, und ich dachte: Jetzt schreit sie um Hilfe oder ist wütend. Doch sie blieb still, ließ mich gewähren, sprach kein Wort, als sei dies alles das Natürlichste von der Welt und als kenne sie mich schon seit langem. Ich zog sie an mich, und nun dachte ich: vielleicht schläft sie noch oder glaubt zu träumen. Aber als ich sie dann küßte und sie mich wieder küßte, als unsere Körper sich verschränkten, unsere Zungen sich berührten, Kathrin sich weich zurückbog, wir uns beide immer fester aneinanderpreßten und ich vor lauter Nähe ihre Augen nicht mehr sehen konnte, gab es keinen Zweifel mehr, daß dieses Mädchen durch und durch wach war, daß es nicht träumte, sondern genau wußte, wer es in den Armen hielt und wer es aufgehoben hatte und jetzt küßte, ohne daß wir vorher auch nur ein Wort gewechselt hatten. Doch wozu brauchte es auch Worte? Später vielleicht, wenn wir uns einmal wiedersähen, später, irgendwann, vielleicht – vielleicht. Doch ich dachte nicht an später. Ich dachte überhaupt nichts. Ich hoffte nur – oder ein Gefühl wie Hoffnung war in mir –, diese Minuten möchten nie vergehen und ich könnte Kathrin so bis ans Ende meines Lebens festhalten. Und als gelänge es mir dadurch, die Zeit aus meinem Bewußtsein zu verdrängen oder aufzuheben, preßte ich Kathrin immer enger an mich. *Es gelingt,* durchzuckte es mich. Aber was sollte gelingen, was konnte gelingen? Nur ein plötzlicher Tod hätte die Zeit für mich zum Stehen gebracht.

Die unbedeutendste Bewegung, die leiseste körperliche Veränderung, wußte ich, würde diesen unwiederholbaren Augenblick auslöschen, diesen Moment des Glücks zerstören. Aber wir konnten nicht wie lebende Bilder stundenlang hier stehen bleiben. Schon glitt mein Blick von Kathrin weg an das kalkige Weiß der Wand, schon suchten meine Füße nach neuem Halt. Der Zauber war gebrochen. Wir lösten uns voneinander. Aber noch spürte ich Kathrins Haut, noch die Wärme ihres Körpers, noch roch ich den Duft ihrer Haare. Wir taumelten wie durch einen Schuß erschreckte Tiere blindlings durch das Zimmer. Vor der Tür, als Kathrin sich kämmen wollte, umarmten wir uns noch einmal. Aber nun war es mir plötzlich, als seien wir an einem ganz anderen Ort, als sei draußen nicht der höchste Sommer, sondern Winter und Schnee. Dann hörte ich auf einmal Schritte im Flur und riß mich hastig von Kathrin los.

Ich verließ das Zimmer in dem Bewußtsein, es sei nun alles zwischen Kathrin und mir beredet, als kennten wir uns seit Jahren und als gebe es kein einziges äußeres Hindernis, unsere Liebe in alle Zukunft hinein fortzusetzen.

In der Küche, dem großen Kaminsaal, traf ich Gregor und die Dicke. Sie hockten dicht nebeneinander auf der Bank hinter dem Eßtisch und sahen mich, als ich vor ihnen, absichtlich lässig, sozusagen die Gangart eines jungen Matrosen imitierend, erschien, voll seltsamer Erwartung an. Vielleicht kam mir ihr Blick auch nur deshalb erwartungsvoll vor, weil ich überzeugt war, man müßte mir meine Verwirrung sofort ansehen, und tatsächlich rechnete ich fast damit, daß Gregor oder die blonde Masseuse oder beide mich fragten, was ich so lange allein mit Kathrin in der Kammer angestellt hätte und wahrscheinlich wäre ich im Überschwang meiner Gefühle auch bereit gewesen, ihnen zumindest andeutungsweise von meinem Glück zu erzählen. Doch dann wieder war ich froh, daß man mein Erscheinen kommentarlos hinnahm und ich mein Erlebnis mit Kathrin ganz für mich behalten durfte. Zugleich stellte ich fest, daß sich während meines Zusammenseins mit Kathrin auch zwischen Gregor und der Dicken ein vertraulicheres Verhältnis entwickelt hatte. Jedenfalls sah es aus, als bestehe zwischen ihnen mittlerweile eine Intimität, die sich aus dem Plauderton, in welchem sie sich lustig und neckend unterhielten, nicht unbedingt erraten ließ. Dennoch war mir klar, daß Gregors Beziehungen zu der Dicken vollkommen anderer Natur waren als meine Beziehungen zu Kathrin.

Was hältst du davon, fragte Gregor, wenn wir an den See gehen? Ich hätte, sagte ich gespielt ungezwungen, nichts dagegen, würde allerdings, fügte ich hinzu, gern abwarten, was Kathrin dazu meine. Mich wunderte, daß Gregor nicht vorzog, mit der Dicken allein zu sein. War es Rücksicht gegen den sich immer mehr verfinsternden Psychologen, der sich in seiner gedrungenen Männlichkeit zunehmend asketischer verhielt? Bei einem Typ wie Gregor war das kaum anzunehmen. Mir wäre es auf jeden Fall lieber gewesen, ich hätte mit Kathrin allein sein können, und folglich nahm ich auch das Entsprechende bei Gregor an. Aber offensichtlich genügte ihm schon die Nähe der Dicken – Veronika hieß sie – und vielleicht täuschte ich mich auch in der Ernsthaftigkeit seiner Interessen, und er faßte diese Beziehungen nur als unverbindlichen Flirt auf.

Als Kathrin kam, mit hochgestecktem Haar und einem langen Blumenrock, fragte ich, ob sie Lust habe, baden zu fahren. Sie zögerte einen Moment, sah dabei nicht mich an, sondern zu Boden, und sagte dann: Doch, eigentlich schon. Wie denkst du denn darüber? Wenn du gern möchtest, sagte ich.

Ja, kommt man, rief Veronika. Und dann burschikos: Keine Müdigkeit vorgeschützt! Und in die Hände klatschend, wie eine Lehrerin, die ihre Erstkläßler zusammentreibt: *Dalli, dalli.* Mir war das zu übertrieben forsch, aber ich dachte: vielleicht muß sie kompensieren.

Wir wollten mit Veronikas klapprigem Citroen an den See. Auf halbem Wege aber überlegte ich mir's anders. Ich hätte, sagte ich, gar kein Badezeug dabei. Gregor und Veronika sollten schon vorfahren, ich käme mit Kathrin nach. Gregor und Veronika fuhren an den See, Kathrin und ich gingen nach M. Da Kathrin schwieg, stumm neben mir herging, dachte ich, daß ich etwas sagen müsse, irgendeine Erklärung abgeben oder so. Aber was sollte ich sagen? Mir gingen hundert und mehr Gedanken durch den Kopf, doch ich konnte nichts sagen. Jedes Wort kam mir lächerlich vor, künstlich. Ich nahm Kathrins Hand. Ich *muß* was sagen, dachte ich. Irgendwas muß ich sagen. Aber mir fiel nichts ein. Schließlich sagte ich: Kathrin! Sie schaute mich an, ernst lächelnd, aber schwieg weiter. Sag doch was, bat ich sie schließlich. Was? fragte sie. Ich weiß es auch nicht, sagte ich. Als wir in M. angekommen waren, sagte ich: Komm, ich zeig dir unser Haus.

Ich führte Kathrin durch alle Zimmer. In meinem Arbeitszimmer nahm ich sie wieder in den Arm und küßte sie. Ich überlegte dabei, ob wir tatsächlich noch an den Strand zu den beiden anderen gehen sollten oder ob es möglicherweise Gregor sogar eher recht wäre, wenn ich wegbliebe. Kathrin muß meine Gedanken erraten haben. Sie sagte plötzlich: Wollen wir nicht lieber gehen? Aber dieses Wörtchen *lieber* brachte mich vollends um den Verstand. Natürlich wußte ich, was sie damit sagen wollte, daß sie einerseits gern hier geblieben wäre, andererseits jedoch Angst hatte, nicht vor weiteren Umarmungen und Küssen, auch nicht vor sonstigen Zudringlichkeiten, aber vor Verwicklungen und Verstrickungen, die sich aus dem Ernst meiner Zuneigung ergeben könnten. In meiner erotischen Schwerblütigkeit sah sie die Gefahr. Wäre ich ein lebenslustiger Verführer gewesen, hätte sie entweder keine Bedenken gehabt oder mich von vornherein abgelehnt. Der baritonale Ernst war mein Verhängnis. Was ich auch machte, wie ich mich auch verhalten würde, es war falsch. Ich machte trotzdem noch einen halbherzigen Versuch, sie zum Bleiben zu überreden. Als sie darauf mit Entschiedenheit sagte: Nein, wir gehen, fügte ich mich ihr.

Unterwegs dachte ich: Morgen ist alles vorbei. Morgen fahr' ich nach Wien. Ich komme da schon wieder raus. Es ist nur eine Verdrehtheit für den Moment, vielleicht auch eine Rache an Dorothee. Das geht vorüber.

Doch mit der gleichen rücksichtslosen Bestimmtheit, mit der ich mir das einzureden versuchte, wußte ich, daß es nicht der Wahrheit entsprach.

Als wir an den menschenüberfüllten Strand kamen, hatte ich tatsächlich den Eindruck, daß Gregor und Veronika im Grunde nicht mehr mit unserm Erscheinen gerechnet hatten. Sie forderten uns, da wir schon Anstalten machten, uns auf einem von ihnen entfernteren Platz zu lagern, auch nicht nachdrücklich auf, in ihrer Nähe zu bleiben. Erst, als die beiden Mädchen einmal gleichzeitig im Wasser waren, kam Gregor zu mir mit dem Vorschlag, den Abend zu viert in unserm Hause zu verbringen, worauf ich sofort einging, was möglicherweise unüberlegt war.

Anfangs verlief das Zusammensein mit Gregor und den

beiden Mädchen wenig aufregend. Wir haben ein bißchen gegessen, ein bißchen getrunken, ein bißchen Musik gehört, alles ganz normal. Zwischendurch sind wir ein bißchen über die Leute in Palada hergezogen, besonders über Gil, den Gregor, der den Psychologen offenbar immer noch als Rivalen betrachtete, unnachsichtig *banalysierte*, indem er ihn als einen selbstherrlichen Duodezpsychologen hinstellte, der sich anmaße, sein eigenes schmales (oder schales?) Seelenleben zur Maxime seiner, wie er meine, umwälzenden Theorien erheben zu können. Als Veronika, Gregors nicht ganz stichhaltigen Ausführungen vermutlich überdrüssig, sagte, man könne doch eigentlich auch etwas tanzen, fing das Beieinandersein an, ins Unkontrollierte und Scheinheilige hinüberzuwackeln. Auf jeden Fall verlor die bis dahin vorherrschende Unschuld von ihrer Substanz; denn tatsächlich, was nicht auf übertriebenen Alkoholgenuß zurückzuführen war, hatte ich mit einem Male den Eindruck, es schwappe lauwarmer Syrup in meinem Kopf. Aber gleichzeitig, da ich Kathrin schon umfaßt hielt und sozusagen auf der Stelle tanzte, befand ich mich in der Lage eines Menschen, der, von einem plötzlichen Hautausschlag befallen, sich der Anfechtung, die von dem damit verbundenen Juckreiz ausgeht, nicht anders als durch Kratzen zu erwehren weiß. Ich tanzte, um mich von der Vorstellung, tanzen zu müssen (weil Veronika es gewünscht hatte), zu befreien. Gestern, in Muslone, das war etwas anderes gewesen. Aber jetzt, hier, dieses Tanzen zu viert, zwei Paare, jedes mit noch ganz diffusen, emotionalen Kontakten, das kam mir daneben vor, peinlich und frivol. Ich hatte den vielleicht nicht ganz unbegründeten Verdacht, daß Veronika Kathrin und mich zu Komplizen machen wollte, zu Komplizen einer von ihr geplanten Urlaubsorgie. Von Minute zu Minute tanzte sie mit Gregor affektierter und zügelloser. Ihre Bluse klaffte auseinander. Mit tollpatschigem Babyübermut schleuderte sie ihre Sandalen von den Füßen, tanzte, drehte und wand sich, wobei ihre exaltierten Sprünge und Verrenkungen nicht der Musik, einem getragen und zäh seine Kreise ziehenden Beatstück, sondern einem wütenden, allesverschlingenden Element zu folgen schienen, dem sie sich entweder ausliefern wollte oder dem sie mit letzter Kraft zu entkommen trachtete.

Man darf die Lebenslust dicker Mädchen nicht unterschätzen. Gregor kannte sich in der Wechselbeziehung zwischen Leibesbeschaffenheit und Leidenschaft aus. Er war *in jeder Hinsicht* ein Menschenkenner, auch wenn er die seelenerforschenden Fähigkeiten Gils heute abend nicht ganz zutreffend beurteilt haben sollte, weil er trotzig in dem Aberglauben befangen war, ein Psychologe sei mehr von seiner Intuition als von vermitteltem Wissen und Routine abhängig. Was Veronika betraf, faszinierte ihn anscheinend die ihm vertraute wienerische Körperfülle in Verbindung mit der progressiv-emanzipierten Elastizität eines Hessenmädchens.

Die beiden fingen an, in einer engen Ecke des Sofas zu knutschen, als wenn es nicht mehr Platz gegeben hätte. Das war im unteren Wohnzimmer, wo der Plattenspieler und das Klavier standen, wo es aber nur ein Sofa gab. Und wenn dieses auch nur an der östlichen Peripherie zweistöckig besetzt war, wollte ich die restlichen Vierfünftel grüner Polsterfläche nicht für Kathrin und mich beanspruchen. Mir war die Selbstinnigkeit der beiden nur recht. Ich packte Kathrin bei der Hand und wollte mit ihr in mein Arbeitszimmer. Auf halbem Wege überlegte ich's mir anders. Ich zog Kathrin ins Schlafzimmer und, wie sie war, mit ihrem langen Blumenrock, ins eheliche Doppelbett.

Mir ging in diesem Moment ein vollkommen lächerlicher und irgendwie unpassender Satz durch den Kopf. *Jede Erfahrung hat ihren festen Preis.* Er schien mir ganz logisch und in den Zusammenhang gehörig. Ich hielt Kathrin fest in den Armen. In meinem Kopf formulierte ich ein Liebesgeständnis, das die Lippen stumm bewegte. Es laut oder auch nur flüsternd auszusprechen, wagte ich nicht. Was ist denn Liebe? Ein Gefühl, ein Geisteszustand, ein Außer-sich-Sein oder Körperchemie? Gibt es nicht viele Arten von Liebe, wie es auch viele Arten von Ängsten gibt? Konnte ich dieses Bündel von diffusen Gefühlen, Gedanken und sinnlichem Verlangen Liebe nennen? Ich hatte mir Liebe immer als etwas Klares, Durchsichtiges vorgestellt, wie ein Kristall oder einen See, auf dessen tiefsten Grund man sehen kann. Was zwischen Dorothee und mir war, hatte jedoch mit einem Kristall so wenig wie mit einer unbewegten Wasserfläche zu tun. Bei Kathrin war das ganz anders. Es gab da einen unterirdischen Strom, der uns verband, eine wechselseitige Anziehungskraft. Aber was diese bewirkte, dahinter mußte ich erst kommen. Im 65. Kapitel des ersten Bandes von Agrippas GEHEIMER PHILOSOPHIE heißt es: *Die Leidenschaften der Seele, welche der Phantasie folgen, können, wenn sie heftig sind, nicht allein den eigenen Körper verändern, sondern ihre Wirkung kann sich auch auf einen fremden Körper erstrecken, so daß gewisse wunderbare Eindrücke auf Elemente und die äußeren Dinge dadurch hervorgebracht werden, und daß sie ebenso Krankheiten des Geistes oder Körpers entweder heilen oder herbeiführen können.*

Du bist, sagte ich, die Päpstin, ich bin der Sküs, der Joker aus dem Tarockspiel.

Als ich ihre Brüste küssen wollte, sagte Kathrin auf einmal: Nein, lieber nicht. (Schon wieder dieses *lieber*!) Warum? Was ist denn, fragte ich. Wieso lieber nicht?

Ich weiß, sagte Kathrin, es wirkt blöd, wenn man sich schon so weit eingelassen hat. Denk nicht, daß ich mich zieren will. Aber es kam alles so überraschend. Ich hab' mir am Anfang gar nichts dabei gedacht, weil mir alles so natürlich schien. Aber wenn ich mir jetzt Dorothee vorstelle ...

Du wußtest doch, daß ich verheiratet bin?

Das schon, aber nicht, wie ihr zusammen lebt. Ich hatte mir eingebildet, daß ihr beide womöglich solche Seitensprünge toleriert. Inzwischen glaube ich nicht mehr daran.

Und wieso nicht? Ich jedenfalls lasse Dorothee gewähren, und sie muß mich auch gewähren lassen.

Versteh' mich nicht falsch! Ich möchte nicht, daß einer leidet.

Im Moment leide *ich*, sagte ich.

Und als ich das gesagt hatte, eigentlich erst da, wurde mir bewußt, daß ich Kathrin liebte und daß ich bis zu diesem Augenblick nur in meine Verliebtheit verliebt gewesen war.

Wir lagen beieinander, als gebe es keine Zeit, als gebe es auch keinen Tod mehr für uns, als seien wir schon zum letzten Lager gebettet, aber unsere Körper unzerstörbar. Über uns Courbets paradiesisches Bild der beiden schlafenden Mädchen, wie die künstlerische Erhöhung unseres Verlangens nach tiefer Ruhe und überirdischem Frieden.

Ich legte meine Hand auf Kathrins jungen Mädchenbauch. Das Schlafzimmer war in blasses Mondlicht getaucht, als lägen wir auf dem Grund des Meeres. Jeder einzelne Gegenstand (der Schrank mit den schiefhängenden Türen, der dreiteilige Spiegel) deutlich zu erkennen, zugleich aber wie von Flutwellen überspült. Dorothees Flakons, die Blattpflanzen und Immortellen bewegten sich wie Algen, und dieses Hin- und Herwabern der Gegenstände schien nun auch Kathrin und mich zu erfassen. Ein Schaukeln und zärtliches Schunkeln, das unsere Körper für Bruchteile von Sekunden vereinigte und wieder auseinander hielt. Ich sah Dorothees blumenbesteckten Sommerhut auf dem Plastikkopf, breit und ausladend in einer Wandnische. Ich sah im selben Augenblick Kathrins ovales Gesicht unter dieser Bedeckung aus gelacktem Stroh und Tüll. Ich schaute in das Dunkel von Kathrins Augen, berührte mit dem Mund ihre geschlossenen Lippen, spürte ihre Nase an meiner. Tief im Kissen lag ihr Kopf, ihr Hals bog sich mir entgegen, ihr langes Haar, mondscheingefleckt, elektrisierte meine Haut. Immer noch ruhte meine Hand auf ihrem weichen Bauch.

Wenn wir jetzt miteinander sprächen, dachte ich, könnten wir alles uns sagen. In der Nacht schlafen die Zensoren unserer Vernunft. Alle Wörter werden wie zum ersten Mal gesagt. Die Nacht löst nicht nur die Zungen, daß alles

Schwere, Unsagbare leicht auszusprechen wird und sich wie eine Flagge entrollt; sie löst auch unsere Rätsel und stellt zugleich neue: die ihres unbezweifelbaren Daseins und ihrer sonnenabgewandten Wirklichkeit.

Ich fühlte mich mit einem Male von jedem Zwang, jeder Bedrückung, jeder Angst entbunden. Die Welt draußen wirkte auf mich nicht ein. Mir war es, als schwebte ich mit Kathrin, wie ein Doppelwesen aus Mann und Weib, in der Phiole eines Adepten, der unserer mystischen Vereinigung unsichtbar und aus großer Ferne zuschaute.

XIV. Die Reise nach Wien und zurück

Montag mittag starteten Gregor und ich nach Wien. Wir fuhren mit seinem Volkswagen. Gregor in seinem indischen Hemd am Steuer. Trotz der herabgelassenen Seitenfenster wich die glühende Hitze nicht aus dem Innern des Wagens. Was man anrührte, war heiß und klebrig. Die ganze Landschaft schien mit feuchter Klebrigkeit eingeschleimt, und ein warmer fächelnder Wind trug immer noch mehr Hitze und Klebrigkeit in die niedrige Kammer unseres Wagens hinein.

Ich hielt meinen Kopf und den rechten Arm aus dem Fenster und in den Fahrtwind und sofort kribbelte und brannte die Haut von der sengenden Sonne, die wie ein riesiges ödes Organ blutleer im Zenit des Himmels eingebettet war, zwischen dem Gekröse weißer Schäfchenwolken, nach jedem Tropfen Feuchtigkeit leckend und lechzend.

Die staubige Landschaft war in ein krankhaft grelles Licht getaucht, das jeden Winkel, jede Spalte ausleuchtete, als dürfe es nirgendwo ein natürliches Geheimnis dulden.

Die Saison lief auf Stelzen.

Während der ganzen Fahrt habe ich keinen Augenblick an eine wirkliche Ankunft in Wien geglaubt. Gregors Ziel blieb in meinem Kopf ein unerreichbarer, sich zunehmend entfernender Punkt ohne Umfeld.

Wirklich war nur, was ich durch das Fenster sah: die grauen und schwarzen Felsrücken, die steinigen Schluchten, die zersiedelte Gegend zu beiden Seiten der Autostraße. Das Angefressene der Landschaft machte diese menschlich. Nicht nachvollziehbar war die Eigenbewegung des Wagens, besonders, sobald schnellere Fahrzeuge uns überholten und wir scheinbar nicht von der Stelle kamen.

Erst auf der Autobahn München–Salzburg, als auf Hinweisschildern der Name *Wien* auftauchte, wurde mir bewußt, daß wir uns seit der Abfahrt am Mittag doch fortbewegt hatten. Es war allerdings diese Fortbewegung für mich nur ein *weiter weg* von M., kein *näher hin* zu Wien. Die angegebenen Kilometer machten meine Berechnungen laufend komplizierter, da ich den noch zurückzulegenden Weg immer an dem schon zurückgelegten maß und ich folglich immer größer werdende Kilometerzahlen im Kopf behalten mußte.

Je länger wir fuhren, um so stärker wurde mein Widerstand gegen das Fahren, um so geschwächter wurde zugleich meine körperliche Kraft, als sei ich an einem unsichtbaren elastischen Band befestigt, das mit wachsender Entfernung von M. straffer und straffer wurde und das, falls es bis Wien seine Spannkraft behalten und nicht vorher reißen sollte, mir ständig mehr physische Kräfte abverlangte.

Als wir gegen Abend schließlich das Ende der Autobahn und den Stadtrand von Wien erreichten, fühlte ich mich mit einem Mal befreit. Das Band zwischen M. und mir war zerrissen, die Strecke buchstäblich körperlich überwunden, die Entfernung von M. nach Wien dieselbe wie von Wien nach M.

Wie wir, aus dem Dunkel der Autobahn kommend, in das nächtlich beleuchtete Wien hineinfuhren, dachte ich an ein Luftbild, das ich von dieser Stadt einmal gesehen hatte. Sofort sah ich die ganze Ausdehnung Wiens vor mir, seine ringförmige Anlage mit den sternförmig aufs Zentrum zulaufenden Einfallstraßen.

Ich war in einem geschlossenen Kreis.

In dem Restaurant, wo wir zu Abend essen wollten, saßen an weiß-rot gedeckten Tischen die Gäste wie Verschwörergruppen, leise miteinander sprechend und so unerschütterlich fest, daß man glaubte, sie hätten nie mehr vor, hier wieder wegzugehen.

Von einem fliegenden Zeitungshändler kaufte ich als einziger die neueste Ausgabe einer Wiener Tageszeitung.

Und las, während Gregor und ich auf das Essen warteten, in einem Bericht über *die größte Fahndungsaktion in der Geschichte der zweiten Republik* vom Leben und vorzeitigen Sterben eines jungen Mannes aus gutem Hause, der im Verlauf einer Mordvernehmung plötzlich zwei Pistolen aus dem Hosenbund zieht, die beiden mit dem Verhör betrauten Kriminalen niederschießt, aus dem Amtszimmer flüchtet, aber geradewegs *in die Arme* eines Erhebungsbeamten, den er ebenfalls niederschießt, worauf er, die Revolver nachladend, über den achtzig Meter langen Korridor rennt, dem Ausgang zu, wo ihm in letzter Sekunde ein ahnungsloser Gendarm entgegentritt, der, ehe er weiß, wie ihm geschieht, einen Schuß in den Unterleib erhält.

Spätestens an diesem Punkt angelangt, hatte ich damit gerechnet, wäre der Revolverheld von der Staatsgewalt in Gestalt einer Handvoll Polizisten überwältigt und in sicheren Gewahrsam genommen. Statt dessen bringt die Kellnerin das Essen und der junge Mann, von dem die Zeitung zunächst offensichtlich mit Sympathie berichtet, kann fliehen. Während ich Beuschel und Röstkartoffel esse, springt der vielfache Mörder aus dem Fenster der Kriminalkaserne, landet auf dem Kühler eines unter dem Fenster geparkten Pkw, begibt sich auf die Straße, wo rechtzeitig ein Fahrschulauto des Weges daherkommt, das unser junger Mann zum Stehen bringt und mit dessen Hilfe er, nachdem es die Insassen wegen der ihnen vorgehaltenen Pistole freiwillig verlassen hatten, zu einem ortsbekannten Waffenhändler fährt, um sich eine SMITH & WESSON sowie zweihundert Schuß Munition zu verschaffen, was ihm auch anstandslos gelingt.

Einerseits mit dem Verzehr des Beuschels und der Röstkartoffeln beschäftigt, lese ich andererseits in der Zeitung, daß kurz darauf über den österreichischen Rundfunk eine Großfahndung angesagt wird. Sämtliche Ausfallstraßen sind gesperrt und alle Grenzübergänge verständigt.

Hier im Lokal herrscht die allergrößte Ruhe. Niemand fühlt sich bedroht.

Im Elternhaus des jungen Mannes dagegen entdeckt die eingesetzte Gendarmerie neben einer herausfordernden Waffensammlung mehrere DONARIT-Sprengsätze, über deren möglichen Verwendungszweck Unklarheit besteht.

Zum Bierglas greifend und es an den Mund führend, lese ich, bevor ich noch einen Schluck getrunken habe, daß am selben Abend andere im Einsatz befindliche Beamte auf dem Bauernhof der Familie, wohin sich der aus der Art geschlagene Sohn eines erfolgreichen Kaufmanns öfter allein oder in Begleitung von Freunden zurückgezogen hatte, einen *voll funktionsfähigen Schießstand* vorfinden.

Nachdem ich das Glas mit drei oder vier kräftigen Zügen bis zur Hälfte geleert hatte, erfahre ich, die Lektüre fortsetzend, daß daraufhin die Beamten mit einer gründlichen Hausdurchsuchung beginnen. Als sie das restlos verwahrloste Anwesen betreten und schließlich die Tür zu einem abgelegenen Zimmer öffnen, haben sie eine mustergültig eingerichtete Folterkammer vor Augen. Selbstverständlich wissen die Beamten in diesem Moment nicht, wer hier gefoltert wird und aus welchem Grund. Sie fertigen nur ein Tatortfoto an, das in der Zeitung wiedergegeben ist. Darauf sieht man einen Sessel, genau in der Mitte des Zimmers, mit schweren, im Boden verankerten Ketten, die dem Delinquenten vermutlich um Hals und Schenkel gelegt werden.

DIE GROSSFAHNDUNG LÄUFT WEITER lautet eine Zwischenzeile.

Mir fällt es schwer zu begreifen, daß ich auf einmal in Wien bin. Gleichzeitig habe ich die Entfernung zwischen Wien und M. vergessen. Ich bin hier angekommen wie in Gedanken.

Zwei Tage später, lese ich, führen Spuren in die Wälder der Lobau. Polizei und Gendarmerie in Panzerwesten, bewaffnet mit Maschinengewehren, unterstützt durch Hubschrauber und Spürhunde, *durchkämmen* das unwegsame Gelände, wo man so gern die Mädchen küßt. Weil man den Gesuchten nicht sofort findet, wird er zum STAATSFEIND NUMMER EINS erklärt.

Ich wußte indes nicht, wer den jungen Mann zum STAATSFEIND erklärt hatte, die Polizei, die Gendarmerie, die Regierung oder eine Zeitung, und ich wunderte mich, daß man eine Einzelperson zum STAATSFEIND erklären kann, wo sonst der Singular immer nur auf eine größere Gruppe oder auf ein Volk oder eine Nation angewendet wird. Ich hatte auch keine genaue Vorstellung, auf welche Weise der Beschluß, jemanden zum STAATSFEIND zu erklären, gefaßt wird. Da der Artikel, den ich las, überschrieben war EINE STADT IN ANGST, konnte ich ihm, zumal Verbindungen des jungen Mannes zu rechtsradikalen Kreisen bekannt waren, nicht genau entnehmen, ob die Stadt *vor* dem jungen Mann Angst hatte oder *um* ihn, ob man mehr auf der Seite der *Verfolger* oder mehr auf der Seite des *Verfolgten* stand, den man nach fünftägiger Großfahndung schließlich stellen konnte. Ein chiffriertes Inserat in eben der Zeitung, in der ich diesen Bericht las, soll ihm zum Verhängnis geworden sein. Ein Versuch, sich in seinem Versteck zu verschanzen, las ich, sei *fehlgeschlagen.* Als der AMOKSCHÜTZE das Haus, in dem er sich fast eine Woche verborgen gehalten hatte, habe verlassen wollen, hätten einhundertneunundsechzig Exekutivbeamte das Feuer auf ihn eröffnet. Am Ohr getroffen (nach anderer Version, die zitiert, aber als *unzutreffend* bezeichnet wird, an Hals und Stirn getroffen), habe man ihn ins Krankenhaus von St. Pölten verbracht, wo er kurz darauf gestorben sei.

Voller Genugtuung darüber schließt der Artikel mit den Worten: »Bereits drei Stunden später können Millionen erregter Österreicher, die schon vorher über Funk die letzten Atemzüge dieses gefährlichen Menschen mitangehört haben, am Fernseher daheim die Jagd auf ihn nacherleben.« Den Tod dieses vielleicht schlimmsten Mörders seit Menschengedenken (angeblich *mit Erleichterung* aufgenommen) kommentierte man mit den Worten: »Die Menschen hatten Angst« und mit dieser Dokumentarsendung habe man ihnen *primär* diese Angst nehmen wollen.

Ich schaute in die Gesichter der anwesenden Gäste, und tatsächlich entdeckte ich darin nicht die geringste Spur von Angst, auch nicht die Spur einer Erinnerung an Angst.

Daß eine Dokumentarsendung dies bewirkt haben sollte, beunruhigte mich.

Gregor und ich verließen das Lokal.

Auf der Fahrt zu Gregors Wohnung durch das nächtliche Wien las ich auf schwarzen, an Bäumen und Wänden angebrachten Plakaten in phosphorfarbener Schrift DIESE STADT IST KRANK. Ich bezog diesen Satz sogleich auf den soeben gelesenen Bericht, da ich nicht annahm, daß mit dem Tode dieses jungen Mannes die wahre Ursache des Schrekkens beseitigt und der tödliche Abgrund geschlossen war.

Als ich am andern Morgen neben dem noch schlafenden Gregor im Ehebett seiner Frau, die noch immer nicht aus Giglio zurückgekehrt war, erwachte und, mich aufrichtend, durch das vorhanglose Fenster auf die Fenster des Hinterhauses sah, von denen aus man uns beobachten konnte, fiel mir *unwillkürlich* der letzte Alptraum ein, dessen bedrängende Deutlichkeit mich vermutlich aus dem Schaf geschreckt hatte.

Nach einem heftigen Klingeln und anschließenden Pochen an die Tür, waren, an der Spitze der bucklige Hausverwalter in einem weißen Mönchsgewand und einer Femekapuze vor dem Gesicht, sämtliche Nachbarn gewaltsam in Gregors Wohnung und sein Schlafzimmer eingedrungen und beschuldigten uns, wie wir da, wenn auch in zwei Betten, nebeneinander lagen, widernatürlicher Handlungen, die sie auf der Stelle zu bestrafen bereit schienen, indem sie mit Rutenbündeln, Eisenstäben, Stricken und dampfenden Kohlenbecken gegen uns vorrückten.

Gregors Wohnung, die er seit seiner Heirat mit Eva angemietet hatte, war eine aus zwei Zimmern, Küche und Flur bestehende Junggesellenwohnung. Möbel gab es kaum. Von den Betten, einem Kleiderkasten und einem Schreibtisch abgesehen, nur Regale mit Büchern. Tausende von Büchern. Er könne jederzeit ein Antiquariat eröffnen, sagte Gregor. Möglicherweise wollte er damit den Verdacht abwehren, er sei mittellos. Wie ich mich in dem Spülstein in der Küche wusch und rasierte, dachte ich: *es ist* bereits ein Antiquariat. Diese Trostlosigkeit einer Wohnung, diese Rumpelkammerhaftigkeit, dieser Anarchismus des Inventars!

Beim Frühstück im Café Grillparzer erwähnte Gregor auf einmal einen brennenden Schmerz in der Harnröhre, einen brennenden Schmerz am Blasenhals. Er führte ihn auf seine über mehrere Stunden sich hinziehende geschlechtliche Vereinigung mit der Masseuse zurück. Im selben Moment bemächtigte sich meiner wieder ein Druck auf die Fontanelle und mir fiel ein zweiter Angsttraum aus der vergangenen Nacht ein: eine Verfolgungsjagd. Zwei mit Sturzhelmen und Ledermontur *versehene Motorradfahrer* verfolgen mich in einer ländlichen Gegend. Ich versuche, mich ihnen durch Flucht auf frisch gepflügtes Ackerland zu entziehen. Aber ihre geländegängigen Maschinen versagen auch auf dem Acker nicht. Jetzt sind die Motorräder schon ganz dicht hinter mir. Ich weiß, man will mich, als sei's ein Unfall, anfahren und dabei tödlich verletzen.

Wir waren die einzigen Gäste in dem Cafe, vielleicht nur deshalb, weil wir die ersten an diesem Morgen waren. Allerdings war auch die Straße, die ich von meinem Fensterplatz überblicken konnte, fast menschenleer. Auch die Innenstadt, in die wir dann fuhren, war fast menschenleer, wie sonst nur nachts oder an Sonntagvormittagen im Winter.

Da Gregor, nach seiner wochenlangen Abwesenheit, *dringend* in sein Büro mußte, um eingegangene Post durchzusehen, verabredeten wir uns für ein Uhr im HAWELKA. Ich ging zu Fuß in die Stadt.

Wien hatte sich seit meinem letzten Besuch vor drei oder

vier Jahren nicht verändert, aber es war *anders* geworden. Wenn man so etwas wie Fortschritt feststellen konnte, dann war es ein Fortschritt in Richtung Lethargie. Hatte ich damals bereits einen unaufhaltsamen Verfall festgestellt, der künstlich und künstlerisch in die Länge gezogen wurde, schien nun das Erlöschen des Lebens in dieser Stadt unmittelbar bevorzustehen, so sehr man sich auch bemühte, es mit allen Mitteln zu erhalten.

Am Graben hatte man Freiluft-Cafés eingerichtet. Man war dabei, eine Untergrundbahn zu bauen. Es gab immer noch die Oper am Ring und das Burgtheater. Es gab auch noch die Kärtnerstraße, jetzt als Fußgängerzone. Aber wo waren die Fußgänger? Man sah auch kaum Autos im Zentrum, allerdings viele ausländische Flaggen in den Andenken und Bekleidungsgeschäften, die auf die internationale Bedeutung der Stadt hinweisen sollten. Doch worin bestand die internationale Bedeutung? Die traubenartig unter den Sonnenschirmen oder Straßencafés zusammenhockenden Touristen schienen nur darauf zu warten, daß die Reiseleitung ihnen jede Minute die endlich beschlossene Rückfahrt mitteilte.

Geschäfte, die ich aufsuchen wollte, bestanden nicht mehr. Andere waren *urlaubswegen* gesperrt. Freunde und Bekannte, die ich wiedersehen wollte, waren verreist oder telefonisch nicht zu erreichen.

Kurz vor Mittag, als ich, aus der Grünangergasse kommend, in die Großbaustelle zwischen Stephansdom und Graben geriet, bewölkte es sich plötzlich. Das Wetter schlug um. Eine geschlossene Wolkendecke brachte einen augenblicklichen Temperatursturz mit sich. Sogleich fiel vom Himmel ein bläulich-gelbes Licht auf die Stadt nieder, das, wie tödliche Strahlen, Häuser und alle Gegenstände auf der Straße bedrohlich verfärbte und gleich aufzulösen schien. Plötzlich waren überall hastig durcheinander laufende Passanten. Die Touristen verließen ihre Plätze vor den Cafés. Die tödliche Ruhe war einer ängstlichen Betriebsamkeit gewichen. Von allen Richtungen her drang Lärm auf mich ein. Autohupen, Pfiffe, Glockenläuten. Die Rammen und Preßluftbohrer der Großbaustelle erschütterten mit schmerzhafter Lautstärke die Luft.

Einen Atemzug lang blieb ich stehen, wie gelähmt. Dadurch wurden die Bewegungen um mich herum noch hastiger, der Lärm noch eindringlicher. Dann ging ich zwei, drei Schritte weiter, blieb wieder stehen. Es ist ein Experiment, dachte ich. Es findet statt in meinen Nervensystem. Wie ich da stand, kristallisiert, starr, mitten in dem Passantenwirbel und dem Baustellenlärm, aber als stünde ich sehr hoch und könnte auf diese sich zunehmend zu Gruppen verdichtenden Fußgänger hinunterschauen, versetzte ich mich plötzlich auf die Warte eines Hauses, von wo aus man die Übersicht nicht nur über die gesamte Stadt, sondern auch über das Land hat, und schaute mit einem seltsamen Gefühl die Sonne an, während die Vögel wie Himmelspfeile über den Dächern kreuzen und über die Donaubrücke der Verkehr wie sonst geht, als endlich und womöglich zur von den Meteorologen vorausgesagten Minute die Sonne, wie von einem unsichtbaren Engel, den sanften Todeskuß empfängt, und es will nicht in meinen Kopf, daß dieses unheimliche, klumpenhafte, tiefschwarze, vorrückende Ding, das langsam die Sonne wegfrißt, der Mond sein soll, unser schöner, freundlicher Mond, der oft die Nächte so still beglänzt.

Schon glaubte ich *verwirrten und betäubten Herzens* mich mitten in dieser beschriebenen Sonnenfinsternis zu befinden, als ich im Weitergehen wieder diese schwarzen Plakate mit der Aufschrift DIESE STADT IST KRANK an den Holzplanken der Baustelle bemerkte.

Ich weiß nicht, ob die Bewohner dieser Stadt sich ebenfalls des Makabren dieses Satzes bewußt waren. Aber da dieses tiefe Schwarz, das die um Wählerstimmen werbende Partei auf ihren Plakaten so offen und rundheraus für sich in Anspruch zu nehmen schien, auch und nicht zuletzt die Farbe des Todes und der Funeralien ist, durfte es eigentlich nicht schwerfallen, die Aussage wörtlich zu nehmen und die Stadt wirklich für eine moribunde zu halten. Und hätte die Partei ihre Anschläge, die als Werbung gedacht waren, aber das Gegenteil einer Werbung bewirkten, nicht mit vollem Namen firmiert, wäre selbst der Verdacht nicht unangemessen, diese Plakate seien von subversiven Elementen gleichsam über Nacht zur Aufklärung der Bevölkerung an Bauzäune, Bäume und Häuserwände angebracht, um auf eine von den städtischen Organen verschwiegene, sich ständig ausbreitende tödliche Seuche hinzuweisen.

Als ich, pünktlich um eins, das HAWELKA betreten will, ist es geschlossen. RUHETAG. Die Dorotheergasse auf und ab, warte ich, daß Gregor kommt. Ich bleibe schließlich vor den Auslagen eines Musikaliengeschäfts stehen und habe plötzlich das Verlangen, Noten zu kaufen. Wie von einer Gier befallen, lasse ich mir Stöße von Partituren und Klavierauszügen bringen. Immer mehr Partituren, immer mehr Klavierauszüge. Als ich, ohne etwas gekauft zu haben, das Geschäft verlasse, steht Gregor vor der Tür. Ich sage ihm, daß das HAWELKA heute Ruhetag hat. Worauf Gregor, was ich nach Belieben deuten kann, meint, es sei eine schlechte Zeit für Wien.

Von der GÖSSER BIERKLINIK aus, wo wir zu Mittag aßen, telefonierte Gregor mit seinem Freund Lanner. Dr. Lanner ließ mir ausrichten, er erwarte mich um fünf in seiner Praxis. Im AIDA, bei einem Espresso, sagte ich: Manchmal vergesse ich meine Kopfschmerzen so vollkommen, daß ich mir nicht einmal mehr vorstellen kann, je darunter gelitten zu haben. Vermutlich habe ich mich an dieses Leiden derart gewöhnt, daß ich selbst während der heftigsten Kopfschmerzen mitunter die Kopfschmerzen vergesse und mich lediglich über eine gewisse Müdigkeit, eine gewisse Passivität wundere. Mir ist ferner aufgefallen, daß jedesmal, wenn ich einen Arzt aufsuchen will, augenblicklich das jeweilige Leiden verschwunden ist. Sobald ich das Wartezimmer betrete, ist jeder Schmerz vorbei. Bin ich aber zu Hause, stellt sich sofort ein anderes Leiden ein. Die erste Konsultation war überflüssig, eine zweite erscheint mir weit dringlicher. Doch kaum bin ich im Wartezimmer, ist jeder Schmerz ausgelöscht. In diesem Moment zum Beispiel hab ich ziemlich heftige Kopfschmerzen. Aber ich bin kein bißchen mehr darüber beunruhigt, wie noch vor einigen Wochen. Ich weiß schon jetzt, sobald ich die Praxis von Dr. Lanner betrete, bin ich frei von Kopfschmerzen.

Regen, Böen, Sturzbäche, eine frostige Kälte. Fünf vor fünf war ich mit Gregor in Lanners Labor. Das EEG wurde gemacht, mein Kopf mit Dutzenden von Kabeln an das Meßgerät angeschlossen. Anschließend gingen wir in Lanners Privatwohnung, eine Etage über dem Labor. Große, dunkle und verstaubte Zimmer. Das eine, in dem wir saßen, ein bürgerlicher Salon mit Ledersesseln, schwarzen schweren Möbeln, angebräunten Tapeten. Das andere, durch das wir hereingekommen waren, wie die Werkstatt eines Elektrobastlers. Magneten, Radiogehäuse, Drähte, Lautsprecher.

Mein erster Eindruck von diesem Lanner: ein Verrückter, ein Sonderling, ein von der Technik Besessener. Er erzählte, daß er soeben sein Patent als Funkamateur erhalten habe, die Lizenz, einen privaten Sender zu betreiben. Dann erkundigte er sich nach Eva. Sie sei noch auf Giglio, sagte Gregor. Es habe Streit zwischen ihnen gegeben. Wegen eines Italieners, mit dem seine Frau ein Verhältnis angefangen habe. Lanner unterbrach ihn, fing an, von seinem Haus im Burgenland zu sprechen, von Schwierigkeiten mit den Handwerkern, von unerwarteten Kostensteigerungen. Am liebsten möchte er alles wieder ungeschehen machen.

Von mir sprach er nicht, nicht von dem EEG, fragte auch nicht nach der vermutlichen Ursache meiner Kopfschmerzen. Als Patient war ich für ihn gar nicht vorhanden.

Er redet, dachte ich, und ich höre zu. Er redet immer weiter, und ich hör' immer weiter zu. Nichts, von dem, was er sagt, interessiert mich, aber andererseits versäume ich nichts. Ich versäume nichts und habe auch nichts zu versäumen. Ich schaute, während Lanner sprach, Lanner ins Gesicht. Er kann auch noch mehr reden, dachte ich, er bleibt trotzdem anonym. Ich durchschaue ihn nicht. Vielleicht weiß er bereits alles über meinen Kopf und schweigt darum. Vielleicht weiß er auch noch überhaupt nichts über meinen Kopf und redet deshalb.

Für den Abend verabreden wir uns zum Essen in einem Lokal in der Naglergasse. Ich dachte, als Lanner, der dieses gemeinsame Essen vorgeschlagen hatte, acht Uhr als Termin nannte, er wolle sich in der Zwischenzeit mit dem Ergebnis der elektrischen Gehirnaufzeichnung befassen. Wie er, kaum, daß wir in dem Lokal waren und einen Platz gefunden hatten, nach einer trockenen Semmel griff, diese zerbrach und bröckchenweise in den Mund schob, befürchtete ich, daß der Befund ein unguter war. Obwohl ich die Gewohnheit vieler Ärzte kenne, den Patienten durch anhaltendes Schweigen über dessen Krankheit im Unklaren oder Ungewissen zu belassen, schien mir Lanners plötzliche Wortkargheit, zumal er am Nachmittag unentwegt gesprochen hatte, ein böses Vorzeichen. Trotzdem wagte ich nicht, seine kauende Stummheit zu durchbrechen und ihn direkt nach dem Untersuchungsergebnis zu befragen.

Die Kellnerin brachte uns die Karte. Wir wählten. Keiner konnte sich entscheiden. Schließlich bestellte jeder etwas anderes. Lanner Tafelspitz, Gregor Heringe in Sahne, ich Marillenknödel.

Lanner sprach auch während des Essens kaum ein Wort. Wenn er kein Misanthrop ist, dachte ich, ist er ein Hypochonder. Oder er ist beides. Als Gregor nach dem Essen fragte, ob wir nicht noch in eine Bar möchten, wurde Lanner plötzlich munter. Ja, man solle wirklich noch was unternehmen. Aber er kenne sich im Wiener Nachtleben nicht aus. Da ich ihm das nicht abnahm, fragte ich, ob er trotzdem zufällig die SEEROSE kenne. Was ist das? Eine Art Stripteaselokal, sagte ich, aber sehr komisch. Ich weiß allerdings nicht, ob's das noch gibt. Ich habe es vor sechs oder sieben Jahren kennengelernt, mit Dorothee. Es war so komisch, daß wir mindestens einmal im Monat dorthin gegangen sind.

Gregor kannte die SEEROSE. Es gibt sie noch, sagte er, oder es gibt sie wieder. Er sei aber ewig nicht da gewesen.

Lanner war einverstanden.

Ich warnte ihn. Er dürfe nichts Außergewöhnliches erwarten, es sei wirklich nur komisch, in erster Linie komisch, die Leute komisch, das Lokal komisch, der Striptease komisch, maßlos dilettantisch alles.

Gerade das, sagte Lanner, finde er interessant.

Ich fürchtete aber noch immer, daß er zuviel erwartete, und sagte, es sei natürlich überhaupt nicht das, was man sich gewöhnlich unter einem Stripteaselokal vorstelle, keine Flitter- und Rauschgolddekoration, nichts Exotisches, die sich ausziehenden Damen keine Professionals, nicht mal Halb-Professionals, alles eigentlich eher deprimierend, sagte ich, trostlos, daß die trostlosen Darbietungen indes durch den Auftritt eines halbwüchsigen, vermutlich noch schulpflichtigen Mädchens und eines alten Mannes (vielleicht der Großvater der Kleinen) einen, zumindest an diesem Ort, ziemlich unerwarteten Abschluß fänden, damals gefunden hätten, sagte ich; denn ich wisse nicht, ob es die beiden noch gebe.

Das Mädchen in einem auffallend stark gefältelten Ballettröckchen, der Mann in einem ramponierten Varieté-Frack (künstlerisch!), unter dem jedoch gleich das quergestreifte Trikot zu sehen war, kamen die beiden (vom Pianisten unter hingerollten Akkorden angekündigt), eine glitzernde Artistenleiter und einen Medizinalkoffer herbeitragend, auf die kaum zwei Fuß hohe podestartige Bühne, die jetzt, im Unterschied zum Schummerlicht während der Stripteasenummern, voll, wenn auch anscheinend mit dem letzten Aufgebot an Beleuchtungskörpern, angestrahlt wurde.

Daß dieses ungleiche Paar, sagte ich, weder die Pflichtserie von Entkleidungsszenen fortzusetzen, noch überhaupt das spärliche Publikum mit halbherzigen, nutzlosen und gleichgültigen dargebotenen Frivolitäten zu unterhalten die Absicht hegte, habe von Anfang an selbst für diejenigen festgestanden, die dieses niederschmetternde und triste Amüsierlokal zum ersten Mal besucht hätten. Andererseits, sagte ich, habe wohl auch niemand nervenzermürbende und tollkühne Akrobatenstücke hier erwartet. Jedenfalls schienen die Anwesenden zugleich erleichtert und überrascht, als der Künstler mit einem Dutzend Tellern und Bällen zu jonglieren anfing und damit alle Erwartungen übertroffen habe, so niedrig diese auch waren. Atemlos, sagte ich, sei man seinen blitzschnellen Handlungen gefolgt. Was ihm allerdings erst die aufrichtigste Teilnahme eingebracht habe, sei nicht in erster Linie des Mannes Kunstfertigkeit gewesen, als vielmehr sein beinahe verzweifelter Artistenernst, mit dem er vor aller Augen agiert habe, als hinge von seiner Leistung nicht allein der Erfolg eines Abends, sondern seine ganze Zukunft ab und außerdem die Zukunft des Mädchens, als habe ihm ausgerechnet dieses heruntergekommene und abgewirtschaftete Lokal die einmalige Chance gegeben, der Welt seine Talente zu beweisen.

Schon wenn er es bei diesem Teller- und Bällewerfen hätte bewenden lassen, sagte ich, wäre ihm der Beifall der Gäste sicher gewesen. Vermutlich seien auch die meisten überzeugt gewesen, in diesem Jonglieren erschöpfe sich die Fähigkeit des alten Artisten, seine weibliche Begleiterin sei nur des liebreizenden Anblicks wegen auf der Bühne, die glitzernde Leiter ein überflüssiges Requisit aus glücklicheren Tagen, der Auftritt nunmehr beendet. Aber da, sagte ich, folgte die Überraschung.

Das Jonglieren mit Bällen und Tellern, sagte ich, sei nur die Einleitung gewesen, der Anfang. Die eigentliche Attraktion sollte erst kommen. Das Mädchen, ein dünnes, schüchternes Geschöpf, das bis jetzt still, aber nicht interesselos dem Alten im Frack und seinen Hantierungen zugeschaut habe, sagte ich, sei nicht länger als ein lebendes Bild dagestanden, sondern zuversichtlich in die Bühnenmitte getrippelt, vor sich her die Leiter balancierend, die ihr der Partner sogleich abgenommen und auf die gummiüberzogenen Füße gestellt habe. Nach einigen simulierten Kletterversuchen des Alten, die erwartungsgemäß mit seinem traurigen Hinplumpsen auf das dröhnende Bretterpodest endeten, habe er, sagte ich, wenn es wirklich des Mädchens Großvater gewesen sein sollte, die Leiter seiner Enkelin überlassen, die nun mit der zierlichsten Anmut und wie blind die runden Sprossen hinauf bis zur letzten und allerhöchsten gestiegen, dort freihändig, das Rückgrat gesteift, stehengeblieben sei und (im Anschluß an einige flatternde Armbewegungen, als wolle sie sich wie ein geflügeltes Himmelswesen in die Lüfte erheben und über alle anwesenden Köpfe hinweg aus dem Raum schweben) ihr gekräuseltes Ballettröckchen gerafft habe, aus dem heraus plötzlich, wie aus einem umgestülpten Korb, meterlange Tüllmassen über die Leiter und den die Leiter stützenden Mann gefallen seien.

Umwerfend, sagte ich, dieser Moment. Ich habe das Rauschen und Knistern noch im Ohr. Ringsum das Publikum an seinen Verzehrtischen hielt die Luft an, während auf der Bühne in einem weißen, lang herabfließenden hauchdünnen Kleid unter dem hellsten, schonungslosesten Licht *ganz allein* ein Riesenfräulein stand, das den jetzt Aufatmenden und Beglückten kindliche Kußhände zuwarf und alsdann eine schimmernde Blechtrompete zum Vorschein brachte und (als sei das nicht alles schon genug) diese an ihre Lippen führte und Verdis Triumphmarsch oder etwas in dieser Art intonierend unter dem irrsinnigsten Applaus der Zuschauer dem Bühnenausgang zustelzte.

Dieser an sich harmlose Einfall mit der Leiter, sagte ich, habe mir ein derart körperliches Wohlgefühl bereitet, wie ich es in diesem Maße nur als Kind im Zirkuszelt erlebt hätte, beim Auftritt eines Musik-Clowns. Ich wolle jedoch das eine mit dem andern gar nicht vergleichen. Dorothee und ich, sagte ich, wir seien begeistert gewesen, es habe uns diese Szene fast das Wasser in die Augen getrieben. Aber, sagte ich, das liegt so lange zurück, wahrscheinlich gibt es diese Beiden längst nicht mehr in der SEEROSE. Trotzdem, auch ohne die Beiden, lohnt sich vielleicht ein Besuch in dem Lokal, einfach, weil alles so unendlich komisch ist, komisch und deprimierend, nur darf man eben nicht zuviel erwarten. Ich habe euch gewarnt!

Aber Lanner und Gregor waren sehr neugierig geworden. Doch, das müßten sie sehen.

Wir fuhren, da Lanner in einer Taxe gekommen war, mit Gregors Volkswagen. Es stellte sich heraus, daß er genau wußte, wo das Lokal lag. Er erzählte, daß die SEEROSE vor zwei oder drei Jahren restlos, unter bis heute ungeklärten und dubiosen Umständen, ausgebrannt sei. Dabei sei auch eine jugoslawische Stripteaslerin ums Leben gekommen. Man habe dann das Haus abreißen wollen, aber plötzlich sei da etwas ins Rollen gekommen, irgendwelche Interessengruppen aufgedeckt und schließlich habe sich ein neuer Pächter gefunden, der das Lokal wieder ausgebaut habe.

Tatsächlich war das Innere, wie ich sofort feststellte, vollkommen verändert.

Die Nischen mit den großväterlichen Plüschsofas gab es nicht mehr. Auch nicht mehr die Kübel mit Straußenfedern und künstlichen Palmwedeln. Aus dem ehemaligen *Café chantant* war eine moderne Bar, im Snack-Stil geworden, mit rauhverputzten Wänden, festgeschraubten Tischen und Plastikhockern.

Mir kam es vor, als sei ich nie zuvor hier gewesen, von Gregor in ein ganz anderes Lokal geführt, das zufällig den selben Namen habe.

Das also sollte die SEEROSE sein?

Ein Ober wies uns einen Platz an. Das Programm lief schon. Der Pianist war durch ein Tonband ersetzt. Aus den zwei Lautsprechern drangen abwechselnd indische und balkanische Tänze, mit deren Rhythmen die dürftigen Bewegungen der Tänzerinnen nicht das mindeste zu tun zu haben schienen.

Die Mädchen allerdings, das stellte ich fest, waren jüngere als damals, auch weniger dicke. Jüngere und hübschere. Die Stripteasenummern waren zwar immer noch reichlich dilettantisch, aber das Dilettantische wurde durch Gewagteres zu kompensieren versucht. Die allmähliche Entblößung des Körpers ereignete sich langsamer, gedehnter und scheinbar genüßlicher. Die restlose Nacktheit – immer noch das Ziel, aber nicht der Höhepunkt. Die Prozedur war wichtiger, wichtiger auch jede einzelne Hülle als das Verhüllte, der Netzstrumpf erotischer als das schimmernde Fleisch des Beins, der lange Handschuh sinnlicher als die Haut der Hand und des Arms, das Hin- und Herschwenken des Büstenhalters, des Mieders, des Slips aufreizender als die unbedeckten Brüste, der entblößte Bauch oder die freigelegten Schamhaare. Ich weiß nicht, wie lange wir den verschiedenen, aber kaum unterscheidbaren Schleiertänzen und Entkleidungsposen zugeschaut hatten, wortlos und immer noch in Erwartung einer Abwechslung, einer Überraschung, wie gering sie auch ausgefallen wäre, als Lanner meinte, wir sollten gehen. Er sei müde, etwas angeschlagen. Die von mir geschilderte Attraktion bleibe wohl aus.

Ja, es ist wahrscheinlich zu lange her, sagte ich. Es hat sich alles hier verändert. Nicht mal komisch mehr ist es. Ich hab nur noch eine Erinnerung im Kopf, und auch sie wird immer schwächer. Ich bin im Moment nicht einmal mehr sicher, ob ich mich auf sie verlassen kann, ob alles, was ich erzählt habe, sich jemals zugetragen hat.

Gregor winkte dem Kellner. Wir zahlten und wollten uns gerade von unseren Plätzen erheben, da wurde die Bühne hell angestrahlt und, als wolle man uns vom vorzeitigen Aufbruch zurückhalten, erschienen tatsächlich wieder – vollkommen unwirklich – unter hingerollten Klavierakkorden, wenn auch diesmal vom Tonband, der Alte im Frack und das Mädchen im Ballettröckchen.

Da! – Da sind sie! rief ich.

Waren sie's?

Es gab keinen Zweifel. Es war der Alte von damals. Nicht nur an seinem Frack erkannte ich ihn wieder. Ich sah auch gleich sein gestreiftes Trikot darunter. Auch die Leiter war zur Stelle. Auch der Medizinalkoffer.

Aber – das Mädchen. Sollte diese durchwachsene Person an seiner Seite allen Ernstes das schüchterne, engelhafte Geschöpf von damals sein?

Es war sie. Sie war es.

Das Leben zwischen den Kulissen täuscht.

Man ist hier nicht im Freien, nicht am hellen Tag. Mit einem einzigen Blick, einer einzigen Bewegung ihres Kopfes hat sie sich verraten. Wie sie da stand, dem Mann, als er wieder mit dem Jonglieren der Teller und der Bälle anfing, zusah, nicht mehr ängstlich, sondern besorgt und schutzlos, habe ich sie erkannt. Sie war es. Nur hier war sie möglich. Nur in diesem Lokal, auf diesen Brettern konnte ich mir ihr Leben vorstellen. Nicht in einem Kaufhaus, nicht unter Bäumen im Park, weder im Flugzeug noch in der Straßenbahn. Und dennoch führte sie ein anderes Leben, mußte sie ein anderes Leben führen. Aber wie sah es aus? Wo spielte es sich ab? War es glücklich oder traurig, voller Unruhe oder voller Hoffnungslosigkeit? Stand sie am Anfang oder am Ende ihrer armseligen Karriere?

Endlich kam ihr Auftritt.

Er kam – und er kam nicht. Worauf ich, worauf Lanner und Gregor gewartet hatten: es blieb aus. Ein Rollentausch fand statt. Er vollzog sich vor unsern Augen, aber wahrzunehmen war er nur in einer Viertelsekunde Zögern. Die Kräfte des Alten reichten vermutlich nicht mehr aus, dem Mädchen die Leiter zu halten, und darum hielt das Mädchen die Leiter ihm. Er war es nun, der die runden Sprossen hinauf bis zur höchsten kletterte und oben ausruhte. Und wenn er auch nicht vorzuhaben schien, mit seinen Frackschößen wie mit Flügeln davonzufliegen, warf er doch, wie einst seine Partnerin, dem Publikum Kußhände zu, legte den Frackrock ab, senkte ihn dem bereitstehenden Kellner in die Arme und ließ dann sein an der Hose festgestecktes ellenlanges Trikot, nachdem er dieses gelöst, über Leiter und Mädchen fallen, so daß diesmal kein

Riesenfräulein im weißen Kleid

sondern ein schnurrbärtiger

Riesenherr im quergestreiften Nachthemd

auf der Bühne stand, stolz und allein allen körperlichen Widrigkeiten zum Trotz, ein Monument der Herausforderung. Und er war es nun auch, der die Blechtrompete plötzlich in der Hand hielt und an die Lippen setzte und,

es kann doch nicht sein!

eben jenen Triumphmarsch kicksend und mit holperndem Metrum, doch tapfer zu Ende blasend, dem Bühnenausgang zustelzte, während das Licht langsam erlosch, bis die Bühne vollkommen dunkel war. Kurz darauf sah man die beiden wieder, den Mann im Frack, das Mädchen (wenn man die Herangewachsene noch so nennen kann) im Ballettröckchen, hell angestrahlt und für den dünnen, aber freundlichen Beifall dankend. Womit das Programm beendet war und die Geschäftsleitung über Lautsprecher ihren Dank für den Besuch aussprach.

Wir fuhren Dr. Lanner, der sich schweigend in den Fond setzte, nach Haus. Er äußerte sich nicht über den Abend, sagte auch nichts über den EEG-Befund, saß die ganze Zeit über schweigend hinter uns, während Gregor, der dieses Schweigen offenbar nicht ertrug, von Palada und seinem Verhältnis mit Veronika erzählte und daß er sich womöglich einen Tripper an Land gezogen habe. Ich, im Spannungsfeld zwischen dem schweigenden Lanner und dem redenden Gregor, versuchte einen Gedankengang wieder aufzunehmen, den ich beim Auftritt des Artistenpaares abgebrochen hatte. Plötzlich beugte sich Lanner nach vorn und sagte mit beinahe abwesender Stimme, aber als wolle er das Schweigen nur kurz unterbrechen, um uns das Zwischenergebnis eines Denkprozesses mitzuteilen: Wenn man das Leben auf seine extremsten Bedingungen reduziert, bleibt nur Erotik oder Philosophie.

Ich wußte nicht, wie ich auf diesen Satz reagieren sollte. Ich versuchte es mit einem Wortspiel, sagte *Erotik der Philosophie* oder *Philosophie der Erotik*. Es war aber alles ziemlich peinlich. Nur konnten wir der Peinlichkeit bald darauf entkommen, weil wir Lanners Haus erreicht hatten.

Lanner stieg aus, dankte für die Einladung (ich hatte ihn und Gregor freigehalten) und sagte, wie nebenbei: Ehe ich's vergesse; wir sehen uns morgen vormittag um elf.

Wir frühstückten wieder im Café Grillparzer. Die Regenfront war nach Osten abgezogen. Über der Stadt lag ein sonnendurchglänzter Dunst. Die Luft hatte sich rasch wieder erwärmt. Nach dem Frühstück fuhren wir in die innere Stadt.

Auf dem Wege zum Graben durch die Naglergasse sah ich am Eingang zu einem Haushaltswarengeschäft sogenannte *Häferln* mit eingravierten Vornamen. Ich hätte gern für Dorothee und mich solche *Häferl* gekauft. Ich fand aber nur eines mit meinem Vornamen. In dem Augenblick, als ich sie bezahlen will, entdecke ich im Regal eine andere Tasse mit dem Vornamen meiner Tochter. Die möcht ich auch noch, sagte ich, und zeigte auf das mit *Kathrin* bemalte Häferl.

Als wir zu Doktor Lanner kamen, um den Befund abzuholen, trafen wir ihn in seinem Bastelzimmer an. Er tat, als hätten wir uns noch nie gesehen, als sei ich ein unangemeldeter Patient, der rücksichtslos in sein Labor eindringt. Moment, sagte er und verschwand. Nach etwa zehn Minuten kehrte er zurück, in der Hand einen größeren Briefumschlag. Ich kann, sagte er, keine Abnormität feststellen. Er sagte dies fast mit Bedauern, als ob er ein anderes Resultat erwartet hätte. Die Kopfschmerzen, sagte er, seien die Folge einer zu schwachen Durchblutung des Hirns, vermutlich ererbt. Er riet zu etwas Morgengymnastik, aber nur, wenn ich keine Kopfschmerzen habe. Während eines Migräneanfalls sei absolute Ruhe erforderlich, keine körperliche Bewegungen, höchstens ein Spaziergang. Ich war erleichtert, aber ich war auch enttäuscht. Erleichtert, keinen Tumor zu haben. Enttäuscht, daß die zuweilen rasenden Beschwerden, die mich ganze Tage an jeglicher Arbeit hinderten, lediglich auf Durchblutungsstörungen zurückgehen sollten. Migränen seien immer auch psychisch begründet, sagte er. Ob ich nicht mal eine Analyse machen möchte?

Ich analysiere mich besser selber, sagte ich.

Mir wäre die Entdeckung eines ehrlichen Tumors beinahe

lieber gewesen als die unüberprüfbare Behauptung, meine Kopfschmerzen seien vor allem psychisch bedingt.

Was ist nicht psychisch bedingt? Auch kalte Füße, auch Magenkrämpfe, auch Schlaflosigkeit, auch das Verlieren und Wiederfinden von Dingen, auch Verkehrsunfälle, auch Angst, auch das Augenflackern. Alles. Als ob ich das nicht wüßte.

Doktor Lanner vor mir in grüner Weste. Er könnte ein Voyeur sein. Gewaltkuren strengen an, dachte ich. Lanner händigte mir das Kuvert aus, als hätte ich das große Los gezogen.

XV. Missverständnisse

Als ich am letzten Julitag nachmittags in M. ankam, war – womit ich kaum gerechnet hatte – Dorothee schon aus Bologna zurück, allein, ohne Solke. Es verwunderte mich dies. Ich selbst wäre, wenn sich Schweters nicht angesagt hätten, gern länger in Wien geblieben. Darum war es mir um so unverständlicher, wieso Dorothee, grundlos, wie mir schien, so früh nach Haus gekommen war.

Sie schlief, als ich kam, oder lag jedenfalls im Bett und machte auch keine Anstalten, aufzustehen. Ich hatte mir den Empfang anders vorgestellt, ich meine: anders für den Fall, daß sie tatsächlich vor mir zurück und mich empfangen konnte, womit ich aber im Grunde gar nicht gerechnet hatte. Sie war nicht unfreundlich. Ich würde sagen *abwartend.* Sie war abwartend, lag im Bett auf der Lauer, lauerte den ersten Worten aus meinem Munde auf, so schien es, um gleich zuzuschnappen. Ich sagte aber nach einer kurzen Begrüßungsformel, die bereits meine restlose Erschöpfung andeuten sollte, nur, daß ich einen Kaffee möchte oder brauchte, sagte es arglos in der Hoffnung, sie würde sich solch einer Bitte nicht verschließen. Statt dessen tönte es aus ihr heraus: *Mach dir einen!*

Ich war offengestanden über diesen Ton verärgert, ich

war verärgert und enttäuscht, ließ mir jedoch nichts anmerken, durfte mir nichts anmerken lassen, weil ich nicht ganz sicher war, was hinter diesem Ton und hinter diesem dorotheischen Verhalten steckte, irgendein Verdacht oder eine Vermutung oder ob Renate oder einer von den Paladaleuten etwas angedeutet hatte bezüglich Kathrins Ausbleiben während der Nacht vor meiner Reise nach Wien. Ich verstellte mich, spielte den Unglücklichen und Mutlosen, sagte, daß ich nicht verstehe wieso Dorothee, ich sei seit gestern nacht unterwegs, schlaflos im Zug, übermüdet, zerschlagen, wünschte mir lediglich einen Kaffee, wohingegen sie nicht einmal fragte, wie es mir gehe, welches Untersuchungsergebnis ich mitbringe, sie bleibe einfach im Bett, ohne mir den anspruchslosen Wunsch zu erfüllen, mir, worum ich sie gebeten hätte, einen Kaffe zu machen.

Ich hätte sie nicht gebeten, sagte Dorothee, nur geäußert, daß ich einen Kaffee möchte. Sie habe das nicht als Bitte verstanden. Außerdem hätte ich mit keinem Wort gefragt, wie es ihr auf der Reise ergangen sei undsoweiter.

Du bist, sagte ich, immerhin zu deinem Vergnügen gereist, ich dagegen zu einem Arzt. Aber das interessiert dich ja nicht, wie dich auch das Ergebnis nicht interessiert.

Ich weiß doch, sagte Dorothee, daß dir nichts fehlt.

Das Wort Hypochonder fiel mal wieder.

Das Resultat, sagte ich, liegt schriftlich vor. Du kannst es lesen. Ich war jetzt fest entschlossen, mein auf der Rückreise ausgedachtes Experiment an ihr zu erproben. Nicht gleich, nicht auf der Stelle, sondern im richtigen Moment, den ich schon herbeizuführen wüßte.

Hast du von Schweters gehört?

Gehört nichts, aber ich denke, sie kommen heute.

Deshalb bin ich, sagte ich, hier. Ich wäre sonst noch geblieben.

Du bist also nur wegen Schweters zurückgekommen?

Um das Gespräch nicht auf die Spitze zu treiben, sagte ich schnell mit einem versöhnlichen Timbre: Du weißt genau, weshalb ich zurückgekommen bin, daß ich am liebsten schon nach zwei Tagen Wien wieder verlassen hätte und noch lieber gar nicht erst gefahren wäre, um das Haus nicht allein zu lassen und weil die Vorstellung unerträglich ist, daß wir beide an anderen Orten uns aufhalten. Und schließlich, weil ich nicht wissen konnte, wann du aus Bologna zurückkehren würdest, mußte einer, wenn die Schweters eintreffen, hier sein.

Die Versicherung meiner zumindest doppelten Anhänglichkeit, für die ich keinerlei weiteren Beweis abzulegen brauchte, hat Dorothee offenbar bewogen, wieder einzulenken, indem sie nun nach dem Resultat der ärztlichen Untersuchung fragte. Ich wurde ernst, hielt allerdings den Augenblick, ihr zu enthüllen, was ich mir zurechtgelegt hatte, noch nicht für gekommen, dagegen für angebracht, mein Kaffeeverlangen neu zu formulieren, insofern, als ich sagte: Fahren wir nach Bogliaco! Bei einem Kaffee werde ich dir alles in Ruhe und der Reihe nach erzählen.

Die Idee, nach Bogliaco zu fahren, war mir ganz plötzlich gekommen. Eine plötzliche Eingebung, und sie tat ihre Wirkung.

Dorothee sah sich von der Mühe, mir einen Kaffee zu machen, dispensiert und konnte andererseits, aufgrund meines freundlichen Vorschlags, ohne das Gesicht zu verlieren, die Einladung annehmen. Sie stand auf, zog sich an, und wir fuhren los.

Wir waren die einzigen Gäste. Das Café war dunkel und leer. Als das Serviermädchen kam, bestellte Dorothee einen *Amaro*, ich einen Espresso. Ich besann mich, änderte die Bestellung und ließ mir einen doppelten *Vecchia Romagna* bringen.

Seit wann trinkst du Cognac, fragte Dorothee. Das kenn ich ja gar nicht von dir.

Man muß seine Gewohnheiten von Zeit zu Zeit ändern, sagte ich. Dorothee war unsicher. Die (für sie) ungewöhnliche Bestellung schien Eindruck zu machen. Eine gute Voraussetzung, dachte ich, für das bevorstehende Gespräch, dessen Verlauf ich in allen Einzelheiten während der Rückreise geplant hatte.

Was ist nun mit deinem Kopf?

Langsam, dachte ich. Nicht so hastig! Ich habe Zeit.

Was hat der Arzt gesagt?

Ich weiß nicht, wo anfangen, sagte ich, um Gelegenheit zu haben, das, was Dorothee hören wollte, was sie nun ausschließlich beschäftigte, hinauszuzögern. *Kompliziert*, sagte ich.

Was hat er denn gesagt?

Gesagt wenig, sagte ich. Er hat es mir schriftlich gegeben. Wenn du willst, kannst du's lesen. Ich hab den Befund im Wagen. Moment!

Ich ging zum Wagen, holte die Tasche mit den Papieren. Ich suchte lange, langsam und ohne Hast. Dann gab ich Dorothee den Umschlag mit dem EEG-Befund.

Sie öffnete den Umschlag, entnahm ihm Lanners Gutachten, las es. Ich schaute in den Text hinein. Bei der Formulierung *diffuse Veränderungen* stutzte sie.

Was heißt das?

Veränderungen sind Veränderungen, sagte ich.

Was für Veränderungen?

Das wird sich herausstellen.

Jetzt muß ich taktisch vorgehen, dachte ich. Nichts übereilen.

Wieso herausstellen?

Per Beobachtung, sagte ich.

Wo?

In einer Klinik.

In welcher Klinik?

Sie soll schön weiterfragen!

In einer Wiener.

Wann?

In vier Wochen.

Du mußt wieder ...?

Ja.

Und warum bist du nicht gleich geblieben?

Weil – weil kein Bett frei war.

Aber wenn es doch etwas Ernstes ist – das ist doch unmöglich – da muß man doch sofort was unternehmen – da wird doch ein Bett frei sein.

Ist aber nicht, sagte ich.

Und was meinst du, könnte es sein, was für Veränderungen?

Da gibt es höchstens zwei Möglichkeiten.

Hat das der Arzt gesagt?

Nein, aber soviel weiß ich selber.

Ich werde sofort anrufen. Das will ich genau wissen.

Vorsicht!

Er kann dir auch nichts Definitives sagen. Deshalb soll ich ja in die Klinik.

O Gott, Mod! – Aber ich fahre mit. Wir fahren zusammen nach Wien. Ich möchte bei dir sein.

Es fiel mir in diesem Moment leicht, mich gefaßt zu geben.

Vielleicht, sagte ich, geht ja auch alles gut. Hören wir jetzt davon auf.

Aber Dorothee wollte mehr erfahren, mehr hören, so viel, daß die Mitteilungen schließlich in ihr Gegenteil umschlugen und alles nicht mehr wahr sei.

Sag doch was!

Dorothee auf diese Weise betroffen zu sehen, damit hatte ich nicht gerechnet. Am liebsten hätte ich schon jetzt alles zurückgenommen und Dorothee erleichtert. Aber ihre unerwartete, überraschende Anteilnahme gefiel mir, und ich wollte sie etwas länger genießen.

Was soll ich noch sagen?

Was du selbst für ein Gefühl hast.

Überhaupt keins. Ich versuche, an nichts zu denken.

Wir verließen das Café, kauften in Bogliaco ein, Zeitungen, Zigaretten, Briefumschläge, Milch, und fuhren zurück nach M. Eine Fahrt wie durch eine ganz fremde Landschaft, aber in der ich schon einmal gewesen war, und ich erwartete jeden Moment den Bahndurchstich, den es in dieser anderen

Landchaft gegeben hatte, und war irritiert, daß er nicht auftauchte. Aber hinter dieser Irritation steckte etwas anderes.

Plötzlich eine Kinderangst, die Welt könne vor meinen Augen in tausend Stücke springen.

Endlich, schon auf dem Golfweg, hielt ich es nicht länger aus und sagte: *Beruhige dich*! Ich schaute kurz zu ihr hinüber.

Ich *bin* ruhig, sagte Dorothee.

Es wurde jetzt immer schwerer, die Wahrheit zu sagen.

Ich muß nicht nach Wien, sagte ich.

Wohin denn?

Ich bleibe hier. Es – stimmt nicht, was ich dir gesagt habe. Es war nur – ich weiß nicht – es gibt da tatsächlich diese Veränderungen, ich hab ja viel von Veränderungen immer geredet und wie notwendig sie seien, und nun sind sie im Kopf – Veränderungen, an die ich natürlich in dieser Form nicht gedacht hatte – aber das gehört wohl dazu, daß Veränderungen auch Überraschungen einschließen – doch fürs erste ist es nichts Ernstes, ich leide nur etwas unter mangelnder Durchblutung des Gehirns.

Ich fürchtete, nun würde Dorothee aufbrausen, schreien und toben und wütend über mich herfallen, aber sie sagte nur, ganz still, fast tonlos: Warum hast du mir das getan? Warum dies?

Entschuldige, sagte ich. Ich weiß, es war nicht richtig. Ich wollte dir nur einen kleinen Schreck einjagen, um dich zu prüfen.

Du hast mich erschreckt bis auf den Tod, sagte Dorothee.

Es war blöd von mir, sagte ich. Aber der Einfall stammt nicht von mir. Gregor hat mich drauf gebracht.

Diese armselige Lüge schien mir in diesem Moment angebracht.

Es wäre besser gewesen, du hättest so was nicht gesagt.

Du hast recht, sagte ich. Ist nun alles wieder gut? Du siehst, lange hab' ich es nicht ausgehalten, dich zu quälen, dich in Ungewißheit zu lassen.

Ich hab' es mir so nicht vorgestellt, sagte Dorothee. Schon

eine einzige Minute mit solch einer Angst zu leben, ist zu lange.

Aber man muß es erfahren, sagte ich. Du hast noch niemals gelitten, nie in Angst und Ungewißheit gelebt, bist immer allem ausgewichen. Tatsächlich bildete ich mir ein, im Leiden erfahrener zu sein und fühlte mich daher ein wenig berechtigt, Dorothee diesen Mangel an Leiderfahrung (als sei das ein moralischer Fehler) vorzuhalten.

Als Dorothee darauf sagte, niemand wisse, was ein anderer leide und wie und woran, und es sei auch die Zukunft ungewiß, und keiner könne sagen, was ihr noch bevorstehe, es brauche nur dem Kind was zuzustoßen, bedauerte ich meine Äußerungen. Ich griff nach ihrer Hand, führte sie an den Mund, und sagte dann, ich hoffte, ihr bleibe jedes Leid erspart und sie könne immer unbeschwert leben und sich lange noch ihrer natürlichen Heiterkeit erfreuen.

Ich erschrak, als ich diesen Satz zu Ende gesprochen hatte, und war sicher, daß Dorothee die Unechtheit dieser Worte spüren mußte. Um so höher rechnete ich ihr an, daß sie meinen Spruch als aufrichtige Aussage nahm, *Es ist gut*, sagte, und meinen Händedruck erwiderte, und dann, *Ich bin so froh*, sagte, *daß es nichts Schlimmes ist*, ich wär' sonst verrückt geworden.

Kaum waren wir in unserm Haus, hatten die Einkaufstasche in der Küche abgesetzt, als das Telefon klingelte. Dorothee ging an den Apparat, ich öffnete meinen Koffer und holte die beiden Häferln heraus, um sie Dorothee zu zeigen, die währenddessen mit Schweters sprach, die soeben in M. angekommen waren. Ja, er kommt gleich, sagte sie, und damit war ich gemeint, der die Schweters abholen sollte.

Hast du was mitgebracht, fragte Dorothee, als sie die Tassen sah. Ja, schau mal, sagte ich. Eine für mich und eine für die Tochter. Mit deinem Namen gab's leider keine. Aber Gregor wird versuchen, eine mitzubrigen, wenn er zu meinem Geburtstag kommt. Gefallen sie dir? Sehr, sagte Dorothee. Daraus trinken wir jetzt morgens immer unsern Milchkaffee.

Ich fuhr dann sofort nach M. Schweters waren in der Bar. Frau Schweter und die beiden Söhne kannte ich noch nicht, nur ihn. Wir begrüßten uns. Schweter stellte mich vor oder stellte mir seine Frau vor. Schön, daß Sie so schnell gekommen sind, sagte er. Aber wir haben ein großes Problem. Da steht es!

Das große Problem war ihr Gepäck. Vier große Koffer, zwei Tragetaschen, ein Rucksack. Werden wir das in Ihren Wagen kriegen?

Geht schon, sagte ich. Nicht in den Wagen, aber auf ihn. Die Koffer verladen wir aufs Dach.

Und sie werden nicht herunterfallen, fragte Frau Schweter.

Wir binden sie fest, sagte ich. Außerdem fahr ich langsam, und außerdem ist es nur ein kurzer Weg.

Wir schaffen es nie, sagte Schweter, wie andere, mit leichtem Handgepäck auf Reisen zu gehen, mit einer unauffälligen Mappe oder einer Aktentasche. Auch wenn wir nur für eine Woche verreisen, immer sind drei bis vier Koffer erforderlich. Meine Frau braucht unterschiedliche Kleidung, die Kinder Trainingsanzüge und Sportartikel, serienweise Strümpfe und Schuhe.

Es sei, sagte Schweter, allerdings auch Reiseungeübtheit, ein halsbrecherischer Reisedilettantismus, den sie betrieben. Als ehemaliger Wehrmachtsangehöriger, sagte er, wissen Sie, hat man sich einzuschränken gelernt. Das Wort *Marschgepäck* fiel. Es klang, wie er es aussprach, mit allemannischer Einfärbung, ganz natürlich, dennoch ganz fremd, als sei es ein Fremdwort, das er aber sicher und korrekt aussprach.

Ich fuhr die Schweters zu Ringlers Häusle, dessen Souterrain sie über uns für einen Monat angemietet hatten. Was für ein komisches Paar, dachte ich. Ich hatte mir, seit ich Schweter vor einem Jahr in Amsterdam kennengelernt hatte und wir tagelang durch die Stadt spaziert waren, immer in die lebhaftesten Gespräche verwickelt, seine Frau ganz anders vorgestellt, und es gelang mir nicht, dieses mir von seiner Frau gemachte Bild loszuwerden, als sei die Frau Schweter meiner Vorstellung eine reale Person, hingegen die tatsächliche Frau Schweter nur eine vorgestellte, die aber in einen anderen Zusammenhang gehörte, zu einem ganz anderen Mann. Ich war nicht imstande, diese gesunde, robuste und resolute Person, als die mir Frau Schweter erschien, mit dem asthenischen, sensiblen und irgendwie zerbrechlich aussehenden Schweter in Beziehung zu bringen.

Als wir den Bungalow erreicht hatten, wartete Dorothee mit dem Schlüssel vor der Tür, den mitzunehmen ich in der Eile des Aufbruchs vergessen hatte. Wir trugen die Koffer, Tragetaschen und den Rucksack in das Haus, verabredeten uns für den Abend zu einem Essen in F., wozu wir die Schweters abholen kämen, und überließen dann die Familie sich selber, damit sie sich in Ruhe etwas einrichtete und von der Reise erhole.

Sehr angenehme Leute, sagte Dorothee. Auf Anhieb sympathisch. Meinst du, daß sie eine gute Ehe führen?

Weiß ich nicht, sagte ich. Ist das so wichtig?

Als wir zwei Stunden später mit ihnen zum Essen nach F. fuhren, trafen wir vor der Trattoria, in seinem roten Peugeot sitzend, den kurzbeinigen Tonio, der Dorothee überallhin nachtaumelnde Verehrer, den sie diesmal aber höchstwahrscheinlich, während ich die Schweters in M. abholte, eigenhändig angerufen und hierherbestellt hatte. Na, so ein Zufall, sagte ich.

Da es sich gegen Abend hin abgekühlt hatte, war für uns nicht auf der Terrasse, sondern im frisch hergerichteten Speisesaal gedeckt. Bei Pollo und Polenta erzählte Schweter, auf Dorothees Frage, ob dies der erste Italienaufenthalt sei, von den abenteuerlichen Ferien, die er mit seiner Familie vor drei Jahren am Bracciano-See verbracht habe, in einer *unverputzten Garage*, und daß er nur mit Schrekken daran zurückdenke und seine nervlich sehr labile und auf solch ein behelfsmäßig ausgestattetes Quartier nicht vorbereitete Frau auch prompt wieder einen ihrer Zusammenbrüche erlitten habe, weshalb er, wenn er *Italien* höre, immer gleich das Schlimmste befürchte. Aber diesmal, das müsse er sagen, seien sie tadellos untergebracht. Auch seine Frau sei mit den Zimmern in Ringlers Bungalow außerordentlich zufrieden.

Der ruhige Fluß der über den Tisch hinweg geführten Gespräche, an denen Tonio nur stumm und abwechselnd verehrend und eifersüchtig zur neben mir sitzenden Dorothee aufblickend teilgenommen hatte, wurde unterbrochen durch die unvorhergesehene Ankunft Jakobs in Begleitung von Kathrin und Veronika.

Kathrin hier plötzlich wiederzusehen, stürzte mich in die größte Verwirrung. Eine heiße Blutwelle sprang mir, schien's, ins Gesicht. Meine Hände zitterten. Es flackerte mir vor den Augen. Um mich wieder zu fangen, wendete ich sofort meinen Blick von den Eintretenden ab, schaute zu Schweter hinüber, dann kurz auf Dorothee, deren Körper sich unwillkürlich versteift hatte. Ein Abgrund tat sich unter mir auf, aber ich fiel nicht. Ich schwebte darüber, wie gern ich auch versunken wäre. Jakob stellte sich selber vor, da niemand ihn vorstellte, und dann setzten sich alle drei zu uns an den Tisch.

Wie kommt ihr denn auf einmal hierher, fragte ich vor lauter Verlegenheit und aus meinem Kopf wie aus einer dicken Bandagierung heraus. Das könne sie auch mich fragen, sagte Veronika, und wollte wissen, seit wann ich zurück sei und erkundigte sich auch sofort nach Gregor, worauf ich anfing, von Wien zu erzählen, ohne allerdings die geringste Andeutung von Gregors Worten über die Masseuse und ohne natürlich sein Blasenleiden zu erwähnen und was er zunächst vermutet hätte. Ich redete nur von der Stadt, von Lanner, von der SEEROSE, redete und redete, atemlos oder schnell außer Atem geratend, kümmerte mich nicht mehr um Schweters, kümmerte mich nicht um Dorothee und Tonio, sah aber auch kaum zu Kathrin hin, obwohl ich mich nur ihretwegen in dieses Redefieber gesteigert hatte, bis Dorothee auf einmal überstürzt zum Aufbruch drängte, überstürzt und beinahe unhöflich.

Was ist denn?

Ich muß nach Haus.

Wieso mußt du und warum so plötzlich?

Sie fühle sich nicht gut.

Das war natürlich eine Ausrede. Dorothee mit ihrer *Übergesundheit* fühlt sich immer gut. Sie weiß gar nicht, was es heißt, sich nicht gut zu fühlen.

Ich sehe das nicht ein, sagte ich, deshalb so hektisch aufzubrechen. Da ich ihr klar machte, daß ich gern noch bliebe, gab es einen kurzen Schlagabtausch zwischen Dorothee und mir. Ich sei rücksichtslos, warf sie mir vor. Wenn sie mich *einmal* um einen Gefallen bitte, sie richte sich sonst immer nach mir undsoweiter, woraufhin Tonio sich anbot, Dorothee nach M. zu fahren. Und Schweters? Was haben Schweters vor? Sie möchten auch nach Haus.

Also war das Problem gelöst. Ich konnte mit meinem Wagen zurückfahren, Tonio nahm Schweters und Dorothee in seinem mit.

Ich saß noch einen Augenblick mit Jakob und den beiden Mädchen, dann sagte Jakob, er müsse gehen, Renate warte, er habe nur kurz telefonieren wollen ... mit uns, um zu erfahren, ob wir zurück seien.

Veronika will mit Jakob zurück nach Palada. Kathrin zeigt sich unentschlossen.

Trinken wir noch einen Kaffee in Zuino?

Sie war einverstanden.

Selbstverständlich fuhr ich nicht eines Kaffees wegen mit ihr nach Zuino. Ich wollte nur mit ihr allein sein, in ihrer Nähe, ihr mein Verhalten vor einer Woche und vorhin in F. erklären, meine Aufgedrehtheit, diese ganze Unechtheit. Aber das war nicht alles. Ich fuhr, um mit ihr zu schlafen. Im Auto, neben dem Auto, im Straßengraben, hinter einem Gebüsch, in einem Heustall, wie es sich traf. Es war mir egal. Ich hatte auch keine genauen Vorstellungen, wie ich das anfangen könnte. Ich wollte mit ihr schlafen, das hatte ich mir in den Kopf gesetzt, und es war mir in diesem Moment vollkommen gleichgültig, wie Kathrin dazu stand.

Ich fühlte mich in diesem Moment zum ersten Mal in meinem Leben vollkommen frei, ohne Bedrückungen, ohne Ängste, ohne Einengungen und ohne Schuld. Alles um mich herum war weit und offen und gleichzeitig nah und vertraut. Keine Bandagierungen um meinen Kopf mehr, keine Einpanzerung. Ich spürte nicht mehr das Gewicht des Körpers. Ich konnte aus ihm heraustreten, ihn ablegen wie einen Mantel. Ich war nicht mehr gefangen in mir selbst, alles drängte nach außen. Was ich jetzt war, war ich aus Kathrin.

Auf der Hälfte des Weges nach Zuino blendete uns ein hinter uns herfahrendes Auto an. Im Rückspiegel erkannte ich, daß es ein Cinquecento war. Mein erster Gedanke: *Dorothee!* Sie fährt uns nach, sie hat etwas geahnt. Aber sie konnte in dieser kurzen Zeit unmöglich in M. gewesen sein und mit unserem FIAT zurück.

Ich schaltete in den zweiten Gang und hoffte, der Wagen würde uns überholen. Er überholte nicht. Ich fuhr am äußersten rechten Rand der Fahrbahn und drosselte die Geschwindigkeit auf zwanzig. Der FIAT blieb hinter uns, blendete mich weiter an.

Es muß jemand sein, der mich kennt, oder die Wagennummer.

Ich fuhr bis zum Ortseingang von Zuino, parkte den Wagen neben einer Baustelle und sagte Kathrin, daß wir den Kaffee nicht in der Bar, sondern in der Locanda nähmen.

In diesem Augenblick hielt der FIAT neben mir.

Dorothee war es nicht. Es war Aldo, der Motoguzzomann aus Bogliaco, der gelegentlich Baumaterialien für uns holte.

Ich merkte, daß er stutzte, als er mich um diese Zeit in Begleitung eines jungen Mädchens antraf. Aber ich durfte jetzt keine Verlegenheit zeigen. Ich mußte die Anwesenheit Kathrins und die Begegnung mit Aldo als etwas absolut Natürliches und Harmloses hinstellen. Tatsächlich fragte er gleich, ob ich mit der Signorina tanzen wolle.

Nein, nur einen Kaffee trinken, sagte ich, stellte Kathrin

vor als Freundin von Dorothee und erwähnte, daß wir alle zusammen in F. gegessen hätten, Dorothee aber schon nach Haus gefahren sei, während wir den Abstecher hierher gemacht hätten.

Wir gingen alle drei in die Locanda. Ob er uns zu einer Grappa einladen dürfe?

Ich konnte seine Einladung, so wenig ich auch vorhatte, meine Zeit mit diesem Menschen hinzubringen, in dieser Situation verständlicherweise nicht zurückweisen, sagte aber, daß ich in Eile sei, weil Dorothee mit Gästen auf mich warte.

Zehn Minuten oder eine Viertelstunde habe ich mich anstandshalber mit Aldo unterhalten, über steigende Baupreise, steigende Lebenshaltungskosten, über die politische Lage Italiens. Es waren nur Trivialitäten, die Aldo von sich gab, allgemeine Unmutskundgebungen, aber er äußerte sie mit einem Feuer, als spräche er von einer Familienkatastrophe.

Ist es für dich unangenehm, daß uns dieser Typ gesehen hat, fragte Kathrin, als wir die Locanda verließen und zum Wagen gingen.

Unangenehm direkt nicht, sagte ich, aber blöd. Besser, wir fahren woandershin, falls er uns nachspioniert. Ich trau' diesen Leuten nicht. Alle sind neugierig und alle schwätzen herum.

Ich finde, ich sollte jetzt nach Palada gehen, sagte Kathrin. Du kannst mich ja noch ein Stück bringen.

Nein, man muß sich von diesen Zwängen lösen, sagte ich. Ich will nicht dauernd unter Druck stehen. Eben noch hatte ich das Gefühl einer unendlichen Freiheit, jetzt gleich wieder diese Einengung. Ich muß das überwinden, darf mich nicht immer weiter abhängig machen, immer weiter unterdrücken lassen, mich selber unterdrücken durch eine fast schon angeborene Anpassungsfähigkeit, Widerstandslosigkeit. Ich sehe nicht ein, daß wir uns von diesem Typ da stören lassen.

Du scheinst, sagte Kathrin, mich nur als Mittel benützen zu wollen, deine Unabhängigkeit zu erlangen.

Wieso als Mittel? Das begreife ich nicht.
Na ja, lassen wir das.

Wir fuhren nach San Stefano.

Ich war ziemlich nervös oder unruhig oder irgendwie durcheinander. Vielleicht noch von der Reise.

Ich schaltete das Licht aus, parkte den Wagen im Dunkeln auf einem Wendeplatz vor der Gemeindekirche. Als ich den Motor abgestellt hatte, saß Kathrin, mit angezogenen Knien und vornübergekipptem Kopf, wie bewußtlos auf ihrem Platz.

Schläfst du?

Ich legte meinen Arm um sie. Sie rührte sich nicht.

Wollen wir aussteigen?

Sie war dagegen. Ihr Körper sprach unmißverständlich den Wunsch aus, in seiner Haltung zu verharren.

Ich versuchte, sie zu küssen. Da öffnete sie die Wagentür.

Wohin denn, dachte ich, nun. Es kostet alles Zeit.

Ich geizte plötzlich mit jeder Minute.

Wir gingen den kleinen Schotterweg an der Kirche vorbei. Ich nahm Kathrins Hand. Sie war kalt und dünn. Ich hielt sie an mein Gesicht. Dann legte ich meinen Arm um Kathrin. Wir sprachen kein Wort. Wenn wir weitergehen, dachte ich, kommen wir zu dem roten Haus. Der Gedanke, der Holländer könne uns plötzlich entgegenkommen, erschreckte mich. Ich hatte nicht vor, einen Nachtspaziergang zu machen. Ich schaute mich nach einem geschützten Platz um. Ich war überzeugt, Kathrin wußte, was ich im Sinn hatte. Sie ließ sich von mir führen. Aber den Weg fortzusetzen, war sinnlos. Nach links fiel das Gelände steil ab, nach rechts war es steil in die Höhe gebaut.

Wir kehrten um, kletterten eine Böschung hinauf und gelangten, durch Buschwerk hindurch, in einen Olivengarten. Wir gingen bis in dessen Mitte. Aber mir war es immer noch nicht genug Mitte. Ich hielt es für möglich, noch tiefer in das Zentrum des Gartens vorzudringen. Schließlich ließen wir uns unter blankem Himmel in einer Mulde nieder. Die Grillen zirpten beschwörend durcheinander. Ich war vollkommen überdreht. Hinter jedem Baum sah ich den weißhaarigen Spitzkopf des Fahrradhändlers. In der klaren Nachtluft hörte ich rings um mich her ein Rascheln und Knistern, ein Tappen und Knacken.

Es war kühl am Erdboden, das Gras schon taufeucht. Ich zog meine Jacke aus und breitete sie unter uns.

Ist dir kalt, fragte Kathrin.

Eigentlich nicht, sagte ich. Ich mach das nur aus Vorsicht.

Kathrin muß meine Unruhe gespürt haben. Sie legte ihre Hand beschwichtigend auf mein Bein. Aber dadurch wurde meine Unruhe noch stärker. Ich fühlte mich verfolgt oder aus dem Dunklen heraus bedroht. Ich beugte mich über Kathrin. Sie lag auf der Erde, aber wie schon darin, eingebettet oder eingeebnet. Mir war es in meiner Haut zu eng. Ich konnte aus meinem Körper nicht mehr, wie vorhin noch, heraustreten.

In diesem Moment erst merkte ich, daß ich Gummistiefel anhatte. Sie waren schuld, daß ich so unbequem lag. Ich versank in diesen Gummistiefeln.

Schau mal, wie lächerlich, sagte ich. Ich stecke hier in diesen Stiefeln und wundere mich, wie unbequem ich liege.

Ich solle sie doch ausziehen, sagte Kathrin.

Ich hab' keine Strümpfe an, sagte ich.

Wozu brauchst du Strümpfe?

Stimmt eigentlich, sagte ich und zog die Gummistiefel aus.

Ich komm' mir vor wie auf der Flucht, sagte ich. Aber gleichzeitig möchte ich, daß diese Rast ewig dauert. Ich möchte nie mehr weiter, nie wieder aus diesem Garten hier raus.

Kathrin hatte sich aufgerichtet. Sie saß mir jetzt gegenüber und streichelte meine Füße.

Kalt, sagte sie.

Bei diesem Wort (und worauf sie es anwendete) wurden meine Gedanken unlauter. Wenn sie mir jetzt noch, dachte ich, die Füße warm massieren will, braucht das eine halbe Stunde. Aber ich fürchtete, zu spät nach Hause zu kommen. Ich war unruhig, besorgt, voll Angst. Was wird Dorothee denken? Andererseits: wozu die Aufregung? Wie oft hatte Dorothee mich allein gelassen, war sie halbe Nächte aus dem Haus, ohne sich um meine Gedanken Gedanken zu machen.

Ich konnte jetzt nicht abbrechen. Mein Kopf, meine Freiheit, die Enge, die Weite. Ich war wirklich übergeschnappt. Ich hatte mir in den Kopf gesetzt, mit Kathrin zu schlafen. Es war, ich weiß nicht warum, für mich beschlossene Sache, mit Kathrin zu schlafen. Ich mußte mit ihr schlafen, es gab da keinen Ausweg. Ich mußte einfach mit ihr, nicht erst morgen, nicht erst übermorgen, sondern heute, und nicht erst in zwei oder drei Stunden, sondern *sofort*, auf der Stelle, an dieser Stelle, an diesem Ort, hier und jetzt, wo und wie wir waren.

Ich erhob mich mit einem Ruck, fiel auf die Knie und kroch auf die Sitzende zu und wollte sie mit mir zu Boden reißen. Ich verfügte mit einem Mal über eine beängstigende Geschmeidigkeit. Mir gingen in diesen Bruchteilen von Sekunden, als ich auf Kathrin zukroch, die verrücktesten und überspanntesten Ideen durch den Kopf. Etwas Dumpfes und Gewaltsames rumorte in mir, etwas Dunkles, das sich mit dem Dunkel der Nacht verband, und es schien die Entfernung zwischen mir und dem Mädchen, je näher ich ihm kam, immer größer zu werden. Ich kroch wie in eine Röhre hinein, meine Kniescheiben schmerzten, die Hände packten in klumpiges Erdreich, irgendeine Wut stieg in mir auf, ein plötzliches Verlangen, Kathrin zu verletzen, der Wunsch, brutal in sie einzudringen, ihr warmes Fleisch mir einzuverleiben, meinen Kopf in ihre blutigen Organe zu stecken, mich an meinem Ekel zu befriedigen. Ich warf mich an sie, umklammerte ihren Hals, zog sie zu mir hinab. Sie reagierte nicht, reagierte nicht mehr, fiel wie leblos hin. Ich war rasend vor Erregung.

Da, ein Schuß. Ein einziger Schuß, von sehr weit her. Ich schreckte hoch. Danach nichts weiter. Die Grillen signalisierten ihre Botschaften. Aber ich hielt plötzlich ein Verbrechen für möglich. Die Lage in diesem Land wird zunehmend unsicherer. Wir leben nicht im Paradies. Ich schaute Kathrin ins Gesicht. Ich sah ihre großen, vor Angst geweiteten Augen, dicht vor den meinen. Ich sah sie so deutlich wie bei Tage. Ich durfte das Mädchen jetzt nicht mit meinen Gedanken erschrecken, vor denen ich mich selber fürchtete. Es wird sie trotzdem erraten haben.

Was ist eigentlich ein Gedanke, wo entsteht er, wie entsteht er, welchen Weg legt er zurück, bis er faßbar geworden ist? Hat er einen Zweck? Wozu wird er gebraucht? Was war, seit wir hier beisammen waren, in mir vorgegangen? Natürlich hatte Kathrin die Veränderungen bemerkt, hatte sie begriffen, daß unsere Begegnung keine zufällige war, daß wir, seit wir uns das erste Mal in der Trattoria gesehen, wie Kinder oder Tiere aufeinander zugestürzt waren und daß keine Macht der Vernunft uns hätte zurückhalten können, und daß, wenn die wechselseitige Anziehung keinem Gesetz gehorchte, wir einer wunderbaren Gewalt unterlegen waren.

Laß dich anschauen, Kathrin, sagte ich, als würde sie erst durch diesen bittenden Satz für mich ganz sichtbar, als könne ich sie ohne ihre Bereitschaft, sich anschauen zu lassen, nur unvollständig wahrnehmen. Sie sah mich aus einem ernsten, traurigen Gesicht heraus an, und tatsächlich kam es mir vor, als sähe ich sie nun zum ersten Mal *wirklich*, als blickte ich in sie hinein und als sei in diesem Blick, in diesem stummen Ansehen die tiefste Erkenntnis möglich.

Mir ist, sagte sie, als sei dies alles schon mal gewesen und eigentlich sei ich gar nicht hier. Sie schaute jetzt an mir vorbei, aber nicht der Kopf, nur die Augen waren zur Seite gedreht, ihr Licht von mir abgewendet. Kathrin stand im Dunkeln, war ins Dunkle eingetaucht, und wie ein Kind, wenn es die Augen schließt, unsichtbar zu sein glaubt, glaubte auch sie sich in diesem Moment vermutlich unsichtbar, und nun war sie es sogar für mich. Wir müssen uns trennen, sagte sie. Ich muß zurück nach Palada. Mir geht es plötzlich nicht gut. Ich habe furchtbare Kopfschmerzen.

Ich bringe dich, sagte ich. Mir war es im Grunde recht, daß Kathrin gehen wollte. Es erleichterte mich, und ich brauchte jetzt Ruhe und Einsamkeit, um mir über meinen Zustand klarzuwerden. Du mußt mich nicht bringen, sagte Kathrin. Ich finde den Weg schon. Vielleicht, dachte ich, geht es ihr ähnlich wie mir. Nein, ich bringe dich schon, sagte ich. Wenigstens bis F.

Wir gingen zum Wagen. Meine Stiefel trug ich in der Hand. Barfuß fuhr ich bis ans Ortsende von F. Wir sprachen kein Wort. Ich küßte Kathrin zum Abschied. Aber es geschah in großer Ungeduld. Kathrin stieg aus. Ich komme morgen mal rauf, sagte ich. Sie tat mir leid, daß sie allein im Dunkeln nach Palada gehen mußte, und ich fand es nicht gut von mir, daß ich sie allein gehen ließ. Aber ich hatte das Gefühl, nicht länger Zeit verlieren zu dürfen.

Als ich den Wagen gewendet hatte, war Kathrin schon in der Finsternis der Schlucht verschwunden. Ich fuhr in der größten Eile nach M. Als ich ins Haus will, finde ich die Tür verschlossen. Ich läute. Im Innern des Hauses bleibt es still. Ich läute noch einmal. Keiner öffnet. Dann trommele ich mit beiden Fäusten gegen die Tür, weil ich sicher bin, daß Dorothee längst zu Haus ist. Da sich noch immer nichts rührt, steigert sich meine Unruhe zum Wahnsinn. Mir fällt der Schuß ein, den ich vorhin gehört habe. Ich rüttele an der Klinke. Ich werfe mich mit aller Macht gegen die Tür. Sie gibt nicht nach. Aber das Fenster, denke ich. Es ist nur angelehnt. Es läßt sich aufschieben. Ich klettere aufs Gesims, steige durchs Fenster in die Küche.

Sofort die Treppe hinauf ins Schlafzimmer. Dorothee liegt im Bett. Warum öffnest du nicht? Sie antwortet nicht. Dorothee! Was soll das? Sie schweigt. Was bedeutet das? Plötzlich schreit sie los. Was mir einfiele, sie mit Tonio allein nach Haus fahren zu lassen. Ich hätte mich unverantwortlich verhalten, sie diesem Scheiß-Tonio ausgeliefert, der gleich die Gelegenheit habe ausnützen wollen, unverschämt geworden sei, auf widerliche Weise zudringlich, die Haustür zugeschlossen und sie habe vergewaltigen wollen, nur mit letzter Kraft habe sie sich dagegen wehren können, während ich – sie wisse alles, ich brauche ihr nichts vorzumachen – sie mit dem schwarzen Paladamädchen betrogen habe.

Was bitte habe ich? Ich glaube, du spinnst, sagte ich.

Ich spinne nicht, sagte Dorothee. Ich hab' es sofort gewußt, wie Jakob mit den beiden Mädchen zur Tür hereingekommen ist. An deiner Verlegenheit hab' ich's gemerkt. Du bist mit einem Mal vollkommen rot im Gesicht geworden. Mir machst du nichts vor.

Ich habe gar keinen Grund, dir was vorzumachen, sagte ich. Was du jetzt redest, ist der reinste Unfug und absolut aus der Luft gegriffen.

Warum lügst du?

Ich lüge nicht, sagte ich. Ich kann zu allem überhaupt nichts sagen. Weil es einfach nicht stimmt.

Sag mir die Wahrheit! Du hast dich in die Schwarze verliebt. Du hast dich mit ihr getroffen. Wo warst du die ganze Zeit?

In F.!

Ich habe vor einer Stunde in F. angerufen, da warst du nicht mehr da.

Vor einer Stunde ist, sagte ich, unmöglich.

Na gut, sagte Dorothee. Ich kriege sowieso alles raus. Morgen früh fahre ich nach Palada und werde mit Jakob sprechen.

Ich war mit meinem Manöver am Ende. Dorothees Entschlossenheit, der Sache nachzugehen, brachte mich in eine unangenehme Lage.

Nun nimm doch mal Vernunft an, versuchte ich einzulenken. Ich finde dein Mißtrauen unerträglich. Ich bin bereit, dir alles zu sagen, aber ich erwarte, daß du dann von dieser Angelegenheit aufhörst.

Also hast du mich belogen?

Ich habe dich nicht belogen, ich habe dir nur nicht die ganze Wahrheit gesagt. Ich bin mit Kathrin in Zuino gewesen, um ihr etwas von Gregor auszurichten.

Du lügst schon wieder.

Ich hab' einen Zeugen, sagte ich. Du kannst Aldo fragen. Er hat uns in Zuino getroffen.

Es war mir nicht gelungen, Dorothee zu überzeugen. Alles, sagte sie, erlogen. Ihr könne man nichts vormachen. Sie wisse genau, daß ich mit der Schwarzen schon länger was hätte. Darum sei sie (Dorothee) mit den Kletzkis auch nach Bologna gefahren.

Ich gebe dir eine letzte Chance! Sag mir die Wahrheit!

Ich habe dir die Wahrheit gesagt.

Ist das dein letztes Wort?

Ja.

Gut, dann ist Schluß zwischen uns, sagte Dorothee, noch ruhig. Aber gleich darauf schrie sie los: Schluß! Verlaß sofort das Haus! Ich möchte dich hier nicht länger sehen. Ich habe mit dir nichts mehr zu schaffen.

Hör mir bitte mal zu!

Verschwinde!

Dorothee!

Ich weiß alles. Von Tonio. Er hat dich genau beobachtet. Durch dich bin ich in eine unmögliche Situation geraten. Wenn ich mich nicht mit allen Kräften gewehrt hätte, ich weiß nicht, was passiert wäre. Trotzdem, seine Behauptungen treffen zu.

Du glaubst diesem miesen Typ also mehr als mir?

Ich weiß, daß er Recht hat.

Wenn Tonio Recht hat, behalte ich gern Unrecht. Mir reicht's jetzt! Bedank dich bei Tonio.

Ich ging in mein Zimmer hinauf. Ich setzte mich, wie in der Mitte zerbrochen, an meinen Schreibtisch. Ich wollte, um mich abzulenken, etwas lesen, aber ich war dazu nicht fähig. Ich legte mich auf mein Arbeitsbett, versuchte zu schlafen. Es ging nicht. Ich war vollkommen durcheinander. Mir zitterten Beine und Arme. In meinem Kopf war alles wund vor Schmerzen. Ich weiß nicht, wie lange ich wach gelegen habe. Schließlich muß ich doch vor Erschöpfung eingeschlafen sein.

Plötzlich wachte ich auf. Dorothee stand vor mir.

Was ist?

Ich muß mit dir reden.

Fang nicht schon wieder an, sagte ich.

Ich fange nicht wieder an, sagte Dorothee. Ich möchte diese Angelegenheit nur zum Abschluß bringen. Wenn du zugibst, mit der Schwarzen geschlafen zu haben, ist alles gut, und ich verspreche dir, nichts nachzutragen und nie wieder davon zu reden.

Ich kann nicht etwas zugeben, was nicht war, was nicht wahr ist.

Sei ehrlich!

Ich bin ehrlich. Ich habe nicht mit der Schwarzen geschlafen. Auch nicht mit der Dicken. Mit keiner. Das schwöre ich dir!

Ich hätte ja gar nichts dagegen, sagte Dorothee, nur: ich möchte nicht belogen werden.

Du wirst nicht belogen!

Gut, ich glaube dir. Ich glaube dir. Ich *will* dir glauben!

Sie kroch zu mir unter die Decke, drängte sich an mich. Ich umarmte sie – ihr Körper war bettwarm und unter den Achseln feucht. Wir lagen eine Weile still nebeneinander. Dann sagte Dorothee: Massier mich ein bißchen! Sie wälzte sich herum und legte sich auf den Bauch. Ich knetete ihr den Rücken, das heißt: meine Hand knetete ihren Rükken, die Schultern, selbsttätig und ohne Zusammenhang mit meinem Körper, als sei die Hand von ihm abgetrennt und ihre Bewegungen nur Nervenreflexe. Ich wußte nicht, was meine Hand tat, und meine Hand wußte noch weniger, was sie auf Dorothees Rücken tat. Mein ganzes Ich hatte sich in den Kopf zurückgezogen.

Jetzt meine Oberbeine, sagte Dorothee.

Die Hand gehorchte. Sie rutschte augenblicklich tiefer und krallte sich in Dorothees weiches Schenkelfleisch.

Ich schloß die Augen.

Sofort war eine schmerzende Finsternis in meinem Kopf. Meine Kehle war ausgetrocknet, die Atemwege waren wund.

Im Magen spürte ich ein quälendes Brennen. Bis in die Zehenspitzen hinein war ich müde und zerschlagen.

Deine Hand ist so beruhigend, sagte Dorothee.

Ihre Stimme schien von ganz fern herzukommen. Meine Hand schrumpfte zur Faust und rieb Dorothees Haut, bis sie ganz heiß war.

Das andere Bein, sagte Dorothee.

Sie hatte es so gesagt, wie sie es immer gesagt hatte: in Form einer sanften Anweisung und keineswegs befehlend. Mir aber kam es in diesem Moment vor, als habe sie mich aufs Tiefste demütigen und erniedrigen wollen.

Ich oder meine Hand tat, was Dorothee verlangte. Mechanisch, doch zugleich methodisch wurde Dorothees Wunsch erfüllt, als ließe sich ihre Haut zu Pulver zerreiben. Aber Dorothee, so schien es, war unempfindlich gegen Schmerzen. Mehr noch: sie genoß sie. Und plötzlich stieg in mir eine Wut auf, aber diesmal eine andere als bei Kathrin. Keine dumpfe und bloß verletzende, sondern eine helle, tödliche, mit Ekel durchsetzte Wut, die im Kopf anfing und sich dann sofort in alle Körperrichtungen hinein ausbreitete. Mir kribbelte es unter den Fußsohlen vor Wut, meine Augenlider zuckten, vor lauter kalter Wut glühte mein Kopf.

Ich stemmte mich in die Höhe, warf mich mit mörderischer Entschlossenheit auf Dorothee und drang, indem ich sie mit der rechten Hand an der Schulter packte, ihr mit der linken den Kopf tief ins Kissen drückte, in sie ein.

Mein Überfall muß für Dorothee vollkommen unerwartet gekommen sein. Ich begriff mich selber kaum. So fremd wie mein eigener Körper war mir in diesem Moment der Körper Dorothees. Ich verstand nicht, was in mir vorging und was in mir vorgegangen war. Es gab nur diese tödlich-kalte Wut und hinter meinen Augen das Bild Kathrins.

Auf einmal Tag und auf der Straße erregte Stimmen, Schluchzen und Weinen. Das Bett leer. Dorothee? Ich stürzte ans Fenster. Eine dichte Menschenmenge im Regen, wild durcheinander redend. Auf der Treppe vor dem Nachbarhaus die alte Frau von nebenan. Neben ihr der Geistliche von San Stefano mit einem Meßbuben.

Ich rannte in die Küche hinunter. Dorothee bereitete das Frühstück. Sie wußte schon alles. Der Nachbar, seit Jahren an schwerer Angina pectoris leidend, war aus dem Bett gefallen und tot. Etwas sehr Merkwürdiges, sagte Dorothee. Sie habe in der Nacht geträumt, die Nachbarin sei gestorben, und heute früh, wie sie (Dorothee) auf die Terrasse gehe, höre sie, daß deren Mann gestorben sei. Furchtbar, in ihrem Alter allein zurückzubleiben. Ich glaube, sagte Dorothee, es war ein glückliches Paar. Ich habe mit Angelina gesprochen. Im nächsten Jahr hätten die beiden goldene Hochzeit gehabt. Du mußt rübergehen und kondolieren.

Ich kann das nicht, sagte ich. Ich weiß auch nicht, was ich sagen soll.

Du brauchst gar nichts zu sagen, sagte Dorothee. Ich habe nur allen die Hand gegeben, und Angelina hab ich in den Arm genommen.

Hast du den Toten gesehen?

Ja, er liegt ganz friedlich im Bett. Es war ein schöner Mann mit einem sehr guten Kopf.

Ich kann das nicht, sagte ich. Ich mag keine Toten sehen.

Es ist gar nicht schlimm, sagte Dorothee. Er sieht aus, als ob er schläft.

Ach, ich weiß. Dies *als ob*. Ich habe auch meinen Vater nicht mehr gesehen. Ich konnte nicht. Ich hatte Angst.

Man muß den Tod als etwas Natürliches auffassen.

Wie du redest heute. *Friedlich, natürlich*. Der Tod ist das Unnatürlichste, was es gibt, und niemals friedlich. Ich hasse den Tod und alles, was damit zusammenhängt.

Ich bin dann aber doch rüber und habe der Alten und

ihrem Sohn mein Beileid ausgesprochen, und ich konnte ihnen die Bitte, *il nostro morto* anzuschauen, ihren eigenen Toten, nicht abschlagen. Tatsächlich war der Anblick der Leiche, von der nur der Kopf zu sehen war, erträglicher als ich mir vorgestellt hatte. Angelina schien inzwischen etwas gefaßter. Ihr Sohn bot mir eine Zambucca an. Ich trank, ich weiß nicht, auf wessen Wohl. Ein Verwandter Angelinas erzählte Kriegserlebnisse. Piero lachte. Auch Angelina lachte.

Das Leben ging weiter.

Am Nachmittag, zwei Tage vor Dorothees Geburtstag, kamen mein Bruder und die Schwägerin, um uns die Tochter zurückzubringen. Sie hatte sich in den fast drei Monaten, wo sie bei der Großmutter war, ziemlich verändert, konnte laufen, erste Worte sprechen, war ein ganz anderes Kind geworden.

Der Tod des Nachbarn und die Ankunft der Tochter hatten die Spannungen zwischen Dorothee und mir überlagert. Ich versuchte, mich durch Beschäftigung mit der Tochter von der gestrigen Begegnung mit Kathrin abzulenken. Dorothee gab sich Mühe, ihre noch immer nicht erstickte Eifersucht vor den Verwandten zu unterdrücken. Sie war mir gegenüber freundlich wie lange nicht. Mit keinem Wort erwähnte sie die Vorfälle der letzten Nacht.

Abends kamen Jakob und Renate, um mit uns über die Vorbereitungen zu Dorothees Geburtstagsfeier zu sprechen. Infolge des Trauerfalls im Nachbarhaus wollten wir nicht bei uns, sondern in Palada feiern. Mir wäre es am liebsten gewesen, wir hätten überhaupt nicht gefeiert. Aber Dorothee bestand darauf, ihren Geburtstag zu feiern. Im Grunde ging es ihr natürlich nur um einen Anlaß, viele Gäste zu haben. Wenn es übermorgen noch regnet, sagte ich, werden es so viele nicht werden. Es regnet schon nicht, sagte Dorothee. An meinem Geburtstag hat es noch nie geregnet. Wer alles käme, fragte Renate. Jakob und sie möchten das Essen spendieren. Forellen.

Zwanzig Leute bestimmt, sagte Dorothee.

Colliers, Schweters, Gregor und Solke, wenn sie wirklich kommen, Carlos und Elisa, das sind erst zwölf.

Und wir: sind vierzehn, mit Tinka fünfzehn.

Und die Paladaleute?

Noch mal fünfzehn. Eine neue Studentengruppe ist eingetroffen.

Also dreißig.

Aber Gustaf haben wir vergessen.

Einunddreißig.

Also rund dreißig.

Dreißig Forellen. Für jeden eine.

Und der Bruder und die Schwägerin?

Sind nicht mehr da.

Wein?

Fünfzig Liter.

Besorge ich, sagte Dorothee. Ich rufe auch Carlos an.

Carlos sorgt für Musik.

Und Lampions.

Aber wenn es regnet?

Es regnet nicht.

Es kann gar nicht regnen.

Am andern Morgen reisten der Bruder und die Schwägerin ab. Laßt das Kind nicht wieder so verdrecken, sagte die Schwägerin. Man mußte sich ja schämen, wie es aussah, als es bei uns ankam.

Dorothee schwieg dazu. Aber als die beiden gefahren waren, ließ sie ihren Unmut über die Worte der Schwägerin an mir aus.

Ich habe mir die Sache noch mal überlegt, fing sie an. Du mußt mit der Schwarzen schon während meiner Abwesenheit, als ich in Bologna war, was angefangen haben. Wo waren die beiden Mädchen, die Dicke und die Schwarze, in der Nacht vor deiner Reise nach Wien?

Das weiß ich nicht.

Sie haben nicht in Palada geschlafen, hat mir Jakob erzählt.

Kontrolliert er seine Gäste?

Es ist ihm aufgefallen. In der Nacht von Sonntag auf Montag waren die beiden nicht in Palada. Sag mir jetzt die Wahrheit.

Ich hab' dir die Wahrheit gesagt.

Du hast mich belogen.

Ich habe dich nicht belogen.

Wo warst du am Sonntagnachmittag?

In Palada.

Na bitte!

Durfte ich das nicht?

Gustaf hat dich mit der Schwarzen am See getroffen.

Er hat die Paladaleute am See getroffen, und ich war zufällig auch dabei.

Zufällig? Du gehst doch sonst nie an den Corno, wegen der vielen Menschen.

Mich stören die Menschen nicht. Menschen haben mich nie gestört.

Das ist neu.

Vielleicht für dich.

Als ich früher an den Corno gehen wollte, weil man da viel bequemer baden kann, warst du dagegen. Du wolltest, hast du gesagt, allein sein.

Mal allein, mal unter Menschen. Das ändert sich eben von Zeit zu Zeit.

Mir kommt diese Veränderung sehr plötzlich.

Das liegt an dir. Du siehst nur Resultate, nicht die kleinen Schritte, die zur Veränderung führen. Möglich, daß lange ich ein Misanthrop war. Jetzt bin ich's nicht mehr.

Haben die aus Palada dich mit ihrer Pfadfindergesinnung angesteckt?

Was heißt *die aus Palada*, und was verstehst du unter *Pfadfindergesinnung*? Ist deine Schwester ein Pfadfinder? Ist der Psychologe ein Pfadfinder? Erstens kannst du nicht alle in einen Topf werfen, und zweitens hat Kommunikationsbereitschaft nichts mit Pfadfinderei zu tun. Du solltest dein Vokabular mal etwas überprüfen.

Und du deinen Charakter.

Ich habe keinen.

Das interessiert mich jetzt nicht. Ich will nur wissen: hast du mit der Schwarzen geschlafen oder nicht?

Ich äußere mich nicht mehr zu diesem Thema.

Ich bestehe darauf, von dir eine klare Antwort zu erhalten.

Ich habe dir gestern abend geantwortet, hell und klar.

Weil du mich nach Wochen mal wieder gebumst hast?

Halt den Rand. Es kommt wer.

Gustaf.

Heile Welt! Was ist hier los? Sterbt's ihr aus in M.? Hab' schon alles vernommen. Aus dem Bett g'fallen und tot. Aber macht nichts. Die Alte kann froh sein, ihren bettnässenden marito los zu sein. Stirb und werde! Das ist das Leben. Wie geht's? Wie schaut ihr denn aus? Streitet's miteinand'?

Nein, wieso?

Ich seh's euch an. Was ist, Herrschaften?

Eifersüchtig ist sie.

Eifersucht ist der stärkste Beweis für Liebe, Sie!

Er zog aus seiner Hosentasche ein Tütchen hervor und schwenkte es vor Dorothees Augen. Hab's nicht vergessen. Für die Mäuse! Das hilft todsicher! Nach spätestens einer Woche seid ihr mausfrei. Aber daß die Kleine nicht drankommt. Am besten, wir streuen's oben auf den Schrank und legen ein paar Köder aus. Wo steckt sie denn eigentlich, die Katharina? Ich muß sie mir doch mal anschau'n, ob sie sich herausgemacht hat.

Sie schläft, sagte Dorothee.

Kann sie jetzt laufen?

Ja, kann sie.

Die ist euch gut gelungen, die Kleine.

Ich ging in mein Zimmer hinauf, angeblich, um zu arbeiten, endlich meinen Telepathie-Artikel fertig zu schreiben, aber ich blieb oben an der offenen Tür stehen, um zu hören, was die beiden noch miteinander zu reden hatten. Und tatsächlich fing Dorothee, wie ich erwartet hatte, gleich wieder von der *Schwarzen* an, und sie gebe, sagte sie, nicht eher Ruhe, bis sie sich restlos Klarheit verschafft habe. Sie sei zum Äußersten entschlossen. *Entweder – oder.* Ob Mädchen oder nicht, sie wolle jedenfalls nicht hinters Licht geführt und angelogen werden. Sie lasse sich prompt scheiden, falls . . . Mit einem Mann, der lüge, lebe sie nicht zusammen.

Entweder – Oder.

Dorothee meinte es ernst. Aber da stöberte Stieblers kernige Stimme durchs Haus. Scheidung! Scheidung! rief er. Das sei nun wohl der Weisheit letzter Schluß. Das könnt' ihr so passen. In der ganzen Welt grassiert diese Scheidungsseuche, diese Scheidungspest. Jetzt geht's auch in diesem Lande damit los. Keiner will zurückstehen. Er habe nichts gegen die neuen Gesetze, überhaupt nichts. Es gebe untragbare, unerträgliche Verhältnisse. Das wisse er. Aber was man in Illustrierten, Filmen und gewissen Büchern propagiere, sei der Untergang der Kultur. Er als Unbeteiligter, als gleichsam außerhalb der Ehe Stehender habe mehr als jeder andere ein Recht, vor den katastrophalen Folgen zu warnen. Die Gesellschaft werde ruiniert, wenn nichts mehr Bestand habe, alle natürlichen Bindungen geleugnet würden. Und keine Bindung sei natürlicher, naturgewollter als die zwischen zwei Menschenwesen, die kraft kosmischer Gesetze füreinander bestimmt seien.

Er hätte sicher noch Stunden in diesem Ton weitergeredet. Er war jetzt erst richtig in Fahrt gekommen. Aber da hupte es dreimal kräftig auf dem Hof. Colliers. Die Colliers waren wieder da. Einen Tag früher als erwartet. Wegen des Wetters, sagten sie. Seit einer Woche Regen in den Bergen. Aber nun regnete es auch hier. Stupide und monoton, wenn zwar, wie Gustaf zu Dorothees Ermunterung bedeutungsschwer verkündete, nützlich für die neugepflanzten Bäume und die Sträucher.

Stiebler ging, als die Colliers vorgefahren waren. Dorothee rief ihm nach: Morgen abend in Palada sehen wir uns, zur Geburtstagsfete. Das Verschwinden Gustafs und das Auftauchen der Colliers nahm ich als Anlaß, meinen Horchposten aufzugeben und in die Küche hinunter zu gehen, wo die Collierfamilie sich schon um den Tisch gruppiert hatte.

Menschen, von denen man sich eine bestimmte Vorstellung gemacht hat, unter veränderten Umständen wiederzusehen, führt zu seltsamen Irritationen. Man glaubt, nicht man selber, sondern die anderen hätten sich verändert, seien andere geworden. Im Falle der Colliers war ich rückhaltlos bereit, mein früheres Urteil als ein zu leichtfertiges zurückzunehmen. Ich weiß nicht, woran es lag. Mit einem Mal waren mir beide überraschend sympathisch. Franz, im Gesicht rosig-frisch, wirkte ausgeruht und auf mich in hohem Maße beruhigend, während ich an Ilona oder Irena, die mir bislang immer unverdrossen exaltiert und irgendwie ziellos überdreht vorgekommen war, plötzlich eine große Schwermut entdeckte, die sich in jeder Bewegung ihrer Hände und ihres ganzen Körpers äußerte, und ich begriff nicht, wie ich diese Frau je anders und ohne diese abgründige Traurigkeit hatte sehen können. Wer hatte sich nun verändert? Hatte sich überhaupt wer verändert oder war nur äußerlich, um mich herum, durch die Begegnung mit Kathrin, durch die Rückkehr der Tochter, durch Dorothees Eifersuchtsszenen, etwas anders geworden? War ich nur deshalb milder in meinem Urteil über die Colliers, weil ich selber eine milde Beurteilung meiner Person wünschte, wirkte Franz beruhigend auf mich, weil ich nach Ruhe verlangte, projizierte ich auf Ilona meine eigene Traurigkeit?

Reinhild berichtete von ihren Ferienerlebnissen in Südtirol. Selbstverständlich war es dort *zauberschön*, und neue Bekanntschaften hatten sie auch gemacht. Das gehörte zum Programm. Trotzdem merkte man, daß die schönste Landschaft und die reizendsten Bekannten kein Ersatz waren für Ilonas dringend gesuchte Kontakte zu wahlverwandten Menschen. Beide, Ilona wie Franz, wollten Freunde gewinnen, und vielleicht hatten sie gehofft, die in uns zu finden.

Und jetzt erkannte ich plötzlich, daß ihr zweiwöchiger Ins-Gebirge-Ausflug und die gereizte Stimmung bei der Abreise auf Enttäuschung beruhte. Man hatte sich von dem Aufenthalt bei uns mehr versprochen, sich ihn ganz anders vorgestellt, ich weiß nicht wie, aber intensiver, herzlicher, ausgefüllter, und sicher wäre das Zusammensein mit den Colliers auch anders verlaufen, wenn wir allein gewesen wären, ohne die vielen anderen Besucher. Die haben uns abgelenkt, verwirrt, durcheinandergebracht und – was Gregor betrifft – zweifellos negativ gegen Colliers beeinflußt. Sein Banalysieren war schuld. Wir haben die Colliers gar nicht mehr wirklich gesehen, nur noch Karikaturen und Wortfiguren, die wir sprachlich kleingemacht haben, zerhackt, zerlegt, zersetzt.

Was mich jetzt an den Colliers rührte, war ihr gegenseitiges Ausgeliefertsein. Er hatte sich ihr, sie hatte sich ihm ausgeliefert, ich weiß nicht, aus Not, aus Traurigkeit, aus Hilflosigkeit. Und wenn es da bei ihr auch Schwierigkeiten gab, Sehnsüchte und ungestillte Wünsche, wenn sie gelegentlich ausbrechen wollte und vorgab ihren Mann zu hassen, sie hing an ihm, und nicht nur, weil sie von ihm abhing, sie brauchte ihn, wie er sie brauchte, sie brauchten einander, um mit ihrem Los fertig zu werden. Einer stützte den andern, er sie, sie ihn. Und das war möglicherweise mehr als sie selber wußten, mehr auch, als sie sich selber eingestehen mochten.

Vielleicht hatte Solke doch recht gehabt, wenn sie – obwohl in einem anderen Sinne – gemeint hatte, die beiden paßten gut zueinander. Es gab da nicht einen besseren und einen weniger guten Teil, jeder war auf seine Weise schwach, auf seine Weise unglücklich, auf seine Weise meinetwegen auch neurotisch und zwanghaft, und gerade deshalb hielten sie zusammen, deshalb konnten sie zusammenhalten. Und war ihre Ehe auch nicht glücklich, so war sie auch nicht unglücklich.

Auch Dorothee, hatte ich den Eindruck, schien die Colliers plötzlich mit andern Augen anzusehen und gleichfalls bereit, ihr Urteil zu revidieren. Wir haben, sagte sie, diesmal gar nichts voneinander gehabt. Und sie fügte, vielleicht um ihr schlechtes Gewissen abzubauen, hinzu: Aber das lag nicht an uns. Ihr wißt ja, wie schön es letztes Jahr war. In diesem Jahr, diese tausend Leute. Ich kann das nervlich einfach nicht verkraften, und immer müssen die besten Freunde darunter leiden. Ihr solltet unbedingt mal im Frühling kommen oder im späten Herbst. Daß wir uns mal richtig unterhalten können.

Dorothees freundschaftliche Ansprache – das merkte ich – tat den Colliers wohl. Und wenn da jetzt noch ein Quentchen Unbehagen oder Enttäuschung gewesen sein sollte, durch Dorothees Worte war es aus der Welt geschafft.

Es regnet. Es regnet immer noch. Es regnet immer weiter. Die Katze döst vor dem Kamin. Colliers werden gesprächiger. Im Nachbarhaus liegt der Tote.

Auf einmal tappt, sich den Schlaf aus den Augen wischend, die Tochter zu uns in die Küche. Das erste Mal, daß sie selbständig aus dem Bett geklettert ist.

Wer tommt denn da? Ilona sprang auf, wollte die Kleine auf den Arm nehmen, aber da fing sie an zu weinen. Die fremden Personen verwirrten sie. Ihr habt ja eure Tochter wieder. Wann ist sie denn zurückgekommen? Gestern, sagte Dorothee. Die Verwandten haben sie gebracht.

Nein, wie süß sie geworden ist.

Kathrinchen!

Aber Kathrinchen flüchtete zum Vater und legte ihren Kopf auf dessen Knie. Ein Papakind, das sieht man gleich, sagte Ilona. Töchter sind immer Papakinder.

Sie ist noch nicht ausgeschlafen, sagte Dorothee. Die lange Fahrt gestern. Davon ist sie noch ganz durcheinander. Sonst nämlich ist sie überhaupt nicht ängstlich.

Tinka, Katinka!

Katinka indes war nicht ansprechbar. Sie maulte, patschte mit ihren Händen gegen meine Schenkel und versteckte ihr Gesicht.

Wie schön, daß sie wieder da ist. Seid ihr nun glücklich?

Erzählt doch mal, sagte Franz, wie es euch inzwischen ergangen ist.

Es war dies vermutlich nur eine Aufforderung aus Höflichkeit. Er konnte nicht ahnen, damit an die wundeste Stelle gerührt zu haben. Habt ihr noch viel Besuch gehabt?

Ich fürchtete, Dorothee würde die Frage zum Anlaß nehmen, sofort von unseren Differenzen anzufangen. Um ihr zuvorzukommen, begann ich von meiner Wienreise zu erzählen. Allerdings darauf gefaßt, jeden Moment von Dorothee unterbrochen zu werden. Aber sie unterbrach mich nicht. Ich erzählte schneller, um viele Informationen zusammenzuraffen. Dorothee schwieg. Sie ließ mich erzählen, schien unnatürlich sanft. Ich beobachtete sie. Sie hörte mir geduldig zu. In ihrem Gesicht keine Spur von Unmut. Doch gerade das beunruhigte mich. Ich redete und redete, fast automatisch, immer mit einem Seitenblick auf Dorothee. Unbewegt hörte sie mir zu. Falls sie nicht nur vor den Colliers die Rolle einer guten Ehefrau spielte: was steckte dahinter? Ich war einfach nicht in der Lage, mir vorzustellen, daß Dorothee plötzlich ohne Aggressionen sein sollte. Wartete sie nur auf eine günstige Gelegenheit, mir eins auszuwischen?

Aber da war ich schon mit dem Erzählen zu Ende, ohne auch nur einmal von Dorothee unterbrochen worden zu sein, und in diesem Moment klarte es sich auf (tatsächlich in diesem Moment), und die Sonne brach durch.

Die Sonne! rief Dorothee. Ich wußte es doch. An meinem Geburtstag ist schönes Wetter. Immer ist an meinem Geburtstag schönes Wetter.

Du bist ein Glückspilz, sagte Franz.

Ihr habt das schöne Wetter mitgebracht, sagte ich.

Katinka lief ans Fenster, wollte die Sonne sehen. Aber entdeckte den Kater.

Titu! rief sie. Mein Titu!

Das ist nicht dein Zizu, sagte Dorothee. Das ist ein neuer Zizu. Der andere ist tot. Den haben die Jäger totgemacht. Peng!

Hast du Carlos angerufen, daß er seine Gitarre mitbringt?

Muß ich noch, unbedingt, sagte Dorothee.

Wieviel Leute kommen denn? fragte Ilona.

Über dreißig, sagte ich.

Wo wollt ihr die denn alle unterbringen?

Wir feiern in Palada, sagte Dorothee. Hier geht's nicht, weil vor zwei Tagen der Nachbar gestorben ist.

Was? Der junge Mann, der immer vor der Tür saß?

Nein, der Vater. Das war der Sohn.

Der Vater war der Sohn?

Quatsch! Der Vater ist gestorben, von dem Sohn.

Natürlich.

Deshalb können wir hier nicht feiern.

Klar, sagte Franz. Das kann man nicht. Gerade auf dem Lande.

Wahrscheinlich ist morgen sogar die Beerdigung, sagte ich. Die können überhaupt froh sein, daß es bis jetzt geregnet hat. Ich weiß ja nicht: eine Woche früher – ob sie da die Leiche drei Tage im Haus hätten behalten können.

Daß es so was noch gibt, sagte Franz.

Wie gut, sagte Ilona. Die haben hier noch ein richtiges Verhältnis zum Tod.

Ich würde mich nur verbrennen lassen, sagte Dorothee. Es klang, als bleibe ihr der Tod erspart.

Verbrennen? Entz-setzlich! sagte Ilona.

Dorothee stand auf, ging ins Wohnzimmer und telefonierte mit Carlos in Reggio.

Kaalo, Kaalo! rief Tinka. Hallo, Telefon.

Also, sagte Dorothee, als sie zurückkam: Carlos kommt. Solke ist schon per Anhalter unterwegs. Alles klappt.

Und Elisa?

Ist noch im Spital, aber es geht ihr gut.

Habt ihr, erkundigte sich Ilona, inzwischen mit den netten Rettenbergs mal wieder Kontakt aufgenommen?

Ich merkte gleich: hinter der Frage steckte ein Wunsch.

Sollen wir sie auch einladen?

Das wäre hübsch, sagte Franz.

Ja, wirklich, sagte Ilona.

Aber Rettenbergs haben kein Telefon.

Wir können doch hinfahren, sagte ein Zwilling.

O ja, wir machen einen Besuch, sagte der andere Zwilling.

Gut, wenn ihr das mit der Einladung übernehmen wollt, sagte ich.

Machen wir, sagte Ilona.

Für morgen abend?

In Palada.

Das finden sie nicht, sagte ich. Am besten, sie kommen hierher und wir gehen dann gemeinsam hinauf.

Ja, so machen wir's.

Ja, genau so.

XVII. Das grosse Fest

In der Nacht vor ihrem dreißigsten Geburtstag, der als Sommerschlußfest gefeiert werden sollte, kam es zu einem schrecklichen Auftritt zwischen Dorothee und mir. Anlaß, wenn auch möglicherweise nicht der tiefste Grund, war ein kurzer Abendbesuch bei den neuen Besitzern des roten Hauses, einem holländischen Fahrradhändler-Ehepaar, dem Dorothee durch Vermittlung – ich weiß bis heute nicht warum – zu diesem Besitz verholfen hatte. Auf einmal zu Gast in den villenartigen Räumen, war sie – angesichts der phantasielosen Einrichtung, die vorwiegend aus Freizeit- und Kaufhausmobiliar bestand – buchstäblich durchgedreht. Mit spitzen, bösartigen Bemerkungen über diese Art von Innenausstattung fing es an. Dann holte sie zu massiveren Kommentaren aus und wurde schließlich, im Zustand der Volltrunkenheit, in der verletzendsten Weise ausfallend.

Das Ehepaar glaubte zunächst, in Dorothees Ausfällen noch so etwas wie gesellige Komik sehen zu können und versuchte seinerseits, mit ländlich-schwerfälligem Humor zu reagieren. Als Dorothee sich jedoch daraufhin in eine zähneknirschende Wut hineinsteigerte und ausrief, sie werde sich nie verzeihen, daß sie solchen Vandalen diese Villa vermittelt habe, verwies man uns kurzerhand des Hauses.

Ich kochte, außer mir über Dorothees Verhalten.

Wir fuhren nach M. Den ganzen Weg sprach ich kein Wort.

Zu Hause (die Colliers schliefen schon in der Scheune) fing Dorothee an, ich sei das letzte Schwein, daß ich vor solchen Typen wie den Holländern meine Frau nicht in Schutz nehme und daß sie nun endgültig ihre Konsequenzen ziehen werde.

Ich bat sie, nicht so zu schreien, wegen des Kindes. Sie dürfe schreien in ihrem Haus, so viel sie möchte, sagte Dorothee. Es sei ihr Haus, und das rote Haus sei auch ihres. Alles gehöre ihr, und sie werde keine Mittel scheuen, diese holländischen Händler aus der Villa zu vertreiben.

Sie war tatsächlich vollkommen übergeschnappt.

Ich verschwand in mein Zimmer, zog mich aus, legte mich auf mein Arbeitsbett und nahm an, Dorothee sei so müde, daß sie auch sofort schlafen ginge. Doch wenige Augenblicke später stand sie in meinem Zimmer und schrie: Raus! Verschwinde! Sofort! Ich lebe nicht länger mit solch einem Schwein unter einem Dach.

Ich blieb ganz ruhig, dachte: auf keinen Fall sie jetzt reizen.

Aber das war genau das Verkehrte.

In einem Anfall hysterischer Wut stürzte sie auf meinen Schreibtisch, fegte mit einer Handbewegung sämtliche Papiere, Hefte und Bücher von der Schreibtischplatte, schrie *Schwein* und sie werde mich schon kleinkriegen. Ich blieb trotzdem weiterhin auf meinem Arbeitsbett; denn, *eine falsche Reaktion*, dachte ich, und es gibt eine Katastrophe. Als Dorothee jedoch sah, wie ungerührt und scheinbar gelassen ich ihre Ausbrüche hinnahm, kam sie erst richtig in Rage. Plötzlich warf sie sich wütend über mich und demmelte mit beiden Fäusten auf mich ein.

Ich wehrte mich nur schwach und sagte, meinen Kopf in Sicherheit bringend: *Beherrsch dich!*

Das war ihr zu stark.

Sie schnellte in die Höhe und stürzte an meinen Arbeitsplatz, packte die elektrische Schreibmaschine und knallte sie, ehe ich noch begriff, was das geben würde, mit ganzer Wucht gegen die Wand, direkt in eine Graphik hinein. Glas splitterte, die Maschine krachte auseinander, in seinem Zimmer, von diesem Lärm wach geworden, schrie das Kind. Ich sprang von meinem Bett, griff Dorothee bei den Armen, und es entstand eine wüste Balgerei, in deren Verlauf keiner hautschonend mit dem anderen umging und mein Zimmer total verwüstet wurde.

In der Furcht, Dorothee sei bereit und fähig, mich in ihrer unzurechnungsfähigen Raserei umzubringen, ergriff ich in einem für mich günstigen Moment die Flucht, rannte aus dem Zimmer, schnappte meine vor Angst schreiende Tochter und fuhr, wie ich war, zerkratzt, blutend und halbnackt, mit dem Kind nach Palada hinauf, wo ich meinen Verwandten, was vorgefallen war, atemlos erzählte.

Ob er, fragte Jakob, sofort runter zu Dorothee und mit ihr sprechen solle. Das sei, sagte ich, im Moment sinnlos. Vielleicht könne er morgen früh, jetzt sei sie vermutlich unansprechbar.

Ich habe dann, die Tochter im Arm, auf einer Matratze in Jakobs und Renates Zimmer schlaflos den Rest der Nacht verbracht und mir unablässig vorgestellt, daß Kathrin im Nebenraum schliefe und daß, wenn ich jetzt allein wäre, ich zu ihr hinüberginge und mich zu ihr legte und ihr alles berichtete und sie am Ende fragte: Was meinst du – wollen wir nicht zusammen ein neues Leben beginnen?

Am anderen Morgen, vor acht schon, ging Jakob nach M. Zwei Stunden später kam er zurück, mit Hemd und Hose für mich, und teilte mit, daß Dorothee ihr Verhalten *tief bereue* (was aber wohl seine Worte waren) und mich bitten lasse, ihr zu vergeben.

Das war allerdings eine Wendung, die ich nicht hatte vorhersehen können.

Was denn, fragte Renate, nun aus der geplanten Geburtstagsfeier würde, ob Dorothee alles zurückblase?

Überhaupt nicht, sagte Jakob. Es bliebe alles wie besprohen. Dorothee sei ziemlich vernünftig gewesen. Sie habe gesagt, daß sie sich tagsüber etwas ausruhen möchte und gegen sieben mit ihren Gästen heraufkomme.

Das ist ja noch lange hin, sagte ich.

Ich hatte wirklich nicht damit gerechnet, daß es zu dieser Feier noch kommen würde. Doch Dorothee erschien tatsächlich. Mit dem Glockenschlag sieben traf sie in Palada ein, bester Laune, wie es schien, mit langem Blumenkleid, Hippieschmuck und einer Rose im Haar. Das Geburtstagskind, flankiert von den beiden Rettenbergs und im Gefolge Colliers ohne Kinder, Schweters mit Kindern sowie Solke, die soeben aus Florenz zurückgekehrt war.

Ich war bis zu ihrem Eintreffen mit Kathrin zusammengewesen. Ich habe Fotos von ihr gemacht: Kathrin allein, Kathrin vor der Scheune, Kathrin vor dem Paladahaus, Kathrin mit dem Kind auf dem Arm. Ich habe ihr meine ganze Situation geschildert, diese vollkommen verfahrene Beziehung zu Dorothee, und sie schließlich gefragt, ob sie (Kathrin) sich ein Leben mit mir vorstellen könne.

Ja, sie stelle sich ein Leben mit mir schön vor, aber sie wisse auch, daß es bei der Vorstellung bleibe.

Die Ankunft Dorothees schien dies in beklemmender Weise zu bestätigen.

Meinen herzlichen Glückwunsch, sagte ich. Du siehst, deinen *Geburtstag* habe ich nicht vergessen, obwohl ich sonst alle Daten vergesse.

Du hast ein ausgezeichnetes Gedächtnis, sagte Dorothee.

Nur für ganz bestimmte Dinge, sagte ich. Ich habe übrigens auch ein Geschenk für dich, aber infolge einiger unvorhergesehener Ereignisse . . .

Verzeih mir, sagte Dorothee. Ich bin mir bewußt, daß ich mich gestern unmöglich benommen habe.

Darüber können wir uns bei anderer Gelegenheit unterhalten. Heute ist dein Geburtstag.

Verzeihst du mir?

Ich möchte diese Sache vergessen, sagte ich.

Sei mir bitte wieder gut.

Dorothees plötzliche Wandlung, ihr Stimmungswechsel, war mir allerdings eher unheimlich. Eine seltsame Stärke, auch eine seltsame Härte steckte dahinter. Und davor fürchtete ich mich, weil ich mit einem Male begriff, wie unfrei ich im Grunde war.

Aber ich dachte in dieser Minute nur: Hauptsache, wir bringen diesen Abend einigermaßen über die Runden.

Die Lampios, rief Renate. Wo sind die Lampios? Die Lampiöner? Bring sie doch mal einer. Wir müssen jetzt unbedingt mit dem Essen anfangen, sonst werden die Forellen kalt.

Also: hinsetzen! sagte Jakob.

Da kam auch schon Gil und balancierte wie ein *chef de cuisine* auf flacher Hand ein Blechtablett mit dem Fischröstwerk.

Wer-wo-wie, fragte Franz Collier, nach einem Sitzplatz suchend. Wir haben keine Tischordnung, sagte Renate. Jeder, wo er möchte. Aber so bald wurde man sich nicht einig, weil keiner dem andern zuvorkommen wollte und eine fatale Rücksichtnahme um sich griff. Alle behaupteten, es sei ihnen gleich, wo und wie und mit wem man säße, doch dann wollte Ilona gern die untergehende Sonne sehen, Frau Rettenberg einen Blick auf den *Monte Baldur* haben, Jakob in der Nähe der Korbflasche mit Wein sitzen, Gil unbedingt zwischen Kathrin und Veronika, Amanda eindeutig neben Walpurga, Dorothee neben mir, Schweter in Reichweite seines Ältesten, und die Folge der fehlenden Tischordnung war ein unentwegtes Hinrücken und Wegrücken, ein Auf- und Dazurücken, ein Ab- und Dazwischenrücken und überhaupt ein wirres Umundumrücken.

Aber schließlich hatten alle einen Platz gefunden, und man konnte mit dem Essen beginnen.

Wie auf einer Bauernhochzeit, sagte Frau Schweter.

Franz Collier erinnerte die weißgedeckte Tafel an ein griechisches Ostermahl.

Rettenbergs fanden es auf jeden Fall wirklich hübsch hier oben und bedauerten, diese Gegend nicht früher entdeckt zu haben. Als die meisten, was sie fanden, geäußert hatten, hielt Jakob eine selbstverfaßte Tischrede, dankte Dorothee, daß sie ihren Geburtstag selbstlos als Sommerfest ausgegeben habe und versuchte sich in Anspielungen auf die Vorgänge der letzten Nacht, wodurch, wie er sagte, manch einem Dorothees dreißigster Geburtstag in lebhafter Erinnerung bleiben werde.

Ich saß düster an Dorothees Seite und hielt, in einem Gefühl maßloser Schwäche, mein Weinglas umklammert.

Wir waren gerade dabei, die Forellen zu zerlegen, als Gregor und Carlos kamen, die sich zufällig vor unserem Haus in M. getroffen hatten. Carlos in Begleitung einer jungen Römerin namens Valentina und seines indischen Freundes Vishy, der mit den Hippies im Mai bei uns gezeltet hatte.

Große Freude, Umarmungen, Küsse, Glückwünsche zu Dorothees Geburtstag, Blumen, Geschenke.

Setzt euch, wo Platz ist!

Schön, daß ihr gekommen seid. Wie geht's Elisa?

Besser, sagte Carlos. Aber sie müsse noch eine Nachuntersuchung abwarten.

Hier? rief Veronika, glücklich über Gregors Erscheinen.

Aber Gregor setzte sich neben Dorothee, ohne Veronika auch nur anzusehen.

Kinder, langt zu, sagte Renate, es ist schon alles kalt.

Jakob schenkte den Neuangekommenen Wein ein.

Zum Wohl!

Salute!

Warum gibt's eigentlich keine Musik? rief Dorothee.

Ja, Musik, rief Ilona. Musik, Musik!

Jakob ging ins Haus und legte eine Platte auf. Irgendeinen Vivaldi oder Telemann.

Herrlich diese südlichen Nächte, schwärmte Ilona.

Franz wurde sofort an Spanien erinnert, an Spanien oder Frankreich, da habe er auch oft an so langen Tischen im Freien gesessen.

Wo bleiben, fragte ich Dorothee, eigentlich deine Kletzkis?

Die kommen schon noch.

Hört mal: die Grillen, rief Frau Schweter und sah zu ihrem Mann herüber. Oder sind das Zikaden?

Wir müssen die Lampiöner anmachen, sagte Renate.

Nein, ich bitte euch, sagte Ilona. Genießt die blaue Stunde!

Wenn die Berge nicht wären, sagte Frau Rettenberg, könnte man glauben, am Meer zu sein.

Tinka quängelte.

Die Kinder müssen ins Bett, sagte Jakob.

Ich bring' sie, sagte Dorothee. Renate soll sich heute mal ausruhen. Die hat genug Arbeit gehabt mit den Vorbereitungen.

Dann schlug – ich weiß nicht: Rettenberg oder Collier – einer vor, eine Hausbesichtigung zu machen, solange es noch einigermaßen hell sei. Also Hausbesichtigung! (Man sah aber schon jetzt kaum noch die Hand vor Augen).

Außer Kathrin und mir blieben am Tisch zurück nur Veronika und Carlos und Valentina.

Wie fühlst du dich, fragte Kathrin.

Gar nicht, sagte ich.

Mir schien, ihr hättet euch wieder vertragen?

Na ja, was man so vertragen nennt.

Ihr müßt etwas unternehmen, sagte Veronika. So dürft ihr nicht weiterleben. Ihr zerstört euch.

Und wenn?

Die Hausbesichtigung war zu Ende, die Dunkelheit vollkommen. Die Gäste verteilten sich gruppenweise im Garten. Jetzt brauchen wir aber unbedingt Licht, sagte Renate.

Franz Collier versuchte, die netten Rettenbergs in seine

Nähe zu locken. Doch da die schöne Malvida sich in angeregtem Polnisch mit Jakob unterhielt, gelang es ihm nur, Herrn Rettenberg an seine Seite zu ziehen. Man müsse sich doch mal etwas *gedanklich austauschen*, meinte Franz. Indes erwies sich der Antiquitätenhändler, vielleicht wegen der räumlichen Entfernung von seiner temperamentgeladenen Ehehälfte, als eher wortkrag. Die für Collier peinliche Situation, Rettenberg jedes einzelne Wort buchstäblich aus dem Munde zu ziehen, wurde durch das Hinzukommen Gils erträglicher, der seinerseits keine Gelegenheit ausließ, sich im Reden zu üben.

Täglich, wie er durchblicken ließ, mit Informationen aus mindestens drei supraregionalen Zeitungen gespeist, fing er im Schein der Lampions an, die weltpolitische Lage zu analysieren, unter besonderer Berücksichtigung Chiles, für dessen Präsidenten er, ungeachtet seiner ideologischen Einfärbung, die allergrößten Sympathien, wie er sagte, hege. Das sei ein echter Realpolitiker, sagte Gil, im Unterschied zu denen, die ihm gerade mangelnden Realitätssinn vorwürfen.

Realpolitiker oder nicht, sagte Franz. Was heißt Realpolitiker? Wenn die Regierenden, ob in Europa oder anderswo, sich nicht endlich dazu bequemten, ihre Aufgaben rein wissenschaftlich anzupacken, sie zumindest mit den neuesten wissenschaftlichen Erkenntnissen in Übereinstimmung zu bringen, würde unser Planet – und das sage er nicht als Prophet, sondern als nüchterner Fachidiot – noch vor Ende dieses Jahrhunderts ausgelöscht sein.

Aber da meldete sich Rettenberg zu Wort. Wenn der Untergang der Welt, meinte er, lediglich von richtiger oder falscher Politik abhänge, dann wolle er *diese Branche* nicht noch wissenschaftlich aufgemöbelt sehen, sondern – im Gegenteil – dann müsse man sie in ihrer ganzen Schmutzigkeit bloßstellen. Auch er sehe die Weltlage nüchtern, als Geschäftsmann. Aber was da hoch zu Roß am grünen Tisch beschlossen würde, seien alleweil dunkle Machenschaften, worüber die weißen Hemden der selbsternannten Volksvertreter ihn, Rettenberg, nicht hinwegtäuschen könnten. Die Welt nehme ihren Lauf, so oder so. Handfeste und praktische Arbeit werde noch immer von niederen Chargen geleistet, vom treuen Heer der Beamten. Wozu also Präsidenten, wozu Minister, wozu ein aufgeblähter Regierungsbauch? Weg damit! sagte Rettenberg und fegte mit seiner sommersprossigen Hand unwirsch übers Tischtuch. Weg damit! sage ich, sagte Rettenberg, als sei mit dieser Bewegung auch gleich jede Regierung vom Tisch gefegt.

Gil, mir gegenüber, zwischen Kathrin und Veronika sitzend, schaute nervös ins Lampionlicht. Ich schaute Kathrin an, Kathrin schaute mich an. Im Hintergrund hörte man Malvidas polnisches Geplapper, während Franz seine düstere Prognose zu erhärten suchte. Für ihn, gab er zu verstehen, sei die Welt ein chemisches Labor oder auch eine Firma mit beschränkter Haftung, und man könne nicht einfach immer weiter ins Blaue hinein experimentieren, sondern müsse endlich anfangen, langfristig zu planen.

Franz hatte kaum das letzte Wort ausgesprochen, da erhob sich der stille Rettenberg sprungartig, nahm die Brille ab und schrie, was heiße denn planen? Es gebe nichts zu planen, alles sei unterwandert, überall in der Welt seien Kräfte am Werk, die es nur darauf angelegt hätten, die Einrichtungen unserer Erde zu zerstören. *Wie die Termiten!* schrie er. Was man antippe, sei hohl, morsch, einsturzbereit. Davon rede keiner, das werde verschwiegen, weil man ein solches Ausmaß von Unterwanderung nicht wahrhaben wolle. Aber er wisse es. Er verschließe die Augen davor nicht. *Spitzel, Agenten, Spione!* rief er, wohin man blicke. Wühlmäuse! In der Schule finge es schon an. Im Kinderhort sogar schon, vom Heer ganz zu schweigen. Industrie, Handel, Banken, alles unterwandert. Er sehe mit Mann und Maus alles untergehen. Alle gingen wir unter, wie wir hier säßen. *Sie*, rief er, *und Sie und Sie, alle!* Und er zeigte auf jeden mit dem Finger und sagte: *Sie werden sich noch wundern, Herrschaften, wundern werden Sie sich noch!* Auch hier, an diesem Ort, er habe das sofort bemerkt, *gespürt*, sagte er, seien die Unterwanderer bereits am Werk. Hier auch. Alles unterwandert. *Sie werden sich noch wundern.*

Er setzte sich oder besser: fiel auf seinen Platz, schwitzte, trank Wein für seinen Durst, schwitzte noch mehr, trank, schwitzte, dann rief er rülpsend nach Malvida, dann setzte er seine Brille wieder auf, dann drehte er sich ruckartig um, glotzte, uns den Rücken zukehrend, ins Dunkel, stand auf, öffnete die Hose und ließ mit den Worten *Muß mal schiffen!* seinem Harndrang freien Lauf.

Jetzt ist er hin, sagte Gil. Das hab' ich kommen sehen.

Soll man ihn nicht besser ins Bett bringen, fragte Franz.

Bloß nicht! Ich kenne den Typ. Der wird rabiat. Einfach gewähren lassen, bis er müde wird. Dann schläft er von selber ein.

Inzwischen hatten sich die meisten – auch Carlos, Valentina und Veronika – in den Kaminsaal zurückgezogen, wo bei Kerzenlicht und im Schein des Holzfeuers nach batteriegetriebener Rockmusik getanzt wurde. Jakob tanzte mit Malvida, Carlos mit Valentina, Walpurga mit Hilde, Ilona mit einem Studenten, Gregor mit Dorothee. Veronika saß bei Renate.

Ich blieb einen Augenblick mit Kathrin am Eingang stehen, dann sagte ich: Komm, wir tanzen auch. Sonst kann man es gar nicht aushalten.

Kurz darauf kamen auch Gil und Franz in den Kaminsaal. Gil ließ Malvida wissen, falls sie ihren Mann suche, der schlafe im Garten seinen Rausch aus.

Gerade wurde eine neue Platte aufgelegt, da polkte jemand die Treppe herab. Solke, verkleidet als Bräutigam, mit Jakobs schwarzem Hochzeitsanzug, Langschäftern und angeklebtem Bart. Beifall für Solke. Und wo ist die Braut? Die Braut bin ich, rief Hilde und warf sich Solke an den Hals. Jetzt wollte sich auch Ilona verkleiden. Sie ließ ihren Studenten stehen und schwebte, beinlos, wie es schien, durch die tanzende Menge zur Treppe hin, um sich in den oberen Räumen des Hauses nach einem ihr gemäßen Kostüm umzusehen. Als leibhaftige Sphinx kehrte sie zurück.

Daß sie sich etwas gebildet Poetisches einfallen ließ, war zu erwarten gewesen. Dennoch leuchtete ihre mythologische Gewandung nicht jedem sofort ein. Jakob, der mit der tollen Rettenberg die gewagtesten Verrenkungen vorführte (oder vollführte), deutete beispielsweise im Vorbeitanzen Ilonas Dämonenschwingen, aus Kleiderbügeln und Babywindeln hergestellt, als Engelsflügel. Gil dagegen deutete Ilonas Aufzug als Vampir.

Doch bevor man das Kostüm der Collier noch recht bestaunen und zutreffend auslegen konnte, wurden die im Kaminsaal Versammelten durch etwas Unvorhergesehenes zutiefst erschreckt. Von unbekannter Hand wurde vom Garten her durch die offenstehende Tür ein grausam kalter Wasserstrahl auf die tanzenden Paare gelenkt. Sofort entstand eine Panik. Ein wildes Gedränge, Geschubse und Geschiebe. Die Mädchen kreischten hysterisch auf, die Studenten fluchten, Gil rief empört: Der besoffene Rettenberg!

Er mühte sich ab, die Tür zu schließen, wurde klatschnaß, ohne die Tür zuzukriegen, da sie außen festgehakt war.

Aufhören! brüllte er.

Seid ihr wahnsinnig! rief Renate. Wer ist denn das?

Doch der Täter war nicht zu identifizieren.

Das kann nur Rettenberg sein, schrie Gil.

Ich flüchtete mit Kathrin in eine geschützte Ecke nahe beim Kamin, wo, am ganzen Körper vor Aufregung zitternd, die nervenschwache Frau Schweter stand.

Was bedeutet das? fragte sie. Was soll das?

Ich weiß nicht, sagte ich. Vielleicht ist einer übergeschnappt. Endlich stürzte Jakob nach draußen. Ihm folgten Franz und Carlos. Sogleich hörte die Spritzerei auf. Die Täter stellten sich: Wolf und Mirjam, die Kletzkis, nach vermutlich erfolgreich verlesenem Referat aus Bologna zurückgekehrt. Im Dunkeln über den vor dem Haus liegenden Gartenschlauch gestolpert, waren sie auf diesen sonderbaren und nicht überaus witzigen Einfall gekommen.

Man lachte, allerdings, verkrampft. So recht behagte keinem dieser Spaß, und Gil war sogar ernstlich verstimmt.

Vom Wasserwerfer zum Flammenwerfer, sagte er, sei nur ein kleiner Schritt.

Immerhin bewirkte Kletzkis Aktion, daß ein allgemeines Verkleidungsfieber einsetzte. Nach Solkes und Ilonas erfolgreichen Kostümen wollten sich auch die meisten anderen phantasievoll vermummen, und dieses Verlangen wurde durch die wassertriefenden Kleidungsstücke eher noch verstärkt.

Tatsächlich entstand vor der Treppe zum Obergeschoß des Hauses ein geschäftiges Gerangel. Walpurga, Vishy, Jakob, Franz, Carlos, Renate, alle schienen wie versessen darauf, ihre durchnäßten Kleidungsstücke gegen bunte Fetzen auszutauschen.

Ich saß mit Kathrin auf der Kaminbank. Neben mir standen die Schweters. Kommen Sie, Schweter, sagte ich. Wir haben uns überhaupt noch nicht richtig unterhalten, seit Sie hier sind.

Na, wird schon noch, sagte Schweter.

Ich hab' meinem Mann gesagt, er soll auch mal tanzen, aber er tut's nicht.

Ich schau lieber zu, sagte Schweter. Ich find's lustig, die Leute zu beobachten.

Aber wenn ich ihn morgen frag', was er gesehen hat, weiß er von nichts.

Er wisse schon alles, sagte Schweter, nur behalt' er's lieber für sich.

Mir wird's heiß im Rücken, sagte Kathrin.

Wollen wir etwas an die frische Luft?

Meinst du, das geht?

Warum nicht?

Wegen Dorothee.

Interessiert mich nicht.

Wir traten vor die Tür. Am Tisch, schlafend, Rettenberg.

Wir spazierten durch den Garten.

Was hältst du von diesem Abend?

Ich bin nicht für solche Feste, sagte Kathrin.

Aber du tanzt so schön!

Wenn ich tanze, seh ich die andern nicht. Dann spür ich nur mich.

Und mich – siehst du mich auch nicht?

Doch, dich seh' ich, aber drinnen, in meinem Kopf.

Und nach einer Pause: Es ist furchtbar, daß man Gesichter so schnell vergißt. Ich habe letzte Nacht versucht, mir dein Gesicht vorzustellen, aber es ist mir nicht gelungen. Ich konnte mich nicht mal mehr an die Farbe deiner Augen erinnern. Doch vielleicht ist es auch gut so. Besser vergessen als verdrängen.

Wir werden uns immer wiedersehen, Kathrin!

Ich glaube nicht. Ich habe schon mit meiner Trauerarbeit begonnen.

Aber wenn du überhaupt trauern kannst ... Die meisten haben es gar nicht gelernt.

Stimmt, sagte Kathrin. Man muß es lernen. Man muß mit seiner Trauer umgehen können. Ich mag das Wort schon sehr. Trauer ist ein schönes Wort. *Trauer, traurig, Traurigkeit.*

Ist es nur ein *Wort*?

Ein Wort, das für mich vollkommen seinen Inhalt wiedergibt. Nach kurzem Schweigen: Ich glaube, wir müssen jetzt wieder zu den anderen. Sonst gibt es Ärger. Ich weiß nicht, sagte ich. Im Moment habe ich das Gefühl, als sei das alles ganz weit von mir weg oder als stände ich über allem, als könne nichts mir noch etwas anhaben. So eine irrsinnige Klarheit ... wie ganz dünne Luft. Eine irrsinnige Klarheit und zugleich eine irrsinnige Leere, ich weiß nicht, ob du das kennst? Als sei die Welt aus Seidenpapier geschnitten.

Mir geht es eigentlich auch so, sagte Kathrin. Trotzdem, ich finde, wir sollten wieder ins Haus gehen. Es ist besser.

Als wir uns dem Eingang des Hauses auf zwanzig Meter genähert hatten, sprang, in einem schwarzen Kittel, ein hölzernes Kruzifix in der Hand, Jakob uns entgegen. Ihm nach die tolle Malvida, mit klaffender Bluse.

Stójcie! Stójcie! Dokad idziecie? Stójcie! rief sie.

Was ist denn in die beiden gefahren?

Wir sahen Jakob und der ihn verfolgenden Malvida nach. Als sie im Dunkel und in der Tiefe des Gartens verschwunden waren, sagte ich: *Gespenstisch!*

Die Rettenberg, sagte Kathrin, ist ganz schön schlimm. Mir ist das schon damals in Muslone aufgefallen.

Wieso *schlimm*?

Schizoid meine ich, sagte Kathrin.

Weißt du eigentlich, daß ihr euch sehr ähnlich seht? Ihr könntet Schwestern sein.

Ich möchte so eine Schwester nicht haben.

Während unserer Abwesenheit hatte sich die Szene im Kaminsaal vollkommen verändert. Bei unserer Rückkehr tanzten nur noch die beiden Kletzkis und immer noch Gregor mit Dorothee. Aber um sie herum waren die größten Umwälzungen vorgegangen. Der Alkohol tat seine Wirkung. Gil kroch im Flackerlicht der Kerzen hemdlos auf allen vieren, ein leeres Weinglas als Rüssel vorm Mund. Auf Gils Rücken die Sphinx Ilona, mit inzwischen amputierten Flügeln, Brentanoverse rezitierend. Jakobs Studenten lagen neben und zwischen Carlos, Valentina und dem Krishnajungen auf herbeigeschleppten Matratzenteilen und balgten sich um die junge Römerin. Franz Collier steckte in einem alten Jutesack und versuchte mit seinen freien Armen die bärtige Solke aus Hildes tribadischer Umklammerung zu befreien.

Kaum hatte Dorothee mich mit Kathrin hereinkommen sehen, packte sie Gregor bei den Händen und sagte unüberhörbar: Komm, was die können, können wir auch.

Sie wollte mit ihm nach draußen verschwinden.

Gregor schaute mich an. Es sollte hilflos aussehen. Aber seine Hilflosigkeit war nur geheuchelt. Der umsichtige Menschenkenner wußte, daß in diesem Moment eine Unglücksmiene angebracht war.

Dorothee ihrerseits hatte vermutlich damit gerechnet, daß ich aufgrund ihrer Worte einen meiner *hysterischen Anfälle* bekäme.

Aber ich tat, als hätte ich nichts gehört. Ich setzte mich mit Kathrin zu Veronika, die neben Walpurga saß, unterhielt mich, trank, dachte: es interessiert mich alles nicht mehr.

Unruhig oder nervös wurde, als Gregor und Dorothee gegangen waren, Renate. Wegen Jakob, der noch immer mit der Rettenberg im Garten war.

Jetzt wollte sie auch in den Garten. Aber da erschien Rettenberg, ausgeschlafen, ausgenüchtert, vollkommen wieder hergestellt.

Hier vergnügt man sich, während ich träume, sagte er.

Gil, als er Rettenberg sah, schüttelte Ilona von sich ab, erhob sich, ging auf den Antiquitätenhändler zu, zupfte ihm am Schlips und sagte:

Guten Morgen, Herr Rettenberg. Ich hoffe, Sie wissen, wo Sie sich befinden. Ich meine: falls Sie wieder eine volle Blase haben.

Durst, sagte Rettenberg, hab' ich. Und, indem er die tanzenden Kletzkis anvisierte: Hallo! Wir kennen uns doch! Wie kommt denn ihr hierher?

Die Kletzkis tanzten weiter, Mirjam in blauem Unterkleid, Wolf mit über der Brust aufgerolltem Hemd, tanzten, sich in den Armen liegend, auf der Stelle und ohne auf den Antiquitätenhändler zu achten, der ihnen entgegentapern wollte, doch in diesem Moment von Gil, der ihn am Schlips festhielt, daran gehindert wurde.

Komm, artig sein!

Loslassen! rief Rettenberg.

Aber Gil zog nur um so heftiger an dessen Schlipsende, und als Rettenberg sich mit Gewalt befreien wollte, blieb Gil mit einem Krawattenfetzen in der Hand zurück.

Sind Sie wahnsinnig! schrie Rettenberg, wollte dem Psychologen einen Fußtritt versetzen, glitt dabei aber aus und schlug der Länge nach hin, was Gil benutzte, um ihm – wie aus Versehen – mit dem Schuhabsatz auf die Hand zu treten und sich dann zu entfernen. Rettenberg schrie vor Schmerz. Seine Brille war zerbrochen. Wolf, als habe er den

Fall erst jetzt bemerkt, kam herbei, um dem Antiquitätenhändler aufzuhelfen.

Wie gut, daß man überall Freunde hat.

Rettenberg hob die zerbrochene Brille auf und streckte Kletzki seine verletzte Hand entgegen, aber Wolf nahm sie nicht, sondern wandte sich Mirjam zu. Die beiden tanzten weiter, als sei nichts geschehen. Rettenberg stand noch immer mit ausgestreckter Hand im Raum. Bis Ilona kam und sie ergriff:

Ich bin die Sphinx, die *männerfangende Ker*.

Das überstieg Rettenbergs Fassungsvermögen. Er rief nach seiner Frau. Wo ist Malvida?

Jetzt bin *ich* da, sagte Ilona.

Kinder, rief Renate, warum gehen wir nicht nach draußen? Immer in dieser stickigen Luft.

Ja, raus, in den Garten, jubelte Ilona. Komm, Rettenbergilein. Tanzen, tanzen!

Reinhild! rief Franz, an Solke herumzerrend, die, volltrunken, den Kopf in Hildamandas Schoß, eingeschlafen war, *denk an unsere Kinder*! Wir können sie nicht die ganze Nacht allein lassen.

Aber Reinhild als Ilona schien nicht die Absicht zu haben, sich um ihre Kinder Gedanken zu machen. Sie tanzte mit Rettenberg, der unentwegt nach seiner Frau rief, aus dem Saal hinaus.

Kletzkis tanzten auf der Stelle, fast ohne sich zu bewegen, unbekümmert um alles, was um sie herum vorging. Ich saß mit Kathrin neben Walpurga, schaute mir dieses seltsame Paar an, Wolf und Mirjam, Mirjam und Wolf. Was hat sie, dachte ich, zusammengebracht? Warum halten sie sich so aneinander fest? Fürchten sie sich? Wovor fürchten sie sich? Fürchten sie sich überhaupt?

Es geht mich einen feuchten Dreck an. Alles geht mich einen feuchten Dreck an. Ich schaue, ich schaue hin, schaue noch einmal hin, wie um mich zu vergewissern, daß ich selbst noch hier bin. Ich bin noch hier, aber zugleich bin ich auch nicht hier.

Plötzlich inmitten dieser Ruhe eine heftige Bewegung. Die Römerin. Valentina. Sie sprang auf, zerzaust, mit wildem Haar, tippte Mirjam auf die Schulter:

Ihr habt jetzt lange genug rumgemacht. Jetzt überlaß mir mal den Typ!

Bitte, sagte Mirjam, vollkommen unterkühlt.

Wolf schien etwas überrascht oder verwundert, daß Mirjam ihn ohne weiteres stehen ließ und Valentinas Platz auf der Matratze einnahm.

Was gibt das denn?

Wirst schon sehen.

Sie legte ihre Arme um seine Taille.

Küß mich!

Wolf küßte sie ins Gesicht.

Nein, nicht so! Warte!

Sie zog ihr rechtes Bein unters Kinn.

Meine Füße!

Gil kam. Eine Frau, die weiß, was sie will! sagte er.

Erst waschen! sagte Wolf.

Gil sah seine Chance gekommen, sich an Kletzki zu rächen:

Ein Hygieniker ist er auch noch! Toll! Weigert sich, einer Dame die Füße zu küssen.

Tun Sie's doch! sagte Kletzki.

Und ob ich's tu! Mit Vergnügen!

Und schon ergriff Gil Valentinas kleinen Fuß und führte ihn an seine Lippen.

Wir haben Hunger! riefen die Studenten. Wo gibt's was zu essen?

Draußen steht Käse! sagte Renate.

Fleisch wollen wir. Wir wollen Fleisch.

Fleisch gibt's nicht.

Es gibt, sagte einer. Mit zwei anderen verschwand er nach draußen.

Idioten! sagte Renate.

Wo sind Schweters eigentlich?

Gegangen.

Wann?

Schon länger, es sei ihnen hier *zu bunt* zugegangen, sagte Renate.

Schade, sehr schade, gerade um Schweters tut's mir leid. Man kommt nie dazu, sich mal ausführlich mit ihnen zu unterhalten.

Ich starrte einen Moment vor mich hin, möglich, daß ich dabei ein etwas verzweifeltes Gesicht machte und Kathrin mich deshalb fragte, ob es schlimm für mich sei, das mit Gregor und Dorothee.

Nein, sagte ich. Ich kenn' doch Dorothee. Immer Auge um Auge.

Und wenn es diesmal ernster ist?

Glaube ich nicht, schon gar nicht bei Gregor. Du hast ja heute abend erlebt, wie er Veronika behandelt. Er ist für mich der geborene Junggeselle.

Aber Dorothee ist eine andere Frau als Veronika, sagte Kathrin.

Ich weiß es nicht – und wenn: mir auch egal. Du siehst ja: überall dasselbe. Sogar die unzertrennlichen, *scheinbar* unzertrennlichen Kletzkis! Ich deutete auf Mirjam, die in Carlos' Armen lag, nicht gerade überglücklich, dennoch mit einem entschlossen-progressiven Gesichtsausdruck, als sei dieser bereits die Antizipation des von ihr angestrebten Wohlbehagens. Aber Kathrin schien sich mehr für Valentina zu interessieren, die jetzt wirklich in Hochstimmung kam, wenn auch mit destruktiver Tendenz. Offenbar hatte sie es darauf abgesehen, diese in ihren Augen *beschissene Fete* in die Luft gehen zu lassen, zumindest diese Ansammlung amüsierbereiter Urlauber zu schockieren. In Kletzki erblickte sie vermutlich nur das willfährige Instrument, ihre Wirksamkeit zu erproben, ihren Grad von Enthemmtheit zu testen. Sie fummelte an dem smarten Wolf herum, der an Valentina herumfummelte. Einer fummelte am anderen herum, worauf sich auch Gil am Fummeln beteiligte und mit psychologischem Fingerspitzengefühl Wolf auszutrixen versuchte, worauf plötzlich Veronika hinzukam und sich ihrerseits an Gil heranmachte, worauf Valentina unmißverständlich zu verstehen gab, daß diese beiden Herren ihr gehörten und sie auf der Stelle mit ihnen schlafen möchte, worauf Mirjam dazwischenfuhr und erklärte, falls Wolf mit dieser Person schlafe, werde sie vor aller Augen mit Carlos schlafen, worauf Carlos sich einschaltete und die Verwirrung, wer mit wem schlafen solle oder könne oder wolle, komplett war.

Valentina beherrschte die Szene.

Doch ihr großer Auftritt war nicht von langer Dauer. Er fand ein jähes Ende, als Jakobs Studenten, johlend und brüllend, einen ausgewachsenen Schafsbock in den Kaminsaal schubsten und zerrten.

Zunächst war man darüber etwas verwirrt. Einige lachten und fanden das komisch, andere waren, ich weiß nicht, *peinlich* oder *unangenehm* berührt und befürchteten, sagen wir, Sodomitisches, manche womöglich glaubten auch mit offenen Augen zu träumen, und der Rest dachte überhaupt nichts und fand auch nichts dabei, bis Renate Stellung bezog. Sie war außer sich. Sie wußte, daß dieses hilflose, verängstigte Tier aus dem Stall des Nachbarn entführt war, und daß es deswegen mit Sicherheit morgen Ärger geben würde. Sie war empört, wütend, zornig. Auch Walpurga war empört und wütend. Auch Gil war empört, meinte so was ginge zu weit. Walpurga rief: Wahnsinn! Renate verlangte, daß das Vieh dahin zurückgebracht werde, woher man es geholt habe.

Sofort! In dieser Sekunde, oder ich vergesse mich!

Halt die Klappe!

Das Tier, sagte Gil, kommt raus!

Man sei froh, daß man es endlich hier reinbugsiert habe.

Worte hin, Worte her, Handgreiflichkeiten, Verletzungen.

Ich dachte sofort an den Aufstand vor vier oder fünf Wochen, auch in diesem Hause, in diesem Raum.

Ich ahnte, wie es weiterging, wie es weitergehen mußte. Ich wußte es, kannte den genauen Ablauf, bis in jede Einzelheit, sah alles vor mir, als sei es schon einmal geschehen, als sei, was sich vor mir in der Wirklichkeit ereignete, nur die Wiederholung weit zurückliegender Vorkommnisse oder Begebenheiten, eine nachgestellte, nachgespielte Szene.

Ich sah das toll vor Angst am Strick zappelnde Tier, ich sah seine rötlichen Augen, ich sah das hocherhobene Schlachtbeil, die Doppelhand, die es in der Luft kreisen ließ, ich sah im selben Augenblick das Beil mit der stumpfen Seite auf den Kopf des Tieres niedersausen, ich sah das Tier unter diesem Schlag zusammenbrechen, ich sah aber davor schon das Tier, alle viere von sich gestreckt, aber noch zukkend, auf dem Fliesenboden liegen, ich sah noch davor das Beil, abwechselnd mit der stumpfen und mit der scharfen Seite, immer rascher auf den Tierkörper einschlagen, ich habe davor schon den zerfleischten Leib des Tieres gesehen und das herausquellende Eingeweide, und bereits davor hatte ich die Wände voller Blutspritzer gesehen und die Fliesen naß von Blut, und ganz am Anfang die besudelten Hände der Studenten, ihre blutbefleckten Hemden und ihre bleichen Gesichter.

Komm raus hier, sagte ich zu Kathrin, hier raus, komm!

Wir flohen ins Freie, in den Garten.

Plötzlich eine tödliche Stille. Nur das Zirpen der Grillen.

Wir gingen auf die Scheune zu. Es ist, sagte ich, nichts geschehen. Vergiß alles.

Auf einmal Stimmen. Gelächter.

Da sind die anderen. Willst du dahin?

Ich weiß es nicht.

Ich legte, ein bißchen aus schlechtem Gewissen, weil ich sie dauernd mit meinen privaten Angelegenheiten behelligte, den Arm um Kathrin. Es hat, sagte ich, um sie zu beruhigen, mit dir und mir nichts zu tun. Wir pirschten durch das Innere der Scheune in Richtung auf die Stimmen zu. Ganz wohl war mir bei diesem Streifzug nicht. Ich hatte das unbestimmte oder undeutliche, irgendwie knisternde und an den Nerven zerrende Gefühl, bald mit etwas konfrontiert zu werden, dem ich besser ausweichen sollte. Gleichzeitig aber verspürte ich einen Zwang, mich diesem zu Erwartenden auszuliefern, auch um den Preis, erniedrigt zu werden, mich demütigen zu lassen.

Ich muß es wissen, sagte ich mir. Ich brauche Klarheit.

Doch was war dieses *es*, woraus bestand es und worin die Klarheit, und was versprach ich mir davon?

Man müßte einen Röntgenapparat für Gedanken haben, so etwas wie einen Gefühlsdetektor. In meinen Träumen war ich mehr als hundert Male in einer ähnlichen Situation wie jetzt. Ich kenne das alles, dachte ich. Im Finstern mich durch Kellergänge, Schuppen und unendliche Korridore vorzutasten. Besonders in den letzten Wochen sind meine Träume immer beängstigender geworden, in alle denkbaren und undenkbaren Richtungen hinein ausgeufert, wobei jeglicher Realitätsbezug – aufgrund der im Traum fremden oder auch nur verfremdeten Räumlichkeiten – zu fehlen schien oder verlorengegangen war.

Eine erschreckende Orientierungslosigkeit, eine tiefe, demoralisierende Verwahrlosung meines Unterbewußtseins.

Als wir den Ausgang der Scheune erreicht hatten, sah ich zwei engumschlungene Gestalten auf der Böschung im Gras liegen. Nachdem sie uns bemerkt hatten, richteten sie sich schnell auf und fingen plötzlich an zu singen. Ein polnisches Lied, bemüht zweistimmig und etwas zu laut.

Es waren Jakob und die Rettenberg.

So lustig wie ihr, sagte ich, möcht' ich nicht sein.

Wieso?

Weil's zu laut ist, und dafür zu heiß.

Wir haben eben gebadet, sagte Malvida.

Wo gebadet?

In unserm Planschbecken, sagte Jakob.

Köstlich, sagte Malvida. Kann ich euch sehr empfehlen.

Was – in der abgestandenen Brühe?

Wir haben heute ganz frisches sauberes Wasser einlaufen lassen, sagte Jakob. Reinstes Quellwasser, extra für dieses Fest.

Ist wie 'n richtiger Swimming-pool, sagte Malvida.
Was meinst du, fragte ich Kathrin.
Ihr fühlt euch hinterher wie neu geboren, sagte Jakob.
Wär' vielleicht nicht schlecht, sagte Kathrin.
Mir reicht's schon, einmal geboren zu sein, trotzdem – versuchen wir's.

Wir kletterten oder besser: *rutschten* die Böschung hinunter, gingen zu dem ausbetonierten Wasserspeicher und einmal rund herum und prüften zuerst mit Händen und Füßen die Temperatur. Dann zogen wir uns aus und sprangen hinein. Das Wasser in dem etwa viermalfünf großen Bassin reichte, wenn man stand, nur bis knapp an den Bauchnabel. Aber man konnte schwimmen.

Tatsächlich, nach der Hitze und der verräucherten Luft im Kaminsaal war dieses nächtliche Bad in dem kühlen Bergwasser eine wohltuende Erfrischung.

An sich habe ich fürs Schwimmen nicht viel übrig. Ich bin irgendwie wasserscheu. Aber in diesem Moment war ich, das erste Mal in meinem Leben, imstande, das Schwimmen als etwas über die Maßen Angenehmes zu erleben. Ich genoß es förmlich, vom Wasser getragen zu werden, Arme und Beine frei zu bewegen, zu atmen, die Schwerelosigkeit meines Körpers zu spüren.

Ich schloß die Augen. Minutenlang habe ich an nichts gedacht, an überhaupt nichts. Alles war ganz weit weg von mir. Nach jeweils drei, vier kräftigen Schwimmzügen ließ ich mich mit ausgestreckten Armen vom Wasser treiben, fühlte mich frei und tief in meinem Kopf glücklich.

Dann öffnete ich die Augen wieder und schaute zu Kathrin hinüber, die an meiner Seite schwamm. Die Grillen zirpten. In der Ferne jaulte ein Kettenhund. Ein leichter Luftzug bewegte das Laub an den Bäumen. Ab und zu fiel, wie in Kindertagen, eine Sternschnuppe vom Himmel.

Schön? fragte ich Kathrin.
Sehr schön, sagte sie.
Schwimmen ist wie Fliegenkönnen im Traum.

Doch lange hielt das Glücksgefühl nicht vor. Ich weiß nicht, woran es lag: auf einmal packte mich eine panische Unruhe, eine seltsame Mischung aus Lampenfieber und Angst, daß ich einen Fehler machen oder mir etwas Gefährliches zustoßen könne.

Du, ich möchte wieder raus, sagte ich zu Kathrin. Wir haben genug geschwommen.

Ist dir kalt?

Nein, das nicht. Ich erzählte ihr von meinen Befürchtungen.

Du bist ganz schön neurotisch, sagte Kathrin.

Ich weiß, sagte ich. Allmählich fange ich an zu spinnen. Dauernd bilde ich mir ein, man könne mich plötzlich umbringen. Nicht, daß man es direkt auf mich abgesehen hätte, einfach so, aus Versehen oder Zufall.

Merkwürdig.

So merkwürdig auch wieder nicht, sagte ich. In diesem Lande, bei diesen laufenden Attentaten.

Aber doch nicht hier?

Du bist nirgendwo sicher, und außerdem kann man gegen solche Angst nichts machen.

Wir stiegen aus dem Bassin, machten ein paar Freiübungen, um trocken zu werden, und zogen uns dann rasch an.

Wie fühlst du dich, fragte ich Kathrin.

Besser, sagte sie.

Neugeboren?

Eher wie von den Toten auferstanden.

Plötzlich ein Geräusch. Ein dürres Rascheln.

Was war das?

Da ist wer!

Jakob! rief ich.

Keine Antwort. Stille.

Dann wieder dieses Rascheln, und kurz darauf Knacken von trockenem Geäst.

Wer ist da?

Nichts.

Ich stand wie betäubt. Einige Sekunden lang war ich unfähig, etwas zu denken, unfähig auch zu handeln. Dann setzte meine Phantasie ein, arbeitete sozusagen selbsttätig und entwarf das Muster eines ländlichen Verbrechens, eines verwegen-primitiven Gewaltakts, dessen Urheber – auch wenn sie sich eines Handlangers in Menschengestalt bediente – die Natur selber sein mußte.

Bäume, Sträucher, Gras. Eine boshaft angeschwollene Luft. Ein paranoider Geruch nach Chemie und Verwesung.

Ich schaute mich um, aber nicht aus freiem Willen, sondern als sei mir der Hals gewaltsam umgedreht.

Kathrin, neben mir, ein bläulicher Schatten, dunkel und stumm.

Und abermals dieses dürre Rascheln.

Vor mir ein breites Panorama aus Wahrnehmung und Halluzination. Zwei helle Punkte mitten darin, ein stehendes Licht. Ich spürte ein Augenpaar auf mich gerichtet. Mensch oder Tier. Ich wurde beobachtet. Wir wurden beobachtet. Irgendwer, irgendwas beobachtete uns.

Nur jetzt nicht rühren, dachte ich. Aber ich hätte mich auch gar nicht rühren können. Die nächtliche Hitze draußen, das lähmende Gefühl in mir. Hitze und Lähmung. Ich war gefangen, im Dschungel. Dickicht, Bedrohung, Angst. Das Herz der Finsternis.

Plötzlich, deutlich gegen das Grillengezirpe abgesetzt, ein Klirren oder Scheppern. Metall auf Metall. Das war mir bekannt. Dieses Geräusch signalisierte die Nähe Dorothees. Sie war hier. Eine Täuschung war ausgeschlossen. Das Geräusch kam von ihrer blechgestanzten Halskette.

Ohne mich lange zu besinnen, sprang ich auf die Richtung, aus der das Klirren gekommen war, zu. Da sauste mir ein Holzscheit gegen den Kopf, das heißt: es streifte mich nur. In meinem Schreck spürte ich nichts. Doch etwas fing sofort an, in mir zu arbeiten. Der Gedanke, das nicht einfach hinzunehmen. Ich hielt im Lauf inne, blieb stehen, um mir eine Rache auszudenken, irgendeine Gemeinheit. Nur waren meine Nerven zu schwach.

Ich hatte nichts gesehen und wußte doch alles. Zwanzig Schritte von mir entfernt, im Laubschatten eines Feigenbaums, hinter einer Mulde, waren Gregor und Dorothee.

Ich kehrte um.

Komm, sagte ich zu Kathrin.

Was war da?

Nichts, sagte ich.

Durch die Scheune zurück zum Haus.

Aus dem Kaminsaal heraus laute Rockmusik. Nur hin und wieder menschliche Stimmen. Satzfetzen, vereinzelte Ausrufe, manchmal ein Grunzen oder Stöhnen.

Wie spät mag's sein, fragte Kathrin.

Ich hab' keine Uhr, aber bestimmt nach drei.

Wir standen in der Nähe des Eingangs.

Wollen wir da wieder rein?

Heute nicht mehr, sagte ich.

Ich glaube, die Sache hat dich doch ziemlich mitgenommen.

Welche Sache?

Die mit Gregor und Dorothee.

Ich weiß es nicht, sagte ich. Ich weiß es wirklich nicht. Ja und nein. Irgendwie hat's mich verletzt, aber nur an der Oberfläche. In einer ganz tiefen Schicht bin ich vollkommen ruhig.

Mach' dir nichts vor. Ich merke doch, daß du leidest.

Nein, ich leide nicht, Kathrin. Bestimmt, ich leide nicht, ich leide nicht mehr. Ich fühle mich auf eine zuvor nie gekannte Weise befreit. Was in mir genau vorgeht, kann ich schwer beschreiben. Aber etwas geht in mir vor. Vielleicht hängt es mit dir zusammen, vielleicht aber auch mit diesen Leuten, diesen durch und durch kaputten Existenzen, aber ebensogut kann sein, daß es allein mit mir zusammenhängt. Jetzt, wo ich es ausspreche, bin ich sogar überzeugt, daß es nur mit mir zusammenhängt.

Ich nahm Kathrin in meine Arme.

Kommst du mit? Ich möchte nach Haus.

Das geht nicht, sagte Kathrin.

Aber ich kann dich doch hier nicht allein lassen?

Du kannst! Ich bin ja immer allein hier gewesen.

Nein, ich laß dich nicht. Du darfst nicht zurück in diesen Sumpf.

Sei vernünftig!

Ich *bin* vernünftig. Ich bin außerordentlich vernünftig. So vernünftig, wie ich noch nie gewesen bin. Seit zehn Minuten bin ich die Vernünftigkeit in Person. Die Erfahrungen der letzten vierundzwanzig Stunden sind mir ungeheuer wichtig gewesen. Trotzdem bitte ich dich: komm mit! Ich möchte dich bei mir haben. Ich möchte deine Nähe spüren. Mein Gefühlszustand ist so neu, daß ich mich an dir festhalten muß, um nicht daran zugrunde zu gehen.

Nein, laß mich, laß mich hier. Mir zuliebe!

Und diese Leute? Ich darf dich da nicht bei diesen Mumien lassen. Ich habe schon einen Platz, wo ich bleibe. Ich sehe niemanden und werde auch von niemandem gesehen.

Ihre Worte hatten mich beruhigt. Kathrin war genauso vernünftig wie ich. Wir waren beide wahnsinnig vernünftig, und es blieb uns auch nichts anderes als diese Vernunft. Eine tödliche Kälte war in meinem Kopf. Mit grausamer Deutlichkeit sah ich meine Zukunft vor Augen, aber auch meine Vergangenheit: mein ganzes Leben, das nur aus Illusionen, aus Selbsttäuschungen und Selbstbeschwichtigungen bestanden hatte, aus erzwungenen und aufgezwungenen Entscheidungen.

Als ich M. erreichte, fing es an zu dämmern. Schwarz und massig erhob sich auf der anderen Uferseite der Berg. Im Nachbarhaus brannte Licht. Der tote alte Mann. Sie beteten für ihn. In der Stille des heraufsteigenden Morgens hörte man das Wellenrauschen des Sees. Was ging es mich an?

Ich ging in mein Zimmer.

Als ich die Tür öffnete, bekam ich einen Schock. Jetzt erst sah ich das ganze Ausmaß der nächtlichen Zerstörungen. Umgestürzte Bücherregale, Glassplitter, zerbrochene

Stühle, zerknüllte Papiere, die kaputte Schreibmaschine. Ein Chaos! So katastrophal hatte ich es mir nicht vorgestellt. Wie nach einer Plünderung sah es aus. Ein Wahnsinn. Aus einem Wahnsinn kam ich in den anderen hinein. Aus dem Wahnsinn da oben in den Wahnsinn hier unten.

Ich hockte mich auf den Boden, plötzlich von einer unbegreiflichen Gleichgültigkeit erfaßt, inmitten dieser grauenhaften Verwüstung irgendeinen Gedanken zu denken, irgendein Gefühl zu fühlen.

Eine halbe Stunde hab ich so auf dem Boden gehockt, dann bin ich aufgestanden, habe mich, wie ich war, ohne mich auszukleiden, auf mein Arbeitsbett gelegt und versucht zu schlafen. Ich bin denn auch tatsächlich bald eingeschlafen. Allerdings war es nur ein Ruhen mit geschlossenen Augen, ein sozusagen vordergründiger Schlaf, der die lähmende Müdigkeit in meinem Kopf nicht abdeckte. Gerade aber aus dieser Müdigkeit, aus der Tiefe meines Kopfes heraus, hoben sich, wie Wälder in einer sonst weiten baumlosen Ebene, die Träume empor.

Mir will es jetzt vorkommen, als hätte ich in dieser kurzen Nacht pausenlos geträumt, das verrückteste und verdrehteste Zeug. Nur an einen Traum erinnere ich mich noch: Ich hatte Durst, wollte etwas trinken und betrat ein ländliches Gasthaus.

Von der geräumigen Diele ab gingen nach rechts und links Türen. An einer stand in roter Schrift GESETZZIMMER. Ich habe statt dessen GASTZIMMER gelesen. Als ich die Tür geöffnet und das Zimmer betreten hatte, befand ich mich in einer dörflichen Amtsstube. An den Wänden Regale mit gebündelten Akten. Hinter einem Schreibtisch, voll mit Blattpflanzen und Kakteen, saß ein dürrer Mensch in einem Oberkellnerfrack und erklärte auf meine Frage, ob man hier etwas zu trinken bekomme, ich hätte mich in der Tür geirrt. Hier sei ich im Gesetzzimmer. Alle Gesetze der Welt würden hier archiviert. Aber das sei doch unmöglich, sagte ich. Alle Gesetze? Wirklich alle?

Alle, sagte der Mann. In allen Sprachen.

An einem derart entlegenen Ort? Wie will man denn da etwas finden?

Ich schaff' es auch kaum allein, sagte der Mann. Mein Vorgänger hat die Bestände in totaler Unordnung hinterlassen.

Jetzt erhob er sich und ich erkannte Albert in ihm.

Albert! rief ich. Du bist es?

Er sah mich an, als hätte ich eine unverzeihliche Taktlosigkeit begangen und als wollte er mir mit diesem Blick sagen: Weißt du nicht, daß es unstatthaft ist, mit einem Beamten vertraulich zu sprechen?

Er trat an eines der Regale heran, zog plötzlich einen ganzen Stoß gebündelter Akten vor, riß die Verschnürung auf und warf die beschriebenen und bedruckten Papiere in die Luft.

So, sagte er. Endlich habe ich es erkannt. Nur durch Auflösung der Gesetze bringe ich wieder Ordnung in diesen Saustall hinein.

Man kommt von seiner Vergangenheit nicht los. Jahrelang habe ich im Archiv einer Werbefirma gearbeitet, aber – seit wir hier wohnen – nie mehr daran zurückgedacht. Nun plötzlich dieser lächerliche Angestelltentraum.

Das Angestelltendasein hat einen ganz schön geschafft. Wie kaputt es einen gemacht hat, erkennt man erst im nachherein. Man müßte was darüber schreiben. Das wäre ein Stoff! Über diese *Brühroatmosphäre*, wie Albert es nennt, über diese *Brührogewohnheiten*, diese kretinhafte *Brührozunft*, in der man langsam zerbröckelt, unaufhaltsam korrodiert.

Ein bezeichnender Traum. Nur Angestellte, *Angst-gestellte*, können so was träumen.

Entsetzlich und lächerlich und wie einfach zu deuten.

Grauenhaft, auf welche Weise Abhängigkeit unser Leben reduziert.

Morgens gegen neun Uhr italienischer Zeit, bei wolkenlos blauem Himmel und zum Delirium entarteter Hitze, die Beerdigung des Nachbarn. Glockengeläute und Beten.

Ich stand mit den Colliers in der Küche am Fenster, wir schauten uns die Vorgänge im Hof des Trauerhauses an. Ilona malte Kringel in die behauchten Fensterscheiben. Franz manikürte mit Hilfe eines Zahnstochers seine Fingernägel. Dann wurde der Sarg, ganz mit roten Rosen bedeckt, aus dem Haus getragen und auf einen Handkarren verladen. Der Leichenzug setzte sich in Bewegung. Vier Männer rollten den Karren zum örtlichen Friedhof. Hinter dem Sarg her gingen der Priester, zwei Meßjungen und die nächsten Angehörigen, Angelina und Piero, der Bruder des Verstorbenen mit seiner Frau, die Schwester des Verstorbenen mit ihrem Mann, Vettern, Kusinen, Neffen, Nichten.

Ilona fand solch eine ländliche Totenfeierlichkeit *rührend.* Ich finde so was rührend, sagte sie. Kein Leichenauto, kein Bestattungsunternehmen, keine Zylinder, keine schwarzbeflorten, schwarzgeflaggten Taxikolonnen für die Anteilnehmer: *rührend.* So möchte sie auch, sagte sie, beerdigt werden. In aller Natürlichkeit, in aller Ländlichkeit, bei solchem Wetter. Sie stelle sich das *himmlisch* vor.

Dorothee schlief noch. Sie konnte es, weil die Tochter in Palada geblieben war. Solke sonnte sich im Garten. Gregor brütete auf der Terrasse vor sich hin. Unauffindbar dagegen waren die Kletzkis. Ich fragte Colliers, ob sie Mirjam und Wolf schon gesehen hätten. Nein, hätten sie nicht. Sie könnten doch nicht spurlos verschwunden sein. Sind sie aber. Im Wohnzimmer haben sie übernachtet. Aber alles war sauber aufgeräumt. Es sah wirklich so aus, als seien sie in aller Frühe – aber wann? Um fünf, um sechs? – aus dem Haus, auf und davon, ohne Abschied, ohne einen schriftlichen Gruß. Einfach weg. *So halt.* Komische Leute.

Hat's da noch Krach gegeben zwischen den beiden letzte Nacht?

Nicht direkt Krach, sagte Franz. Aber wie die sich aufgeführt haben, beide, er noch schlimmer als sie – na, ich weiß ja nicht!

Hatte er was mit der Valentina?

Hören wir lieber davon auf, sagte Franz und schaute sich nach den Kindern um. *Unmöglich!*

Ich merkte, die Colliers wurden unruhig. Die Ferien waren zu Ende. Sie warteten auf das Frühstück. Sie waren es gewohnt, daß Dorothee es ihnen auf der Veranda servierte. Aber Dorothee schlief. Da die Kinder zum Aufbruch drängelten – Papa hatte ihnen auf der Rückreise oder *für* die Rückreise noch die Besichtigung eines Tiroler Schlosses versprochen –, deutete Ilona zartfühlend an, man könne den Morgenkaffee selbstverständlich auch in einer *netten Bar* unterwegs einnehmen.

Einen Kaffee, sagte ich, kann ich euch gern machen. Das geht ja ganz fix.

Nein, nicht nötig, sagte Ilona, und Franz: ich solle ihnen keine Umstände verursachen. *Verursachen*, sagte er.

Wie ihr wollt, sagte ich. Für mich ist es eine Kleinigkeit, mit der Espressomaschine.

Sollen wir, sollen wir nicht, hin und her, einerseits-andererseits, aber schließlich entschieden sie sich doch für die Bar und folglich für die sofortige Abreise.

Der Wagen war schon gepackt, alle Koffer verstaut, die geschmackvolle Campingausrüstung. Einmal geht alles zu Ende.

Dorothee sehen wir wohl nicht mehr? Grüß sie herzlich, sagte Franz, und Ilona: Vertragt euch wieder!

Ja ja!

Ich begleitete die Colliers an den Wagen. Gregor saß immer noch brütend auf der Veranda. Er rief Franz und Ilona ein *Servus*! zu. Mich beachtete er nicht weiter, nur so schräg von unten.

Solke blieb im Garten. Sie hatte anscheinend kein Bedürfnis, sich zu verabschieden. Irgend etwas schwelte da in ihr, vermutlich immer noch wegen dieses Ingmar-Frauenhaar.

Beim Einsteigen, mit ihren vorletzten Worten, brachten beide Colliers unmißverständlich zum Ausdruck, daß sie das nächste Mal auf jeden Fall zu einer anderen Jahreszeit kommen würden, nicht wieder im Sommer, *nie wieder im Sommer*, sondern, wenn wir allein seien und nicht so viele Besucher hätten. Von Rettenbergs seien sie nebenbei auch eingeladen. Sympathische Leute. Sie vor allem. Ein richtiges Original. Aber er auf seine Weise auch. Nur alles viel zu kurz, sagte Ilona.

Trotzdem, sagte Franz, von Kleinigkeiten abgesehen, war es recht nett.

Wenn ihr die Berneburgs seht, grüßt sie von uns!

Wird gemacht! Machen wir! Und grüß Dorothee.

Brrrrm, ab! Nichts von *danke*. Aber muß auch nicht.

Als ich die Treppe zur Veranda hinaufstieg, lehnte Gregor über der Brüstung. Ich merkte schon: er versuchte wieder gute Stimmung einzuleiten. So langsam lichten sich die Reihen, sagte er.

Ich erwiderte nichts darauf, dachte nur: *Schlawiner!*

Aber Gregor ließ nicht locker. Irgendwie seien wir alle ganz schön irre und kaputt. Das Fest gestern abend, na, sagte er, fast so makaber wie Sachen, die er in Wien erlebt habe. Aber ihm gefalle so was. Man merkt's, sagte ich. Er begriff nicht gleich.

Ach, du spielst auf den Flirt mit Dorothee an? Du, da war nichts, ich schwöre.

Da war eine ganze Menge.

Ich hab' mir gleich gedacht, daß du so was vermutest. Es sah auch danach aus, sollte auch danach aussehen. Aber du kannst mir glauben: ich hab' nichts mit Dorothee.

Aber vielleicht Dorothee mit dir?

Alles Show!

Und das Holzscheit, das mir da einer ins Gesicht geschmissen hat?

Gregor weiß von nichts.

Hier, sagte ich und zeigte auf die Stelle, wo ich getroffen worden war.

Keine Ahnung.

Jakob kam, brachte die Tochter. Er war in großer Eile. Vermutlich wollte er sich aber nicht in ein Gespräch über das Fest verwickeln lassen.

Jakob! rief Dorothee.

Keine Zeit.

Er rannte davon.

Als Dorothee auf der Veranda erschien, übernächtigt, bleich, verkatert, wie ein Gespenst, tat sie, als sei ich nicht vorhanden und wendete sich mit übertriebener Zärtlichkeit dem Kind zu.

Zehn Minuten später

KLINGELINGELING!

Herr Gustaf persönlich, der mal wieder schnell nach dem Rechten sehen will.

Plötzlich ist Dorothee wie umgewandelt, ihre Stimme hell und heiter, hüpfend, springend, schmeichelnd.

Wo waren Sie, Gustaf? Wo waren Sie gestern? Ich habe Sie so vermißt?

Tolle Sache, Sie! Muß ich gleich . . . Aber erst mal – hab's nicht vergessen – nachträglich meinen Glückwunsch mit herzlich, und eine Kleinigkeit, in Ruhe und Konzentration durchzulesen oder auch als Amulett zu tragen, zur Abwehr negativer Kräfte.

Dorothee ist gerührt und belustigt, dankt wortreich und: Warum sind Sie nicht gekommen?

Ach, Frau Dorothee, Sie wissen doch, daß der alte Gustaf solche Festivitäten möglichst meidet. Man frißt, man trinkt diesen elenden Panschwein, kommt vollkommen aus dem biologischen Gleichgewicht. Aber ich wär' gekommen, Ihretwegen wär' ich gekommen, nur ging's nicht, weil ich anderweitig dringend gebraucht wurde. Um so viel – mit der Zeigefingerspitze deutete er aufs Schwarze unterm Daumennagel – um so viel hätt's ein *Mallör* gegeben.

Wieso Malheur, was für ein Malheur?

Sie kennen doch die Camilla vom Baden her? Schönes Mädel, prächtig, immer lustig, immer fidel. Und plötzlich dreht sie durch. Dreht vollständig durch, bloß wegen eines Mannsbilds. Hat ihren Kosmetiksalon fertig, alles tip-top, keine Schulden, da lernt sie einen Burschen kennen mit tollem Flitzer. Zwei Monate lang spielt er den Lebemann, gibt an, gibt aus, die Camilla glaubt an die große Liebe, er verspricht ihr die Heirat. Eines Tages hat er sein Geld vergessen, dann wieder, dann noch einmal. Camilla zahlt, zahlt, zahlt schließlich drauf. Der Kerl verschwindet, und sie sitzt da, restlos am Boden. Zufällig will ich sie gestern nachmittag besuchen. Gehst mal hin, denk' ich, schaust mal nach dem Rechten. Da find' ich sie im Bad, kotzend. Weiß ich alles. Frage sie, was ist. Na, was? Zwanzig Tabletten hat sie im Bauch. Zum Glück hat sie alle wieder ausgekotzt. Aber wenn ich nicht gekommen wär' – *so* viel hätte gefehlt, *so* viel. Und da bin ich lieber heute hier und habe das Gefühl, geholfen zu haben. *Die* tut das nicht wieder.

Optimistelzweig, denke ich und ziehe mich in mein Zimmer zurück. Ich fange an, etwas Ordnung zu machen und die Scherben und Trümmer zu beseitigen. Die Schreibmaschine ist hin. Ein für alle Male. Meine Ruhe auch. Meine Ruhe und meine Gelassenheit. Ich dachte, mich inwendig und auswendig zu kennen, im Lot zu sein, ein wohltemperierter Zeitgenosse, fast reif fürs Angeln, in vier fünf Jahren Träger eines Kamelhaarmantels erster Qualität, und auf einmal, ich weiß nicht, ich begreif's nicht, am Nullpunkt, alles *da capo*, aber nun wahrscheinlich *prestissimo al fine*. Heilige Passadea! Ich stecke noch in meinen Kleidern, aber nicht mehr in meiner Haut.

XIX. Wildnis, ringsum Wildnis!

Was heute, was morgen, was wissen wir von der nächsten Zukunft, falls man diese *Nochnichtzeit* in näher und ferner unterteilen kann, was von *anderen* und was von *uns*, in diesem Moment, dessen wir uns – wie des Glücks – bewußt werden erst, wenn er vorüber ist?

Colliers sind abgereist, Kletzkis verschwunden, Solke hat eine Mitfahrgelegenheit gefunden und ist in die Schweiz. Immer kommen welche, immer fahren welche ab, und wir bleiben hier.

Aber das Schlimmste war die Gewißheit, daß auch Kathrin wegfährt.

Am Tage vor ihrer Abreise, nachmittags, bei plötzlich schon herbstlich-rauchiger Luft, wanderte ich von Palada aus mit ihr zu einem hochgelegenen, verlassenen Haus, das Dorothee und mir vor Jahren zum Kauf angeboten war, das aber bis heute, wie es schien, noch keinen Käufer gefunden hatte.

Jetzt sah ich es mit ganz anderen Augen. – Wenn wir uns damals, dachte ich, für dieses, nicht für das Haus in M. entschieden hätten, wenn wir nun hier oben wohnten statt dort unten, mit dem Gefühl, es sei für immer – vielleicht wäre mein Leben, vielleicht wäre unser Leben völlig anders verlaufen.

Zu dieser Jahreszeit, unter diesem gedämpften Herbstlicht, in dieser stillen und scheinbar stillstehenden Nachmittagsstunde hatte ich das Haus und seinen verwilderten Garten nie gesehen.

Wir gingen um das Haus herum. Wir waren allein. Kathrin und ich. Kein Mensch in der Nähe. Schuppen, Speicher, vergessene Holzvorräte. Der Eingang auf der sonnenabgewandten Seite. Die Tür nur angelehnt. Ich öffnete sie. Wir betraten die mit gebrannten Ziegeln ausgelegte Küche. Ein großer Holztisch in der Mitte, sonst alles leer. Eine Ruine von Haus, vermutlich seit Jahrzehnten nicht mehr bewohnt. Kühl war es hier drinnen, dunkel, feucht, und auch ein Geruch nach Feuchtigkeit.

So sah es, sagte ich, einmal in M. aus, genau so, und so roch es auch, nach Schimmel oder Schwamm. Die Wände voll Salpeter. Ich hätte auch dieses Haus genommen. Ich hätte damals jedes Haus genommen. Aber Dorothee wollte nicht. Dorothee konnte sich für keines entscheiden, bis ich gesagt habe, wichtiger als *wofür* ist, *daß* wir uns entscheiden. Ich habe das gesagt, ich, dem jede Entscheidung so schwer fällt. Aber es mußte sein. Und ich bereue es nicht. Wir haben uns entschieden, gehandelt, richtig oder falsch, das wird man sehen. Trotzdem, in diesem Augenblick, an deiner Seite, ich weiß nicht: ich könnte mir vorstellen, mit dir hier zu leben, als sei vorher nichts gewesen, als gebe es M. nicht, als gebe es gar kein früheres Leben.

Ich habe, sagte Kathrin, schon manchmal gedacht, wie merkwürdig es ist, daß man in jeder Phase seines Lebens nur ein Leben führen kann: als Ehemann nicht mehr das Leben eines Junggesellen, als Ehemann mit Kindern nicht mehr das Leben eines Ehemannes ohne Kinder und so weiter. Alles war man einmal, und im Bewußtsein glaubt man, immer derselbe, immer *noch* derselbe zu sein, und trotzdem ist man ein anderer, nicht nur in der Gegenwart, sondern auch für die Zukunft, weil die Zukunftsaspekte jeweils andere sind.

Wir standen, als Kathrin dies sagte, am Fenster, schauten in den Garten hinaus, suchten nach menschlichen Spuren, nach irgendwelchen Hinterlassenschaften, die uns hinreichend Auskunft über die ehemaligen Bewohner hätten geben können. Aber im Gegensatz zur Küche, wo es wenigstens noch diesen Tisch und unter der Stiege verstaubte und zerbrochene Flaschen gab, fand sich draußen kein einziger Gegenstand, der auf einen – wenn auch weit zurückliegenden – menschlichen Gebrauch verwiesen hätte.

Als wir eine Weile schweigend in diese Verwilderung hinein geschaut hatten, sagte Kathrin:

Laß uns gehen.

Alles oder Nichts. Es gibt noch mehr Räume.

Wenn jemand kommt ...

Es kommt niemand.

Eine Holzstiege führte nach oben. Von einem Vorplatz gingen in drei Richtungen Zimmer ab. Alle leer, ausgeräumt. Nur in der letzten Kammer stand ein Eisenbett. Über dem Bett, in einem ovalen Rahmen, das vergilbte Foto eines Brautpaares.

Wir sahen beide auf das Bild.

Das Gesicht des Mannes. Das Gesicht der Frau.

Was für ein Leben mögen sie geführt haben, fragte Kathrin. Ein vergebliches oder eines ohne Reue?

Sind das Gegensätze? Wie kommst du auf diese Zusammenstellung?

Vielleicht durch den nahen Friedhof.

Wo ist hier ein Friedhof?

Wir sind daran vorbeigegangen, sagte Kathrin.

Ich habe keinen gesehen, sagte ich.

Die soziale Frage der Toten ist auch noch nicht gelöst, sagte Kathrin plötzlich.

Sie ist noch nie gestellt worden, sagte ich.

Nehmen wir an, das Ehepaar lebt noch, sagte Kathrin.

Und warum sollten sie dies Haus verlassen haben?

Dafür kann es viele Gründe geben. Würdest du nie dein Haus verlassen?

Freiwillig nicht. Jedenfalls kann ich mir das schwer vorstellen.

Weil du nichts bereust?

Ich schaute wieder aus dem Fenster, jetzt von hier oben.

Man gewöhnt sich an so einen Ausblick, sagte ich. Dieser weite Blick in die Landschaft und über den See – man stumpft dagegen ab. Auch die, die hier gewohnt haben, sind dagegen abgestumpft. Aber dreh dich um, sieh in das Zimmer hinein – und du bist in einer anderen Zeit.

Nein, sagte Kathrin, es ist immer nur unsere Zeit.

Aber aus einer fremden Perspektive wahrgenommen.

Kommt es darauf an?

Ja, um andere zu verstehen.

Falls mir wirklich daran gelegen sein sollte, sagte Kathrin, dann nur, weil ich mit mir selber unzufrieden sei.

Ich bin nicht unzufrieden, sagte ich, aber auch nicht zufrieden. Ich bin nie zufrieden gewesen, obwohl ich mich manchmal zufrieden gegeben habe, weil ich mit mir im Gleichgewicht sein wollte.

Ich erzählte von Albert, daß ich seit seinem Besuch im

Juni allen festen Grund unter mir verloren hätte. Ich hätte zwar versucht, *mich* zu ändern, aber damit sei mein Leben nicht verändert. Ich weiß nicht, sagte ich, ob du das verstehst.

Das nicht, aber *dich*, sagte Kathrin.

Ich möchte manchmal ganz neu anfangen, sämtliche Brücken hinter mir abbrechen, verschwinden, untertauchen, ein vollkommen anderes Leben beginnen. Mein bisheriges war restlos daneben. Das erste Mal habe ich das erkannt, als die Hippies bei uns waren. Da setzte diese Unruhe ein. Dann kam Albert, dann kamst du. Mit dir könnte ich ein neues Leben versuchen. Aber wie? Wie mich von allem befreien? Ich hänge an diesem Haus, an meinen Büchern, den Möbeln und Bildern, ich hänge vor allem an der Tochter. Ich weiß, diese Abhängigkeit ist lächerlich . . .

Sie ist nicht lächerlich, sagte Kathrin. Ich begreife das gut.

Mir wäre lieber, du würdest es nicht begreifen, meine Haltung abscheulich finden, kleinlich und spießig. Sie *ist* spießig. Ich hasse mich deswegen, aber ich bin unfähig, mich zu ändern.

Es sind nicht die Dinge allein, an denen du hängst, sagte Kathrin, du hängst auch nicht nur an der Tochter. Du hängst auch an Dorothee. *Ihr* müßt ein neues Leben beginnen, und ich bin sicher, es geht. Du bist, seit ich dich kenne, schon ein anderer geworden.

Ich weiß es nicht, vielleicht. Aber mit Dorothee – mit ihr kann ich nicht neu anfangen. Dafür ist zuviel kaputt. Doch weggehen kann ich auch nicht. Letzten Endes hab' ich mich nicht für irgendein Haus entschieden oder für eine bestimmte Frau, sondern – wenn es überhaupt eine Entscheidung war und nicht bloß Zufall – für eine Lebensform.

Kathrin schaute auf das Foto an der Wand.

Dieses Paar hat sich auch etwas aufgebaut, sagte sie, mutig ein Leben begonnen.

Aber was ist davon geblieben?

Du darfst nicht resignieren, sagte sie.

Ich küßte sie. Sie umklammerte mit ihren Händen meinen Hals. Sie hatte ihre Augen geschlossen, und ich kam mir, wie ich sie beim Küssen beobachtete und dabei feststellte, daß ihre Haut sich rötlich fleckte, wie ein Voyeur vor.

Auf einmal öffnete Kathrin die Augen und sah mich hilflos und irgendwie kurzsichtig an.

Was ist? fragte ich.

Ich habe eben versucht, sagte Kathrin, mir dein Gesicht vorzustellen. Komisch! Ich wußte einfach nicht mehr, wie du aussiehst.

Und ich habe, sagte ich, dein Gesicht die ganze Zeit beobachtet und zum ersten Mal erfahren, wie du *wirklich* aussiehst.

Plötzlich bellte ein Hund. Gleich darauf Schritte.

Es kommt wer, sagte Kathrin.

Einen Moment lang dachte ich: ob vielleicht Dorothee ... Aber von wem sollte sie erfahren haben, daß wir zu diesem Haus gegangen waren?

Wir stiegen die Stiege hinab, traten vor die Tür. Niemand war da. Ich ging einmal ums Haus herum. Kein Mensch, alles still.

Es war nichts, sagte ich.

Aber ich habe doch den Hund bellen gehört, sagte Kathrin.

Ich habe sogar Schritte gehört, sagte ich. Trotzdem ist keiner da. Gehen wir wieder rauf? Aber Kathrin wollte nicht. Sie sei jetzt nervös, sagte sie, und es habe keinen Sinn.

Was hat keinen Sinn?

Alles, sagte Kathrin.

Unsere Liebe?

Ich begriff sie nicht oder wollte sie nicht begreifen. Die kleine Störung, ihr und mein Erschrecken, jemand könne uns hier antreffen, war nicht der Grund für ihr plötzliches Verzweifeln. Ich möchte nicht leiden, sagte Kathrin, nicht schon wieder leiden. Immer gerate ich in Situationen, aus denen ich geschwächt hervorgehe. Ich hätte mich auf diese ganze Sache nicht einlassen dürfen. Es war meine Schuld, ganz allein meine Schuld.

Was heißt Schuld? Wieso auf einmal diese absurde Moral?

Ich kann das schwer erklären, sagte Kathrin. Obwohl es eine Schuld von Anfang an war, wurde sie größer dadurch, daß ich sie zu spät einsah. Ich war zunächst nur sprachlos. Als wir das erste Mal getanzt haben, schien mir noch alles ganz unwirklich. Als du mich dann mit den Armen aufgehoben und geküßt hast, war es mir, als sei in unserem Schweigen eine fast übernatürliche Klarheit und Ruhe. Aber schon als ich versuchte, mir später diese Momente in die Erinnerung zurückzurufen, stellte ich fest, daß diese Klarheit und Ruhe eine Illusion war, daß es keine Festigkeit mehr gab, daß alles ins Gleiten geriet, und ich glaube, wenn ich, was in mir vorgegangen ist, einem Dritten erzählen oder beschreiben müßte, es gelänge mir nicht mehr. Ich habe sogar den Versuch gemacht, diesen Abend in Muslone im Tagebuch festzuhalten. Aber wir haben für Gefühle noch keine entwickelte Sprache.

Wir gingen durch den Schuppen und um das Haus herum und setzten uns auf eine Stufe der verfallenen Steintreppe, die ursprünglich als Aufgang zum Haus gedacht, jetzt sinnlos war, da man die früher einmal dort befindliche Tür zugemauert hatte.

Ich mußte, wie wir da saßen, noch ganz erfüllt von dem Schrecken, daß uns jemand in dem Haus entdeckt haben könnte, unwillkürlich an den nächtlichen Aufstand in Palada denken, dessen wahrer Hintergrund bis heute nicht aufgeklärt war.

Ich fragte Kathrin, ob sie wisse, was da eigentlich passiert sei. Es gibt nur zwei, die es wissen, sagte Kathrin, und eine davon bin ich.

War da Eifersucht im Spiel?

Eher Scham. Scham und Angst.

Angst – ja. Aber wieso Scham?

Wegen einer umgefallenen Tür, sagte Kathrin.

Nun mach's nicht zu spannend, sagte ich. Was war da?

Sie vermute, sagte Kathrin, daß letztlich alles der Gil ausgelöst habe mit seinen sogenannten Kontaktspielen. Er sei sich damit furchtbar wichtig vorgekommen und habe vermutlich nur Veronika imponieren wollen und gar nicht gemerkt, daß es bei vielen anderen zu Frustrationen gekommen sei, so auch bei Hilde oder *Amanda*, wie sie richtig heiße. Hilde habe sich plötzlich ausgeschlossen gefühlt, isoliert, und angefangen zu weinen.

Und warum?

Sie hat es mir am nächsten Tag gestanden, sagte Kathrin. Sie war in mich verliebt und hatte in dieser bewußten Nacht vor, zu mir zu kommen. Aber da passierte das mit der Tür. Als sie aus ihrem Zimmer wollte, fiel die Tür mit einem großen Krach zu Boden. Dadurch wurden unten die Studenten wach und dann ist es, weil Hilde sich verständlicherweise nicht bloßstellen wollte, zu dieser Panik gekommen. Es muß schrecklich für sie gewesen sein.

Und – hast du was mir ihr?

Ich habe nichts mit ihr.

Es war nur eine Frage. Ich fände übrigens nichts dabei.

Ich finde auch nichts dabei, sagte Kathrin. Aber mit Hilde kann ich mir das nicht vorstellen. Mir war es ziemlich peinlich, ihr das zu sagen. Eigentlich mag ich sie. Sie ist eine prima Frau. Doch davor hatte ich irgendwie Angst. Sie hat mich angefleht, mit keinem darüber zu sprechen, und dann hat sie sich an Renates Kusine herangemacht, an die Walpurga.

Das war also alles? Und ich hatte mir eine komplizierte Theorie ausgedacht und den ganzen Vorfall sogar auf mich bezogen, auf dich und mich. Trotzdem, Hilde oder Amanda ist nur die eine Seite. Die andere Seite – das sind die Studenten. Und was in deren Köpfen vorgegangen ist, muß schon ganz schön verquer gewesen sein.

Mit einem Male war die Sonne hinter den Bergen verschwunden.

Es wird kühl, sagte Kathrin. Laß uns gehen.

Da es bereits dämmerte, schlug ich vor, einen abkürzenden Weg zu nehmen. Er führte über mehrere Terrassen mit verwildertem Wein, dann durch Buschwerk steil hinab, dann über einen Hang, dann auf eine Wiese, von da aus zu dem Platz, wo ich meinen Wagen geparkt hatte. Wenn wir heute abend zu dem Fischerfest nach Gargnano wollen, sagte ich, brauchen wir nicht erst noch nach Palada. In knapp einer halben Stunde sind wir unten.

Wir stiegen die Terrassen hinab, mußten über einige niedrige Mauern steigen und schließlich durch die Drahtspaliere der alten Weingärten kriechen.

Es wurde indes schneller dunkel als ich erwartet hatte.

Wären wir man doch lieber den weiteren Weg gegangen, sagte Kathrin.

Das Schlimmste, sagte ich, haben wir gleich geschafft.

Aber plötzlich blieb Kathrin mit einem Fuß in einer Drahtschlinge hängen. Bei dem Versuch, ihren Fuß zu befreien, riß die lederne Schlaufe vom Schuh und der Fuß hatte keinen Halt mehr. Kathrin wollte barfuß weiter, aber ich sagte, barfuß sei zu gefährlich, wegen der Vipern und weil überall Glassplitter herumlägen. Mir gelang es dann, mit Hilfe eines Drahtendes den Schuh notdürftig zu reparieren. Unterdessen war es so dunkel geworden, daß man den Weg nicht mehr erkennen konnte.

Wir drangen durch krüppeliges Buschwerk, schlugen uns durch Ginstergesträuch und Lorbeergestrüpp. Das Gelände wurde zunehmend abschüssiger. Rutschend, kriechend und krabbelnd versuchten wir voranzukommen. Ich merkte: Kathrin fing an, unruhig zu werden, irgendwie nervös.

Nur ein paar Meter noch, sagte ich. Dann haben wir die Wiese erreicht. Wir hangelten uns den Abhang weiter hinunter.

Daß der Weg uns so endlos schiene, sagte ich, liege nur an der Dunkelheit.

Am Fuß des Abhangs, wo ich die Wiese vermutet hatte, gerieten wir in dichtes Brombeergestrüpp. Ich wollte mit den Armen eine Schneise für Kathrin öffnen, riß mir an den Dornen aber sofort das Hemd auf.

Da kommen wir nicht durch, sagte Kathrin.

Wir müssen!

Besser, wir gehen zurück.

Zurück hat keinen Zweck. Wir haben die größte Strecke schon hinter uns.

Aber an dieser Stelle kommen wir auf keinen Fall durch.

Versuchen wir es etwas weiter links, sagte ich.

Ich dachte, du kennst den Weg.

Ich habe ihn gekannt, sagte ich. Aber dieses Kroppzeug wächst ja über Nacht zwei Meter.

Wir hielten uns etwas nach links. Doch der Dornengürtel zog sich durch das ganze Tal.

Was machen wir nun?

Es bleibt uns nichts anderes übrig, als uns durchzuschlagen. Ich gehe vor, sagte ich, und du folgst mir ganz dicht nach. Wir schaffen das schon, und ein paar Schrammen schaden uns nicht.

Mir kam der Einfall, mit den Schuhen die Dornenäste niederzutreten und versuchte deshalb, rückwärts durch die Hecke zu kriechen. Anfangs schien das Erfolg zu haben. Ich kam tatsächlich ein Stück voran, aber dann hing ich mit den Hosenbeinen fest, dann mit den Strümpfen, dann mit dem Hemd und bald hatten sich die Dornen auch in den Haaren verhakt. Ich war am ganzen Körper zerkratzt.

Es ist absurd, sagte ich, absurd und fast empörend, daß wir uns einen Steinwurf weit von Luxus und Komfort entfernt mit der wildesten Vegetation herumschlagen müssen, als seien wir im dichtesten Urwald.

Können wir nicht jemanden um Hilfe rufen?

Es hört uns keiner, sagte ich. Was wir brauchen, ist eine Machete.

Wir haben aber keine, sagte Kathrin.

Es nützt nichts, sagte ich, wir müssen einfach durch.

Ich rutschte weiter abwärts, etwa einen halben Meter. Kathrin folgte mir auf allen vieren.

Meine Bluse ist total zerfetzt, sagte sie. So kann ich unmöglich nach Gargnano.

Erstmal laß uns hier rauskommen, sagte ich. Dann wird man sehen. Hauptsache, du bist in meiner Nähe.

Eine seltsame Feststellung: Als wir oben mit dem Abstieg begonnen hatten, vor etwa einer halben Stunde, war es bereits ziemlich kühl, und eigentlich deswegen hatten wir uns zum Aufbruch entschlossen. Jetzt, eine halbe Stunde später, war es überhaupt nicht mehr kühl, ganz im Gegenteil unerträglich warm und drückend. Ich schwitzte wahnsinnig und der Schweiß rann mir den Körper hinab und die Wunden, die mir die Dornen gerissen hatten, brannten dadurch um so stärker.

Ich weiß nicht, sagte ich, ob ich mir das nur einbilde, aber ich finde es irrsinnig heiß.

Stimmt, sagte Kathrin. Es ist wirklich wärmer hier unten. Das liegt am Höhenunterschied. Außerdem ging oben ein Wind, und hier ist es vollkommen windstill.

Ich rutschte abermals bergab, trat das Gestrüpp beiseite. Noch ein Stück, noch ein Stück, Kathrin folgte mir nach. Ich wendete meinen Kopf.

Ich glaube, wir haben's geschafft, sagte ich. Gleich dahinter muß die Wiese anfangen. Noch ein Versuch, dann sind wir draußen. Es war aber nicht die Wiese, die uns erwartete, sondern wir standen plötzlich vor einer dunklen Felsschlucht.

Wo sind wir denn nun?

Nicht da, wo ich hin wollte. Wir sind falsch, sagte ich. Ich habe mich irgendwie in der Richtung vertan. Ich kenne diese Schlucht. Im Frühjahr und Winter führt sie Wasser. Aber jetzt ist sie trocken.

Du meinst, wir sollen da hinein?

Es wäre das Einfachste. Nur jetzt im Dunkeln . . . das wage ich nicht. Wir müssen uns noch mehr nach links halten.

Also wieder zurück, wieder durch die Dornen?

Nein, nicht unbedingt. Vielleicht kommen wir am Rande der Schlucht weiter.

Wir tasteten uns vorsichtig nach vorn. Aber nach wenigen Schritten standen wir abermals vor Dornengestrüpp.

Hier geht's auch nicht, sagte ich.

Ich kann nicht mehr, sagte Kathrin.

Ich auch nicht, sagte ich. Allmählich werd' ich verrückt. Ich habe vollkommen die Orientierung verloren.

Einen Moment blieb ich stehen, dachte an nichts. Ich war am Ende meiner Kräfte. Aber stehenbleiben ging auch nicht.

Wahrscheinlich wird das Beste sein, wir gehen doch zurück. Da kommen wir noch am ehesten durch.

Ich fange gleich an zu schreien, sagte Kathrin.

Du würdest nur deine Kräfte unnütz verbrauchen, sagte ich.

Ich bin am ganzen Körper zerstochen, sagte Kathrin.

Ich nahm sie in die Arme.

Wir halten uns ganz fest, sagte ich. Und wenn wir gar nicht mehr herausfinden, bleiben wir hier, bis es hell wird.

Ich übernachte hier nicht, sagte Kathrin. Ich muß zurück nach Palada.

Ich bin eigentlich nicht jähzornig oder unbeherrscht, aber in diesem Moment verlor ich meine Geduld oder meine Ruhe oder meine Beherrschtheit. Ich packte Kathrin am Arm und zerrte sie, in einem plötzlichen Anfall von Wut, falls nicht Angst diese Wut ausgelöst hatte, blind hinter mir her. Rücksichtslos auch gegen mich kämpfte ich mich durch das Dickicht, achtete nicht darauf, daß mir daumdicke Dornenstrünke ins Gesicht schlugen. Meine Lippen waren aufgerissen. Ich schmeckte Blut auf der Zunge, aber Schmerzen spürte ich nicht. Nur die unerträgliche Hitze setzte mir zu und steigerte meine Wut zu einem panischen Fieber.

Ich geriet in immer dichteres Gestrüpp. Wir kommen, dachte ich, heute hier nicht mehr raus.

Ich hockte mich auf die Erde.

Auf einmal Geräusche um mich, als wachte ich aus einer Betäubung auf. Grillen zirpten. Von Gargnano her hörte ich Musik und menschliche Stimmen, den Autoverkehr auf der *Via Statale*.

Wir können nur noch einige hundert Meter von den

ersten Häusern entfernt sein, sagte ich. Wollen wir den allerletzten Versuch machen?

Aber nun war es Kathrin, die aufgab.

Geh du, sagte sie. Ich bleibe hier.

Was heißt das? Meinst du, ich laß dich hier allein zurück? Komm, sagte ich. Sei vernünftig! Wir sind doch beide vernünftig, müssen es sein.

Meine Wut war verschwunden, meine Ruhe zurückgekehrt. Ich sah schon die Lichter des Volksfestes, sah Kathrin und mich in der Menschenmenge, sah das große Feuerwerk.

Ich kann nicht, sagte Kathrin.

Wenn wir durch das Dickicht sind, sagte ich, haben wir es geschafft. Ich trage dich zum Wagen.

Wir haben es dann versucht, und es gelang. Fünf Minuten später standen wir vor der Friedhofsmauer.

Da ist doch der Friedhof, den ich auf dem Hinweg gesehen habe, sagte Kathrin.

Den kannst du nicht gesehen haben, sagte ich. Wir sind doch ganz woanders zu dem Haus hinaufgegangen.

Ich hab' ihn aber gesehen.

Vielleicht im Traum, sagte ich.

Warum sind wir überhaupt zu diesem verdammten Haus gegangen?

Weil ich mit dir allein sein wollte.

Und du meinst, das wäre nur da oben möglich gewesen? Warum sind wir nicht in ein Hotel gegangen?

Bist du verrückt geworden? Ich versteh dich nicht mehr!

Nein? Tatsächlich nicht?

Tatsächlich nicht.

Ist gut. Es war auch richtig so, aber irgendwie auch unwirklich. Darauf wollte ich dich aufmerksam machen.

Möchtest du, daß wir jetzt in ein Hotel gehen?

Du bist ein Phantast.

Natürlich, sagte ich. Wozu ein Hotel? Wir können uns auch hier lieben. Oder einige Schritte weiter, zwischen den Gräbern.

Nun wirst du auch noch romantisch.

Wenn die Romantik praktisch ist?

Sei bitte nicht zynisch. Ich weiß, es war gemein von mir, was ich gesagt habe. Aber mich hat dieser Tag heute sehr mitgenommen. Ich habe nur versucht, mich innerlich abzusetzen.

Wenn ich jetzt, sagte ich, erkläre, daß ich dich nicht verstehe, dann bedeutet das nicht, daß ich dich ernstlich nicht verstehe. Ich verstehe dich, aber ich mag dich nicht verstehen. Warum mußt du dich absetzen? Warum willst du dich absetzen? Ich liebe dich, Kathrin. Daran hoffentlich zweifelst du nicht, wie auch ich nicht daran zweifle, daß du mich liebst. Weshalb also sollten wir uns voneinander *absetzen*?

Du verstehst mich *doch* nicht, sagte Kathrin. Du verstehst mich ganz und gar nicht. Aber wir reden nicht mehr davon. Wie kommen wir jetzt auf dem schnellsten Wege zu deinem Wagen?

Wir brauchen nur den Weg an der Friedhofsmauer entlangzugehen.

Bitte, dann komm!

Kathrin sagte es mit einer überlegenen Trotzigkeit, als sei das Sichentfernen von diesem Ort gleichbedeutend mit dem Auslöschen unserer Beziehungen.

Du bist mir zu schnell, sagte ich. Laß uns die Trennung abwarten.

Wir gingen zum Wagen.

Wollen wir nicht doch aufs Volksfest?

Fahr mich nach Palada, bitte!

Ich fuhr sie zum Haus meiner Schwägerin.

Wann sehen wir uns wieder?

Ich reise morgen.

Ich bring' dich zum Zug nach Trento, sagte ich. Gegen acht hole ich dich ab. So dürfen wir nicht auseinandergehen. Wir haben noch viel zu besprechen.

Gut, um acht.

XX. Ein Abschied ohne Abschied

Kathrin ist gefahren.

Sie ist nicht mehr da, weg, vielleicht für immer.

Ich habe sie, ohne Dorothees Wissen, an die Bahn gebracht. Mit dem Wagen nach Trento. Es war in aller Heimlichkeit geschehen, sonst hätte Dorothee Einspruch erhoben, dieses letzte Zusammentreffen aus Eifersucht zu sabotieren versucht.

In der Frühe, als alle noch schliefen, habe ich mich aus dem Haus geschlichen und bin nach Palada und habe Kathrin abgeholt. Was danach passiert, dachte ich, ist mir egal. Ich war sogar bereit, sollte mir Dorothee auf den Kopf zusagen, daß ich Kathrin an die Bahn gebracht habe, dieses zuzugeben. Hinterher ist mir alles recht. Ich dachte nur an jetzt.

Das Wetter war über Nacht umgeschlagen. Es regnete nicht, doch sah es aus, als würde es jeden Moment zu regnen anfangen. Kalt war es geworden, viel zu kalt für die Jahreszeit, Ende August. Der See aufgewühlt von einem frischen Wind. Der Berg in dichtem Dunst. Unter dem Himmel eine tiefhängende schwarze Wolkendecke. Es schien, als sei der Sommer von einem Tag zum andern zu Ende.

Schweigend fuhren wir die Uferstraße entlang. Bis kurz vor Riva sprach keiner ein Wort. Stumm saßen wir nebeneinander.

Kathrin hatte nie viel gesprochen. Meist war ich es, der geredet hatte. Aber dieses Schweigen, jetzt, an diesem frühen Morgen, war ein ganz anderes, fremdes, trostloses, nicht mehr das warme, wärmende Schweigen aus großer Nähe und Geborgenheit, nicht mehr die sprachlose Klarheit, in deren Licht wir uns verständigten, sondern ein dumpfes, brütendes, schmerzendes Schweigen, das sich trennend zwischen uns schob, ein Verstummen wie nach einem langen und vergeblichen Gespräch.

Ich habe während der Fahrt zwei oder drei Mal nach Kathrins Hand gegriffen und sie, als sei damit etwas gesagt, fest und liebevoll gedrückt. Kathrin hat mit ihrer freien Hand meine gestreichelt, aber wie im Halbschlaf, wenn man aus einem Gefühl der Zärtlichkeit heraus das Kissen streichelt, auf dem man ruht.

Je näher wir unserm Reiseziel kamen, das nicht das Ziel unseres Lebens war, desto bedrückender, quälender wurde dieses Schweigen, das sich wie eine Glasglocke über uns senkte. Hunderte von Gedanken gingen mir durch den Kopf. Aber zugleich war eine schreckliche Leere in meinem Kopf. Ich muß etwas sagen, dachte ich. Ich muß mit ihr sprechen. Was sie vorhat, ob wir uns wiedersehen, was aus uns wird. Die ganzen letzten Tage habe ich auf eine große, klärende Aussprache gehofft. Aber dann war ich es selbst, der es nicht dazu hatte kommen lassen, der diese Aussprache immer wieder hinausgezögert hatte. Alles, was wir gesprochen hatten, war nur Vorbereitung auf dieses eine erhoffte und gefürchtete Gespräch, für das mir die Worte fehlten.

Aber wir können doch nicht in diesem tödlichen Schweigen auseinandergehen? Ich war allerdings nicht imstande, auch nur eine Silbe hervorzubringen. Nicht einmal Kathrins Namen konnte ich aussprechen.

Gleich, gleich, jetzt, dachte ich. Irgendeine Bemerkung, irgendein Ausruf. Damit könnte es beginnen. Ich brauchte nur auf etwas am Wege hinzuweisen, auf ein Haus, einen Balkon, einen Baum. Aber ich sah nur die Straße, die eintönige Fahrbahn.

Überraschenderweise war es dann Kathrin, die das Schweigen brach.

Wir waren schon durch ein Dutzend Tunnels gefahren, als Kathrin plötzlich im letzten vor Riva sagte:

Ich hab' heute nacht was sehr Komisches geträumt. Von zwei Schildkröten. Von einer großen und einer kleinen Schildkröte. Natürlich war es überhaupt nicht komisch, im Gegenteil, sehr traurig. Ich weiß nicht, wie ich auf diesen Traum gekommen bin.

Was war denn mit diesen Schildkröten?

Ich stand, sagte Kathrin, vor dem Schaufenster einer zoologischen Handlung. In einem Aquarium, aber ohne Wasser, waren die beiden Schildkröten. Die große trug die kleine auf dem Rücken. Ich war ganz gerührt von diesem Anblick. Aber da kam eine Frau und kaufte die kleine Schildkröte. Als der Ladenbesitzer das kleine Tier vom Rücken des großen herunternahm, um es der Frau zu geben, fand ich das ungeheuer grausam. Das geht nicht, rief ich. Das geht nicht. Ich wollte in das Innere des Ladens, aber die Tür war verschlossen. Ich trommelte dann mit beiden Händen gegen die Schaufensterscheibe und rief immerzu: Das geht nicht. Man kann doch die Tiere nicht trennen. Sie überleben das nicht. Das überleben sie nicht. Dann bin ich aufgewacht.

Wirklich ein seltsamer Traum, sagte ich.

In Wirklichkeit, sagte Kathrin, war es noch viel schlimmer, ich meine: im Traum. Die Tiere waren zusammengewachsen, als sei das kleine ein Geschwulst oder so was des großen.

Wir dürfen uns nicht verlieren, sagte ich. Wir müssen uns wiedersehen. Ohne dich kann ich nicht leben. Diese Zeit, wo du bei mir warst, war kurz und zugleich wie eine Ewigkeit. Mit jedem Tag, den wir zusammen verbracht haben, fing mein (was denn nun?) Leben oder so ganz neu und wie von vorn an. Ich kann es dir nicht beschreiben.

War es nicht nur der Reiz des Verbotenen, sagte Kathrin, weil wir uns wie Kinder oder Halbwüchsige verstecken mußten, wir uns nur in aller Heimlichkeit wie Konspiratoren treffen konnten?

Wir haben uns geliebt, lieben uns.

Aber ohne Luft zum Atemholen.

Empfindest du es so, hast du es so empfunden?

Nicht von Anfang an, sagte Kathrin. Am Anfang war alles wunderbar, unfaßlich. Aber dann, schon bei der Geburtstagsfeier, aber vor allem seit gestern habe ich das Gefühl, ich bin verloren, habe mich zu weit vorgewagt, ohne auf den Rückweg zu achten, als hätte ich meinen inneren

Kopf immer mehr zu dir hingewendet, so daß er mir jetzt ganz verdreht ist. Ich wollte entgegnen, daß sie sich wegen Dorothee keine Gedanken zu machen brauche, aber sie unterbrach mich gleich und sagte: Es ist nicht wegen Dorothee, meine Schuld liegt tiefer. Aber lassen wir das. Ich komme darüber hinweg. Ich muß darüber hinwegkommen.

Ach, Kathrin, du sollst nicht darüber hinwegkommen . . . es darf nicht zu Ende sein. Ich bin – ich kenn' mich nicht mehr. Am liebsten möchte ich mit dir auf und davon, fliehen, irgendwohin, immer weiter fahren, alles hinter mir zurücklassen, nie wieder auftauchen.

Du wirst schön zurückfahren, sagte sie. Du fährst nach M., ich fahre nach München, und bald ist alles vergessen.

Quäl mich nicht, sagte ich. Ich kann nichts vergessen. Was mich von jetzt an erwartet, wird schlimm sein, tödlich.

Wir hatten die Autobahn erreicht.

Auf einmal sagte Kathrin:

Weiß Dorothee, daß du mich zur Bahn bringst?

Natürlich nicht, sagte ich.

Du hättest es ihr sagen müssen.

Dann säßest du jetzt nicht neben mir, sagte ich.

Vielleicht wär' es besser gewesen.

Für wen?

Für uns beide.

Nein, ich mußte dich sehen, noch einmal sehen. Es war, es *ist* gut so. Ich werde jetzt immer an deinen Traum denken. Wir dürfen uns nicht auseinanderreißen lassen. Wir gehören zusammen, wie die Schildkröten, wie Sonne und Mond, wie Himmel und Erde, wie es im *I-Ging* heißt. Wir sind uns nicht zufällig über den Weg gelaufen. Vom ersten Moment an, wo ich dich gesehen habe, in dieser Trattoria, habe ich gewußt, daß das kein Zufall ist. Ich war auf dich vorbereitet. Auch daß ich vorher die Elisa kennengelernt habe, war kein Zufall. Heute kommt es mir vor, als habe sie dich angekündigt, als seist du mir in ihrer Gestalt schon einmal erschienen. Ich weiß nicht, ob du mich verstehst. Es ist keine Einbildung.

Ich glaube dir. Es gibt so was, sagte Kathrin, und plötzlich, in einer sonderbaren Erregung, unmittelbar vor der Ausfahrt TRENTO nahm sie meine Hand, küßte sie und sagte:

Ich liebe dich!

Und dann, ganz schnell und fast flüsternd, wiederholte sie diesen Satz: *Ich liebe dich – ich liebe dich – ich liebe dich.*

Wir verließen die Autobahn, fuhren zur STAZIONE.

Da ich unmittelbar vor dem Eingang nicht parken konnte, bat ich Kathrin, schon auszusteigen. Ich würde inzwischen einen Parkplatz suchen.

Ich half ihr, das Gepäck aus dem Kofferraum zu heben.

Ich bin gleich wieder da, sagte ich.

Ich fuhr dann um den Bahnhofsvorplatz herum und fand in einer Seitenstraße auch sofort einen freien Platz für meinen Wagen. Aber wie ich an die Stelle zurückkomme, wo ich Kathrin verlassen habe, ist sie nicht mehr da.

Ich gehe in die Schalterhalle, denke, sie kauft sich wahrscheinlich die Fahrkarte. Aber auch in der Schalterhalle ist Kathrin nicht. Ich suche sie am Zeitungskiosk, an der Gepäckaufbewahrung, in der Bahnhofsapotheke. Kathrin ist nicht da. Ich laufe dann auf den Bahnsteig. Keine Kathrin. Ich schaue in den Wartesaal, in die Bar, renne zurück in die Schalterhalle. Kathrin ist spurlos verschwunden.

In meiner Verzweiflung und Ratlosigkeit rufe ich so laut ich kann: Kathrin! Kathrin!

Sie ist weg.

In diesem Moment wird die Einfahrt ihres Zuges gemeldet.

Ich renne wieder auf den Bahnsteig, eine Treppe hinunter, eine andere Treppe hinauf. Der TEE, mit dem sie fahren wollte, ist soeben eingelaufen. Aber wo ist Kathrin? Kathrin ist nicht da.

Ich dachte, mir zerreißt's den Kopf. Ich rannte den Zug entlang, schaute in jedes Abteil. Nichts, nichts. Der Zug hat höchstens zwei Minuten Aufenthalt. Es ist doch ein Wahnsinn. Ich werde verrückt. Kathrin muß auch verrückt geworden sein. Alle Reisenden sind eingestiegen, die Türen werden geschlossen. Ist ihr was passiert? Hat sie sich was angetan? Mein Gott, ich halte das nicht aus. Ich halte das nicht aus. Aus dem Lautsprecher die Stimme einer Frau. Die Abfahrt des Zuges wird angesagt, deutsch und italienisch.

Da, auf einmal, der Zug setzt sich langsam in Bewegung: Kathrin! Ich seh sie. Ganz weit. Aus einem entfernten Abteilfenster heraus winkt sie mir zu. Ich kann sie nicht mehr erreichen. Sie muß von der falschen Seite eingestiegen sein.

War es Absicht? Ein Versehen?

Ich lief neben dem sich beschleunigenden Zug her. Kathrin winkte. Dann war sie nicht mehr zu sehen. Ich blieb noch fünf Minuten auf dem Bahnsteig stehen, schaute in die Richtung, in die sich der Zug entfernt hatte, schaute und schaute.

Dann ging ich zum Ausgang.

In dem Moment, als ich die Treppe erreicht hatte, wurde es schwarz vor meinen Augen. Ich taumelte, mich am Geländer festhaltend, die Stufen hinunter. Zugleich setzten heftige Kopfstiche ein. Mein Puls wurde unregelmäßig. An der Wand der Unterführung mich entlangtastend, erreichte ich die nach oben führende Treppe. Ich stieg sie mit zitternden Beinen und halb ohnmächtig hinauf und ging in die Bar, um mir ein Glas Mineralwasser zu bestellen.

Ich setzte mich, das Glas in der Hand, auf einen freien Stuhl, und mir war es, als würde es nun nie mehr hell werden.

Ich kann nicht sagen, wie lange ich da in völliger Erstarrung oder Abwesenheit gesessen habe, Stunden oder nur Minuten. Irgendwann bin ich aufgestanden, *aufgesprungen,* weil es plötzlich um mich herum einen großen Lärm gab und es aussah, als würde jeden Moment eine Schlägerei anfangen, bin zum Wagen gegangen und mit betäubtem Kopf zurück nach M. gefahren, wo Jakob, Renate und Solke reisefertig mich erwarteten, um sich zu verabschieden – Solke ratlos, die Verwandten besorgt – und mir auszurichten, daß Gregor und Dorothee einen Ausflug ins Valvestino machten und voraussichtlich erst spät am Abend zurückkämen.

Und das Kind?

Haben sie mitgenommen.

Auch gut.

Jetzt war ich allein, und das war mir nur recht. Eine vollkommene Leere, in der ich fühllos herumspazierte.

Ich dachte an Kathrins Schildkrötentraum und was er bedeutete, und plötzlich fiel mir auf, daß unser Kater sich seit Tagen nicht mehr gezeigt hatte.

Ich rief nach ihm. Er war nicht da. Vielleicht auf Liebestour, sagte ich mir und ging in mein Zimmer mit dem festen Vorsatz, meinen Artikel, dessen erste Seite inzwischen wieder geglättet auf meinem Arbeitsplatz lag, zu Ende zu schreiben. Vielleicht lenkt mich das ab, dachte ich. Aber – ich war außerstande, mich zu konzentrieren. Stumpfsinnig schaute ich aus dem Fenster in die wuchernde Wildnis des Gartens.

XXI. Carlos ante portas

Gregor hatte seine Abreise von Tag zu Tag verschoben, angeblich, um bei den gespannten Beziehungen zwischen Dorothee und mir zu vermitteln. Sein eigentlicher Grund aber, vermute ich, war der, meine oder Dorothees endgültige Verzichterklärung auf den Partner abzuwarten, bevor er selber Dispositionen traf.

Der wirkliche Vermittler (jedenfalls in den Augen Dorothees) war indes Stiebler, der aus persönlichen Motiven das Verhältnis Gregor–Dorothee mißbilligte und darum für eine Fortsetzung unserer Ehe plädierte.

Gustaf schätzte mich zwar nicht besonders, aber er fürchtete mich auch nicht. In Gregor dagegen sah er einen ernst zu nehmenden Rivalen.

Während diese drei auf der Veranda über Ehe und Scheidung konferierten, als hinge alles einzig und ausschließlich von Dorothees Entscheidung ab, saß ich, betäubt von dem Trennungsschmerz, den der Abschied von Kathrin ausgelöst hatte, dumpf und stumpf in meinem Arbeitszimmer, unfähig zu lesen, unfähig zu schreiben, allergisch gegen Mensch und Musik.

Tagelang saß ich vor dem Fenster, schaute brütend in den Garten hinaus, auf das sich färbende Laub, auf den Monte Baldo, der wie ein Monument der Trauer und Verlassenheit am andern Seeufer aufragte, und ich fand mein Leben sinnlos geworden und vergeblich, und nur die Tochter, die manchmal zu mir kam und den Kopf in meinen Schoß legte, als begriffe sie meine Verzweiflung, hielt mich davon ab, meinem Leben ein Ende zu setzen.

Eines Abends, im September, hörte ich auf dem Weg vom Garten über die Veranda ins Haus ein jämmerliches Katzengeheul. Sofort dachte ich: *Zizu!* Er ist wieder da.

Auf einem Torfballen vor dem Keller fand ich tatsächlich unsern Kater. Zusammengekauert, gekrümmt lag er da, stieß erbärmliche Schreie aus, versuchte, als ich vor ihm stand, sich mit letzter Kraft aufzurichten, aber seine schwachen Beine knickten jedesmal ein, und der Körper sank in sich zusammen.

Anfangs vermutete ich, das Tier sei von einem Rivalen gebissen worden; dann: *angeschossen*, von einem Vogelschützen. Doch nicht die Spur einer Verletzung.

Ich trug das Tier auf die Veranda. Dorothee und Gregor kamen, wie sie das erbärmliche Katzengeschrei hörten, aus dem Haus. Dorothee meinte, der Kater habe nur Hunger, vielleicht seit Tagen nichts zu fressen gehabt. Sie gab ihm Schinken, schob ihm eine Schale Milch hin.

Das Tier rührte nichts an. Vollkommen apathisch lag es jetzt da, stöhnte auch nicht mehr.

Ich holte eine Wolldecke und bereitete dem Kater ein weiches Lager. Als ich ihn bequem betten wollte, spürte ich beim Berühren seines Körpers, daß er fast ohne Leben war. Das Tier schien außerstande, sich auch nur im mindesten zu bewegen.

Da durchfuhr es mich: Stieblers Mäusegift, sein todsicheres Vertilgungsmittel. Zizu muß von diesem Zeug gefressen haben.

Was machen wir, fragte Dorothee.

Wir können nichts machen, sagte ich. Das Tier ist vergiftet.

Ich äußerte meinen Verdacht.

Und ausgerechnet jetzt ist Gustaf nicht zur Stelle, sagte Dorothee. Vielleicht wüßte er einen Rat.

Warten wir ab bis morgen früh, sagte Gregor. Möglich, daß er wieder durchkommt. Katzen sind zäh.

Eine Stunde später, das Kind schlief schon, Gregor, Dorothee und ich saßen mehr oder weniger stumm in der Küche vorm Kamin, fuhr ein Wagen vor. Kurz darauf stand Carlos in der Tür, mit einem umgehängten Bademantel; vollkommen verstört, bleich und ausgemergelt, schaute er uns aus irren Augen an.

Carlos!

Carlos blieb in der Tür stehen, als sei er durch unsern Anblick erstarrt.

Mein erster Gedanke: er ist auf einem Trip.

Komm rein, sagte ich.

Er kam nicht, blieb in der Tür stehen, wie ein Geist.

Carlos!

Als Dorothee, noch nichts Schlimmes ahnend, darauf fragte: Was ist? Was hast du? Stürzt er mit einem Mal auf Dorothee zu, umarmt sie, wirft sich dann verzweifelt vor ihr nieder, umklammert ihre Beine, legt seinen Wuschelkopf in ihren Schoß und fängt hemmungslos zu heulen an.

Mein Gott, was ist denn?

Keine Antwort.

Sag doch was!

Er schluchzt.

Carlos, so hör doch!

Er heult wie ein Hund.

Mensch, reiß dich doch mal zusammen, sagte Gregor endlich.

Da hebt er seinen Kopf, schreit in äußerster Erregung:

Ich kann nicht. Ihr wißt ja nichts!

Was zum Teufel?

Sie haben sie umgebracht. Umgebracht haben sie sie.

Du bist übergeschnappt.

Carlos!

Ich versteh überhaupt nichts mehr, sagte Gregor.

Tot! Abgeschlachtet!

Er schien allen Ernstes den Verstand verloren zu haben.

Wer ist tot?

Beruhige dich doch, sagte Dorothee. Was ist genau los?

Doch statt sich zu beruhigen, fing er noch entsetzlicher an zu heulen, heulte wie ein Kind oder *wie ein Tier*. Furchtbar. So habe ich noch nie einen Menschen heulen sehen. Sein dünner Körper bebte und zuckte, von heftigen inneren Stößen geschüttelt.

Was ist denn nun wirklich passiert? Wer hat wen umgebracht?

Elisa! schrie Carlos. Elisa. Sie ist hin.

Ich packte Carlos bei den Schultern.

Red doch mal vernünftig.

Laß mich, schrie er. Laß mich!

Er war offenbar am Ende.

Wer, um Gottes willen? Wer hat sie umgebracht?

Von dem Lärm im Zimmer war die Tochter aufgewacht. Sie weinte. Dorothee ging, sie zu beruhigen. Carlos schmiß sich auf die Erde.

Carlos!

Ich versuchte, ihn aufzuheben. Aber er ließ es nicht zu, wehrte mich ab.

Nun mal vernünftig: Wer hat Elisa umgebracht?

Plötzlich wurde er ganz ruhig, stand auf, schaute sich in der Küche um, als wolle er sich vergewissern, daß da kein unerwünschter Zuhörer sei, dann sagte er:

Im Spital, *die Ärzte.*

Dorothee kam zurück, als Carlos sagte:

Vor zwei Stunden ist Elisa gestorben.

Das kann nicht wahr sein, rief, noch auf der Treppe, Dorothee. Nein, das kann nicht wahr sein. Sag, daß es nicht wahr ist.

Um acht Uhr zehn, sagte Carlos.

Er ging um den Tisch herum und setzte sich auf den Kaminstein.

Ich wollte, was er sagte, immer noch nicht glauben. Aber es war kein Zweifel mehr möglich. Elisa war an den Folgen einer Operation gestorben.

Nach und nach erzählte Carlos, wie es zu diesem erneuten chirurgischen Eingriff hatte kommen können.

Gegen Elisas Willen, sagte Carlos.

Das gibt's doch nicht, sagte ich. Gegen ihren Willen, gegen den Willen eines Patienten – das ist unmöglich.

Aber Carlos blieb dabei. Er wisse es, er wisse es genau. Elisa habe ihm immer wieder erklärt, sie lasse sich nicht ein zweites Mal operieren. Noch vor drei oder vier Tagen, bei einem letzten Besuch, habe sie ihm gesagt, man bringe sie nicht ein zweites Mal unters Messer.

Vielleicht hat sie sich's im allerletzten Moment aber anders überlegt, sagte ich.

Dann wüßte ich es, sagte Carlos. Wir waren in ständiger telefonischer Verbindung.

Es kann doch sein, sagte ich, daß Elisa dich nicht beunruhigen wollte, es dir also verschwiegen hat.

Unmöglich, sagte Carlos. Nein, ich bin sicher, daß einer von diesen Schlachtern, ohne zu fragen, Elisa betäubt und aufgeschnitten hat.

Ausgeschlossen, sagte ich. So was geht nicht.

Das ist ja alles entsetzlich, sagte Dorothee, nicht zu fassen! Ich seh' sie noch vor mir. Elisa tot? Es will nicht in meinen Kopf. So ein lebenslustiger Mensch!

Ich weiß nicht, sagte ich, *lebenslustig*? Mir schien sie eher unendlich traurig und schwermütig.

Sie hatte natürlich Depressionen, sagte Dorothee, wie wir alle unsere Depressionen haben.

Nein, nein, das waren keine Depressionen. Ich weiß nicht was, aber so eine sonderbare Verhaltenheit. Ich erinnere mich, als ich sie das vorletzte Mal gesehen habe, kurz vor ihrer Einlieferung ins Spital. Albert war noch da. Wir haben nur ganz wenige Worte gewechselt. Aber ich werde nie ihre Augen vergessen, ihre wahnsinnig traurigen schwarzen Augen, aus denen sie mich angeschaut hat, als ahnte sie alles.

Wann hast du die Nachricht erhalten, fragte Gregor.

Ich habe keine Nachricht erhalten, sondern vor einer halben Stunde angerufen, weil ich den ganzen Tag schon so merkwürdig beunruhigt war. Da haben sie's mir gesagt.

Willst du nicht hin?

Ich kann nicht, sagte Carlos. Im Moment kann ich nicht.

Das versteh' ich, sagte Dorothee.

Du kannst die Nacht bei uns bleiben, sagte ich, wenn du möchtest.

Ich weiß es nicht, sagte Carlos. Ich weiß überhaupt nicht, was ich will. Ich bin erst mal zu euch gekommen, um zu reden. Aber jetzt – ich weiß nicht. Ohne Elisa – ich kann ohne sie nicht leben. Die ganze Welt ist plötzlich leer und kalt. Ich bring' mich um.

Du bringst dich nicht um, sagte ich. Bleib die Nacht hier, wir werden zusammen reden, und gleich morgen früh fährst du nach Reggio.

Morgen früh?

Er sah mich an, als würde es ein *Morgen* nicht mehr geben, als müsse nur diese Nacht noch überstanden werden.

Nein, ich fahre nicht, sagte er dann. Ich fahre nicht. Nie wieder fahre ich nach Reggio. Morgen früh nicht und überhaupt nie mehr. Was soll ich da noch? Ich will Elisa nicht als Leiche sehen.

Bis gegen drei Uhr haben wir uns wach gehalten. Wein getrunken, Kaffee, Milch mit Rum und immer wieder über Elisa gesprochen. Dann überfiel uns alle eine schwere Müdigkeit.

Ich habe, die wenigen Stunden bis zum Morgen, sehr schlecht und irgendwie unruhig geschlafen. Plötzlich stand die Puppe in meinem Zimmer in hellen Flammen. Über meinen Schreibtisch krochen hunderte von Prozessionsraupen. Dann hockte ich mit Kathrin in einer menschenleeren Sauna. An der Wand ein Farbfoto von Wolf und Mirjam. Wer von den beiden, fragte mich Kathrin, dem anderen überlegen sei? Ich schaute mir darauf das Foto genauer an und dachte: das ist eine typisch amerikanische Farbaufnahme. Auf einmal fing Wolf auf dem Foto an zu lachen. Er verzog den Mund zu einem Grinsen, und dann lachte er los. Er trug ein langes Abendkleid, und dann war es nicht mehr Wolf, sondern die amerikanische Freiheitsstatue, aber unter einer Plastikhülle, wie von Christo verpackt.

Vom Schreien der Tochter bin ich wach geworden. Es war schon zehn. Die Kleine hatte Hunger. Dorothee stand auf, um ihr einen Milchbrei zu machen. Ich blieb noch liegen. Kopfschmerzen.

Unten sprach Dorothee mit Gregor. Ich konnte aber nicht verstehen, worüber sie sprachen. Es war keine gewöhnliche Unterhaltung, sondern ein ziemlich erregtes Gespräch.

Beim Frühstück erfuhr ich, daß Valentina in der Früh zu Fuß gekommen war und Carlos abgeholt hatte.

Was indes zwischen Gregor und Dorothee in so erregtem Ton gesprochen worden war, habe ich nicht erfahren.

Gleich nach dem Frühstück fuhren Gregor und Dorothee mit dem Kind zum Baden. Ich schaute nach der Katze. Vollkommen reglos lag sie auf der Veranda, hatte nichts von der Milch angerührt, dämmerte dahin. Ich nahm das Tier und trug es in mein Zimmer. Es gab keinen Laut von sich.

Ich setzte mich an den Schreibtisch und schaute mir die wenigen Fotos an, auf denen Elisa zu sehen war. Plötzlich fing der Kater wieder an, ganz jämmerlich zu heulen. Er hob seinen Kopf und stieß entsetzliche Schmerzenslaute aus.

Miciu! Zizu!

Ich streichelte das Tier. Es beruhigte sich nicht. Schrie, jaulte, röchelte. Furchtbar.

Ich rief, als sie zurückgekehrt war, sofort Dorothee.

Wir müssen mit der Katze was unternehmen.

Dorothee riet, Stiebler zu holen. Er wisse bestimmt Rat.

Ich fuhr zu Stiebler. Mit Gregor.

Stiebler wußte schon, daß Elisa gestorben war.

Dieser Scheißkerl von Carlos, rief er. Der hat sie auf dem Gewissen! Eine Schande. So ein Prachtmädel!

Ich habe nichts dazu gesagt, gleich von der Katze angefangen, Dorothee bitte ihn, mal nach dem Tier zu sehen.

Er kam mit, besah sich diese qualvoll schreiende Kreatur und meinte, da sei nichts mehr zu retten.

Was machen wir denn? Wir können doch das Tier nicht so leiden lassen, sagte Dorothee.

Da hilft nur ein kräftiger Schlag aufs Genick, sagte Gustaf.

Nein, das nicht! schrie Dorothee. Nicht töten!

Soll sie unnötig leiden? fragte Gustaf. Ein Schlag aufs Genick: das ist das Humanste. Absolut schmerzlos.

Nein, das arme Tier! Unser armer Miciu! Das Kind wird verrückt, wenn es die Katze nicht mehr hat.

Zum Glück spielte in diesem Moment das Kind in seinem Zimmer und erfuhr von der Sache nichts.

Kein falsches Mitleid, sagte Gustaf. Die Natur ist grausam. Ich besorg' das schon.

Gregor war ebenfalls für Tötung.

Also meinetwegen, sagte Dorothee. Macht, was ihr wollt. Aber ich will davon nichts sehen und nichts hören.

Lassen Sie mich man, sagte Gustaf. Ich kann das. Wär' nicht das erste Mal.

Er packte das Tier am Genick, verschwand damit nach draußen.

Erledigt, sagte er, als er zurückkam. Die ist erlöst.

Ich ging in mein Zimmer hinauf.

Das Ende dieses Tieres hat mich fast genauso mitgenommen wie der Tod Elisas. Ich war wie gelähmt, vollkommen durcheinander, erschöpft, fertig. Stiebler blieb bis zum frühen Nachmittag. Durch das offene Fenster hörte ich, wie Dorothee, Gregor und Gustaf auf der Veranda über Elisas plötzlichen Tod sprachen.

Den Rest des Tages verbrachte ich mit rasenden, unerträglichen Kopfschmerzen auf meinem Arbeitsbett.

Mitten in der Nacht wurde ich durch das Läuten des Telefons geweckt. Zehn Minuten später kam Gregor zu mir.

Ich fahre morgen, sagte er.

Was ist denn?

Lanner hat angerufen. Eine blöde Sache. Die Eva hat einen Unfall gebaut, mit einem geliehenen Wagen. Ist in der Klinik.

Was Ernsthaftes?

Keine Ahnung. Er hat nur gesagt, ich solle unbedingt kommen, sofort. Ich habe schon überlegt, ob ich gleich fahren soll, aber nachdem ich die letzte Nacht kaum geschlafen habe. Ich nehme an, daß es bis morgen Zeit hat. Ich fahre ganz früh, dann bin ich gegen Mittag in Wien.

Es ist wirklich alles irrsinnig, sagte ich.

Nach einem kurzen Schweigen sagte Gregor:

Ich muß dir noch was gestehen.

Du, ich weiß, was du jetzt sagen willst. Ich hab' es längst gemerkt.

Ja, es stimmt, sagte er, ich liebe Dorothee. Aber es ist komplizierter, komplizierter auch, als ich anfangs gedacht hatte. Ich gehe zu Eva zurück. Es ist besser für uns alle, und ich wollte dir raten, bei Dorothee zu bleiben. Ihr braucht euch gegenseitig. Sie kann ohne dich nicht leben, und du kannst letzten Endes auch nicht ohne sie.

Vielleicht war, was Gregor in dieser Minute gesagt hatte, absolut aufrichtig, und möglicherweise war es auch richtig, zumindest nicht vollkommen falsch. Aber mich packte eine unsägliche Wut. Ich kam mir irgendwie manipuliert vor, beziehungsweise, als würde ich verschaukelt und auf beleidigende Weise für manipulierbar gehalten.

Danke für den guten Tip, sagte ich. Ich bewundere deine Einsichtigkeit. Du bist wirklich ein großer Menschenkenner, hast die Lage mal wieder total erfaßt.

Ich mein' es ernst, sagte Gregor.

Ich glaub's dir. Ich bin verwundert, wie du mit den Gefühlen anderer Menschen umspringst, mit Veronikas oder Dorothees Gefühlen. Was sagt Dorothee denn dazu?

Sie ist bereit, neu mit dir anzufangen.

Und du glaubst, *ihre* Bereitschaft genügt?

Sie ist Voraussetzung.

Na ja!

Es ist eine Menge Porzellan zerschlagen, ich habe auch dazu beigetragen. Aber man muß auch mal wieder ans Aufbauen denken.

Ans *Kleben* willst du sagen, ans Kitten und Zusammenleimen. Nur vergißt du, daß es auch Kathrin noch gibt.

Sie verliert am wenigstens.

Sie – kann sein; aber *ich* – alles. Doch das ist meine Sache. Fahr nur, fahr nach Wien, bring deine Ehe mit Eva in Ordnung und laß mich jetzt allein. Ich bin sehr müde, wahnsinnig müde, in einer so katastrophalen Weise müde, daß ich vor lauter Müdigkeit nicht mehr weiß, wie ich einschlafen muß. Geh, Mensch! Verschwinde!

Es tut mir leid, sagte Gregor. Um unsere Freundschaft tut's mir leid.

Die werden wir im Alter pflegen, sagte ich. Wenn wir abgeklärt sein werden. Mach's gut!

Am andern Morgen ist er gefahren. Er muß tatsächlich sehr früh gefahren sein. Ich hab' ihn nicht wegfahren hören. Dorothee erzählte Gustaf, der mit den neuesten Meldungen aus Santiago aufkreuzte *(Sie, das gibt einen Bürgerkrieg!)*, als läsen wir keine Zeitung, daß Gregor schon vor sechs aus dem Haus sei. Ein Wahnsinn alles. Aber was geht es mich an?

Auf einmal alle weg und wir allein. Auf uns zurückgeworfen. Schweters waren die Letzten, die fuhren. Fast sah es schon aus, als würden wir sie nicht mehr sehen, sämtliche Verabredungen waren geplatzt, einmal, weil *sie* nicht konnten, ein anderes Mal, weil *wir* nicht konnten. Aber dann waren sie doch noch bei uns, eine Woche nach der Ermordung Allendes, am Abend vor ihrer Abreise, wenn auch, weil es der Frau mal wieder nicht gut ging, nur kurz. Eigentlich nur ein Abschiedsbesuch. Ihn habe, sagte Schweter, das in Chile Vorgefallene tief deprimiert, er sei darum in den letzten Tagen auch gar nicht *aus dem Bau*, sagte er, habe immerzu nur am Transistorgerät seines Buben gesessen und sich außerdem in Zeitungslektüre versenkt, die gesamte Weltpresse habe er studiert und jetzt, da die Abreise bevorstehe, auch noch der beunruhigende Zustand seiner Frau. Einerseits beunruhigend, andererseits vertraut, da es immer dasselbe Leiden sei, sagte er, vor jeder bevorstehenden Veränderung, auch vor der leichtesten, natürlichsten, problemlosesten, dieselben Erscheinungen, dieselben Symptome. Er kenne das schon: diese Nervenlabilität und Kreislaufzerrüttung. Regelmäßig sei dadurch sofort das gesamte Familienleben, das gesamte Familienzusammenleben blockiert, jeder Plan, jedes Vorhaben sofort hinfällig und zunichte gemacht. Auf seine, politisch bedingten, Depressionen nehme man keine Rücksicht, nur das private, nur das persönliche, körperliche, biologische gewissermaßen zähle ...

Aber das stimmt doch nicht, Schweter, das bildest du dir nur ein, sagte die Frau.

Doch, es stimme, sagte Schweter, genau so sei es. *Er* müsse nun die Koffer packen, *er* die genauen Abfahrzeiten von Bus und Bahn erkunden, *er* die Zimmer herrichten und überhaupt alle Vorbereitungen treffen. Wann man denn mal auf ihn Rücksicht nehme?

Ich merkte, er hatte da schwer zu wälzen.

Wir haben die zwei oder zweieinhalb Stunden, die Schweters bei uns waren, fast nur über Frau Schweter gesprochen, über ihr *poröses Nervenkleid*, wie ihr Mann es nannte. Dorothee behauptete, mit ihren Nerven gleichfalls am Ende zu sein, sie könne das nachempfinden. Kinder, Haushalt, ein Mann, der versorgt werden will. *Wir müssen uns emanzipieren.*

Frau Schweter schob alles auf den Kaffee. Zuviel Kaffee, den ganzen Tag Kaffee. Ein enormer Kaffeekonsum. Aber sie brauche das. *Ohne* kann sie überhaupt nicht, wegen des zu niedrigen Blutdrucks, aber *mit* wird naturgemäß alles noch schlimmer. *Deliriumsartige Zustände*, sagte sie, wie andere nach zu viel Alkoholgenuß. Sie finde da nicht mehr raus. Die Geräusche überall, überall die schonungslosesten Geräusche. Das Haus, in dem sie wohnten. Diese kriminell dünnen Wände in allen Häusern des sozialen Wohnungsbaus. Wir lebten hier beneidenswert. Sie habe sich nachts manchmal schon auf den Boden geflüchtet, weil sie es in der Wohnung nicht mehr aushalte. Türschlagen, Radio, Fernsehen, Wasserspülung, elektrische Klingelanlagen. In allen Etagen würde rücksichtslos drauflosgelebt.

Es sei schon, sagte Schweter, manchmal laut. Man wohne nicht in einem Sanatorium. Aber seine Frau übertreibe auch etwas, obwohl, er wisse, sie erlebe es so. Nur zu ändern sei nichts. Im Moment jedenfalls nicht. Später, vielleicht. Er möchte auch gern auf dem Land wohnen. Im Alter, jetzt noch nicht. Es sei auch unmöglich. Die Kinder, der Beruf, Abhängigkeiten.

Ich saß dabei, kraft meines Körpers anwesend, hörte zu, hörte hin, hörte mit an, wie man über die Krankheit der Frau Schweter sprach, über ihre Nervenzustände und Geräuschallergien, wie man sich darüber unterhielt wie über einen defekten Staubsauger oder ein fehlkonstruiertes Mixgerät, auch die Betroffene redete so, legte sich richtig ins Zeug, sprudelte, flackerte, flatterte mit glühendem Kopf, daß sie einen Stier reizen konnte.

Ich saß da, zurückgelehnt im Sessel, und hörte sie reden,

und die Krankheit wurde immer rätselhafter, immer fremder, immer undurchschaubarer, immer unmenschlicher, immer theoretischer, immer fiktiver, so etwas wie eine Maschine, eine zerstörerische, selbstzerstörerische Maschine oder ein Fleischwolf. Aber vielleicht, dachte ich, ist die Fiktion die einzige faßbare Wirklichkeit. Vielleicht sprechen sie nur vom kleinen Finger dieser Krankheit, aber man hat die ganze Hand vor Augen.

Als sie sich endlich zum Aufbruch entschließen, fragte die Frau, Dorothee am Arm haltend, ob sie den Mietbetrag für Ringlers uns aushändigen dürfe, weil – das sei praktischer, als das Geld zu überweisen, und sie möchten nicht mit dem Gefühl abreisen, Schulden zu haben.

Dorothee sagte, Ringlers kämen garantiert in den nächsten Wochen zurück, schon, um zu sehen, ob alles stimmt, und wir würden ihnen das Geld sofort weitergeben.

Frau Schweter zupfte aus der Tasche ihres Kittelkleides einen Umschlag mit dem abgezählten Betrag.

Wie es ihnen denn in dem Ringlerschen Haus gefallen habe?

Doch, ja, eigentlich schon sehr. Bequem alles, sagte Schweter, und auch nicht zu teuer, im Vergleich zu dem Notquartier am Bracciano-See, dieser staubigen Schlafgarage.

Schweters!

Wann wir uns mal wiedersähen?

Wir können, sagte Schweter, höchstens alle drei Jahre verreisen. Jetzt muß sich meine Frau erstmal erholen.

Aber die Kinder könnten doch mal, in Palada . . .

Man wird sehen.

Schade. Ich mag die Schweters gern, sympathische Leute, still, unaufdringlich, sehr sensibel. Mit keinem Wort haben sie auf die Schwierigkeiten zwischen Dorothee und mir angespielt und eine Anspielung seitens Dorothee einfach überhört.

Schweters waren die letzten, die abgereist sind. Am zwanzigsten September.

Plötzlich Herbst.

Das Laub färbte sich, die Cachifrüchte wurden rot, die Trauben geerntet. Auf der Veranda konnte man an den Abenden nur noch mit Pullover und Wolldecke sitzen. Auf dem Monte Baldo der erste Schnee. Für die Jahreszeit zu früh.

Die Tochter ging zum ersten Mal in den Kindergarten.

Wie groß bin ich schon?

So groß.

Tinka!

Du überträgst deine ganze verkorkste Erotik aufs Kind, sagte Dorothee.

Wahrscheinlich ist es so. Ich verstehe nicht viel von Kindererziehung, aber Liebe, denke ich, kann nie verkehrt sein.

Ich sitze in meinem Zimmer, fast den ganzen Tag sitze ich in meinem Zimmer und grübele. Ich sitze an meinem Schreibtisch, aber bin unfähig, irgend etwas zu arbeiten. (Der Ablieferungstermin für meinen Artikel ist längst überschritten.) Ich kann auch nicht lesen, ich kann auch keine Musik hören. Manchmal, wenn ich's gar nicht mehr aushalten kann, renne ich in den Garten, renne im Garten hin und her. Alles verwildert, alles verkommt. Dorothees hochfliegende Pläne: daraus wird nie was. Nie wird was daraus. Nie mehr. Das weiß ich.

Wir haben uns zuviel vorgenommen.

Dorothee sehe ich nur während der Mahlzeiten. Wir essen gemeinsam, aber reden kaum ein Wort miteinander. Ich lebe nur für die Tochter. Dorothee glaubt, in mich hineinsehen zu können. Ich glaube, in Dorothee hineinsehen zu können. Aber wir wissen nichts voneinander.

Ich habe mit Kathrin telefoniert. Kathrin will nicht, daß ich sie wieder anrufe. Tu mir den Gefallen, hat sie gesagt. Ich bitte dich! Wir müssen da beide rauskommen.

Ich komme aber da nicht raus, so wenig wie Frau Schweter aus ihrer Krankheit herauskommt.

Ob Dorothee auch mit Gregor telefoniert hat oder ob die beiden brieflich noch in Verbindung sind, weiß ich nicht.

So wie es ist, geht es nicht.

Das ist keine Lösung.

Aber das Leben geht weiter, sagt Gustaf.

Er kommt jetzt fast jeden Tag, regelmäßig mit Neuigkeiten, einmal über Camilla, ein anderes Mal über Carlos, wieder ein anderes Mal über Umsturzversuche und Attentate in Italien.

Wie geht's, Dorothee, was macht der *marito*? Ihr bleibt doch zusammen? Ihr *müßt*. Ich will es! Das Mädel, die Camilla, ist auch froh, daß es noch lebt. Scheidung ist der Tod.

Wenn drei Menschen miteinander wandern, heißt es in den *Wandlungen*, so vermindern sie sich um einen Menschen. Wenn ein Mensch wandert, so findet er seinen Gefährten.

Wir müssen, sagt Dorothee, eine Lösung finden.

Es gibt nicht eine Lösung, sagte ich. Es gibt nur Lösungen. Wir können nicht für uns allein nach einer Lösung suchen.

Wie stellst du dir unser weiteres Zusammenleben vor?

Ich weiß es nicht.

Wir haben am Anfang, sagt Dorothee, viel falsch gemacht. *Ich* habe viel falsch gemacht. Ich war auch viel zu jung. Ich habe dich nicht verstanden.

Du hast mich – ganz einfach – nicht geliebt.

Ich habe dich geliebt, aber ich war kokett. Ich war es gewohnt, daß die Männer hinter mir her liefen. Mein Gott, wie alt war ich denn? Ich wußte ja nichts vom Leben. Ich habe gespielt, mit allen hab' ich gespielt, mit dir auch. Aber das war verkehrt. Ich habe unsere Beziehungen viel zu wenig ernst genommen, doch nur, weil ich deiner so sicher war. Das war meine Schuld. Ich hab' nicht gemerkt, daß du gelitten hast.

Reden wir nicht von Leiden und Schuld, sage ich.

Zweifellos stimmt, was Dorothee sagt, zu einem gewissen Teil. Zum andern Teil stimmt es nicht. Meine Liebe zu Kathrin läßt sich nicht einfach aus Dorothees früherem

Fehlverhalten ableiten. Ich sage das Dorothee auch. Anfangs scheint sie mir das nicht abzunehmen. Was ich Liebe nenne, sei nur eine Verliebtheit, eine Liebelei, die ich, weil die Zeit dafür reif gewesen sei, auch mit jeder anderen Person angefangen haben könnte.

Du irrst dich, sage ich. Auf den ersten Blick mag es so aussehen, aber es ist nicht so. Du schließt von dir auf andere. Zwischen dir und Gregor war es möglicherweise so. Aber mit Kathrin und mir ist es anders. Kathrin ist für mich nicht austauschbar.

Jetzt sieht mich Dorothee fast verzweifelt an:

Wenn das wahr ist, sagte sie, ist alles verloren. Dann sollten wir uns besser trennen.

Es ist nichts verloren, erwidere ich darauf, und wir können uns auch nicht trennen. Es geht nicht, schon wegen des Kindes geht es nicht.

Nur wegen des Kindes?

Auch wegen des Hauses nicht.

Ich seh' schon, an mir ist dir nichts mehr gelegen.

Ich kann mich auch von dir nicht trennen, aber auch nicht von Kathrin.

Alles auf einmal geht nicht, sagt Dorothee. Und plötzlich, als habe sie die große Erkenntnis: Erinnerst du dich, wie ich das erste Mal mit Elisa das I-GING-Orakel genommen habe.

Ich erinnere mich!

Ich habe es falsch gedeutet.

Ich kenne nur die Deutung, die du Albert gegeben hast.

Ich habe alles auf uns bezogen, sagt Dorothee. Auf dich und mich. Ich habe für mich das *Dui* in Anspruch genommen, das Heitere, den *See*, und dir habe ich das *Gen* zugeteilt, das Stillhalten, den *Berg*.

Da ist doch auch was dran, sage ich.

Nein, man kann dieses Zeichen HIËN auch auf Kathrin und dich beziehen. Ich weiß noch genau, was in dem Kommentar zum Urteil stand.

Willst du dich mit einem Male auf solche Orakelsprüche berufen?

Doch, schon. Weil meine falsche Deutung ein Beweis für meine Verblendung war. Weil ich alles immer nur auf uns bezogen habe, weil ich mir überhaupt nicht vorstellen konnte, daß einmal eine andere Person für dich wichtiger sein würde.

Wichtiger als – *was*?

Als *ich*!

Was stand denn in dem Kommentar?

Etwas über die Anziehung der Geschlechter, daß sich nur ganz bestimmte Typen anziehen, und daß das ein allgemeines Naturgesetz sei.

Und – worauf willst du hinaus?

Ich meine, daß es zwischen Kathrin und dir diese besondere Anziehung gibt.

Aber du hast doch das Orakel genommen?

Man kann es als Belehrung auffassen.

Ich begreife Dorothees plötzlichen Aberglauben nicht. Bildet sie sich tatsächlich ein, daß man aus dem I GING sein Schicksal deuten kann?

Wenn wir nur zusammenbleiben, sagt Dorothee.

Es liegt an dir, sage ich. Wir haben die Scheune ...

Ich lebe nicht mit einer anderen Frau zusammen.

Ich meine nicht zu dritt, ich meine zu viert oder zu sechst oder noch idealer zu acht.

Das mach' ich nicht. Das schlag dir gleich aus dem Kopf.

Du warst doch immer für eine Wohngemeinschaft?

Nach diesem Sommer nicht mehr. Ich möchte meinen Mann für mich allein haben. Ich will mit ihm alt werden, an seiner Seite, und mit ihm sterben.

Nach ihm, meinst du, doch wohl nicht gleichzeitig?

Am liebsten gleichzeitig.

An meinem Geburtstag, den letzten November, kommt Carlos in Begleitung Valentinas. Wir sprechen gleich von Elisa. Für Carlos, scheint es, liegt ihr Tod aber schon Ewigkeiten zurück. Er lebt jetzt mit der Römerin zusammen. Dorothee holt unsere Fotoalben. Wir schauen uns die

Bilder an, die im Mai in unserm Garten entstanden sind. Elisa zwischen den Hippies, Elisa neben Carlos, Elisa mit unserer Tochter auf den Arm.

Das bist du, Tinka!

Und das Lisa, sagt die Tochter.

Lisa ist tot, sage ich.

Wo ist Lisa?

Unter der Erde, sagt Dorothee.

Im Himmel, sagt Tinka. Ist sie im Himmel?

Ja, im Himmel, sage ich.

Von Kathrin habe ich kein Foto.

Dein schönes Haar, Kathrin, deine schwarzen Augen, dein Gesicht voll Angst und Traurigkeit.

Ich denke daran, was Kathrin gesagt hat, wie schnell man Gesichter vergißt.

Kathrins Gesicht vergesse ich nicht.

Als Carlos und Valentina gegangen sind, sagt Dorothee: Siehst du, jeder Mensch ist austauschbar.

Nein, sage ich. Jeder Mensch ist ein Unikat.

Darauf sagt Dorothee, daß sie schon seit Tagen an den Film LA BONHEUR denken müsse, den sie vor vielen Jahren gesehen habe. Wie da ein Ehepaar glücklich dahinlebe und eines Tages, weil der Mann sich in eine andere verliebt hätte, die Frau in einen See geht und sich ertränkt. Vollkommen überraschend, sagt Dorothee. Die beiden sitzen mit ihrem Kind in einer paradiesischen Landschaft, und es sieht aus, als könne das Glück dieser drei Menschen vollkommener nicht sein. Und gerade da geht die Frau ins Wasser, mit dem Kind. Und der Mann lebt mit der anderen zusammen.

Mir fällt bei den Worten *paradiesische Landschaft* Stawrogins Traum vom *Goldenen Zeitalter* ein, daß er, wie er in seiner Beichte berichtet, Claude Lorrains *Acis und Galatea* nicht als Gemälde, sondern als Wirklichkeit erlebt, als irdisches Paradies in der Gegend des griechischen Archipel: freundliche blaue Wellen, Inseln und Felsen, ein blühender Strand, an dem die herrlichsten Menschen leben; daß Stawrogin diesen Traum als einen für sich *durchaus unerwarteten* bezeichnet und kurz darauf, sozusagen noch im Halbschlaf, durch eine winzig rote Spinne auf einem Geraniumblatt an sein schlimmstes Verbrechen erinnert wird.

In der Nacht zum ersten Dezember hörte ich Kathrin meinen Namen rufen. Ich tastete mich im Dunkeln ans Fenster, öffnete es und schaute hinaus. Alles still, nur das Rauschen des Brunnens. Ich wollte das Fenster schon schließen und wieder zurück ins Bett, da rief Kathrin ein zweites Mal, mit leiser, aber durchdringender Stimme des Schweigens, das ihre Sprache war. In diesem Augenblick hatte ich den Eindruck, Hof und Garten stellten sich wie ein Kegelquerschnitt schräg auf. Ich blickte in den sich zur Tiefe hin verjüngenden Trichter hinein und sah Kathrin, die mir ihre Hand entgegenstreckte, wobei ihr Arm immer länger und dünner wurde.

Ich wollte ihre Hand ergreifen, doch dazu mußte ich mich weit aus dem Fenster beugen. Mit einem Mal war es mir, als finge das Haus an zu schlingern und neige sich vornüber. Mit letzter Kraft versuchte ich, mich am Fensterrahmen festzuklammern, doch dann verlor ich das Gleichgewicht und stürzte in den Abgrund. Jetzt ist alles, dachte ich, zu Ende. Aber da wurde ich von Kathrin aufgefangen. Einige Momente später lagen wir beide auf einer überaus grünen und weichen Sommerwiese und um uns herum war eine tiefe Ruhe. Am andern Morgen erzählte ich Dorothee den Traum, allerdings etwas abgewandelt. Ich hätte, sagte ich, in einer Anwandlung von Lebensüberdruß mich aus dem Fenster gestürzt, sei aber von ihr (Dorothee) aufgefangen und wir hätten nach dieser wunderbaren Errettung beschlossen, ein ganz neues Leben zu beginnen.

War wirklich ich es, dich dich gerettet hat?

Natürlich du, sagte ich. Ich seh' noch genau deine langen blonden Haare vor mir. Wie ein Renoirmädchen sahst du aus. Es war ein wunderschöner Traum.

Wir müssen wirklich neu beginnen, sagte Dorothee.

Ja, sagte ich. Ich habe diesen Traum sicher nicht aus Zufall geträumt.

Das Kind muß zum Kindergarten.

Heut' bring ich es, sagte ich.

Aber ich will gleich Besorgungen machen, sagte Dorothee.

Du kannst mir doch sagen, was wir brauchen.

Dein Ring, sagte Dorothee, ist übrigens fertig. Ich hab' den Türkis endlich neu fassen lassen. Eigentlich solltest du ihn schon zum Geburtstag haben, aber gestern war der Laden geschlossen.

Mein Ring, mein Glücksring! Seit Wochen hatte ich nicht mehr daran gedacht.

Wo ist er?

Beim Uhrmacher in Gargnano.

Ich hol' ihn ab, sagte ich. Komm, Tinka, ins *asilo*.

Möchtest du mal wieder Fleisch? fragte Dorothee.

Eigentlich gern.

Dann bring zwei Steaks mit, und viel Salat.

Wann essen wir?

Um eins, sagte Dorothee. Wie immer.

Ich ging, die Tochter an der Hand, zum Wagen.

In Gargnano, auf dem Marktplatz, eine Demonstration der antifaschistischen Liga gegen die chilenische Militärjunta.

Als ich nach Haus zurückkam, stand der Nachbar vor seiner Tür.

Come stai?

Si vive.

Ja, man lebt. Man lebt dahin.

Inhalt

Erstes Buch

Zweites Buch

Monika Maron

Flugasche
Roman. Band 3784

Das Mißverständnis
Vier Erzählungen und ein Stück
Band 10826

Nach Maßgabe meiner Begreifungskraft
Artikel und Essays
123 Seiten. Broschur. S. Fischer

Stille Zeile Sechs
Roman
219 Seiten. Leinen. S. Fischer und als
Band 11804

Die Überläuferin
Roman
221Seiten. Leinen und als
Band 9197

Wolfgang Hilbig

abwesenheit
Gedichte. Collection S. Fischer Band 2308

Alte Abdeckerei
Erzählung. 118 Seiten. Leinen und als Band 11479

Die Angst vor Beethoven
Erzählung
Fischer Bibliothek. 93 Seiten. Geb.

Aufbrüche
Frühe Erzählungen. Band 11143

Grünes grünes Grab
Erzählungen. 149 Seiten. Leinen

Eine Übertragung
Roman. 344 Seiten. Geb. S. Fischer und als Band 10933

die versprengung
Gedichte. Collection S. Fischer Band 2350

Die Weiber
Erzählung. Collection S. Fischer Band 2355

Fischer Taschenbuch Verlag

fi 1054 / 8

Stefan Heym

Ahasver
Roman. Band 5331

Auf Sand gebaut. Sieben Geschichten aus der unmittelbaren Vergangenheit. Band 11270

Der bittere Lorbeer
Roman. Band 10673

Collin
Roman. Band 5024

Einmischung
Gespräche, Reden, Essays. Band 10792

Filz
Gedanken über das neueste Deutschland. Band 12010

Der Fall Glasenapp
Roman. Band 2007

5 Tage im Juni
Roman. Band 1813

Der König David Bericht
Roman. Band 1508

Lenz oder die Freiheit
Roman. Band 11132

Nachruf
Band 9549

Reden an den Feind
Herausgegeben von Peter Mallwitz. Band 9250

Schwarzenberg
Roman. Band 5999

Fischer Taschenbuch Verlag

Collection S. Fischer

Hermann Burger
Die allmähliche Verfertigung der Idee beim Schreiben
Frankfurter Poetik-Vorlesung
Band 2348
Als Autor auf der Stör
Band 2353
Diabelli
Erzählungen
Band 2309
Ein Mann aus Wörtern
Band 2334
Kirchberger Idyllen
Band 2314

Clemens Eich
Aufstehn und gehn
Gedichte
Band 2316

Clemens Eich
Zwanzig nach drei
Erzählungen
Band 2356

Dieter Forte
Jean Henry Dunant oder Die Einführung der Zivilisation
Ein Schauspiel
Band 2301

Marianne Gruber
Der Tod des Regenpfeifers
Zwei Erzählungen
Band 2368

Alexander Häusser
Memory
Roman. Band 2379

Wolfgang Hilbig
abwesenheit
gedichte. Band 2308
die versprengung
gedichte. Band 2350

Wolfgang Hilbig
Die Weiber
Band 2355

Walter Jens (Hg.)
Schreibschule
Neue deutsche Prosa. Band 2367

Peter Stephan Jungk
Rundgang
Roman
Band 2323

Christoph Keller
Wie ist das Wetter in Boulder?
Eine amerikanische Erzählung
Band 2369

Judith Kuckart/Jörg Aufenanger
Eine Tanzwut
Das TanzTheater Skoronel
Band 2364

Fischer Taschenbuch Verlag

fi 176 / 21 a

HANSER

*E*ine Ehefrau verschwindet. Nach zwei Jahren kehrt sie zurück, ohne zu sagen, was sie in dieser Zeit getan hat. Erst nach und nach erfährt der Leser, daß sie den »Ich-will-alles-von-dir-wissen«-Fragen des Mannes entflohen ist, den sie

Das mit den Männern und den Frauen

liebt. Der versucht mit ihrem Schweigen zu leben, doch der Versuch endet tödlich ...

»Mit erstaunlicher Sicherheit erzählt sie in ihrem ersten Roman eine leidenschaftlifch schön traurige Liebesgeschichte – und gleichzeitig eine heiter düstere Parabel vom ewigen Tod der Liebe.«

DIE ZEIT

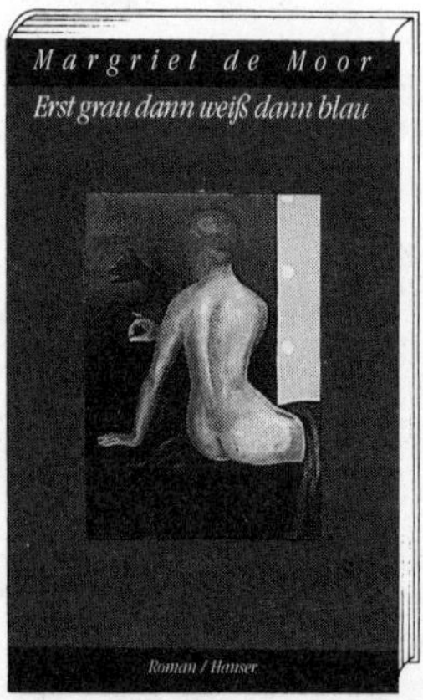

Aus dem Niederländischen von Heike Baryga. 280 Seiten. Gebunden.

Foto: Peter Hassiepen